本书列入

2017年国家社会科学基金重大委托项目
"十三五"国家重点图书出版规划项目

中华传统文化百部经典

辛弃疾 著

王兆鹏 解读

辛弃疾集（节选）

国家图书馆出版社

图书在版编目（CIP）数据

辛弃疾集：节选 /（宋）辛弃疾著；王兆鹏解读 . —
北京：国家图书馆出版社，2020.12（2025.8 重印）
（中华传统文化百部经典 / 袁行霈主编）
ISBN 978-7-5013-6977-5

Ⅰ.①辛… Ⅱ.①辛… ②王… Ⅲ.①宋词－选集
Ⅳ.① I222.844

中国版本图书馆 CIP 数据核字（2020）第 017866 号

国家图书馆出版社官方微信

书　　名	辛弃疾集（节选）
著　　者	（宋）辛弃疾 著　王兆鹏 解读
责任编辑	于春媚
重印编辑	张　也
特约编辑	吴麒麟
封面设计	敬人设计工作室

出版发行　国家图书馆出版社（北京市西城区文津街 7 号　100034）
　　　　　　010-66114536　63802249　nlcpress@nlc.cn（邮购）
网　　址　http://www.nlcpress.com
印　　装　北京科信印刷有限公司
版次印次　2020 年 12 月第 1 版　2025 年 8 月第 2 次印刷

开　　本　710×1000　1/16
印　　张　24.5
字　　数　274 千字
书　　号　ISBN 978-7-5013-6977-5
定　　价　74.00 元（精装）

编纂缘起

　　文化是民族的血脉，是人民的精神家园。党的十八大以来，围绕传承发展中华优秀传统文化，习近平总书记发表了一系列重要讲话，深刻揭示出中华优秀传统文化的地位和作用，梳理概括了中华优秀传统文化的历史源流、思想精神和鲜明特质，集中阐明了我们党对待传统文化的立场态度，这是中华民族继往开来、实现伟大复兴的重要文化方略。2017 年初，中共中央办公厅、国务院办公厅印发《关于实施中华优秀传统文化传承发展工程的意见》，从国家战略层面对中华优秀传统文化传承发展工作作出部署。

　　我国古代留下浩如烟海的典籍，其中的精华是培育民族精神和时代精神的文化基础。激活经典，熔古铸今，是增强文化自觉和文化自信的重要途径。多年来，学术界潜心研究，钩沉发覆、辨伪存真、提炼精华，做了许多有益工作。编纂《中华传统文化百部经典》（简称《百部经典》），就是在汲取已有成果基础上，力求编出一套兼具思想性、学术性和大众性的读本，使之成为广泛认同、传之久远的范本。《百部经典》所选图书上起先秦，下至辛亥革命，包括哲学、文学、历史、艺术、科技等领域的重要典籍。萃取其精华，加以解读，旨在搭建传统典籍与大众之间的桥梁，激活中华优秀传统文化，用优秀传统文化滋养当代中国人的精神世界，提振当代中国人的文化自信。

这套书采取导读、原典、注释、点评相结合的编纂体例，寻求优秀传统文化与社会主义核心价值观之间的深度契合点；以当代眼光审视和解读古代典籍，启发读者从中汲取古人的智慧和历史的经验，借以育人、资政，更好地为今人所取、为今人所用；力求深入浅出、明白晓畅地介绍古代经典，让优秀传统文化贴近现实生活，融入课堂教育，走进人们心中，最大限度地发挥以文化人的作用。

《百部经典》的编纂是一项重大文化工程。在中宣部等部门的指导和大力支持下，国家图书馆做了大量组织工作，得到学术界的积极响应和参与。由专家组成的编纂委员会，职责是作出总体规划，选定书目，制订体例，掌握进度；并延请德高望重的大家耆宿担当顾问，聘请对各书有深入研究的学者承担注释和解读，邀请相关领域的知名专家负责审订。先后约有 500 位专家参与工作。在此，向他们表示由衷的谢意。

书中疏漏不当之处，诚请读者批评指正。

2017 年 9 月 21 日

凡　例

一、《中华传统文化百部经典》的选书范围，上起先秦，下迄辛亥革命。选择在哲学、文学、历史、艺术、科技等各个领域具有重大思想价值、社会价值、历史价值和学术价值的一百部经典著作。

二、对于入选典籍，视具体情况确定节选或全录，并慎重选择底本。

三、对每部典籍，均设"导读""注释""点评"三个栏目加以诠释。导读居一书之首，主要介绍作者生平、成书过程、主要内容、历史地位、时代价值等，行文力求准确平实。注释部分解释字词、注明难字读音，串讲句子大意，务求简明扼要。点评包括篇末评和旁批两种形式。篇末评撮述原典要旨，标以"点评"，旁批萃取思想精华，印于书页一侧，力求要言不烦，雅俗共赏。

四、原文中的古今字、假借字一般不做改动，唯对异体字根据现行标准做适当转换。

五、每书附入相关善本书影，以期展现典籍的历史形态。

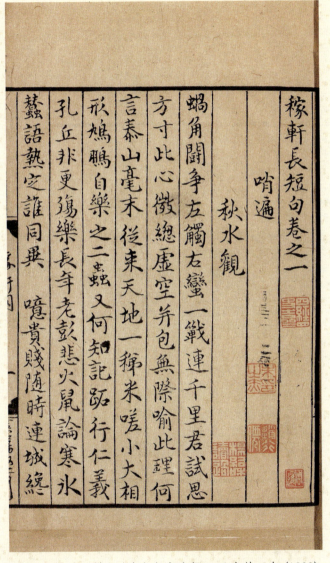

稼軒長短句卷之一

哨遍

秋水觀

蝸角鬭爭左觸右蠻一戰連千里君試思

方寸此心微總虛空并包無際喻此理何

言泰山毫末從來天地一稊米嗤小大相

欣鳩鵬自樂之二蟲又何知記行仁義

孔丘非更蘧樂長年老彭悲火鼠論寒氷

蠻語熱之誰同異　噫貴賤隨時連城總

稼轩长短句十二卷　（宋）辛弃疾撰　元大德三年（1299）

广信书院刻本　国家图书馆藏

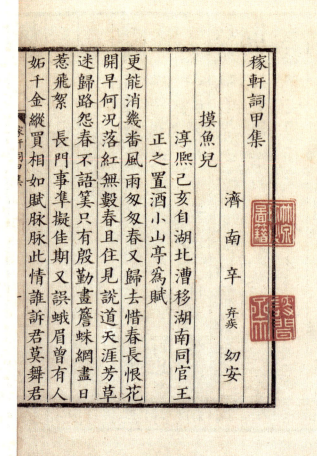

稼軒詞甲集

濟南辛 弃疾 幼安

摸魚兒

淳熙己亥自湖北漕移湖南同官王
正之置酒小山亭為賦

更能消幾番風雨匆匆春又歸去惜春長恨花
開早何況落紅無數春且住見說道天涯芳草
迷歸路怨春不語筭只有殷勤畫簷蛛網盡日
惹飛絮　長門事準擬佳期又誤蛾眉曾有人
妬千金縱買相如賦脉脉此情誰訴君莫舞君

稼轩词四卷　（宋）辛弃疾撰　清毛氏汲古阁影宋抄本
国家图书馆藏

目　录

导　读

一、辛弃疾的人生历程 ……………………………………………（ 1 ）

二、辛弃疾词的艺术世界 …………………………………………（ 17 ）

三、辛弃疾词集的版本 ……………………………………………（ 34 ）

四、辛弃疾研究的历程 ……………………………………………（ 35 ）

五、本书选注评的说明 ……………………………………………（ 40 ）

辛弃疾词

水调歌头·寿赵漕介庵（千里渥洼种）…………………………（ 45 ）

念奴娇·西湖和人韵（晚风吹雨）………………………………（ 47 ）

青玉案·元夕（东风夜放花千树）………………………………（ 49 ）

声声慢·嘲红木犀。余儿时尝入京师禁中凝碧池，因书当时所见

（开元盛日）……………………………………………………（ 51 ）

木兰花慢·滁州送范倅（老来情味减）…………………………（ 53 ）

声声慢·滁州旅次，登奠枕楼作，和李清宇韵（征埃成阵）.......（56）

菩萨蛮·金陵赏心亭为叶丞相赋（青山欲共高人语）.....................（59）

太常引·建康中秋为吕叔潜赋（一轮秋影转金波）......................（61）

水龙吟·登建康赏心亭（楚天千里清秋）..............................（63）

摸鱼儿·观潮上叶丞相（望飞来）.....................................（66）

菩萨蛮·书江西造口壁（郁孤台下清江水）.............................（70）

菩萨蛮（功名饱听儿童说）..（73）

菩萨蛮（西风都是行人恨）..（74）

霜天晓角·赤壁（雪堂迁客）...（76）

霜天晓角·旅兴（吴头楚尾）...（77）

鹧鸪天·离豫章，别司马汉章大监（聚散匆匆不偶然）.................（79）

念奴娇·书东流村壁（野棠花落）.....................................（81）

鹧鸪天·代人赋（扑面征尘去路遥）...................................（84）

鹧鸪天·送人（唱彻《阳关》泪未干）.................................（85）

满江红·冷泉亭（直节堂堂）...（87）

水调歌头·舟次扬州，和杨济翁、周显先韵（落日塞尘起）........（89）

满江红·江行简杨济翁、周显先（过眼溪山）...........................（94）

满江红（汉水东流）..（96）

南乡子·舟中记梦（敧枕橹声边）.....................................（99）

南歌子（万万千千恨）...（100）

摸鱼儿·淳熙己亥，自湖北漕移湖南，同官王正之置酒小山亭，
　　为赋（更能消）...（101）

水调歌头·淳熙己亥，自湖北漕移湖南，周总领、王漕、赵守
　　置酒南楼，席上留别（折尽武昌柳）...........................（104）

满江红·贺王帅宣子平湖南寇（笳鼓归来）...........................（108）

木兰花慢·席上送张仲固帅兴元（汉中开汉业）.....................（113）

满江红（倦客新丰）...（116）

沁园春·带湖新居将成（三径初成）.................................（118）

祝英台近·晚春（宝钗分）..（122）

恋绣衾·无题（夜长偏冷添被儿）....................................（125）

鹧鸪天（一片归心拟乱云）..（126）

水调歌头·盟鸥（带湖吾甚爱）.......................................（127）

水调歌头·汤朝美司谏见和，用韵为谢（白日射金阙）..............（129）

踏莎行·赋稼轩，集经句（进退存亡）..............................（132）

满江红·送汤朝美司谏自便归金坛（瘴雨蛮烟）.....................（134）

水龙吟·甲辰岁寿韩南涧尚书（渡江天马南来）.....................（137）

千年调·蔗庵小阁名曰卮言，作此词以嘲之（卮酒向人时）........（141）

一剪梅（记得同烧此夜香）..（143）

江神子·和人韵（梨花着雨晚来晴）.................................（144）

江神子·博山道中书王氏壁（一川松竹任横斜）.....................（146）

丑奴儿·书博山道中壁（少年不识愁滋味）..........................（148）

丑奴儿（此生自断天休问）..（149）

丑奴儿近·博山道中效李易安体（千峰云起）.......................（150）

清平乐·博山道中即事（柳边飞鞚）.................................（152）

清平乐·独宿博山王氏庵（绕床饥鼠）..............................（153）

鹧鸪天·博山寺作（不向长安路上行）..............................（154）

生查子·独游雨岩（溪边照影行）....................................（156）

满江红·游南岩和范先之韵（笑拍洪崖）............................（157）

满江红·和范先之雪（天上飞琼）..................................（159）

定风波·大醉归自葛园，家人有痛饮之戒，故书于壁

　　（昨夜山翁倒载归）..（161）

鹧鸪天·鹅湖道中（一榻清风殿影凉）..........................（164）

鹧鸪天·春日即事题毛村酒垆（春日平原荠菜花）..........（165）

鹧鸪天·鹅湖归，病起作（枕簟溪堂冷欲秋）..................（167）

鹧鸪天·鹅湖归，病起作（着意寻春懒便回）..................（169）

鹧鸪天·重九席上再赋（有甚闲愁可皱眉）......................（170）

鹧鸪天·败棋，罚赋梅雨（漠漠轻阴拨不开）..................（171）

鹧鸪天·元溪不见梅（千丈冰溪百步雷）..........................（173）

鹧鸪天·戏题村舍（鸡鸭成群晚未收）..............................（174）

清平乐（茅檐低小）..（176）

清平乐·检校山园，书所见（连云松竹）..........................（177）

八声甘州·夜读《李广传》，不能寐，因念晁楚老、杨民瞻约同

　　居山间，戏用李广事，赋以寄之（故将军饮罢夜归来）............（179）

昭君怨（人面不如花面）..（181）

临江仙·再用韵送祐之弟归浮梁（钟鼎山林都是梦）..........（183）

菩萨蛮·送祐之弟归浮梁（无情最是江头柳）..................（185）

朝中措（夜深残月过山房）..（186）

浪淘沙·山寺夜半闻钟（身世酒杯中）..............................（187）

南歌子·山中夜坐（世事从头减）......................................（188）

鹧鸪天·代人赋（晚日寒鸦一片愁）..................................（190）

鹧鸪天·代人赋（陌上柔桑破嫩芽）..................................（191）

一络索·闺思（羞见鉴鸾孤却）..（192）

贺新郎·陈同父自东阳来过余，留十日，与之同游鹅湖。且会
　　朱晦庵于紫溪，不至，飘然东归。既别之明日，余意中殊恋
　　恋，复欲追路。至鹭鸶林，则雪深泥滑，不得前矣。独饮方村，
　　怅然久之，颇恨挽留之不遂也。夜半，投宿吴氏泉湖四望楼，
　　闻邻笛悲甚，为赋《乳燕飞》以见意。又五日，同父书来索词。
　　　心所同然者如此，可发千里一笑（把酒长亭说）........................（194）

贺新郎·同父见和，再用韵答之（老大犹堪说）....................（197）

贺新郎·用前韵赠金华杜仲高（细把君诗说）........................（201）

破阵子·为陈同甫赋壮词以寄之（醉里挑灯看剑）................（204）

水调歌头·元日投宿博山寺，见者惊叹其老（头白齿牙缺）........（207）

卜算子·齿落（刚者不坚牢）..（209）

鹊桥仙·己酉山行书所见（松冈避暑）................................（211）

卜算子·闻李正之茶马讣音（欲行且起行）........................（212）

寻芳草·调陈莘叟忆内（有得许多泪）................................（213）

定风波·席上送范先之游建邺（听我尊前醉后歌）............（215）

金菊对芙蓉·重阳（远水生光）..（216）

江神子·闻蝉蛙戏作（簟铺湘竹帐笼纱）............................（218）

清平乐·题上卢桥（清溪奔快）..（220）

生查子·有觅词者，为赋（去年燕子来）............................（221）

生查子·独游西岩（青山非不佳）..（222）

生查子·独游西岩（青山招不来）..（223）

浣溪沙·黄沙岭（寸步人间百尺楼）....................................（225）

鹧鸪天·黄沙道中即事（句里春风正剪裁）........................（226）

西江月·夜行黄沙道中（明月别枝惊鹊）............................（227）

添字浣溪沙·三山戏作（记得瓢泉快活时）……………………（229）

小重山·三山与客泛西湖（绿涨连云翠拂空）…………………（231）

鹧鸪天·三山道中（抛却山中诗酒窠）…………………………（233）

水调歌头·壬子三山被召，陈端仁给事饮饯席上作

　　（长恨复长恨）……………………………………………（234）

水调歌头·题张晋英提举玉峰楼（木末翠楼出）………………（237）

最高楼·吾拟乞归，犬子以田产未置止我，赋此骂之

　　（吾衰矣）…………………………………………………（240）

一枝花·醉中戏作（千丈擎天手）………………………………（243）

水龙吟·过南剑双溪楼（举头西北浮云）………………………（245）

鹧鸪天（欲上高楼去避愁）………………………………………（248）

柳梢青·三山归途代白鸥见嘲（白鸟相迎）……………………（249）

沁园春·期思卜筑（一水西来）…………………………………（251）

卜算子·饮酒不写书（一饮动连宵）……………………………（254）

清平乐（春宵睡重）………………………………………………（256）

鹧鸪天·寄叶仲洽（是处移花是处开）…………………………（258）

沁园春·灵山齐庵赋，时筑偃湖未成（叠嶂西驰）……………（259）

南歌子·新开池，戏作（散发披襟处）…………………………（262）

浣溪沙·瓢泉偶作（新葺茅檐次第成）…………………………（263）

水调歌头·将迁新居不成，有感，戏作。时以病止酒，且遣去

　　歌者，末章及之（我亦卜居者）…………………………（264）

水龙吟（老来曾识渊明）…………………………………………（267）

临江仙·侍者阿钱将行，赋钱字以赠之（一自酒情诗兴懒）…（269）

鹊桥仙·送粉卿行（轿儿排了）…………………………………（272）

西江月·题阿卿影像（人道偏宜歌舞）……………………（274）

沁园春·将止酒，戒酒杯使勿近（杯汝前来）……………（275）

沁园春·城中诸公载酒入山，余不得以止酒为解，遂破戒一醉，
　　再用韵（杯汝知乎）…………………………………………（278）

丑奴儿（近来愁似天来大）………………………………………（282）

临江仙（手捻黄花无意绪）………………………………………（283）

玉楼春·戏赋云山（何人半夜推山去）…………………………（284）

玉楼春（三三两两谁家妇）………………………………………（286）

汉宫春·即事（行李溪头）………………………………………（287）

满江红·山居即事（几个轻鸥）…………………………………（289）

鹧鸪天·读渊明诗不能去手，戏作小词以送之
　　（晚岁躬耕不怨贫）…………………………………………（291）

鹧鸪天·不寐（老病那堪岁月侵）………………………………（293）

鹧鸪天（石壁虚云积渐高）………………………………………（295）

西江月·春晚（剩欲读书已懒）…………………………………（297）

西江月·遣兴（醉里且贪欢笑）…………………………………（298）

木兰花慢·中秋饮酒，将旦。客谓前人诗词有赋待月无送月者，
　　因用《天问》体赋（可怜今夕月）……………………………（299）

兰陵王·己未八月二十日夜，梦有人以石研屏见饟者。其色如
　　玉，光润可爱。中有一牛，磨角作斗状。云：“湘潭里中有张
　　其姓者，多力善斗，号张难敌。一日，与人搏，偶败，忿赴
　　河而死。居三日，其家人来视之，浮水上，则牛耳。自后并
　　水之山往往有此石。或得之，里中辄不利。”梦中异之，为作
　　诗数百言，大抵皆取古之怨愤变化异物等事，觉而忘其言。
　　后三日，赋词以识其异。（恨之极）……………………………（302）

浣溪沙（父老争言雨水匀）..（305）

归朝欢·题赵晋臣敷文积翠岩（我笑共工缘底怒）.........................（307）

武陵春（走去走来三百里）..（309）

玉蝴蝶·杜仲高书来戒酒用韵（贵贱偶然）.............................（310）

玉楼春·效白乐天体（少年才把笙歌盏）...............................（313）

玉楼春·用韵答叶仲洽（狂歌击碎村醪盏）.............................（314）

浣溪沙·寿内子（寿酒同斟喜有余）...................................（315）

贺新郎·韩仲止判院山中见访，席上用前韵（听我三章约）.........（317）

夜游宫·苦俗客（几个相知可喜）.....................................（320）

行香子·博山戏呈赵昌父、韩仲止（少日尝闻）.........................（322）

鹧鸪天·有客慨然谈功名，因追念少年时事，戏作

　　（壮岁旌旗拥万夫）..（324）

卜算子（千古李将军）..（327）

卜算子（万里筭浮云）..（329）

卜算子·漫兴（夜雨醉瓜庐）..（330）

千年调·开山径得石壁，因名曰苍壁。事出望外，意天之所赐邪，

　　喜而赋（左手把青霓）..（332）

临江仙·戏为山园苍壁解嘲（莫笑吾家苍壁小）.......................（334）

贺新郎·邑中园亭，仆皆为赋此词。一日，独坐停云，水声山色，

　　竞来相娱，意溪山欲援例者，遂作数语，庶几仿佛渊明"思

　　亲友"之意云（甚矣吾衰矣）..................................（336）

贺新郎·再用前韵（鸟倦飞还矣）...................................（339）

临江仙·壬戌岁生日书怀（六十三年无限事）.........................（343）

临江仙（醉帽吟鞭花不住）..（344）

贺新郎·别茂嘉十二弟（绿树听鹈鴂）..................（345）

永遇乐·戏赋辛字，送茂嘉十二弟赴调（烈日秋霜）.................（348）

西江月·示儿曹，以家事付之（万事云烟忽过）.................（350）

鹊桥仙·赠鹭鸶（溪边白鹭）........................（351）

浣溪沙·常山道中即事（北陇田高踏水频）.................（353）

南乡子·登京口北固亭有怀（何处望神州）.................（354）

水调歌头·和马叔度游月波楼（客子久不到）.................（356）

永遇乐·京口北固亭怀古（千古江山）.................（359）

洞仙歌·丁卯八月病中作（贤愚相去）.................（363）

主要参考文献 ....（366）

导　读

辛弃疾是中国词史上文武双全的悲剧英雄。不了解他的身世遭遇、雄才大略，不了解他的理想抱负、苦闷焦虑，就无法读懂他的词。所以，我们先介绍他的人生经历、英雄气质。

一、辛弃疾的人生历程

辛弃疾的人生历程可分为三个阶段：少年从军，青年仕宦，中晚年闲居。

1. 少年投笔从戎

辛弃疾生于南宋高宗绍兴十年（1140）。当时中国处于分裂状态，淮河以北的地区由金朝占领，淮河以南才是南宋的江山。辛弃疾的家乡历城（今山东济南），属于金朝管辖。他从小就深深感受到民族压迫的痛苦，曾在《美芹十论》里回忆说，金人把女真族的部落安插在各个州县，培植党羽，仇视欺压汉族民众。两个民族的民众发生纠纷，向官府诉讼，无一例外地是汉族民众败诉，汉民只能忍气吞声。相邻的田地，常常被强行夺取；家养的牲畜，更被明目张胆地盗窃。一有战事，不论贫富，汉族男丁一律应征；一有苦力劳役，汉族民众便被迫举家前往，永无休止之期。原来有家产的，变得贫困不堪；原本就贫无立锥之地的，更是饥寒交迫，难以生存。

辛弃疾的祖父辛赞，从小教育辛弃疾要不忘国耻，经常带着年幼的辛弃疾登高望远，指画山河，外出观察地理形势，侦察敌情，了解情报，等待机会，洗雪国耻。在祖父的教育和影响下，辛弃疾幼小的心灵里充满着爱国情怀，立志要当民族英雄。他也生就一副英雄模样：身材魁梧，壮健如虎，脸颊红润，目有棱光。威严冷峻，武功高强，力大无比，以至于当时有人说他是犀牛所变。

（1）率众起义

二十二岁的时候，辛弃疾就在家乡济南率众起义，武力抗金。当时济南人耿京也带领着一支规模较大的义军抗金。于是，辛弃疾带领部下两千好汉，投奔耿京，很快得到耿京的信任，做了他的机要秘书和作战参谋——掌书记。

辛弃疾为什么要起兵抗金？为什么要率众投奔耿京，而不是只身前往？为什么不早不晚，在绍兴三十一年（1161）起兵？

辛弃疾起兵抗金的动机是洗雪国耻，收复中原，而不是占山为王，做绿林好汉。他曾在《美芹十论》里直接说："虏人凭陵中夏，臣子思酬国耻，普天率土，此心未尝一日忘。"既然起兵是为收复中原，那么，两千人的队伍孤军作战，肯定不可能成功，必须壮大力量，团结义士，共图大业。所以，他投奔耿京，以求更大的发展。

辛弃疾率众两千投奔耿京，是基于未来发展的战略考量。试想，当时辛弃疾是二十岁出头的青年，如果只身前往，一时难获耿京的信任和重用。带上两千人的队伍作为"投名状"，陡然间壮大了耿京的实力，耿京自然会对辛弃疾刮目相看，委以重任。辛弃疾也可以借助耿京的军事实力，实现自己远大的战略意图，最终完成"恢复"大业。

辛弃疾之所以在绍兴三十一年冬天起兵，而不是在这之前或之后，是因为这年冬天，金主完颜亮不顾宋金之间签订的和议，悍然发动战争，率领百万大军南下侵宋，北方兵力空虚。加之完颜亮南侵之前，向中原民众预征五年的租税，致使民不聊生、民怨沸腾。中原豪杰，如河北大名的王友直、山东济南的耿京、太行山的陈俊，纷纷起义，举兵反抗。辛弃疾敏锐地洞察到中原人心对金朝已怨恨至极，此时举义旗，聚义兵，容易得到民众的积极响应。而且，趁金兵主力南下时举兵，金朝也无力顾及，义兵容易立足生存和发展壮大。所以，辛弃疾抓住这个难得的战略机遇，趁机而起，聚兵反抗。他在《美芹十论》里很明确地说，当时是"思投衅而起，以纾君父所不共戴天之愤"。所谓"投衅而起"，就是寻找机会起兵抗金。

汉末刘劭的《人物志》曾分析过英雄的特质，认为聪能谋始、明能见机、智足断事、胆能决之、气力过人、勇能行之的人，可以成为英雄。聪能谋始，是说有预见、有远见，事先能做出周密的行动计划和战略部署；明能见机，是指善于把握时机，待时而动，在正确的时间采取正确的行动；智足断事，是指善于判断形势，随机应变，化解危机；胆能决之，谓有魄力胆略，处事果断；气力过人、勇能行之，指力大无比，武功高强，又勇敢无畏，有强大的行动力和执行力。而辛弃疾适时起兵抗金，率众投奔耿京以图发展，表明他善于把握战略机遇。这正是聪能谋始、明能见机、勇能行之的体现。

（2）智斩义端

辛弃疾任掌书记后不久，遇到一次危机，差点丢掉性命，但他以雷霆手段处置，转危为安。事情的原委是，辛弃疾曾劝说另一位义兵头领义端，带领千余人归顺耿京。不想这义端和尚人不义，行不端，是个投机分子，到耿京部下没几天，就盗窃了辛弃疾掌管的军印潜逃。耿京大怒，要杀辛弃疾。辛弃疾说："请给我三天期限，抓不到义端，我自己提头来见。"辛弃疾料定义端是叛逃到金兵那边去邀功请赏，而且判断他是走小路而不会走大路。果然不出所料，辛弃疾很快就在途中截住了义端。义端见辛弃疾追来，求饶说："我能看出你的前世真身是犀牛所变，力能杀人，求你不要杀我。"辛弃疾毫不手软，手起刀落，斩下义端的首级，夺回军印。耿京从此更加信任辛弃疾。

辛弃疾能料定义端是叛投金军，表明他"智足断事"，料事如神。义端逃跑后，他能追上义端并将其活捉生擒，表明辛弃疾"气力过人"且"勇能行之"。义端喜谈兵，又能聚众千余人，自非等闲之辈。而他见辛弃疾追来便恐惧不已，说辛弃疾的前身是犀牛，足见辛弃疾力大无比。辛弃疾毫不手软地杀死叛徒义端，足见他行事果敢。

耿京的队伍很快发展到二十五万人。辛弃疾常常点兵沙场，训练士卒。后来，他的《破阵子》词唱道："醉里挑灯看剑，梦回吹角连营。八百里分麾下炙，五十弦翻塞外声。沙场秋点兵。"就是回忆此时点兵的情景。

（3）决策南向

队伍壮大后，辛弃疾建议耿京"决策南向"，也就是带着整个队伍投诚南宋。《宋史·辛弃疾传》说："金主亮死，中原豪杰并起。耿京聚兵山东，称天平节度使，节制山东、河北忠义军马，弃疾为掌书记，即劝京决策南向。"辛弃疾建议耿京投诚南宋，是基于怎样的战略考量？

原来，金主完颜亮南下侵宋，在渡过长江时被南宋虞允文指挥的军队迎头痛击，伤亡惨重，完颜亮本人也被部下杀死。金兵主力部队全部撤回北方，对义军的生存构成严重威胁。更为严峻的是，金世宗继位后，对北方义军采取了攻心瓦解的策略，下诏赦免抗金义军，规定"在山者为盗贼，下山者为良民"。于是北方义军，人心涣散，大多数解甲归田，义军队伍随即土崩瓦解。比如河北大名府王友直的部队，原有数十万兵力，自从金世宗下达归农为民的赦令后，只剩下三十多人。因无法生存，王友直只好率仅存的部下南奔投诚南宋。

王友直部队瓦解之后，耿京部队已是独木难支。如果不及时另寻出路，很有可能也像王友直部队那样溃散而被金兵歼灭。辛弃疾敏锐地觉察到义军的危机，于是劝耿京"决策南向"。这样既能避免全军覆没的危险，也便于今后恢复大业的完成。耿京言听计从，采纳了辛弃疾的建议。一位二十二岁的青年，能够洞察危机，主动为二十五万人的军队谋划出路，足显辛弃疾聪能谋始、明能见机、智足断事的英雄气质。

（4）生擒张安国

耿京听从辛弃疾南下投诚的计策后，没等过完新年，就委派总管贾瑞和辛弃疾等十一人前往南宋接洽谈判。贾瑞、辛弃疾一行从山东东平出发，在绍兴三十二年（1162）元宵节后，到达建康（今江苏南京）。当时宋高宗赵构正好到建康巡幸，得知辛弃疾等人将带领二十多万人的队伍来投诚，大喜过望，随即召见，并给耿京部下二百多人封官晋爵。贾瑞、辛弃疾等人接受任命之后，立即返回山东。到达海州（今江苏连云港）时，京东招讨使李宝又派部将王世隆率十数名骑兵护送贾瑞、辛弃疾一行。

就在辛弃疾等人准备离开海州前往山东东平营地时，原来的部下马全福前来报信，说耿京被叛将张安国杀害，义兵队伍已经溃散，张安国率部投降了金人。辛弃疾闻讯大惊，当机立断，准备冒死干一件轰轰烈烈的大事。他跟贾瑞、王世隆、马全福等人商量说，我们奉主帅之命，来归顺宋朝。如今主帅被杀，队伍溃散，山东没有了根据地，我们无法生存，只有到宋朝发展。可是原来说带二十多万人的军队投诚，如今发生这么大的变故，宋朝怎能相信我们？唯一的办法是活捉张安国，把他作为人证送到临安（今浙江杭州），才能证明我们率部投诚的计划是真实的。大家积极响应。于是，辛弃疾带着原来的十一人和马全福的随行，加上王世隆等护卫官兵共五十人，组成突击队，潜回山东。

一天晚上，有五万金兵驻守的军营里，一间营帐灯火明亮，气氛热烈，几位军官推杯换盏，纵情喝酒，其中一位就是杀害耿京的叛徒张安国。夜半时分，他们个个醉眼蒙眬，七歪八倒。在众人不知不觉之间，门被悄悄打开，一位身材魁梧的壮汉，突然从背后抓住张安国，随即用绳索将其捆绑，飞身出屋，骑上在门外等候的战马，飞奔而去。等金兵将领醒过神来围追堵截，壮汉已经消失在夜幕之中，不知去向。

这位活捉张安国的壮汉，就是辛弃疾。离开金兵营地之后，他仍然人不休息，马不停蹄，昼夜飞驰，到了海州，才停下休整。然后将张安国送往临安，交付朝廷，斩首示众。

辛弃疾的队伍仅仅五十人，竟然在五万士兵把守的金营里当众活捉张安国，这太传奇了。以五十对五万，以一人敌千人，怎么可能？

然而，这是千真万确的。《宋史·辛弃疾传》中记载：

> 约统制王世隆及忠义人马全福等径趋金营，安国方与金将酣饮，即众中缚之以归，金将追之不及。献俘行在，斩安国于市。

辛弃疾的朋友洪迈在《稼轩记》里真真切切地写道：

> （辛弃疾）赤手领五十骑，缚取于五万众中，如挟兔兔，束马衔枚，间关西奏淮，至通昼夜不粒食。

辛弃疾的畏友、理学大师朱熹在《朱子语类》里也谈论过此事，说辛弃疾"挟安国马上，还朝以正典刑"。辛弃疾《鹧鸪天》词"锦襜突骑渡江初。燕兵夜娖银胡䩮，汉箭朝飞金仆姑"，也是追忆这段传奇经历。

辛弃疾赤手到金营生擒张安国，绝不会是高举旗帜、明目张胆地冲入金营，跟金人硬拼。因为，他精研兵法，深通战略战术。他的《美芹十论》就专门分析过战争中"观衅""察情"的重要性。观衅就是洞察敌人的失误、过失、软肋、薄弱环节，伺机攻击。察情就是掌握敌人的动向，了解对手的虚实。辛弃疾强调，打仗，必须了解对手，掌握情报，"知敌之情而为之处者，绰绰乎其有余矣"；"事有操纵在我，而谋之已审，则一举而可以遂成"；"攻其无备，出其不意，是谓至计"。可想而知，辛弃疾到山东后，绝不会大张旗鼓地强攻进入金人营地活捉张安国，必定是先派人去侦察敌情，了解金兵防守的薄弱环节和松懈时机，对金兵的活动规律和地形地貌了然于心后，再制定出万无一失的突击方案，然后一举而成。

辛弃疾完成了一件在常人看来不可能完成的壮举，充分体现出他超常的智慧、超常的胆略、超常的勇力。他有点像"超人"，他也有超人的自信。在《美芹十论》里，他对孝宗皇帝说："臣闻天下无难能不可为之事，而有能为必可成之人。"意思是，天下没有什么难做成的事，关键是要有能做而且一定能做成的人！言下之意，我辛弃疾就是这种"能为必可成"之人！辛弃疾敢说这么牛气冲天的话，底气就是他把生擒张安国这种"难能不可为之事"变成了"能为必可成"之事！

辛弃疾为什么要冒着极大的生命危险活捉张安国，而不是像杀和尚义端那样就地干掉？暗杀张安国比生擒张安国要容易得多。他为什么要奔驰几千里把张安国送到临安正法？他是出于什么样的战略考量？

对于辛弃疾来说，耿京被杀，意味着他在北方的所有努力都归零了。原来承诺带回南宋的二十五万人的军队全部瓦解，辛弃疾到南宋后怎样向朝廷解释？谁能相信他们所说的二十五万人的军队是真实的？辛弃疾谋划把叛徒张安国活捉到南宋，既能做"人证"，也能在南宋君臣面前展现他非凡的智慧、非凡的胆略和非凡的勇气。经过精心策划和部署，他终于活捉了张安国，完成了一件惊天动地的壮举！

果然，这件壮举得到新皇帝宋孝宗的高度赞许。洪迈《稼轩记》说，孝宗皇帝闻知壮举后，召见了辛弃疾，赞赏有加，从此深加信任器重。所谓"壮声英概，懦士为之兴起，圣天子一见三叹息，用是简深知"。这为辛弃疾打响了回归南宋的名声，打拼出了未来仕途的政治资本。

2. 青年仕宦江南

回归南宋后，辛弃疾先被任命为江阴军签判，几年后转任建康府通判。这期间，他将多年思考的恢复方略写成《美芹十论》，上奏朝廷。乾道六年（1170），他赴临安，被孝宗召对，迁司农寺主簿。乾道八年（1172），他离开朝廷，到滁州任知州。他在任上宽征薄赋，招聚流民，教练民兵，开垦屯田，政绩显著，深受民众爱戴。

（1）预言金亡

三十三岁这年，辛弃疾在滁州，预言金朝六十年后必亡，金朝灭亡后中国的忧患更大，后来果然应验。辛弃疾的预言，宋末周密《浩然斋意抄》有记载："乾道壬辰，辛幼安告君相曰：'仇虏六十年必亡，虏亡而中国之忧方大！'绍定验矣，惜乎斯人之不用斯世也。"乾道壬辰，是公元1172年。六十年后的宋理宗绍定五年壬辰（1232），金朝的都城汴京（今河南开封）被元兵攻陷。金哀宗逃离汴京，太后、皇后、皇妃、公主等全部被元兵俘虏，重新上演了北宋后宫被他们的祖先俘虏的剧情。"靖康之难"的血债最终由金兵的后代偿还。虽然金朝的末代皇帝直到1234年才在蔡州（今河南汝南）自缢身亡，但1232年金朝实际上已经亡国。历史事实，验证了辛弃疾预言的准确性。

辛弃疾是南宋罕见的有远见卓识的战略家。他预言金亡而中国之忧更大，指的是北方蒙古对南宋的潜在威胁，所以特别提醒南宋朝廷要早作预案，可当时南宋君臣浑然不觉。别说是辛弃疾在世时，就是金朝灭亡前夕，南宋朝廷也没有意识到蒙古威胁的逼近。有一事可以为证：金哀宗在汴京沦陷后逃到蔡州，派人到南宋去借粮，行前对使者说：南宋现在乘我们衰微，抢占属于我们大金的寿州，又攻破我们的邓州、唐州，实在是目光短浅。元先后灭了四十国，灭了西夏后，就来灭我大金。如果大金灭亡，必然接着灭宋。唇亡齿寒，自然之理。你把这个道理讲给宋朝君臣听，今天与我们联合，既是为我们，也是为他们。使者到南宋后，南宋朝廷不仅没有答应金哀宗的请求，而且落井下石，与元兵联手，最终攻下金哀宗所在的蔡州，导致金朝彻底灭亡。六十年前，辛弃疾已预料到的元兵威胁，六十年之后，南宋朝廷竟然完全没有察觉，实在让人叹息！1204 年正月，辛弃疾入朝面见宁宗皇帝时又提醒说，金朝不久必乱必亡，本朝应提前做好准备，以应对金朝灭亡后更大的军事危机。可南宋君臣上下都浑浑噩噩，没人理睬辛弃疾的担忧和建议。蒙古灭金后不久就挥师南下，最终灭亡了南宋。

辛弃疾的预言，是有历史和现实依据的战略分析与政治预判。他在《美芹十论》的《审势》篇和《观衅》篇对金朝必然亡国有过细致的分析。金朝内部有两大矛盾，一是民怨深重而无法化解，二是皇位继承的嫡庶不定也埋下了永久的祸根。这两重矛盾不断激化，加之外部势力的攻击，金朝非亡不可。辛弃疾如良医切脉，切中金朝的脉理，故能料定其六十年后必亡。

辛弃疾在滁州做了两年知州后，又到建康，任江东安抚司参议官，深受上司叶衡的赏识。叶衡回朝当宰相后，举荐辛弃疾到朝廷任仓部郎官，负责诸路粮草的收支及出纳、折欠和漕运上供等事务。

（2）平定赖文政

淳熙二年（1175），三十六岁的辛弃疾任仓部郎官不久，又迎来了一次军事上小试身手的机会。

　　这年四月，湖北、湖南交界的常德、益阳一带，以赖文政为首的茶商发动武装叛乱，不久就攻入江西。朝廷先是调派宋金前线的正规军——鄂州军前往镇压，无济于事。赖文政的队伍只有四百来人，而号称精锐有纪律的三千鄂州军，居然没能打败茶商武装。稍后，江西安抚使汪大猷派副总管贾和仲率数路之兵前往讨捕，因为不熟悉地形，也被茶商武装打得落花流水。朝廷先后调换三任提刑、动用上万兵力围剿，也没能控制局势。据兵部侍郎周必大说，当时参加围剿的有"江鄂之师，益以赣、吉将兵，又会合诸邑土军弓手，几至万人，犹未有胜之之策"（《文忠集》卷一三七《论任官理财训兵三事》）。彭龟年也说："茶寇方盛时，江鄂大军、诸路禁军、土军、弓手、百姓保甲，动以万计。"（《止堂集》卷十一《上漕司论州县应副军粮支除书》）江鄂大军、诸路禁军、地方土军等联合作战，也没打垮这支茶商武装。

　　宰相叶衡见局势越来越严重，就向孝宗皇帝推荐，说仓部郎官辛弃疾才略非凡，有作战经验，可以派他前去平定。于是，孝宗任命辛弃疾为江西提刑，"节制诸军，讨捕茶寇"（《宋史·孝宗本纪》）。辛弃疾受命之后，于七月中旬到达赣州。经过缜密侦察，他实施了三大战术。

　　第一步，重兵围困。茶商武装利用山深险阻，打游击战。辛弃疾吸取正规军背负铠甲辎重，不利于山中作战的教训，用正规军扼守要道，而用弓兵、土军和民兵将茶商武装围困山中，以消耗、断绝他们的给养，迫使其出山。果然，茶商武装无法在山中久留，被迫向岭南逃窜。

　　第二步，多路伏击。茶商武装向南窜入广东、江西交界处后，被广东提刑林光朝率领的精锐部队摧锋军迎头痛击，受到重创，只好折回江西。八月底，赖文政等从江西安福逃到萍乡，辛弃疾派鄂州军统制解彦祥率部围剿，茶商武装死伤惨重，又折回逃至安福高峰寺，辛弃疾又派遣土豪彭道到高峰寺合力搜捕。至此，茶商武装大势已去，逃到赣州兴国县作最后挣扎。

第三步，招安诱降。赖文政等逃到兴国后，只剩百余人苟延残喘，随时准备投降。辛弃疾委派兴国县尉黄倬前往招安，茶商武装全部投降。历时半年的茶商赖文政之乱，在闰九月被辛弃疾彻底平灭。据罗大经《鹤林玉露》记载，投降之前，赖文政先带几名首领面见辛弃疾，约日缴械投降。事后赖文政对部下说："辛提刑瞻视不凡，必将杀我。"茶商武装投降后，辛弃疾果然杀了赖文政，而没有兑现投降不杀的承诺。为此，辛弃疾受到朝官的指责和诟病。

边防作战的三千正规军打不赢茶商四百人，后来加上诸路禁军、土军上万人，依然不能阻扼其气焰，可见赖文政确实是足智多谋、难以对付的高手。而辛弃疾坐镇指挥后，迅速扭转局势，不到三个月就平定叛乱。这次成功平叛，再次彰显辛弃疾聪能谋始、明能见机、智足断事、胆能决之、勇能行之的英雄气质。他不仅有战略眼光，神机妙算，也善于实战，能打硬仗。

曾经有人认为，茶商之乱是农民起义，这是误解。那些叛乱之徒，根本不是农民，而是以失业的茶商为主体，加上刺配逃军、恶少无赖之徒。南宋茶商之所以经常发生叛乱，根源是南宋不合理的"榷茶"制度。南宋推行茶叶专卖制，商人要卖茶叶，必须向官府购买"茶引"——茶叶特许经营凭证。商人凭"茶引"到茶园、茶户购买额定数量的茶叶，然后去贩卖。茶商不是购买一次"茶引"就可以获得长期的售卖权，而是一道道地购买，买一道茶引，只能售卖额定数量的茶叶。由于茶引价格昂贵，自愿购买的很少，于是茶商就私下贩卖。官府严查禁止，茶贩就结伙抱团武装对抗。官府查禁严厉，茶贩无利可图，难以生存，就变为盗匪，从事抢劫等违法活动。为了争夺地盘，有时他们还互相火并仇杀，肆无忌惮地抢劫居民，有时抢夺客人买下的茶货，有时强掠妇女，以致民不安居。

此外，以前学界把茶商叛乱者称为"茶商军"，也是误解。南宋的茶商军，其实是专门应对茶商叛乱的官军。《宋史·郑清之传》记载："湖北茶商，群聚暴横。清之白总领何炳曰：'此辈精悍，宜籍为兵，缓急可用。'炳亟下招募之令，趋者云集，号曰'茶商军'。后多赖其用。"意思很清楚：时任江西总领所准备差遣的郑清之，见湖北茶商常常群聚暴乱，于是向总领何炳建议，将那些精悍横暴的茶商召集起来，组建专门的军队来应付武装叛乱的茶商，以暴制暴。何炳言听计从，立刻下令招募士兵，响应者云集，于是将这支军队称为"茶商军"。魏了翁《直焕章阁淮西安抚赵君纶墓志铭》也提到"制置使留茶商、忠效一军补兵籍"之事，意思是制置使留下茶商军、忠效军以补兵籍。由此可见，茶商军是兵籍之外的预备军队。

辛弃疾平灭茶商武装后，孝宗皇帝亲自给予嘉奖。辛弃疾自然是十分兴奋和自豪，对未来充满了幻想，以为从此可以平步青云，实现凌云壮志。但新的任命却是京西转运判官，到湖北襄阳掌管粮草运输，他不免失落和怅惘。他赴任途中所作《菩萨蛮·书江西造口壁》，就表现了他对人生失意和岁月蹉跎、功业未成的焦虑。

辛弃疾没料到，两年后，他就被任命为江陵（治今湖北荆州）知府兼湖北安抚使，成为独当一面的地方帅臣。其时辛弃疾才三十八岁。这应该是平定茶商叛乱功勋的后续效应。同年冬天，他又调到南昌，任隆兴知府兼江西安抚使。第二年，即淳熙五年（1178），被召回临安，任大理少卿，掌刑狱断案。当年又离朝，到鄂州（今湖北武汉）任湖北转运副使。在鄂州席未暇暖，淳熙六年春，又到潭州（今湖南长沙）任湖南转运副使，随即改任潭州知州兼湖南安抚使。

（3）创建飞虎军

继生擒张安国、平定赖文政之后，辛弃疾在长沙创建飞虎军，成就了他一生的三大英雄传奇。

湖南地理位置特殊，控带两广，但盗患严重，武备空虚。淳熙七年

（1180）八月，任湖南安抚使的辛弃疾向朝廷建议，依广东摧锋军、湖北神劲军、福建左翼军之例，别创一军，号称"飞虎军"。获得朝廷许可之后，辛弃疾雷厉风行，在长沙马殷营垒故址建立兵营，招步军两千人、马军五百人，并在广西买马五百匹，战马、铁甲皆备。

辛弃疾建飞虎军，阻力重重。先是组建期间，枢密院就有人反对，数次阻挠，而辛弃疾不为所动，加速进行。后来因花费巨大，动以万计，辛弃疾亲自协调斡旋，"事皆立办"（《宋史·辛弃疾传》）。可朝中有人弹劾辛弃疾聚敛民财，以至于降下御前金字牌，勒令其立即停建。辛弃疾受而藏之，不动声色，继续督责监办者，令一月之内建成飞虎营栅，违者军法处置，最终如期落成。军营建成后，辛弃疾向朝廷陈述始末，并绘图缴进，孝宗皇帝才释然认可。由此可见辛弃疾临事果断，有胆有识，决策力、行动力超强。

辛弃疾营房聚瓦的故事，有些像诸葛亮的草船借箭，足见他的超凡智慧。飞虎军营房快要建成时，适逢秋雨连月，负责施工的部下向辛弃疾报告，说房子即将建好，可没有一片瓦盖房。要造瓦，肯定来不及，问辛帅怎么办。辛弃疾问：需要多少片瓦？部下说：要二十万片。辛弃疾胸有成竹，安慰他说：不用担心，几日之内，就可办妥。部下不信，心想：辛帅也太会吹牛了，新烧二十万片瓦，无论如何也需要两三个月。辛弃疾随即命令厢官，除官舍、神祠外，号召每户居民取沟檐瓦两片，结果不到两天，二十万片瓦就全部备齐。僚属为之叹服不已。这是《宋史·辛弃疾传》记载的故事版本。罗大经《鹤林玉露》所载情节略有不同：部下报告辛弃疾"唯瓦难办"，辛弃疾命令到每家每户去购买，一百钱买檐前瓦二十片，限两日之内，见瓦收钱。结果几天之内，瓦不可胜用。虽然聚瓦的方式说法不一，但都体现出辛弃疾随机应变的智慧和解决困难的能力。罗大经对此评论说："大凡临事，无大小，皆贵乎智。智者何？随机应变，足以弭患济事者是也。"

飞虎军建成后，辛弃疾又加强训练，飞虎军从此"雄镇一方，为江上诸军之冠"（《宋史·辛弃疾传》）。后来任湖南安抚使的朱熹也说："飞虎军，元系帅臣辛弃疾创置，所费财力以巨万计，选募既精，器械亦备，经营葺理，用力至多。数年以来，盗贼不起，蛮徭帖息，一路赖之以安。"（《晦庵集》卷二一《乞拨飞虎军隶湖南安抚司札子》）飞虎军的意义和作用，越到后来越显著。辛弃疾作为飞虎军的创始人，功不可没。

可惜，辛弃疾在潭州未能充分施展才干，不到半年，就被调到南昌知隆兴府兼江西安抚使。

（4）"归正人"身份

从三十六岁到四十一岁，五年之间，辛弃疾调换了十任官职。频繁的调任，让辛弃疾难有作为，虽然官职有所升迁，但心情并不舒畅。辛弃疾之所以被频繁换职，与他的身份和个性有关。

辛弃疾是从北方金人占领区投诚归顺到南宋的"归正人"。南宋前期，有些归正人，从北方带些情报回到南宋，领取一些奖赏之后，又重返北方，首鼠两端，导致南宋朝野对归正人不很信任。虽然辛弃疾爱国之心执着，恢复之志坚定，但受归正人身份的拖累，不受朝廷信任，屡遭猜疑。所以朝廷不断调换他的职任，让他难以在一地深耕久作。

辛弃疾南归入仕之前，率众起义，投笔从戎，词中一再自称"少年横槊气凭陵""壮岁旌旗拥万夫""沙场秋点兵"，是典型的行伍出身的军人。（也有学者认为，辛弃疾十四岁领乡荐，后又两次赴燕京参加礼部考试，应是知识分子出身。可备一说）辛弃疾的个性刚强，作风强硬。行伍出身，早年养成的军人作风，让他行事果敢刚毅，雷厉风行。然而，作风过于强硬，有时就会专横霸道，上司难以驾御，同僚不易合作。友人朱熹就说辛弃疾为官时"纵恣时，更无一人敢道它"（《朱子语类》卷一三二）。同辈杨万里也说"辛弃疾有功，而人多言其难驾御"（《诚斋集》卷一二〇《宋故少师大观文左丞相鲁国王公神道碑》）。后辈真德秀说他为帅时"厉威严，轻以文法绳下，官吏惴栗"（《真西山集》卷四十五《少保成国赵正惠公墓志铭》）。所以朝廷对他是既用之又防之，后来干脆弃而不用。行事果敢，只考虑目的，而不管手段，很容易主观任性，不循绳墨，不守法度，动辄暴力制服。他在江西赈济灾民，曾发布八字榜文："劫禾者斩，闭粜者配。"（《朱子语类》卷一一一）用军令作民规，效果固然显著，但如果掌控不好，就会滥杀无辜。因过于强势，上司不满他的专断，下级惧怕他的威严。所以，他走到哪，都受人排斥。

3. 中晚年被弃闲居

孝宗淳熙八年（1181）十二月，辛弃疾由隆兴知府改任两浙提刑。还没离开南昌赴任，就被弹劾落职，罪名是贪财滥杀，欺侮上司。崔敦诗《西垣类稿》卷二《辛弃疾落职罢新任制》数落辛弃疾"曾微报效，遽暴过愆。肆厥贪求，指公财为囊橐；敢于诛艾，视赤子犹草菅。凭凌上司，缔结同类，愤形中外之士，怨积江湖之民"。罢职后，辛弃疾定居江西上饶。

辛弃疾从四十三岁首次罢职，到六十八岁去世，二十六年间，基本上是在江西赋闲家居。虽然曾两度东山再起，但为时甚短，无所作为。第一次是光宗绍熙三年（1192）五十三岁时，到福建先任提刑，后任福州知州兼福建安抚使，但前后仅三年，就被罢官，罪名又是残酷贪赃。第二次是宋宁宗嘉泰三年（1203）六十四岁时，起用为绍兴知府兼浙东安抚使，次年移知镇江府，第三年又因"好色贪财，淫刑聚敛"被言者论列落职。

辛弃疾晚年出山，适逢韩侂胄主持北伐，准备对金宣战。辛弃疾等待一辈子的恢复机会，终于来临，自然十分兴奋。他任镇江知府时，积极为北伐做准备，多次派遣间谍到北方，侦察金人兵力的数量、屯戍之地的位置、各路将帅的姓名、粮草囤积的地点等情报，并招募沿边民兵强化训练。后来在全面了解了朝廷的所作所为后，辛弃疾又深为失望，预言北伐必然失败，并为友人程珌分析了北伐必败的原因和兵败的地点。程珌在《丙子轮对札子》中有详细记载。两年后，也就是宁宗开禧二年（1206）五月，南宋下诏伐金，出师即败，结果与辛弃疾的预料丝毫不差。辛弃疾的预言再一次被现实验证，也再一次显露了他料事如神的远见卓识。

开禧三年（1207），六十八岁的老英雄辛弃疾，在江西铅山病逝。康熙《济南府志》记载，辛弃疾临终前大呼"杀贼"数声，虽然有想象的成分，但符合英雄的个性。宋末谢枋得《祭辛稼轩先生墓记》说他到辛弃疾祠堂祭奠时，闻"有疾声大呼于祠堂者，如人鸣其不平，自昏暮至三更不绝声"。这应该是谢枋得的心灵感应。他特别理解辛弃疾一生的抑郁不得志，说辛弃疾"生不得行其志，没无一人明其心"，是"朝廷一大过，天地间一大冤，志士仁人所深悲至痛"！

辛弃疾不仅有英雄气质、英雄才干，更有恢复中原、一统天下的崇高理想。英雄，从来不是为个人的事业，而是为民族的事业、为民众的福祉而奋斗。辛弃疾的同代人，早就称许辛弃疾是英雄，黄榦颂扬他是"一世之雄"（《与辛稼轩侍郎书》）。刘宰称赞他是"命世大才，济时远略，挺特中流之砥柱"；"雅有誓清中原之志，乾旋坤转，虎啸风生"。谢枋得称扬他"有英雄之才、忠义之心、刚大之气"（《祭辛稼轩先生墓记》）。辛弃疾的英雄气质、宏大志向、远见卓识、谋略智慧，得到同代人的广泛认可。

只可惜辛弃疾生不逢时，生活在宋金对峙的"冷战"时代，不能像岳飞那样建立盖世奇勋。洪迈在《稼轩记》里曾感叹："使遭事会之来，挈中原还职方氏，彼周公瑾、谢安石事业，侯固饶为之。"意思是如果有机会，辛弃疾完全可以收复中原，建立周瑜、谢安那样的勋业。宋末刘克庄《辛稼轩集序》也说，如果孝宗皇帝让辛弃疾尽展其才，即使不能像霍去病那样封狼居胥，也决不会置中原于度外！然而辛弃疾终其一生，也没有等到大显身手的机会，一辈子只牛刀小试了几回。时代注定了辛弃疾只能是一个悲剧英雄。

不过，军人武将出身的辛弃疾，没能在军事上建立丰功伟业，却在文学上开疆拓土，把词的艺术发展到前所未有的高度，成为开宗立派的词坛宗主！辛弃疾个人的不幸，却成就了词史的大幸！

二、辛弃疾词的艺术世界

辛弃疾写词，有着明确而自觉的创作目的，就是要写出人生的行藏出处、心态情感，呈现独特的个体生命史、心灵史。他在《鹧鸪天·不寐》里宣称："人无同处面如心。不妨旧事从头记，要写行藏入笑林。"这是一种自传性、纪实性的创作观念。无论是缘于外在的应酬唱和，还是缘于内心的创作冲动，他的词都是书写自我的人生理想、人生感受，实录自我对社会、自然的观察和感悟。辛弃疾的词，是他人格、个性的影像记录，生命历程的艺术呈现，时代风云、社会变化、乡村自然的素描剪影。

正如其人是中国词史上独具个性的悲剧英雄，其词也创造了独特的英雄词世界。

1. 独特的心灵世界

辛弃疾有高度自觉的英雄意识。他少年时就想当英雄，怀抱英雄的梦想，一心想着驰骋疆场，杀敌立功，然后封侯拜相，腰间挂着斗大的黄金印，指挥千军万马，夺回中原失地，完成国家统一大业。功成名就之后，找位佳人陪伴。《金菊对芙蓉·重阳》词说："叹少年胸襟，忒煞英雄。把黄英红萼，甚物堪同。除非腰佩黄金印，座中拥、红粉娇容。"少年的英雄理想，很实在，既追求功名事业，也热爱美人，期待着事业爱情双丰收。

壮年时，辛弃疾以英雄自居。三十五岁时写的《水龙吟·登建康赏心亭》就说："倩何人、唤取红巾翠袖，揾英雄泪。"此时他请缨无路，进取无门，退隐又不甘心，心中的压抑苦闷无人理解，禁不住潸然泪下，于是想找位温柔的佳人擦拭一把英雄泪，安慰自己孤独寂寞之心。

到了暮年老境，英雄壮心不已。他一再浩叹："谁念英雄老矣，不道功名蕞尔，决策尚悠悠。"（《水调歌头》）"不念英雄江左老，用之可以尊中国。"（《满江红》）尊中国，就是使中国自尊自强。他壮岁罢官后，长期在家闲居，所以他焦虑，他怒吼：荒唐的时代，没有人顾念老英雄，如果能获重用，我一定能让中国雄起，让民族独立，不再向金朝称臣纳贡、屈辱求生。

辛弃疾钟情英雄、崇拜英雄，所谓"天下有英雄者出，然后能屈群策而用；有豪杰者出，然后能知天下之情"（《九议》其一），他渴望成就英雄的伟业，成为曹操、刘备、孙权那样的英雄："英雄事，曹刘敌。"（《满江红》）"天下英雄谁敌手？曹刘。生子当如孙仲谋。"（《南乡子》）他呼唤时代的英雄横空出世："千古江山，英雄无觅，孙仲谋处。"（《永遇乐》）他的词里，可以看到英雄辛弃疾"壮岁旌旗拥万夫"（《鹧鸪天》）的威武，"沙场秋点兵"（《破阵子》）的英姿，"千丈擎天手，万卷悬河口"（《一枝花》）的豪迈，领略到他"斫去桂婆娑，人道是、清光更多"（《太常引》）的人间情怀，"布被秋宵梦觉"时眷恋"万里江山"（《清平乐》）的社会担当。唐宋词史上，没有哪位词人像辛弃疾这样崇拜英雄、渴望成为真正的英雄。王安石《浪淘沙》词中用过"英雄"这个词汇，苏轼也曾渴望"西北望，射天狼"，但那是浪漫文人"酒酣胸胆尚开张"时的一时豪气。比较而言，王安石、苏轼追求的是"诗书事业"，政治上的功名；而辛弃疾追求的则是"弓刀事业"（《破阵子》），是军事上的功勋："马上笑驱锋镝"（《满江红》）。词世界里，苏东坡是"学士"，辛稼轩是"壮士"。正如谭献《复堂词话》所说："东坡是衣冠伟人，稼轩则弓刀游侠。"故而同样是抒发人生的幽愤，同样是在赤壁缅怀古代英雄，苏轼的感慨是"故国神游，多情应笑我，早生华发"，不免文士的多情伤感；而辛弃疾则是"半夜一声长啸，悲天地，为予窄"（《霜天晓角》），显露出壮士豪迈的英雄本色。

辛弃疾以天下为己任，有崇高的理想、博大深沉的家国情怀。面对神州的南北分裂、民族的被侵略奴役，他立志"克复神州""誓清中原"，使南北一统："袖里珍奇光五色，他年要补天南北。"（《满江红》）给友人祝寿，他激励友人"要挽银河仙浪，西北洗胡沙"（《水调歌头》），自许"待他年，整顿乾坤事了，为先生寿"（《水龙吟》）。送友人时，难忘"落日胡尘未断，西风塞马空肥"（《木兰花慢》），鼓励友人"待十分做了，诗书勋业"（《满江红》）。与朋友唱和，忧虑着山河破碎，"南共北，正分裂"（《贺新郎》），念念不忘"中州遗恨"（《水调歌头》）。登南剑州双溪楼时，憧憬着"倚天万里须长剑"（《水龙吟》），一匡天下；登京口北固亭时，希望自己像古代的英雄一样能"金戈铁马，气吞万里如虎"（《永遇乐》）。

他的理想、信念坚定执着，不因环境的改变而改变，不因个人的挫折而放弃。他坚称："男儿、到死心如铁，看试手，补天裂。"（《贺新郎》）"看依然、舌在齿牙牢，心如铁。"（《满江红》）天生命世大才，深怀济时远略，他决不甘心平庸地了却此生，而希望有所作为。他也坚信此生必有机会实现自己的壮怀理想："不龟手药，或一朝兮取封。"（《醉翁操》）"男儿事业，看一日，须有致君时。"（《婆罗门引》）"细思量，古来寒士，不遇有时遇。"（《归朝欢》）他是在痛苦中求奋进，失望中憧憬着未来："莫信蓬莱风浪隔，垂天自有扶摇力。"（《满江红》）并注意调护身体，以待机遇："记功名，万里要吾身，佳眠食。"（《满江红》）恰如蔡幼学所说，他是"险阻备尝，晚益坚于壮志"（《育德堂外制集》卷三《辛弃疾待制致仕制》）。

作为英雄，辛弃疾还具有"事有可为，杀身不顾"（《淳熙己亥论盗贼札子》）和"马革裹尸当自誓"（《满江红》）的献身精神、自我牺牲精神。这是词世界里前所未见的生命绝唱，只有在建安时代、盛唐时期的诗歌里才能见到这种英雄的壮歌。

辛弃疾一生的物质生活，比很多人都要舒适优渥，可精神世界，却比天下人都要压抑、焦虑、愤懑。为什么？因为他肩上扛着统一天下的责任，心中抱着收复河山的宏愿。他本有整顿乾坤的才情将略，可长期被抛弃闲置，一腔热血无处挥洒。因而，他的词中充满着苦闷、怨愤。他有时像冯谖一样弹铗悲歌："腰间剑，聊弹铗"（《满江红》）；有时像"落魄"的"故将军"李广，醉饮在"岁晚田间"（《八声甘州》）；有时悲愤难平，派遣"酒兵压愁城"，用词"写尽胸中、块磊未全平"（《江神子》）。他有"把吴钩看了，栏干拍遍，无人会，登临意"（《水龙吟》）的孤独，也有"青山遮不住，毕竟东流去"（《菩萨蛮》）的时不我待的焦虑。

他性格傲岸，气质狂豪。曾自谓"生平刚拙自信，年来不为众人所容"（《淳熙己亥论盗贼札子》），"少年使酒，出口人嫌拗"（《千年调》）。他曾坚定地宣称："昂昂千里，泛泛不作水中凫。"宁可"家徒四壁"，清贫自守，"故人疏"（《水调歌头》），幽独自处，也决"不求合于人"（《九议》其一）。因为处处受排斥，没有知音，不被理解，他的焦虑、愤懑，有时到了发狂的地步。如："夜半狂歌悲风起，听铮铮、阵马檐间铁。"（《贺新郎》）"狂歌击碎村醪盏，欲舞还怜衫袖短。"（《玉楼春》）"说剑论诗余事，醉舞狂歌欲倒，老子颇堪哀。"（《水调歌头》）这些狂豪举止、狂傲情态，"狂歌"狂饮，"不恨古人吾不见，恨古人、不见吾狂耳"（《贺新郎》），既体现出他激烈跳荡的生命激情，也反映出他极度的压抑和深沉的苦闷。

辛词的情感世界里，并非只有烈火豪情，也有似水柔情。如在江西赣州平定茶商之乱后写的《菩萨蛮》（西风都是行人恨），就表达了对夫人的深深怀念，想象夫人"试上小红楼，飞鸿字字愁"。《浣溪沙·寿内子》虽是寿词，却也表达了夫妻相濡以沫的真爱和欣慰："寿酒同斟喜有余，朱颜却对白髭须。两人百岁恰乘除。"古代诗人的爱情诗、爱情词，大多是为婚外女子而作，只有少数篇章是为婚内妻室而写。像辛弃疾这样，戎马倥偬之余还能想到给夫人写首词以寄相思，很是少见。写词给夫人祝寿，共享天伦之乐，在词世界里也不多见。还有些词作，也疑似为夫人而作，如《武陵春》写逾约未及时归家，而"鞭个马儿归去也，心急马行迟。不免相烦喜鹊儿，先报那人知"，"那人"，可能是夫人。只是难以肯定是为自己的夫人所写，还是像《生查子·有觅词者为赋》《鹧鸪天·代人赋》那样代为他人而作。但《念奴娇·书东流村壁》肯定是写辛弃疾本人一段刻骨铭心的艳遇，词中"旧恨春江流不断，新恨云山千叠"的名句，足以体现词人对这段爱情的留恋与遗憾。

　　沙场点兵的军人硬汉辛弃疾，写起柔情爱情，一点也不让小晏、秦郎。如《一剪梅》之"锦字都来三两行，千断人肠，万断人肠。雁儿何处是仙乡？来也恓惶，去也恓惶"；《恋绣衾》之"夜长偏冷添被儿。枕头儿、移了又移。我自是、笑别人底，却元来、当局者迷"等，用平常语写相思，语淡情深。《南歌子》之"今夜江头树，船儿系那边。知他热后甚时眠？万万不成眠后，有谁扇"。写一位妻子对远行在外的丈夫的关心体贴，温柔贤惠，在两宋词史上很是罕见。至于友情亲情，也都写得亲切有爱。如送门人范开，安慰他说："但使情亲千里近，须信，无情对面是山河。"（《定风波》）送同僚范昂："无情水都不管，共西风只管送归船。"（《木兰花慢》）送族弟祐之："记取小窗风雨夜，对床灯火多情。"（《临江仙》）无不情深意真。

　　辛弃疾性情刚烈，却不乏风趣幽默，因而其词充满幽默感。北宋中后期，词坛曾流行一股俳谐词风，但多属戏谑调笑，风趣有余而格调不高。辛弃疾的幽默词，虽然也有玩笑打趣之作，如《寻芳草》调侃友人陈莘叟想妻子，晚上无法成眠，就很有趣，但更多的是讽刺社会现实和抒发人世的不平，具有思想含量和艺术品位。如《行香子·博山戏简昌父仲止》表面上说"由来至乐，总属闲人"，好像很享受这种悠闲，而词末的"把相牛经，种鱼法，教儿孙"，则透露出内心的不平之鸣。堂堂大英雄，晚年只落得在家中教儿孙如何养牛养鱼，万字平戎策换成了东家种树书，内心深处的不平与无奈，人生社会的颠倒错位，自在言外。《卜算子》将"千古李将军"与"为人在下中"的李蔡对比，进而与自己"万一朝廷举力田，舍我其谁也"的现实处境进行类比，在不同命运的对比与相同命运的类比之中，见出古往今来的贤愚错位。《踏莎行·赋稼轩，集经句》和《水调歌头》（我亦卜居者）自我调侃，自我开解，用幽默的态度化解人生的挫折与苦闷，是一种人生智慧。《夜游宫·苦俗客》和《千年调》（卮酒向人时）讽刺追名逐利的俗客和阿谀奉承、圆滑世故的官场风气，颇能见出辛弃疾嫉恶如仇、刚正不阿的个性。

2. 丰富的生活世界

辛弃疾四十三岁后，长期赋闲，在江西上饶、铅山乡间闲居。英雄壮士被迫做了隐士、闲士。闲士的生活，随性轻松，闲适快意："欲行且起行，欲坐重来坐。坐坐行行有倦时，更枕闲书卧。"（《卜算子》）读书、饮酒、闲游，是他中晚年隐居生活的主要内容。他时常坐着竹轿，带着钓车茶具、圆桌坐垫，在溪头村畔闲游："行李溪头，有钓车茶具，曲几团蒲。"（《汉宫春》）他也常常生病："病是近来身，懒是从前我。"（《卜算子》）"剩欲读书已懒，只因多病长闲。"（《西江月》）"病中留客饮，醉里和人诗。"（《临江仙》）病虽愈，但筋力衰退，"不知筋力衰多少，但觉新来懒上楼"（《鹧鸪天》）。壮健如虎的英雄，到了老年，已是"头白齿牙缺"："已阙两边厢，又豁中间个。"（《卜算子》）老态龙钟："坐堆豗，行答飒，立龙钟。"（《水调歌头》）

闲居期间，更多的是愁肠百结，愁思难解，他常常在词中倾诉："欲上高楼去避愁，愁还随我上高楼。"（《鹧鸪天》）"有甚闲愁可皱眉，老怀无绪自伤悲。"(《鹧鸪天》)"而今识尽愁滋味，欲说还休。"(《丑奴儿》)"近来愁似天来大，谁解相怜？谁解相怜，又把愁来做个天。"(《丑奴儿》)

辛弃疾好酒嗜酒，退居江西上饶之后，几乎无日不饮。他觉得："身世酒杯中，万事皆空。"(《浪淘沙》)"少是多非惟有酒，何须过后方知。"(《临江仙》)故而"总把平生入醉乡，大都三万六千场"(《浣溪沙》)。他嫌独饮不过瘾，就写词请朋友来共饮："掀老瓮，拨新醅，客来且尽两三杯。"(《鹧鸪天》)

他每饮必醉，"一饮动连宵，一醉长三日"(《卜算子》)。时现醉态："昨夜山翁倒载归，儿童应笑醉如泥。"(《定风波》)"昨夜松边醉倒，问松我醉何如。只疑松动要来扶，以手推松曰去。"(《西江月》)常常狂饮烂醉，不免伤及健康。于是朋友劝他戒酒，可他回应说："算从来、人生行乐，休更说、日饮亡何。快斟呵，裁诗未稳，得酒良佳。"(《玉蝴蝶》)等到身体实在吃不消了，不得不听从家人友人的劝告而戒酒。可理智上想戒，生理上却十分依赖，那份纠结，全表现在《沁园春·将止酒，戒酒杯使勿近》词中。他跟酒杯订立盟约，约好从此不再亲近酒杯，并命令酒杯："勿留亟退，吾力犹能肆汝杯。"狡黠的酒杯却躬身"再拜，道麾之即去，招亦须来"。酒杯深知稼轩翁难以真正止酒，于是诙谐地答应：麾之即去，哪天想俺了，一招就来。果不其然，止酒不几天，酒友载酒入山相邀，稼轩翁自感不便以止酒为托词，于是破戒一醉，并用韵再赋一首《沁园春》以自我解嘲。

辛弃疾不仅书写自我的日常生活，也表现社会的人情世态、人世不平。"贵贱贤愚等耳"(《水调歌头》)的人世，"雷鸣瓦釜，甚黄钟哑"(《水龙吟》)的颠倒社会，"贵贱交情，翟公门外人稀"(《新荷叶》)的炎凉世态，都呈现在他的词世界里。至于现实生活中"最要然然可可，万事称好"的"滑稽"小人(《千年调》)，"颠倒烂熟""说底话、非名即利"

的"俗客"(《夜游宫》),也以讽刺的笔调、漫画的形式,留存在他的词世界中。

辛弃疾热爱山水、流连山水,所谓"一生不负溪山债"(《鹧鸪天》)。他又长期住在乡村,熟悉乡村,所以,自然山水世界、乡村生活世界,也成为他词世界里另一道靓丽风景。

江西上饶一带的山,诸如灵山、南岩、积翠岩、雨岩、西岩等,以不同的姿态矗立在辛词的艺术世界里。有的山,像战马奔腾:"青山欲共高人语。联翩万马来无数。"(《菩萨蛮》)有的山,似神仙幻化,积翠岩是共工怒触天柱而成:"我笑共工缘底怒,触断峨峨天一柱。补天又笑女娲忙,却将此石投闲处。"(《归朝欢》)南岩则是仙人洪崖削出:"笑拍洪崖,问千丈翠岩谁削。"(《满江红》)他笔下的山,多以雄奇气势见长,而不以精致玲珑取胜,《临江仙》词就说:"莫笑吾家苍壁小,棱层势欲摩空。相知惟有主人翁。有心雄泰华,无意巧玲珑。"

他笔下的水,是奔腾纵姿,飞动跳荡。如《摸鱼儿》里的钱塘江潮:"望飞来、半空鸥鹭,须臾动地鼙鼓。截江组练驱山去,鏖战未收貔虎。"《沁园春》里的瀑布:"惊湍直下,跳珠倒溅。"《清平乐》中的"清溪奔快,不管青山碍。千里盘盘平世界,更著溪山襟带",都充满了跳荡的生命力和飞动感。辛弃疾笔下的山水,都是他生命激情的外化,具有独特的情调。

辛弃疾词中的乡村,充溢着浓郁的泥土气息、生活气息。有"东家娶妇,西家归女,灯火门前笑语"(《鹊桥仙》)的热闹;有"大儿锄豆溪东,中儿正织鸡笼。最喜小儿亡赖,溪头卧剥莲蓬"(《清平乐》)的和谐;可以听到"平冈细草鸣黄犊"(《鹧鸪天》),"蛙声一片"在"稻花香里说丰年"(《西江月》);可以望见"北陇田高踏水频,西溪禾早已尝新"(《浣溪沙》);可以看到"牛栏西畔有桑麻""鸡鸭成群晚未收""荒犬还迎野妇回"(《鹧鸪天》)。可以亲密接触到各式各样的乡村人物:"笑背行人归去,门前稚子啼声。"(《清平乐》)"青裙缟袂谁家女,去趁蚕生看外家。"(《鹧鸪天》)"谁家寒食归宁女，笑语柔桑陌上来。"(《鹧鸪天》)"西风梨枣山园，儿童偷把长竿。莫遣旁人惊去，老夫静处闲看。"(《清平乐》)"父老争言雨水匀，眉头不似去年颦。殷勤谢却甑中尘。"(《浣溪沙》)这些村姑村妇、儿童父老，让我们感到亲切而陌生。亲切，是这些人物如同我们在日常生活中常见的人物，如此平凡，又那么生动；陌生，是词史上很少有人关注、呈现这些乡村人物。虽然苏轼在徐州写的《浣溪沙》组词里让"旋抹红妆看使君，三三五五棘篱门。相挨踏破茜罗裙"的村姑村妇们露过脸，但只是偶尔涉笔，不像辛弃疾这样作画卷式的系列描绘。

在辛词的艺术世界里，最具个性特色和开创性的是悲壮雄伟的战争场面。有的是他亲历的战斗情境："八百里分麾下炙，五十弦翻塞外声。沙场秋点兵。马作的卢飞快，弓如霹雳弦惊。"(《破阵子》)"壮岁旌旗拥万夫，锦襜突骑渡江初。燕兵夜娖银胡䩮，汉箭朝飞金仆姑。"(《鹧鸪天》)也有他耳闻的现实战斗场面："落日塞尘起，胡骑猎清秋。汉家组练十万，列舰耸层楼。谁道投鞭飞渡，忆昔鸣髇血污，风雨佛狸愁。季子正年少，匹马黑貂裘。"(《水调歌头》)这是写绍兴三十一年宋金采石矶之战，如同战争大片，惊心动魄。"笳鼓归来，举鞭问、何如诸葛？人道是、匆匆五月，渡泸深入。白羽风生貔虎噪，青溪路断猩鼯泣。早红尘、一骑落平冈，捷书急。"(《满江红》)这是写湖南安抚使王佐平定陈峒之乱，虎啸风生，气势磅礴。还有折射出现实战况的历史战斗情景："汉水东流，都洗尽、髭胡膏血。人尽说、君家飞将，旧时英烈。破敌金城雷过耳，谈兵玉帐冰生颊。"(《满江红》)这刀光剑影、旌旗飞扬、战鼓咚咚、硝烟漫漫的战场，是词世界里前所未有的壮观。只有曾经驰骋疆场、横戈杀敌的英雄辛弃疾，才能创造出这样雄奇的战争画面。

3. 卓越的艺术成就

辛弃疾词，不仅拓展丰富了词的心灵世界和生活世界，更拓展了词的艺术空间，大大提升了词的艺术表现力。

（1）语言的突破

词是语言的艺术，辛弃疾的语言极为个性化。根据内容题材和创作对象的特点，或雅或俗，或庄或谐，声口毕肖。比如，同是送侍妾，《临江仙·侍者阿钱将行，赋钱字以赠之》和《鹊桥仙·送粉卿行》的语言就大不相同，前者典雅，后者通俗。因为阿钱读书多，精通诗文，擅长笔札，经常代辛弃疾写应酬的书信，所以辛弃疾就为她量身定做，用书面雅言，精心挑选有关钱的典故构成送别词境："一自酒情诗兴懒，舞裙歌扇阑珊。好天良夜月团团。杜陵真好事，留得一钱看。　　岁晚人欺程不识，怎教阿堵留连。杨花榆荚雪漫天。从今花影下，只看绿苔圆。"而粉卿读书不多，只是粗通文墨，所以，送她的词，就用口语俗话："轿儿排了，担儿装了，杜宇一声催起。从今一步一回头，怎睚得一千余里。　　旧时行处，旧时歌处，空有燕泥香坠。莫嫌白发不思量，也须有思量去里。"一听就明白，读来亲切有味。

辛弃疾词最突出的语言成就，是语源的变革。他打破词作语言的壁垒，首次用经史散文的语言熔铸新意象、创造新境界。词的语言，原有两大来源，一是从日常生活中提取，一是从前人诗赋等韵文中转化，没有人敢用经史中的语句，没有人敢从散文里吸取语汇。而辛弃疾则独创性地从经史子集等散文中提取语汇入词，不仅盘活了语言资源，赋予经史子集中的语言以全新的生命活力，而且空前解放了词体，丰富了词的语汇和表达极限。经史散文中的语言，他信手拈来，一如己出。如《贺新郎》之"甚矣吾衰矣。怅平生、交游零落，只今余几"；"我见青山多妩媚，料青山、见我应如是"；"不恨古人吾不见，恨古人、不见吾狂耳。知我者，二三子"，分别化用了《论语》、欧阳修《江邻几文集序》和《晋书·温峤传》《新唐书·魏徵传》《南史·张融传》中的成句；《最高楼》之"吾衰矣，须富贵何时。富贵是危机。暂忘设醴抽身去，未曾得米弃官归。穆先生，陶县令，是吾师。　　待葺个园儿名佚老。更作个亭儿名亦好。闲饮酒，醉吟诗。千年田换八百主，一人口插几张匙。便休休，更说甚，是和非"，则分别化用了《论语》《庄子》《左传》《汉书·杨恽传》《晋书·诸葛长民传》《汉书·楚元王传》《晋书·陶潜传》《旧唐书·司空图传》和《五灯会元》等经史子集中的成句，都自饶新意。虽是散文句法，却不违反词的格律规范，仍协律可歌，煞是奇妙！《踏莎行·赋稼轩，集经句》，全从《易经》《诗经》《论语》《礼记》中集出语句而稍加点化，就变陈言为新句。宋末刘辰翁《辛稼轩词序》曾比较过苏、辛不同的变革开拓之功："词至东坡，倾荡磊落，如诗如文，如天地奇观，岂与群儿雌声学语较工拙。然犹未至用经用史，牵雅颂入郑卫也。自辛稼轩前，用一语如此者，必且掩口。及稼轩横竖烂漫，乃如禅宗棒喝，头头皆是。"唐宋词史上，辛弃疾创造和使用的语言最为丰富多彩，雅俗并收，古今融合，骈散兼行，随意挥洒，且精当巧妙。正如清人刘熙载《艺概·词曲概》所说："稼轩词龙腾虎掷，任古书中理语、廋语，一经运用，便得风流，天姿是何复异！"吴衡照《莲子居词话》也称扬："辛稼轩别开天地，横绝古今。《论》《孟》《诗小序》《左氏春秋》《南华》《离骚》《史》《汉》《世说》,《选》学，李、杜诗，拉杂运用，弥见其笔力之峭。"

（2）用典的神妙

用典，本是诗词的基本手段，而辛弃疾词用典极多，熟典生典、常典僻典、旧典新典、"古"典"今"典，都信手拈来，融合无间。所谓古典，指古代、前代的典故；今典，是指本朝、当代的典故。如《满江红·贺王帅宣子平湖南寇》词中"白羽风生貔虎噪，青溪路断魑魅泣"两句，白羽，是古典、旧典，青溪是今典、新典。白羽，既是指诸葛亮用"白羽扇指麾三军"的典故，又融合了《北史·陆法和传》的故事：侯景之乱时，陆法和在江陵阻击侯景部将任约，两军战船对峙，陆法和派人纵火烧敌船，因是逆风，无法烧及敌船，于是"法和执白羽麾风，风势即返"，任约之兵大溃。这应是白羽风生典故的真正来源。而字面上，又是化用苏轼《与欧育等六人饮酒》："苦战知君便白羽，……引杯看剑坐生风。""白羽风生"四个字，融化两个事典、一个语典，辛弃疾用典之妙，可见一斑。而"青溪路断"，是借北宋末方腊覆灭比喻宜章陈峒之乱被平定，用典尤为贴切。又如《柳梢青·三山归途代白鸥见嘲》末句"好把移文，从今日日，读取千回"，用北宋真宗朝翰林学士杜镐诵《北山移文》讽刺隐士种明逸故事。辛弃疾用此典，是自嘲苦笑。他自笑自己无端应诏出山，到福建为官，结果不到三年就被罢官免职，自讨没趣，重新归山，致使鹤怨猿惊、山灵震怒。弄清此典，就可以更深入地理解辛弃疾福建罢官时内心的矛盾、遗憾和悔恨。辛词用典，不是炫博矜能，而是用最贴切、最准确的典故来表达情和事，以达到语约、事备、意丰的艺术效果。

辛弃疾用典方式变化多样，有明用、化用、曲用、叠用诸法。明用，是直接引用，往往字面上出现典故所含的关键字。如《破阵子》的"八百里分麾下炙，五十弦翻塞外声"，是写兵营里将士们分吃牛肉、共听琴声的情景，如果直接说吃牛肉、听弹琴，就既没有韵味，也没有艺术含量。于是辛弃疾用"八百里"的典故来代指牛肉，用"五十弦"代指乐器。五十弦，因为我们熟悉李商隐的《无题》诗，所以一看就能联想到"锦瑟无端五十弦"的诗句，由此明白五十弦是指琴瑟类弦乐器。这"八百里"，意思就不那么显豁了。凡是按字面的意思解释不通或不好理解的，一般就是用了典故。这也是判断诗句词句是否用典的最简易方法。这"八百里"，原是一头牛的名字。《世说新语》里记载，喜欢炫富的贵族王恺（字君夫）家中养有一头牛，名叫八百里驳，可以奔跑八百里，相当珍贵。王济（字武子）有次对王恺说：我的箭术不如你，今天咱俩比试比试，就用你家的那头八百里驳作赌注。王恺自以为箭术高明，于是爽快答应，并让王济先射。没想到，王济一箭中的，对早就准备好杀牛的手下说："快取牛心来吃。"不一会儿，八百里驳就被杀了烤熟，王济切了一大块牛肉，扬长而去。辛弃疾用这个典故，让"八百里"跟"五十弦"对仗，贴切、巧妙又大气。"八百里"的字面，可以让我们联想到"八百里"军营，场面十分壮观。理解了这个典故，又让我们联想到王恺、王济赌牛的豪气以及八百里牛的威猛。历史人物和现实场景、当下将士吃烤牛肉的痛快和历史上那头生猛的活牛形象，交相辉映。一个典故，融合了两重时空场景，组合了两组古今人物，汇成多重艺术张力。

　　化用，也可称为活用，即将典故融化在叙述之中，字面是描述一个动作或一种状态，看不出用典的痕迹。读者不知其典故，照样可以理解字面的意思，知道其典故，理解会更深一层，也更能体会词人之匠心与表现之巧妙。如《西江月》写醉态："只疑松动要来扶，以手推松曰去。"这"以手推松"一句，有动作，有对话，活脱脱写出醉后摇摇晃晃、不承认自己喝醉而以手用力推松的神态。句式灵动自然，完全不觉得是用典。当我们知道这句是用《汉书·龚胜传》的"胜以手推常曰'去'"的典故后，则越发佩服辛弃疾用典的出神入化，如盐着水，浑化无痕。用典既贴切，造语亦天然。再如《玉楼春·戏赋云山》的首句"何人半夜推山去"，本是纪实写景，清新自然，包含人物、时间、动作、结果等细节层次，又用问句出之，是天生好言语。谁知这句典源是出自《庄子·大宗师》："藏舟于壑，藏山于泽，谓之固矣。然而夜半有力者负之而走，昧者不知也。"字面来源于黄庭坚《追和东坡壶中九华》诗："有人夜半持山去，顿觉浮岚暖翠空。"化用事典语典，如自然天成。又如《浣溪沙》"父老争言雨水匀，眉头不似去年颦。殷勤谢却甑中尘"，写今年丰收在望，乡间父老不再担心无米下锅。谢却甑中尘，字面的意思是蒸饭用的甑不会再沾尘土；天天用甑蒸饭，意味着天天有饭吃。这句不知用典，也不影响对词意的理解，若知道这是用《后汉书·范冉传》"有时粮粒尽，穷居自若，言貌无改，闾里歌之曰：'甑中生尘范史云，釜中生鱼范莱芜。'"的典故，就更能体会此句的深意，比直说今年不再担心无米下锅更富有造型感、动作感和喜悦感。

曲用，是曲意用典，言在此而意在彼，字面的意思与实际寓意不同。最典型的是《贺新郎·再用前韵》结末的"顾青山与我何如耳。歌且和，楚狂子"。末二句，来源于《论语·微子》："楚狂接舆歌而过孔子曰：'凤兮！凤兮！何德之衰？往者不可谏，来者犹可追。已而，已而！今之从政者殆而！'"字面用楚狂歌，其实，词人的用意，是暗指楚狂接舆歌的末句"今之从政者殆而"。这首词作于宁宗嘉泰元年（1201），这年的"从政者"，即执政的宰相，是谢深甫。谢氏在绍熙五年（1194）任御史中丞时，曾弹劾辛弃疾"交结时相，敢为贪酷"，使辛弃疾被罢免福建安抚使而闲居。词中"歌且和"的前一句"顾青山与我何如"，暗用《史记·陈丞相世家》所载吕嬃谗害陈平的故事，隐指当年谢深甫对自己的谗言诬陷。当年谗害自己的谢深甫，如今独掌朝纲，辛弃疾不免为朝廷忧虑，也为个人的前途忧虑。

叠用，指连续用典，用一连串的组合典故来叙述一个完整的事件。这是辛弃疾独创的，技术难度最高、艺术含量最大的用典方式。如《水调歌头·舟次扬州，和杨济翁、周显先韵》的上片就是用一系列典故写绍兴三十一年（1161）在扬州一带发生的宋金大战。其中"谁道投鞭飞渡，忆昔鸣髇血污，风雨佛狸愁"三句用了四个典故。"投鞭飞渡"一句，化用《晋书·苻坚载记》"以吾之众旅，投鞭于江，足断其流"和《晋书·杜预传》"北来诸军乃飞渡江也"两个典故，写完颜亮的猖狂和南宋军队的迅猛阻击。"鸣髇血污，风雨佛狸愁"，又用两个典故写完颜亮被部下射杀以及南侵金兵的可悲下场。《史记·匈奴列传》载，匈奴太子冒顿作鸣镝，命令部下："鸣镝所射而不悉射者斩之。"后从其父狩猎，以鸣镝射其父，左右皆随鸣镝而射杀之。"鸣髇"故事中的人物是匈奴人，故事的性质是子弑父，主要情节是用箭射杀。这与金主完颜亮被部下用箭射杀高度吻合：人物的身份吻合，都是胡人；事件的性质吻合，都是敌国臣子弑君父；故事的主要情节吻合，都是用箭射杀其君。用典如此贴切精妙，真是罕有其匹。佛狸，是借北魏太武帝拓跋焘代指金主完颜亮，拓跋焘曾率师南侵至长江北岸，完颜亮也同样率百万军队南侵至长江北岸，连南侵的地点方位都相同，用典之贴切恰当，无以复加。又如《满江红·贺王帅宣子平湖南寇》，是淳熙六年（1179）祝贺湖南安抚使王佐（字宣子）平定郴州陈峒叛乱而作，当时辛弃疾在长沙任湖南转运副使。作为同僚，如果直言其事，不免尴尬，于是用典故来曲折表现。王佐出师平定陈峒，是在五月初一，于是用诸葛亮五月渡泸故事来写："笳鼓归来，举鞭问、何如诸葛？人道是、匆匆五月，渡泸深入。白羽风生貔虎噪，青溪路断猩鼯泣。早红尘、一骑落平冈，捷书急。"事件发生的时间、性质和人物的身份，与诸葛亮《出师表》所言"五月渡泸，深入不毛"的故事非常相似。辛词连续叠用典故，既描述了平叛的经过，又赞美了王佐的谋略有如诸葛亮。颂扬之意，不露痕迹。句句用典，表面上写历史，实际上写现实。用组合典故来叙事纪实，实乃前无古人。

　　辛弃疾用典多，前人讥为"掉书袋"。刘克庄《跋刘叔安感秋八词》说："近岁放翁、稼轩，一扫纤艳，不事斧凿。高则高矣，但时时掉书袋，要是一癖。"后人每以为口实。辛词用典虽多，但绝大多数用得精准、精美、精妙。用典是辛弃疾的一种语言艺术，不足为其病、为其累。正如陈廷焯所说："稼轩词拉杂使事，而以浩气行之。如五都市中，百宝杂陈，又如淮阴将兵，多多益善。风雨纷飞，鱼龙百变，天地奇观也。"（《词则·放歌集》卷一）

　　（3）意象的转换

　　唐五代词的意象，大多与女性生活有关；北宋词的意象，则与文士的日常生活、官场生活相关。而辛弃疾词，创造了一系列与战争相关的军事意象，空前丰富了词的意象世界。

行伍出身、经过战火洗礼的英雄辛弃疾，早年有着战场上横戈杀敌的战斗体验，他终生朝思暮想，希望能驰骋疆场，杀敌立功，完成国家恢复大业。因而，刀、枪、剑、戟、弓、箭、戈、甲、铁马、旌旗、将军、奇兵等军事意象，不断涌现于笔端，"少年鞍马""少年横槊""千骑弓刀""嵯峨剑戟""马革裹尸""斩将更搴旗""倚天万里须长剑""却笑将军三羽箭""边头猛将干戈""红旗铁马响春冰""犹记红旗清夜，千骑月临关"等军事意象，构成词史上罕见的军事景观，也凸显着辛弃疾的英雄气概。

作为军人的辛弃疾，不管什么样的自然景物，他都会想象成军事意象。寂静不动的连绵青山，可以变成一群群飞驰咆哮的战马。建康城外的山，仿佛是"联翩万马来无数"（《菩萨蛮》）；江西上饶的灵山，幻化成"叠嶂西驰，万马回旋"（《沁园春》）；福建南平的山，好似"万马一时来"（《水调歌头》），有时又如"似三峡风涛，嵯峨剑戟"（《瑞鹤仙》）。

在辛弃疾的军人意识里，钱塘江的潮水变成了鏖战的雄兵、动地的战鼓："半空鸥鹭，须臾动地鼙鼓。截江组练驱山去，鏖战未收貔虎。"（《摸鱼儿》）山中的松树，像是等待检阅的一排排昂首挺立的战士："检校长身十万松。"（《沁园春》）手中的笔，变成了上阵杀敌的长剑："笔作剑锋长。"（《水调歌头》）杯中的酒，成了镇压愁城的兵："酒兵昨夜压愁城。"（《江神子》）连艳丽的牡丹，也能变成女兵："对花何似，似吴宫初教，翠围红阵。"（《念奴娇》）池中的鱼，能列成战阵："饱观鱼阵已能排。"（《浣溪沙》）围棋盘上也能响起突围的冲杀声："小窗人静，棋声似解重围。"（《新荷叶》）飞扬的六瓣雪花，有如陈平破贼的六出奇计："添爽气，动雄情，奇因六出忆陈平。"（《鹧鸪天》）这些军事化意象，是辛弃疾词特有的元素，既构成了辛词雄奇刚健的风格，也改变了宋词主体意象的柔美特质。

（4）方法的更新

艺术表现方法上，辛弃疾也有更新和突破。苏轼打破诗词的文体界限，将诗歌的表现手法移植于词，扩大了词体的表现功能。辛弃疾在苏轼以诗为词的基础上，进一步突破词体的疆域边界，以文为词，将古文辞赋中常用的议论、对话等手法引入词中，彻底解放了词体。《永遇乐·戏赋辛字，送茂嘉十二弟赴调》借鉴韩愈《进学解》、周敦颐《爱莲说》四面受敌法，围绕"辛"字的含义层层展开议论，表现出词人刚烈的品格、忠义的家风和坎坷的身世。《沁园春·将止酒，戒酒杯使勿近》模仿汉赋《解嘲》《答客难》的宾主问答体，让人与酒杯对话，已是出人意表，而词中的议论，纵横奔放，蕴含着丰富的人生哲理和幽默感，余味无穷。

辛弃疾还用散文辞赋的章法结构来谋篇布局。《贺新郎·别茂嘉十二弟》，就是模仿江淹《恨赋》和李白《拟恨赋》的结构，融汇历史上多种幽怨事，来烘托离愁别恨，章法独特绝妙。用《天问》体写的《木兰花慢》（可怜今夕月），连用七个问句以探询月中奥秘，奇特浪漫，理趣盎然。与陈亮酬唱的几首《贺新郎》，以词代书信，章法神似书信体散文。清人顾贞观寄吴兆骞的书信体《贺新郎》词，论其渊源，即出自辛弃疾这几首词。

辛弃疾词的卓越成就和崇高地位，南宋以来就得到了一致认可。宋末刘克庄《辛稼轩集序》即说辛词"大声鞺鞳，小声铿鍧，横绝六合，扫空万古，自有苍生以来所无"。《四库全书总目·稼轩词提要》也说："其词慷慨纵横，有不可一世之概，于倚声家为变调，而异军特起，能于翦红刻翠之外，屹然别立一宗。迄今不废。"辛弃疾雄才大略，因受时代环境的制约，没能在政治上、军事上成就英雄的伟业，转而在文学上开疆拓土，开宗立派，建立了不朽的艺术丰碑，成为一代词坛领袖。清人陈廷焯赞道："南宋而后，稼轩如健鹘摩天，为词坛第一开辟手。"（《云韶集》卷二）"稼轩词如龙蛇飞舞，信手拈来，都成绝唱。词至稼轩，纵横博大，痛快淋漓，风雨纷飞，鱼龙百变，真词坛飞将军也。"（《云韶集》卷五）他开创的词派，史称豪放派，又称苏辛词派或稼轩词派。同时代的陆游、陈亮、刘过和韩元吉、袁去华、刘仙伦以及南宋后期的戴复古、孙惟信、刘克庄、陈人杰、刘辰翁、文天祥、蒋捷等词人，或与其词风相近，或传其衣钵，都属同一词派。

南宋以后词人，亦多受辛弃疾的沾溉。金代元好问，元代卢挚、萨都剌，明代杨慎，清代的吴伟业、陈维崧，近代文廷式和王鹏运等著名词人，都深受稼轩词的影响。特别是清初以陈维崧为代表的阳羡词派，更崇尚东坡、稼轩，词风雄浑豪壮，在浙西词派之外，别树一帜。至清代中叶，蒋士铨、洪亮吉和黄景仁等，仍承其余响。到了现当代，作词者亦多奉稼轩词为典范。

三、辛弃疾词集的版本

辛弃疾词集，最早为其门人范开所编。淳熙十五年戊申（1188）范开作《稼轩词序》说："开久从公游，其残膏剩馥，得所沾焉为多。因暇日裒集冥搜，才逾百首，皆亲得于公者。以近时流布于海内者率多赝本，吾为此惧，故不敢独阁，将以祛传者之惑焉。"此本收辛弃疾四十九岁以前的作品，仅百余首。到宁宗嘉泰三年（1203），又陆续编成三卷，连同范开原编的一卷，共四卷。甲卷为范开编，乙丙丁三卷是否同为范开所编，已不清楚。这个四卷本，宋代有刻本，但原刻不存，后世仅有传抄本。明末毛氏汲古阁影宋精抄本《稼轩词》四卷，就源自宋刊本（今藏中国国家图书馆）。《景刊宋金元明本词》本甲乙丙三卷（缺丁卷），又据影抄宋本影刊，行款缺笔均与汲古阁抄本同。明吴讷《唐宋名贤百家词》抄本《稼轩词》四卷，也出自宋本，编次跟汲古阁抄本一致，属同一来源。四卷本仅录词443首，辛弃疾晚年帅浙东、镇京口时所作诸词概未收录。

现今传世的宋刻辛弃疾词集，除四卷本《稼轩词》外，还有信州所刊十二卷本《稼轩长短句》。此本收有辛弃疾临终前所作的《洞仙歌·丁卯八月病中作》，其编刻当在辛弃疾去世之后，收词561首，较四卷本为多。

十二卷宋刻原本也不传，今存元大德三年（1299）广信书院刊本（中国国家图书馆藏）。其后所刻诸本，多出自元刊本。明嘉靖十五年（1536）王诏刊李濂批点本《稼轩长短句》、嘉靖二十四年（1545）何孟伦重刻李濂批点本《辛稼轩词》、明刻《稼轩长短句》（今藏北京大学图书馆）、明晋安谢氏小草斋抄《稼轩长短句》（今藏台北"国家图书馆"），均为十二卷，都出自元刊本。

晚清王鹏运《四印斋所刻词》本、《吴氏石莲庵刻山左人词》本《稼轩长短句》十二卷，均据元刻本刊印。而《景刊宋金元明本词》本《稼轩长短句》十二卷，则据小草斋抄本影刊。古典文学出版社1957年影印本、中华书局上海编辑所1959年影印本、上海书画社1974年影刻本《稼轩长短句》十二卷，均据元刊本。

毛氏汲古阁刻《宋六十名家词》本《稼轩词》四卷，实出自十二卷本，编次与元刊十二卷本悉同，只是将十二卷合并为四卷，并改书名为《稼轩词》。《四库全书》本《稼轩词》，又出自毛氏汲古阁本。清嘉庆十六年（1811）辛启泰刻《稼轩集钞存》，亦据毛氏汲古阁刻本付刊，另辑《稼轩词补遗》一卷。《彊村丛书》本《稼轩词补遗》一卷，则出自辛启泰辑本。

《全宋词》录存辛弃疾词626首，《全宋词补辑》另辑补3首。辛弃疾共存词629首。

四、辛弃疾研究的历程

辛弃疾其人其词的研究，南宋就已启程。古今研究的理念、方式、路向都不一样，故分古今两个阶段概述。

1. 20 世纪以前的评点

20 世纪以前的辛弃疾的研究，多是随机性、碎片化、感悟式的评点。虽是零玑碎玉，却也精彩纷呈。整合来看，有三大突出论题：

一论辛词是英雄词。辛弃疾门人范开在《稼轩词序》中指出辛弃疾是英雄人写英雄词，以词陶写其性情："公一世之豪，以气节自负，以功业自许。方将敛藏其用以事清旷，果何意于歌词哉！直陶写之具耳。"宋末刘辰翁《辛稼轩词序》也指出，辛词是"英雄感怆，有在常情之外"。明末清初冯班也深得辛词的用心："辛稼轩当宋之南，抱英雄之志，有席卷中原之略，厄于时运，势不得展，长短句涛涌雷发，坡公以后，一人而已。"（《叙词源》）王士禛《倚声集序》将词分为诗人之词、词人之词、英雄之词三类，并说辛弃疾属英雄之词。刘熙载《艺概·词曲概》看法相同："白石才子之词，稼轩豪杰之词。"周济《介存斋论词杂著》也说："稼轩不平之鸣，随处辄发，有英雄语，无学问语。故往往锋颖太露。然其才情富艳，思力果锐，南北两朝，实无其匹。"

二论苏辛异同优劣。苏辛并称，千古认同。然两人有何异同，词的成就孰高孰低？古人多有评论。陈模《怀古录》卷中引潘牥说："东坡为词诗，稼轩为词论。"后人多首肯。陈廷焯认为苏辛各有优劣："苏辛并称，然两人绝不相似。魄力之大，苏不如辛；气体之高，辛不逮苏远矣。""忠爱恻怛，苏胜于辛；而淋漓悲壮、顿挫盘郁，则稼轩独步千古矣。"（《词则·放歌集》卷一）"稼轩求胜于东坡，豪壮或过之，而逊其清超，逊其忠厚。"（《白雨斋词话》卷八）纳兰性德认为稼轩胜过东坡："苏辛并称，而辛实胜苏。苏诗伤学，词伤才。"（《渌水亭杂识》卷四）周济也认为苏不如辛："苏辛并称，东坡天趣独到处，殆成绝诣，而苦不经意，完璧甚少。稼轩则沉着痛快，有辙可循。南宋诸公，无不传其衣钵，固未可同年而语也。"（《宋四家词选目录序论》）"苏之自在处，辛偶能到。辛之当行处，苏必不能到。"（周济《介存斋论词杂著》）陈廷焯同样认为辛优于苏："苏辛千古并称，然东坡豪宕则有之，但多不合拍处。稼轩则于纵横驰骤中，而部伍极其整严，尤出东坡之上。"(《云韶集》卷五)

三论辛弃疾是词派领袖。明代嘉靖年间，张綖的《诗余图谱》将词分为婉约、豪放两体，清初王士禛在张綖的基础上，把词分为婉约、豪放两派，并推举辛弃疾为豪放派宗主。他的《花草蒙拾》说："张南湖论词派有二，一曰婉约，一曰豪放。仆谓婉约以易安为宗，豪放以幼安为首。皆吾济南人，难乎为继矣。"张其锦也分宋词为两派，一派为姜夔，以清空为主；一派为辛弃疾，以豪迈为主(《梅边吹笛谱序》)。吴锡麟同样把宋词分两派，"一则幽微要眇之音，宛转缠绵之致"，姜夔、史达祖为典范；"一则慷慨激昂之气，纵横跌宕之才"，苏轼、辛弃疾为圭臬(《有正味斋全集》卷八《董琴南楚香山馆词钞序》)。名称虽有不同，但均推辛弃疾为词派领袖。

至于辛词的特色，古人论之亦详。可参吴熊和主编《唐宋词汇评·两宋卷》汇辑的辛弃疾总评资料。

2. 20 世纪以来的研究

20 世纪以来，辛弃疾是词学研究的三大热点之一。1900—2009 年海内外词学研究论著目录数据显示，百余年间，词学研究成果共 34739 项，其中苏轼的研究成果 3117 项，名列第一；李清照的研究成果 2207 项，位居第二；辛弃疾的研究成果 1915 项，位居第三。兹从辛弃疾生平经历研究、作品整理校注和艺术研究三个方面来介绍。

（1）辛弃疾生平经历研究

20 世纪第一篇辛弃疾生平研究的论文，是 1924 年 8 月王伯祥在《星海》发表的《辛弃疾的生平》；第一部年谱，是 1925 年熊简的《辛忠敏公年谱》(载《尚友书塾季刊》)。此后有六种年谱问世：辛梅臣、龙榆生的《辛稼轩年谱》(1929)，陈思的《辛稼轩先生年谱》(1930)，梁启超的《辛稼轩先生年谱》（1936），郑骞的《辛稼轩先生年谱》（1938），邓广铭的《辛稼轩年谱》（1947），蔡义江、蔡国黄的《辛弃疾年谱》（1987）。其中邓广铭的《辛稼轩年谱》搜罗史料丰富，考证精审严密，最为学界所重。该谱由商务印书馆初版后，1957年修订再版，1979年上海古籍出版社出新一版，2007年北京生活·读书·新知三联书店又再版。其他著作，如刘乃昌的论文集《辛弃疾论丛》（1979），辛更儒的《辛弃疾研究》（2008）和《辛弃疾研究丛稿》（2009）等，对辛弃疾的家世、家属和生平行事也有深入的考订。

除考证辛弃疾生平经历的著作之外，还有不少探讨辛弃疾人格个性、人生态度、思想情感的论著。早在1940年代，沈平和罗先高就分别发表同题论文《英雄词人辛弃疾》（载《新生命》1944年6期，《中国青年》1945年9期），论述辛弃疾的英雄本色。1946年，徐嘉瑞出版《辛稼轩评传》，全面评述辛弃疾其人其词，颇有反响。此后又出现了多种评传类著作，如唐圭璋《辛弃疾》（1957）、邓广铭《辛弃疾传》（1956）、夏承焘和游止水《辛弃疾》（1962）、王延梯《辛弃疾评传》（1981）、巩本栋《辛弃疾评传》（1998）等，都各有特色。

（2）辛弃疾作品整理校注

辛弃疾的词集，宋代有四卷本《稼轩词》和十二卷本《稼轩长短句》传世，而诗文作品，却没有别集传存。直到清代嘉庆年间，法式善利用编纂《全唐文》的机会，从《永乐大典》和方志、类书中辑出辛弃疾诗110首、文30篇，由辛启泰刻印成书，名为《稼轩集钞存》，辛弃疾的诗文才有了辑本。

1939年，著名宋史专家邓广铭先生在《稼轩集钞存》的基础上重新整理校订，删其误收，补其遗漏，编订成《辛稼轩诗文钞存》，1947年由商务印书馆出版。1957年又经修订，由上海古典文学出版社出版。1995年，邓先生又与辛更儒先生合作，在上海古籍出版社出版了《辛稼轩诗文笺注》。从此，辛弃疾的诗文作品，不仅有了辑本，而且有了注本。

1990 年，徐汉明先生又将辛弃疾的全部词作和诗文汇为一编，整理成《稼轩集》，由长江文艺出版社出版，次年在台湾文津出版社出版繁体字本。于是，辛弃疾有了诗词文合编的全集本。

最早给辛弃疾词作校证的，是梁启超、梁启勋兄弟。1931 年，曼殊室印行的梁氏兄弟《稼轩词疏证》，由梁启超校勘并编年系地考订，梁启勋补正。1933 年，沈曾植在《词学季刊》发表过《稼轩长短句小笺》，1940 年郑骞出版有《稼轩词校注》。然最有影响力的还是邓广铭的《稼轩词编年笺注》，既有校注，又为作品编年，为了解辛弃疾的创作道路和不同时期的创作特色，提供了坚实的文献依据。此书 1939 年完成，几经修订后，1957 年由上海古典文学出版社初版，1962 年中华书局上海编辑所修订新版，上海古籍出版社 1978 年修订再版，1993 年又出增订本，2007 年出版定本。

新世纪以来，又出版了四种笺注本：徐汉明《辛弃疾全集校注》，华中科技大学出版社 2012 年版；郑骞校注、林玫仪整理《稼轩词校注》，台湾大学出版中心 2013 年版；辛更儒《辛弃疾集编年笺注》，中华书局 2015 年版；吴企明《辛弃疾词校笺》，上海古籍出版社 2018 年版。后出转精，各有优长。辛更儒和吴企明两种笺注本对词作的编年系地，尤多新见。辛更儒利用《菱湖辛氏族谱》，发掘出不少关于辛弃疾家世和子女的文献资料；又实地考察辛弃疾的生活和创作地点，对辛词中的地名地点做了新的定位和诠释，颇有助于理解辛词。

（3）辛弃疾词的艺术研究

1943 年缪钺的《论辛稼轩词》，是较早的辛词艺术论。1947 年顾随的《倦驼庵稼轩词说》，则是较早的辛词鉴赏之作。此后，论辛词艺术得失的论文颇多，其中夏承焘的《辛稼轩词论纲》（《文学评论》1959 年 3 期）、刘盼遂的《辛稼轩词集中的语病》（《北京师范大学学报》1962 年

4 期）和叶嘉莹的《论辛弃疾词的艺术特色》(《文史哲》1987 年 1 期），论析尤深刻到位。而专论辛词艺术的著作，如台湾陈满铭的《稼轩词研究》(1980）和《苏辛词比较研究》(1980）、郑临川的《稼轩词纵横谈》(1987）、刘扬忠的《辛弃疾词心探微》(1990）、张玉奇的《辛弃疾词艺探胜》(1993），都各有建树，值得注意。特别是刘扬忠的《辛弃疾词心探微》，不仅深入揭示出辛弃疾词的创作历程、独特个性及其审美价值，还初步建立起个体词人研究的新范式，注重创作主体的心态情感、审美意识与作品文本的内在联系，注重作品本体内部的艺术构成和表现方式，具有方法论的启示意义。

五、本书选注评的说明

本书所选词作，以元大德广信书院刻十二卷本《稼轩长短句》为底本，底本未收之词，则依邓广铭《稼轩词编年笺注》1993 年修订本录入。个别字句和题序，参考其他版本做了补正。选录的原则是，能表现词人的人格个性、心态情感、日常生活及描写自然山水、乡村风物而有特色的佳作，以期能全面领略辛词的艺术风貌。人无完人，经典作家创作的并非全是经典。本书特地选录了几篇艺术上不尽完美的作品，以便读者比较鉴别，体会艺术水准的高低优劣。

作品的编排，以创作年代先后为序。作品的编年，主要依据邓注本，如原本系年有误，则重新考订。如《满江红·江行简杨济翁、周显先》，原系于淳熙五年（1178）。词中有"笑尘劳、三十九年非"句，似乎是三十九岁时作。殊不知此句是活用"蘧伯玉年五十，而知四十九年非"的典故，时年四十，而知三十九年非，此词应为淳熙六年四十岁时作。《水调歌头·和马叔度游月波楼》，原系于淳熙四年（1177）辛弃疾任湖北安抚使时。时年辛弃疾三十八岁，与词中"谁念英雄老矣，不道功名蔑尔"的年龄、心境显然不符。此词应是嘉泰四年（1204）辛弃疾知镇江府时作，词中的月波楼，不是湖北黄州的月波楼，而是浙江嘉兴的月波楼。

注释，也主要取资邓注本，同时参考了徐汉明《辛弃疾全集校注》、郑骞《稼轩词校注》、辛更儒《辛弃疾集编年笺注》、吴企明《辛弃疾词校笺》以及朱德才《辛弃疾词选》（人民文学出版社 1988 年版）、刘扬忠《辛弃疾词》（人民文学出版社 2005 年版）等。

典故、语辞的注释，并非照录原注。凡诸家已注事典、语典，一一检核原始文献，据原书征引。征引的方式有不同，典故原文简明的，就直接引用；典故原文较长的，就节录字句；典故原意复杂的，就酌述大意。凡诸家未注、失注或注而不详的典故语辞，则予补注。如《满江红·贺王帅宣子平湖南寇》词"白羽风生貔虎噪，青溪路断骓䮫泣"两句中的"白羽"，注家都认为是指诸葛亮"白羽扇指麾三军"的典故，但"风生"二字，就没注明来历。辛弃疾写词，如杜甫写诗，是字字有来历，有时被注家忽略。"白羽风生"，除用诸葛亮白羽扇典外，还融合了《北史·陆法和传》所载"法和执白羽麾风，风势即返"的典故。而"青溪路断"的典故，20 世纪以来的注家，都不明所指。其实，青溪并非僻典，原是指北宋末青溪人方腊，方腊起事后不久被围歼平灭，词人借指宜章陈峒之乱被平定。青溪方腊之事，本来人皆熟知，诸家注本之所以没想到此事，是因为注释时总是猜测辛弃疾用的是什么古典，而没想到辛词此处用的是今典。弄清楚了典故，就不难理解，上句写官军之勇猛，下句写乱寇之被平。又如《柳梢青·三山归途代白鸥见嘲》末句"好把移文，从今日日，读取千回"句，"移文"，指孔稚圭《北山移文》，是熟典。可日日诵读《移文》的典故，诸家都没有出注。其实这是用北宋真宗朝翰林学士杜镐诵《北山移文》讽刺隐士种放故事。弄清此典，就可以更具体地理解辛弃疾当时的复杂心情。

句式的疏解。辛弃疾词中有不少特殊句式，即使注释了语辞典故的含义，也不太好理解。比如，与陈亮唱和的《贺新郎》词中"看渊明、风流酷似，卧龙诸葛"一句，就很费解，陶渊明的"风流"怎么会"酷似卧龙"诸葛亮？但如果明白此句是倒装句，把句式换为常规句式"看（君）风流酷似渊明、卧龙诸葛"，就好理解了。原来这句是赞美友人陈亮的风流标格酷似陶渊明和诸葛亮，说陈亮既有陶渊明的隐逸情怀，又有诸葛亮的谋略智慧。

辛弃疾词中，这类句式比较多，有时是为平仄协律的需要，有时则是追求句法的挺异。阅读时，我们只要把它换成常规语序、日常句式，意思就变得显豁明朗且容易理解了。凡是遇到这类句式，书中都做了解读说明。试举几例：《踏莎行》的"小人请学樊须稼"，按字面理解，很难明白是哪位"小人"要学樊须的稼稿。把它换成日常语序"小人樊须请学稼"，就好理解了。"小人"不是"请学"的主语，而是"樊须"的定语。原句是《论语》"樊迟请学稼"和"小人哉！樊须也"两句的整合与变形。《水龙吟》的"倚天万里须长剑"，乍读也不甚明白，换成常规句式"须倚天万里长剑"就好懂了。"倚天万里"是"长剑"的定语，即需要一把倚天万里的长剑来一统天下。《归朝欢》的"补天又笑女娲忙，却将此石投闲处"，也有些令人费解，"补天"者怎么会笑"女娲忙"？不是女娲补天么？其实这句说的是"又笑女娲忙补天"，因为女娲忙着补天，不小心把这块石头遗落在此处了。《破阵子》"八百里分麾下炙，五十弦翻塞外声"的"八百里"，是牛的名字。牛怎么会分吃它的肉？若把此句换成"麾下分八百里炙，塞外翻五十弦声"，意思就豁然明白了。"八百里""五十弦"，都不是主语，分别是"炙"和"声"的定语。这两句是把宾语的定语提到谓语之前了。《水调歌头·盟鸥》的"窥鱼笑汝痴计"，按字面理解，"笑"的主语似乎是鱼，那"窥鱼"又是谁？不好理解。把此句换成"笑汝痴计窥鱼"，意思就明白了。原来是词人在笑白鸥痴痴地站在苍苔上窥视着水里的小鱼。"汝"，指白鸥。这种改换句式的解读方法，可普遍用于诗词的阅读和理解。

　　词作的点评，主要阐明词意和作法，揭示词人的艺术匠心和词作的艺术奥秘。旁批，以辑录前人精彩评语为主，部分是笔者的提示。词的标点，是依词意而不依词韵。依词意标点，有利于理解词意，但不能体现词的用韵方式。如按用韵来标点，便于掌握词的用韵规则，但对词意的理解有时会造成障碍。本书重在词意词艺的理解与欣赏，故按词意来标点。

　　本书幸蒙辛更儒、廖可斌和张剑三位审稿专家指谬正误；又承责任编辑于春媚女史细心编校打磨，一一校核引文，改正了不少错讹。谨致谢忱！然疏误之处，仍难尽免，祈读者有以教之，以便日后修订完善。

辛弃疾词

水调歌头

寿赵漕介庵 [1]

千里渥洼种 [2]，名动帝王家 [3]。金銮当日奏草 [4]，落笔万龙蛇。带得无边春下，等待江山都老，教看鬓方鸦 [5]。莫管钱流地 [6]，且拟醉黄花。

唤双成 [7]，歌弄玉 [8]，舞绿华 [9]。一觞为饮千岁，江海吸流霞 [10]。闻道清都帝所 [11]，要挽银河仙浪 [12]，西北洗胡沙。回首日边去 [13]，云里认飞车 [14]。

[注释]

[1] 寿：祝寿，庆贺生日。赵漕介庵：即赵彦端，字德庄，号介庵，宋宗室。乾道四年（1168），赵彦端在建康任江南东路转运副使。转运司，俗称漕司；转运使，简称漕，故称赵彦端为"赵漕"。辛弃疾时任建康府通判。二人同在建康，值赵彦端生日，故以词贺之。 [2] 渥洼种：神马。《史记·乐书》载汉武帝"尝得神马渥洼水中"。杜甫《遣兴》："君看渥洼种。"赵彦端为宋宗

刘扬忠："'莫管'二句用典，称颂赵任职建康时的政绩，比之为唐代刘晏。这二句有三用：一是赞对方理财之能，二是应合重阳节令和祝寿的场景。三是趁此将意思转入下片开头的劝酒征歌上去。"（《辛弃疾词》）

朱德才："通篇巧为比拟，选用神话故实，奇思丽想，文笔飞动。"（《辛弃疾选集》）

室，故说他是渥洼种，赞美他出身高贵。　[3]名动帝王家：指名声为皇上知晓。韩元吉《赵公墓志铭》载："隆兴改元，召对，上迎谓曰：'闻卿俊才久矣。'"张端义《贵耳集》卷上载："赵介庵名彦端，字德庄，宗室之秀。能作文，赋西湖《谒金门》：'波底夕阳红绉。'阜陵（孝宗）问谁词，答云：'彦端所作。''我家里人也会作此等语。'喜甚。"　[4]"金銮当日奏草"二句：意为金銮殿起草奏章，字如龙蛇飞舞。温庭筠《秘书省有贺监知章草题诗笔力遒健风尚高远拂尘寻玩因此有作》："落笔龙蛇满坏墙。"　[5]鬓方鸦：鬓发尚黑，指年青。鸦，黑。　[6]钱流地：《新唐书·刘晏传》说刘晏善理财政，"能权万货重轻，使天下无甚贵贱而物常平，自言如见钱流地上"。　[7]双成：仙女名。《汉武帝内传》载王母命"董双成吹云和之笙，许飞琼鼓震灵之簧，法婴歌玄灵之曲"。　[8]歌弄玉：即"弄玉歌"的倒文，指弄玉在歌唱。弄玉，仙女名。《列仙传》：箫史者，秦穆公时人，善吹箫，能致孔雀白鹤。穆公女弄玉好之，公妻焉。遂教弄玉作凤鸣，后夫妇随风飞去。　[9]舞绿华："绿华舞"的倒文。绿华，仙女名。《真诰》："萼绿华者，女仙也。上下青衣，颜色绝整。"绿华与上文中的双成、弄玉，代指宴席上能歌善舞的歌伎。　[10]流霞：仙酒。王充《论衡·道虚》载项曼都被仙人带上天，居月之旁，其寒凄怆，口饥欲食，"仙人辄饮我以流霞一杯。每饮一杯，数月不饥"。　[11]清都帝所：天帝所居之所。《列子·周穆王》："王实以为清都、紫微、钧天、广乐，帝之所居。"　[12]"要挽银河仙浪"二句：语出杜甫《洗兵马》："安得壮士挽天河，净洗甲兵长不用。"李白《永王东巡歌》："但用东山谢安石，为君谈笑静胡沙。"　[13]日边：喻朝廷。李白《永王东巡歌》："南风一扫胡尘静，西入长安到日边。"　[14]云里认飞车：喻将获重用，青云直上。此处"车"读chā，以协韵。

［点评］

这首词是辛弃疾29岁时的作品。虽是祝寿的应酬词，写来却气势雄放，特别是下片的"要挽银河仙浪，西北洗胡沙"，更显出英雄本色。即使是在祝寿的酒宴上，他也放不下家国情怀，期待友人能凭借自己特殊的身世地位，鼓励当今圣上，挽来银河仙浪，一洗西北尘沙，让中原再现天日，实现南北统一。

作为祝寿词，这首词写得十分得体。开篇写寿主赵彦端身世之非凡，声名之非凡，次写才华文笔之非凡，续写其身体强健之非凡。即使江山已老，他的头发依然乌黑。歇拍写暂时放下公事，姑且共享寿宴之乐。过片写寿宴歌舞之热闹与酒宴之热烈，宾客饮酒如"江海吸流霞"，场面壮观，想象丰富，令人称奇。结拍是祝福寿主今后回到朝廷，可以直上青云，大展身手。此词将对个人的祝福与对民族大业的期待结合来写，立意高远，文采飞扬，气势飞动。

念奴娇

西湖和人韵 [1]

晚风吹雨，战新荷、声乱明珠苍璧。谁把香奁收宝镜，云锦红涵湖碧 [2]。飞鸟翻空 [3]，游鱼吹浪 [4]，惯趁笙歌席。坐中豪气，看君一饮

沈际飞："字字敲打得响，胜览。"（《草堂诗余正集》卷四）

"坐中豪气"，不独许人，亦是自许。其时辛弃疾三十出头，青春正富，豪情满怀。

千石[5]。

遥想处士风流[6]，鹤随人去，已作飞仙伯。茅舍疏篱今在否[7]，松竹已非畴昔。欲说当年，望湖楼下[8]，水与云宽窄。醉中休问，断肠桃叶消息[9]。

[注释]

[1] 西湖：指杭州西湖。和人韵：和别人的词韵。友人先作一首，辛弃疾依其韵脚续作一首。原作者不知是谁。此词大约是乾道六、七年（1170–1171）间辛弃疾在临安任司农寺主簿时所作。　[2] 云锦：语出文同《守居园池杂题·横湖》："一望见荷花，天机织云锦。"　[3] 飞鸟翻空：语本苏轼《鹧鸪天》："翻空白鸟时时见，照水红蕖细细香。"　[4] 游鱼吹浪：语出杜甫《城西陂泛舟》："鱼吹细浪摇歌扇，燕蹴飞花落舞筵。"　[5] 一饮千石：极言饮酒之多。石，古代计量单位，十斗为一石。　[6] 处士：指宋初著名隐士林逋。沈括《梦溪笔谈》卷十："林逋隐居杭州孤山，常畜两鹤，纵之则飞入云霄，盘旋久之，复入笼中。逋常泛小艇游西湖诸寺，有客至逋所居，则一童子出应门，延客坐，为开笼纵鹤。良久，逋必棹小船而归。盖常以鹤飞为验也。逋高逸倨傲，多所学，惟不能棋。常谓人曰：'逋世间事皆能之，惟不能担粪与着棋。'"　[7] 茅舍疏篱：指林逋故居。　[8] 望湖楼：在西湖之滨。苏轼《六月二十七日望湖楼醉书》："卷地风来忽吹散，望湖楼下水如天。"　[9] 桃叶：晋王献之妾名，代指心仪的女子。阮阅《诗话总龟》卷七《桃叶歌》："桃叶，王献之爱妾名也。其妹曰桃根。词云：'桃叶复桃叶，桃叶连桃根。'"

[**点评**]

上片写西湖之景，色泽明丽。首二句，写雨中新荷。雨战新荷，声乱苍璧，想象新奇，富于动态美和力度美。飞鸟翻空，游鱼吹浪，写景如画。语句从苏轼和杜甫的诗词中化出，自然天成。下片写西湖之人事。过片五句追忆孤山隐士林逋，就题生发，情感内涵稍嫌单薄。结拍"醉中休问，断肠桃叶消息"，或隐喻一段伤心情事，令人遐想。

青玉案

元夕 [1]

东风夜放花千树 [2]，更吹落、星如雨。宝马雕车香满路。凤箫声动，玉壶光转 [3]，一夜鱼龙舞。

蛾儿雪柳黄金缕 [4]，笑语盈盈暗香去。众里寻他千百度，蓦然回首，那人却在，灯火阑珊处 [5]。

[**注释**]

[1] 元夕：即元宵，正月十五夜。 [2] 东风夜放花千树：写元夕临安灯火之盛。《武林旧事·元夕》："至二鼓，上乘小辇幸宣德门观鳌山，擎辇者皆倒行以便观灯。金炉脑麝如祥云，五色荧煌炫转，照耀天地。山灯凡数千百种，极其新巧。……宫漏既深，

俞陛云："此词自起笔至'笑语'句，皆纪元夕之游观。惟结末三句别有会心。其回首欲见之人，岂避喧就寂耶？或人约黄昏，有城隅之俟耶？含意未申，戛然而止。盖待人寻味也。"（《唐五代两宋词选释》）

梁启勋："的是踏灯情事，而意境之高超，可谓独绝。"（《词学》下编）

始宣放烟火百余架。于是乐声四起，烛影纵横，而驾始还矣。大率仿宣和盛际，愈加精妙。" [3]玉壶：与下文"鱼龙"均指彩灯。《武林旧事·元夕》谓灯之品极多，"福州所进则纯用白玉，晃耀夺目，如清冰玉壶，爽彻心目"；"禁中尝令作琉璃灯山，其高五丈，人物皆用机关活动，结大彩楼贮之。又于殿堂梁栋窗户间为涌壁，作诸色故事，龙凤噀水，蜿蜒如生，遂为诸灯之冠"。 [4]蛾儿雪柳：女子头上戴的饰品。《大宋宣和遗事》："京师民有似云浪，尽头上戴着玉梅、雪柳、闹蛾儿，直到鳌山下看灯。"《武林旧事·元夕》："元夕节物，妇人皆戴珠翠、闹蛾、玉梅、雪柳、菩提叶、灯球、销金合、蝉貂袖、项帕，而衣多尚白，盖月下所宜也。"宋侯寘《清平乐·咏橄榄灯球儿》词："缕金剪彩，茸绾同心带。整整云鬟宜簇戴，雪柳闹蛾难赛。" [5]阑珊：冷清，冷落。

[点评]

元宵节，是宋代人的狂欢节。无论是在北宋还是南宋，元宵节的京城，都是满城狂欢，男男女女，老老少少，都外出观灯。辛弃疾这首《元夕》词写的是南宋都城临安元宵夜的繁华热闹。虽是纪实，却极具想象。把花灯想象成东风一夜吹开的鲜花，既出人意表，又切合元宵节的情景。"东风"二句写空中，"宝马"三句写地上。"凤箫声动"，写鼓乐齐鸣，见出气氛之热烈。"玉壶"二句写出各种花灯闪烁，动态变化。上片如流动的镜头，不断切换景物；下片则用特写镜头写一女子，她穿戴时髦，盈盈缓步，不追逐热闹芳华，却独自笑语离去。"暗香"，可以理解为她身上的幽香，也可以理解为她去寻找暗香浮动的梅花，她不喜欢灯市的繁华，而喜欢梅花的幽独。她不在华灯下、人丛中穿梭，只静静地守望在灯火冷清的街角，以至于在人丛中寻她千百回都看不到她的身影，而蓦然回头，才见她孤独而傲然地站在冷清的阴影里。这位美人，与其说是词人追寻的对象，毋宁说是词人自己的写照。临安人彻夜狂欢，直把杭州作汴州。而辛弃疾却保持着清醒的头脑，孤独而无奈地审视着这繁华表象下暗藏着危机的社会现实。

声声慢

嘲红木犀[1]。余儿时尝入京师禁中凝碧池[2]，因书当时所见

开元盛日[3]，天上栽花，月殿桂影重重。十里芬芳，一枝金粟玲珑[4]。管弦凝碧池上[5]，记当时风月愁侬。翠华远[6]，但江南草木[7]，烟锁深宫。

只为天姿冷澹，被西风酝酿，彻骨香浓。柱学丹蕉[8]，叶展偷染妖红[9]。道人取次装束[10]，是自家香底家风。又怕是，为凄凉长在醉中。

"天姿"三句，是正面描写，"柱学"二句是反面衬托。以丹蕉之外表鲜艳夺目，反衬丹桂但求内在精神气质之超凡脱俗。

[**注释**]

[1] 木犀：俗称桂花。红木犀，即丹桂。　[2] 京师：此指北

宋都城开封。辛弃疾少年时代曾随祖父辛赞居京师。他的《美芹十论奏进札子》说："臣之家世，受廛济南。""大父臣赞，以族众拙于脱身，被污虏官，留京师。"当时开封为金人所占。凝碧池：辛弃疾说是在禁中。李濂《汴京遗迹志》卷八所载具体方位是"在陈州门里繁台之东南，唐为牧泽，宋真宗时改为池"。　[3]开元：唐玄宗年号，开元纪年凡二十九年（713-741），为唐代最强盛之时。杜甫《忆昔》："忆昔开元全盛日，小邑犹藏万家室。"此处借指北宋和平时期。　[4]金粟：指桂花。玲珑：形容桂花清秀。　[5]"管弦凝碧池上"二句：典出《明皇杂录》：天宝末，安禄山陷两京，大掠文武朝臣及黄门宫嫔乐工骑士，获梨园弟子数百人，会于凝碧池，宴伪官数十人。乐既作，梨园旧人不觉歔欷，相对泣下。群贼皆露刃持刀相威胁。乐工雷海清投乐器于地，西向恸哭，逆贼缚海清于戏马殿支解以示众，闻之者莫不伤痛。王维被拘菩提佛寺中，闻之赋诗曰："万户伤心生野烟，百官何日更朝天。秋槐叶落空宫里，凝碧池头奏管弦。"侬，我。　[6]翠华远：指宋徽宗、钦宗被金人俘掳北去。翠华，皇帝仪仗中以翠羽为饰的旗帜。　[7]江南草木：指从江南运来的花石草木。宋徽宗时设花石纲，搜刮南方的奇花异木、奇石珍禽至京师。《吴郡志》卷五十载朱勔"以花石得幸，人家园馆及坟墓有一花一木之佳者，悉用黄封径取之。并凿太湖石同载以进奉京师，谓之花石纲"。　[8]枉学：白学，徒然地学。丹蕉：即红蕉。白居易《东亭闲望》："绿桂为佳客，红蕉当美人。"　[9]染妖红：语本苏轼《浣溪沙·徐州藏春阁园中》："化工余力染妖红。"妖红，艳丽鲜红。　[10]道人：得道的高人，修道求仙之人。此喻木犀。取次装束：随便妆扮。芍药花有一品种叫取次妆。《芍药谱》谓："取次妆，淡红多叶也。色绝淡，条叶正类绯，多叶，亦平头也。"此句巧妙地将芍药花名嵌于句中。

[点评]

宋人特别喜爱桂花，李清照曾赞美桂花是"花中第一流"。辛弃疾也特别欣赏桂花。此词是追忆咏叹他儿时在汴京禁中看过的丹桂。北宋灭亡，汴京被金人所占，禁中的丹桂也含恨凝愁。词用唐代安史之乱中安禄山逼迫梨园弟子"凝碧池头奏管弦"的故事写北宋凝碧池的变迁，十分贴切。自从徽、钦二帝被俘北去，丹桂连同江南运来的花石草木都"烟锁深宫"，繁华不再。下片赞美丹桂不以外形"天姿"媚人，而以"彻骨香浓"展示自我的独特品格。李清照赞赏桂花是花中第一流，也是因为它的骨香内秀，而不是外在的形色之美。"取次妆"，字面上是随便妆扮之意，然又是芍药花的一个品种，词人用"取次妆束"来写丹桂如同得道高人，外表随性，内质却坚守香的家风，甚是巧妙。结句更妙，凝碧池边的丹桂之所以是红色，莫不是因为天天沉醉在亡国的凄凉苦恨之中？既挽丹桂之红，又寓亡国之痛，人之情、物之思、国之痛融合为一。

木兰花慢

滁州送范倅 [1]

老来情味减 [2]，对别酒，怯流年 [3]。况屈指中秋，十分好月，不照人圆。无情水都不管，共

陈廷焯："不必十分经意，只信手写去，如闻饿虎吼啸之声，古今词人焉得不望而却步？"（《云韶集》卷五）

西风只管送归船。秋晚莼鲈江上[4]，夜深儿女灯前[5]。

征衫[6]。便好去朝天[7]。玉殿正思贤[8]。想夜半承明[9]，留教视草[10]，却遣筹边。长安故人问我[11]，道愁肠殢酒只依然[12]。目断秋霄落雁[13]，醉来时响空弦[14]。

俞陛云："'风水无情'二句，为送友言，离思黯然。即接以'秋晚'二句，为行人着想，乃极写家庭之乐。论句法，浑成而兼俏偿。""'长安'二句，有唐人'归去朝端如有问，玉门关外老班超'诗意。结处言壮心未已，闻秋雁尚欲以虚弦下之，如北平飞将，老去犹思射虎也。"（《唐五代两宋词选释》）

［注释］

[1]滁州：今属安徽。范倅（cuì）：指滁州通判范昂。乾道八年（1172），辛弃疾任滁州知州，范昂为通判。倅，州府通判的简称。范昂应诏入朝，故词中说"便好去朝天"。　[2]情味：情趣。　[3]怯流年：担心年华流逝。苏轼《江城子》："对尊前，惜流年。"　[4]莼鲈江上：用张翰典。《世说新语》载：吴郡人张翰在洛阳为官，见秋风起，乃思吴中菰菜、莼羹、鲈鱼脍，曰："人生贵得适志，何能羁宦数千里以要名爵乎？"于是命驾而归。　[5]夜深儿女灯前：化用黄庭坚《寄上叔父夷仲》诗句："弓刀陌上望行色，儿女灯前语夜深。"[6]征衫：征途所穿衣衫。[7]朝天：朝见天子。[8]玉殿：宫殿。代指皇帝。时为孝宗皇帝。　[9]承明：承明殿的旁屋，即侍臣值宿所居。《汉书·严助传》："君厌承明之庐，劳侍从之事。"注曰："承明庐在石渠阁外，直宿所止曰庐。"[10]"留教视草"二句：留在朝中起草诏书，又派去筹划戍边事务。视草，起草诏书。王观国《学林》卷五："凡臣僚掌制诰文字，谓之视草。"[11]长安：汉唐的都城，此处代指南宋都城临安。　[12]道愁肠殢（tì）酒只依然：说我依然是借酒消愁。韩偓《有忆》："愁肠殢酒人千里，泪眼倚楼天四垂。"殢酒，醉酒。　[13]目断：极

目望尽。 [14]空弦：典出《战国策·楚策》：更羸与魏王处京台之下，仰见飞鸟。更羸谓魏王曰："臣为王引弓虚发而下鸟。"魏王曰："然则射可至此乎？"更羸曰："可！"有间，雁从东方来，更羸以虚发而下之。魏王曰："然则射可至此乎？"更羸曰："此孽也。"王曰："先生何以知之？"对曰："其飞徐而鸣悲。飞徐者，故疮痛也；鸣悲者，久失群也。故疮未息而惊心未去也，闻弦音而高飞，故疮裂而陨也。"

［点评］

　　这首词作于乾道八年（1172），辛弃疾时年三十三，却说"老来情味减"，有点人未老心先衰之意。其心理年龄与生理年龄落差之所以如此之大，是因为感觉时光流逝太快，青春岁月不知不觉等闲流逝，却一事无成，故有老之将至的生命迫促感。屈指中秋将到，本是亲人团聚的时节，可偏偏在此时离别，人生几多无奈！中秋月不解人意，无情水也不管人的难舍难分，偏偏跟西风一道送友人的归船远去。将离别双方心中的不舍，借月与水表现出来，别有韵味。歇拍想象友人范昂乘船离去的情景，夜深灯前与儿女团聚，其乐融融。下片预祝友人回朝后获得重用，将在皇帝身边起草诏令，还会去边塞筹划军务。最后托友人带信给临安故人，自己依然终日借酒消愁，含蓄写出自己的失意苦闷。

声声慢

滁州旅次[1]，登奠枕楼作[2]，和李清宇韵[3]

征埃成阵[4]，行客相逢，都道幻出层楼[5]。指点檐牙高处[6]，浪涌云浮[7]。今年太平万里[8]，罢长淮、千骑临秋。凭栏望，有东南佳气[9]，西北神州[10]。

千古怀嵩人去[11]，应笑我、身在楚尾吴头[12]。看取弓刀陌上[13]，车马如流。从今赏心乐事[14]，剩安排、酒令诗筹[15]。华胥梦[16]，愿年年、人似旧游。

[注释]

[1]滁州：南宋时属淮南东路，今属安徽。旅次：作名词用时，指客中居住之所；作动词用时，指旅途中暂作停留。此处作名词解和动词解都可以。乾道八年（1172），辛弃疾任滁州知州。他是山东人，故把滁州当作旅次。　[2]奠枕楼：是辛弃疾乾道八年在滁州所建，用来安顿百姓和客商。此词当作于次年秋。奠枕，即安居之意。周孚《滁州奠枕楼记》载辛弃疾语云："吾之名是楼，非以奢游观也，以志夫滁人至是始有息肩之喜，而吾亦得以须臾之安也。"　[3]李清宇：名扬，滁州属官。　[4]征埃：路上行人和车马扬起的尘土。　[5]幻出：奇迹般地出现。层楼：高楼。　[6]檐牙：屋檐边上翘起的尖角。　[7]浪涌云浮：

极写楼之高。从《古诗十九首》"西北有高楼，上与浮云齐"化出。　[8]"今年太平万里"二句：意谓金兵停止了对淮河沿线的侵扰，今年天下太平。罢，停止。长淮，淮河。千骑临秋，指金兵侵犯。金兵经常在秋季膘肥马壮时南下侵宋。崔敦礼《代严子文滁州奠枕楼记》载："乾道元年，疆埸罢兵，烽火撤警，边民父子收卷戈甲，归服田垄。天子轸念两淮，休养涵育，俾各安宇。"淮河沿线自乾道元年罢兵，至此已有八年。　[9]佳气：吉祥之气。语出《后汉书·光武帝纪》："气佳哉！郁郁葱葱然！"　[10]神州：此指沦陷的中原。　[11]怀嵩人：指唐代李德裕。他曾被贬为滁州刺史，建怀嵩楼。李德裕《怀嵩楼记》："周视原野，永怀嵩峰。肇此佳名，且符夙尚。"《舆地纪胜》卷四十二："怀嵩楼，即今北楼。唐李德裕贬滁州，作此楼，取怀归嵩洛之意。"　[12]楚尾吴头：滁州在古代分别与楚国、吴国接壤。居楚国之东、吴国之西，故称楚尾吴头。　[13]弓刀陌上：有兵丁持武器巡逻的道路。语本黄庭坚《寄上叔父夷仲》："弓刀陌上望行色，儿女灯前语夜深。"　[14]赏心乐事：古人说良辰、美景、赏心、乐事为人生四大美事。　[15]剩：尽，尽管。酒令：古人饮酒时做游戏，由令官掌握，违者罚酒，称为酒令。诗筹：饮酒时的雅事，即用抽签的办法限韵赋诗。筹，写有诗题和韵脚的竹签。　[16]华胥梦：语出《列子·黄帝》。有一次黄帝白天睡觉时做梦"游于华胥氏之国"，那里国无师长，民无嗜欲，自然而已，是盛世乐土。

［点评］

辛弃疾一生写过多篇题咏楼阁之作，都写得大气磅礴、气势雄壮。这首登楼之作，写来别具一格。因为奠枕楼是词人自己所建，如果直接描绘它如何雄奇壮丽，不免有自我标榜之嫌。于是开篇五句用侧面着笔法，借行人的反映和言语来表现高楼的雄姿。当地居民和外地行客，听说奠枕楼建成后，纷纷来围观，以致楼前道路上飞扬起阵阵尘土。"征埃成阵"，可以想见行人熙熙攘攘往来不绝的盛况，大有苏轼《江城子·密州出猎》里"倾城随太守"的热闹，又类似欧阳修《醉翁亭记》里"负者歌于途，行者休于树，前者呼，后者应，伛偻提携，往来而不绝者，滁人游"的阵势。行客游人到了楼下，纷纷指指点点，称奇惊叹，怎么会奇迹般地变幻出这么雄伟的高楼？"都道"句，如同大写镜头，总体表现人们仰视观赏高楼的场面；"指点"是特写，仿佛镜头对着其中一位游客，这位游客手指高楼檐角处，但见云浮雾涌。楼极高，才有云雾浮动。浪涌云浮，侧面写出奠枕楼之高耸。这种侧面着笔法，得自汉乐府《陌上桑》写秦罗敷之美："行者见罗敷，下担捋髭须。少年见罗敷，脱帽着帩头。耕者忘其犁，锄者忘其锄。来归相怨怒，但坐观罗敷。"罗敷惊人的美丽，不是直接呈现，而是从围观的行者、少年、耕者、锄者的反映中曲折见出。这比直接描绘罗敷之美，具有更大的想象空间和艺术魅力。

"奠枕"，即安居之意。故写楼的雄姿之后，转写建楼的用意。时值天下太平，淮河两岸结束战争状态，作为地方为政者，本应让人们安居乐业，故建奠枕楼来安置流离失所者和往来客商。"凭栏望"，词意再转，既点明登楼的题旨，又宕开一笔，眼前的"东南"确实呈现出一派祥和佳气，可淮河对岸的西北神州大地，仍沦陷而未能收复。这体现出以统一河山、收复中原为己任的英雄与常人之别。眼前一地的和平安宁，并没有消磨他收复河山失地的豪情壮志。

下片由遥望西北神州，自然过渡到乡情乡愁。唐代李德裕为怀念北方故乡而建怀嵩楼，辛弃疾从山东流落到江南的楚尾吴头，有家难归。此地虽美，却非故乡。怀归望乡之愁，曲曲流出。不过，想到当年战事频仍的弓刀陌上，如今车如流水马如龙，百姓安宁，社会太平，作为地方官，倒也心满意足。结句表祝愿，期待今后百姓年年都能享受赏心乐事，无复忧愁。

菩萨蛮

金陵赏心亭为叶丞相赋[1]

青山欲共高人语[2]，联翩万马来无数。烟雨却低回，望来终不来。

人言头上发，总向愁中白。拍手笑沙鸥[3]，一身都是愁。

卓人月："趣语解颐。"（《古今词统》卷五）

[注释]

[1]赏心亭：在建康（今江苏南京）西南城墙上。《方舆胜览》卷十四："赏心亭，下临秦淮，尽观览之盛。丁晋公谓建。尝以周昉所画《袁安卧雪图》张于屏，后太守易去。《续志》又云：'丁始典金陵，陛辞之日，真宗出八幅《袁安卧雪图》付丁谓曰："卿到金陵，可选一绝景处张此图。"谓遂张于赏心亭。'"叶丞相：

指叶衡。叶衡字梦锡，婺州金华人。绍兴十八年(1148)进士及第，累官至右丞相兼枢密使。《宋史》卷三八四有传。淳熙元年(1174)，叶衡知建康府兼安抚使，辛弃疾在其幕下为参议官，深得叶衡赏识器重。此词作于建康，题称"叶丞相"，应是后来所加。因为作此词时，叶衡还在建康任知府，十一月才拜相。　[2]青山欲共高人语：语出苏轼《越州张中舍寿乐堂》："青山偃蹇如高人，常时不肯入官府。高人自与山有素，不待招邀满庭户。卧龙蟠屈半东州，万室鳞鳞枕其股。"高人，指叶衡。　[3]"拍手笑沙鸥"二句：从白居易《白鹭》诗化出："人生四十未全衰，我为愁多白发垂。何故水边双白鹭，无愁头上亦垂丝。"

[点评]

词写赏心亭上看山。看山本来很平常，稼轩写来却别出心裁。不说人看青山，而说青山想来和高人对话，这已经够新奇了，进而说青山像万马联翩奔腾而来，纷纷想跟高人打招呼、献殷勤，把静态的群山想象成奔腾的马群，更出人意表。群山迫不及待地想来向高人致意致敬，间接显出"高人"之非凡与崇高。明写山而暗写人，一笔而写出两面，非大手笔不能为之。三四句转折，说青山欲来，烟雨却在楼前流连不肯离去，以至于青山终究没有来到眼前。本是烟雨遮住了青山，看不清远山的真面目，却说是烟雨低回而使奔驰的群山停住了脚步。平平常常的青山烟雨，在稼轩笔下变得非同寻常，似乎有了人一般的情感意志和动作行为。想象新奇，却合乎常情常理，不怪诞诡异。

上片写人看山，下片写看山人。看山人叶衡满头白发。人们常说头发白是因为愁苦而生，李白早就有"白发三千丈，缘愁似个长"的经典名句。稼轩反问，如果白发是因愁而生，那满身白毛的沙鸥，难道都是愁闷所致？"拍手笑"三字，最为传神，有动作，有神态，有情感。稼轩时年三十五岁，充满了乐观与自信，他劝慰年已六十有一的叶衡（1114–1176）不要以白发为意。头发白是自然现象，跟愁苦无关。

太常引

建康中秋为吕叔潜赋 [1]

一轮秋影转金波 [2]。飞镜又重磨 [3]。把酒问姮娥 [4]：被白发、欺人奈何 [5]。

乘风好去，长空万里，直下看山河。斫去桂婆娑 [6]，人道是、清光更多。

[注释]

[1] 建康：今江苏南京。吕叔潜：名大虬，著名诗人吕本中的子侄，吕祖谦的父辈。辛弃疾的友人。此词作于淳熙元年（1174），其时辛弃疾在建康任参议官。　[2] 金波：指月亮。语出《汉书·礼乐志》："月穆穆以金波，日华耀以宣明。"　[3] 飞镜：语出李白《把酒问月》："皎如飞镜临丹阙，绿烟灭尽清辉发。"　[4] 姮娥：即嫦娥。　[5] 被白发、欺人奈何：语出唐薛能《春日使府寓怀》："青

陈廷焯："以劲直胜，后人自是学不到。"（《词则·放歌集》卷一）

朱德才："词为友人而赋，然也自吐悲愤，自抒豪情。全词紧扣秋月着笔，充满奇思丽想，基调奋发乐观。一起咏月，继之把酒问月，隐寄壮志未酬鬓先斑之恨。下片乘风凌空，俯瞰山河，寓鹏飞万里之志。"（《辛弃疾选集》）

春背我堂堂去，白发欺人故故生。"[6]"斫去桂婆娑"二句：化用杜甫《一百五日夜对月》"斫却月中桂，清光应更多"句意。

[点评]

宋词中写中秋的很多，苏轼、黄庭坚和张孝祥都有名作。辛弃疾这首中秋词，又别开新境。上片用对话体，词人把月亮当作飞镜，磨了又磨，拿镜一照，发现头生白发。于是举酒问月里嫦娥：我年岁不大，白发却来欺人，有什么好办法躲避白发吗？把月亮想象为镜子，不奇，奇的是他拿来磨了又磨，以便月亮镜子更亮更好照人。对镜见白发，也很平常，他却问嫦娥有没有办法让人不生白发，传说中嫦娥有长生不死药，所以，稼轩巧妙地设想，问嫦娥有了白发怎么办？辛弃疾写此词时年方三十五岁，风华正茂，他追求的不是长生不老，而是借此表明时光易逝，转眼之间头生白发，英雄的使命尚未完成。故下片想象乘风穿越万里长空，登上月球，砍去月亮上的桂影，让人间看到更多月亮的清光！这是何等豪气，又是何等胸怀！他追求的是人间正义、人间光明！苏轼的中秋词《水调歌头》写乘风登月，是想消解人间的磨难痛苦而不得，而辛弃疾乘风登月，是要为人间清除黑暗，送去更多光明。一个是试图消解苦难，一个是进取拼搏，文士苏轼与英雄辛弃疾于此判然分明。此词想象奇特，境界高远。境界高远，首先是源于人格境界的高尚、人生理想的远大。有高尚的人格、高尚的理想，才能创造如此高远的艺术境界！

水龙吟

登建康赏心亭[1]

楚天千里清秋，水随天去秋无际。遥岑远目[2]，献愁供恨，玉簪螺髻[3]。落日楼头[4]，断鸿声里[5]，江南游子。把吴钩看了[6]，栏干拍遍[7]，无人会[8]，登临意[9]。

休说鲈鱼堪脍[10]，尽西风，季鹰归未。求田问舍[11]，怕应羞见，刘郎才气。可惜流年[12]，忧愁风雨[13]，树犹如此[14]！倩何人、唤取红巾翠袖[15]，揾英雄泪[16]？

[注释]

[1]建康：今江苏南京。淳熙元年（1174），辛弃疾任江东安抚司参议官，深得上司叶衡的赏识，然而叶衡不久就离开建康回朝廷任职。辛弃疾好不容易遇到一位知己，可又离他而去，仕途上失去了依靠，心中不免怅然。于是写下这首词，抒发英雄失路的感慨。　[2]遥岑远目：极目眺望远山。语本韩愈、孟郊《城南联句》："遥岑出寸碧，远目增双明。"　[3]玉簪螺髻：形容远山如美女头上的玉簪和螺形发髻。韩愈《送桂州严大夫》："江作青罗带，山如碧玉簪。"皮日休《缥缈峰》："似将青螺髻，撒在明月中。"广西桂林一带，往往平畴旷野中突兀地耸立起一座座小山，青螺、碧玉簪就是指这些山。　[4]落日楼头：语出杜甫《越王楼

陈廷焯："雄劲可喜。一结风流悲壮。"（《词则·放歌集》卷一）

陈洵："起句破空而来，秋无际，从'水随天去'中见；'玉簪螺髻'之'献愁供恨'，从远目中见；'江南游子'，从'断肠落日'中见。纯用倒卷之笔。""后片愈转愈奇，季鹰未归则鲈脍陡然一转，刘郎羞见则田舍陡然一转。如此则江南游子亦惟长抱此忧，以老而已。却不说出，而以'树犹如此'作半面语缩住。"（《海绡说词》）

俞陛云："结句言英雄之泪，未要人怜，倘揾以红巾，或可破颜一笑。极言其潦倒，仍不减其壮怀也。"（《唐五代两宋词选释》）

歌》："楼下长江百丈清，山头落日半轮明。"　[5]断鸿：语本柳永《玉蝴蝶》："断鸿声里，立尽斜阳。"指离群的孤雁。　[6]吴钩：弯形宝刀。典出《吴越春秋》卷二："阖闾既宝莫耶，复命于国中作金钩，令曰：'能为善钩者，赏之百金。'吴作钩者甚众，而有贪王之重赏也，杀其二子，以血衅金，遂成二钩。献于阖闾，诣宫门而求赏。王曰：'为钩者众，而子独求赏，何以异于众夫子之钩乎？'作钩者曰：'吾之作钩也，贪而杀二子，衅成二钩。'王乃举众钩以示之，何者是也？王钩甚多，形体相类，不知其所在。于是钩师向钩而呼二子之名：'吴鸿、扈稽，我在于此。王不知汝之神也！'声绝于口，两钩俱飞，着父之胸。吴王大惊曰：'嗟乎！寡人诚负于子！'乃赏百金，遂服而不离身。"语本杜甫《后出塞》："含笑看吴钩。"　[7]栏干拍：司马光《司马温公诗话》："刘概，字孟节，青州人。喜为诗，慷慨有气节，举进士及第，为幕僚一任，不得志。弃官隐居野原山。"有诗云："读书误人四十年，有时醉把栏干拍。"　[8]会：理解，懂得。　[9]登临意：语出王琪诗。释文莹《湘山野录》卷上："金陵赏心亭，丁晋公出镇日重建也。秦淮绝致，清在轩槛，取家箧所宝《袁安卧雪图》张于亭之屏，乃唐周昉绝笔。凡经十四守，虽极爱而不敢辄觊，偶一帅遂窃去，以市画芦雁掩之。后君玉王公琪复守是郡，登亭留诗曰：'千里秦淮在玉壶，江山清丽壮吴都。昔人已化辽天鹤，旧画难寻《卧雪图》。冉冉流年去京国，萧萧华发老江湖。残蝉不会登临意，又噪西风入座隅。'此诗与江山相表里，为贸画者之萧斧也。"　[10]"休说鲈鱼堪脍"以下三句：用张翰典。《晋书·张翰传》：张翰，字季鹰，吴郡人。赴命入洛，因见秋风起，乃思吴中菰菜、莼羹、鲈鱼脍，曰："人生贵得适志，何能羁宦数千里以要名爵乎？"遂命驾而归。　[11]"求田问舍"以下三句：用三国时期陈登、许汜典。《三国志·魏书·陈登传》：陈登，字元龙，在广陵，有威名。许汜与刘备并在荆州牧刘表坐，表与备共论天下人，汜曰："陈元龙湖海之士，豪气不除。"又曰："昔遭乱过下邳，见元龙。元龙无客主之意，久不相与语，自上大床卧，使客卧下床。"备曰："君有国士之名，今天下大乱，帝主失所，望君忧国忘家，有救世之意。而君求田问舍，言无可采，是元龙所讳也，何缘当与君语？如小人，欲卧百尺楼上，卧君于地，何但上下床之间邪？"刘郎，指刘备。　[12]惜流年：语本寇准《甘草子》词："堪惜流年谢芳草，任玉壶倾倒。"流年，如水一样流逝的年华。　[13]忧愁风雨：苏轼《满庭芳》："百年里，浑教是醉，三万六千场。思量。能几许，忧愁风雨，一半相妨。"　[14]树犹如此：典出《世说新语·言语》："桓公（温）北征，经金城，见前为琅邪时种柳，皆已十围，慨然曰：'木犹如此，人何以堪。'攀枝执条，泫然流泪。"　[15]倩：请。红巾翠袖：指美女佳人。杜甫《丽人行》："青鸟飞去衔红巾。"杜甫《佳人》："天寒翠袖薄。"　[16]英雄泪：杜甫《蜀相》："出师未捷身先死，长使英雄泪满襟。"

[点评]

读此词，我们仿佛看到一位青年英雄站在赏心亭的楼头，面对西沉的落日，听着空中孤雁的哀鸣，摩挲着蒙尘的宝剑，拍击着栏杆，发出阵阵怒吼。这傲然而又孤独的英雄形象，很像《满江红》里"怒发冲冠""仰天长啸，壮怀激烈"的英雄岳飞！英雄总是孤独的，此时的辛弃疾，愁肠千结，而无人理解。他的"登临意"，至少有五层：一是生命徒然流逝的紧迫感，"落日"西下，象征着时光流逝；二是远离故土，只身来到江南的漂泊感，离群的孤雁，即是词人的自我写照；三是宝剑蒙尘、请缨无路的失落感；四是满腔热血、报国宏愿无人理解的孤独感；五是进退犹疑不决的茫然感。进取苦无机会，退隐又担心被天下英雄耻笑。真是进亦难，退亦难，英雄不禁泪潸然！词以抒情见长，但一般只写一种情感，像这样写多重情感纠结变奏的甚是少见。

摸鱼儿

观潮上叶丞相[1]

俞陛云云："下阕笔势纵横，借江潮往事为喻。钱王射弩，固属雄夸，即前胥后种，泄怒银涛，亦功名自误，不若范大夫知机，掉头烟雾也。"（《唐五代两宋词选释》）

望飞来、半空鸥鹭[2]，须臾动地鼙鼓。截江组练驱山去[3]，鏖战未收貔虎。朝又暮。悄惯得、吴儿不怕蛟龙怒[4]。风波平步。看红旆惊飞[5]，跳鱼直上，蹙踏浪花舞。

凭谁问，万里长鲸吞吐[6]，人间儿戏千弩[7]。滔天力倦知何事[8]，白马素车东去[9]。堪恨处。人道是、属镂怨愤终千古[10]。功名自误。谩教得陶朱[11]，五湖西子，一舸弄烟雨。

[注释]

[1]观潮：观钱塘江潮。淳熙二年（1175），叶衡为宰相。叶衡非常欣赏辛弃疾的才干，曾向孝宗皇帝力荐辛弃疾慷慨有大

略，辛弃疾因而被召至临安任仓部郎官。八月十八日观潮后作此词上叶衡。　[2]"望飞来、半空鸥鹭"二句：写潮初来时的形态和声响。周密《武林旧事》卷三《观潮》："浙江之潮，天下之伟观也。自既望以至十八日为最盛，方其远出海门，仅如银线，既而渐定，则玉城雪岭，际天而来。大声如雷霆，震撼激射，吞天沃日，势极雄豪。"可为印证。枚乘《七发》曾谓江水逆流、海水上涨初起时"若白鹭之下翔"，"半空鸥鹭"语意本此。动地鼙鼓，语本白居易《长恨歌》："渔阳鼙鼓动地来，惊破霓裳羽衣曲。"　[3]"截江组练驱山去"二句：写潮水的气势。组练，即铠甲战袍。《左传》襄公三年："春，楚子重伐吴。……使邓廖帅组甲三百、被练三千以侵吴。"注："组甲被练皆战备也。组甲，漆甲成组文；被练，练袍。"苏轼《催试官考校戏作》："八月十八潮，壮观天下无。鸱鹏水击三千里，组练长驱十万夫。"貔（pí）虎，语本《列子·黄帝》："黄帝与炎帝战于阪泉之野，率熊、罴、狼、豹、䝙、虎为前驱。"此二句既写水势，也写水军的演习。周密《武林旧事》卷三《观潮》："每岁京尹出浙江亭校阅水军，艨艟数百，分列两岸。既而尽奔腾分合五阵之势，并有乘骑弄旗标枪舞刀于水面者，如履平地。倏尔黄烟四起，人物略不相睹，水爆轰震，声如崩山。烟消波静，则一舸无迹，仅有敌船为火所焚，随波而逝。"　[4]悄惯得：从容、习惯。吴儿：指弄潮儿。　[5]"看红旆惊飞"以下三句：写弄潮儿在潮水上舞旗表演。周密《武林旧事》卷三《观潮》："吴儿善泅者数百，皆披发文身，手持十幅大彩旗，争先鼓勇，溯迎而上，出没于鲸波万仞中，腾身百变，而旗尾略不沾湿。以此夸能。"红旆，红旗。蹙，同"蹴"，踩。　[6]长鲸吞吐：指潮水汹涌，如长鲸口中喷射而出。语本左思《吴都赋》："长鲸吞航，修鲵吐浪。"　[7]人间儿戏千弩：五代时吴越国曾用数百强弩射潮头，如小儿游戏。《宋史·河渠志》：

"浙江通大海，日受两潮。梁开平中，钱武肃王（镠）始筑捍海塘，在候潮门外，潮水昼夜冲激，版筑不就，因命强弩数百以射潮头。又致祷胥山祠，既而潮避钱塘，东击西陵，遂造竹器、积巨石，植以大木。堤岸既固，民居乃奠。"语出苏轼《八月十五日看潮》："安得夫差水犀手，三千强弩射潮低。"　[8]滔天力倦：指潮水渐渐退去。　　[9]白马素车东去：形容潮水退去时的情景。语出枚乘《七发》，曲江波涛"其少进也，浩浩澄澄，如素车白马帷盖之张"。　　[10]属镂（lú）怨愤：即伍子胥的怨愤。《太平广记》卷二九一《伍子胥》："伍子胥累谏，吴王赐属镂剑而死。临终，戒其子曰：'悬吾首于南门，以观越兵来，以鲮鱼皮裹吾尸，投于江中，吾当朝暮乘潮以观吴之败。'自是自海门山潮头汹高数百尺，越钱塘渔浦方渐低小。朝暮再来，其声震怒，雷奔电走百余里。时有见子胥乘素车白马在潮头之中，因立庙以祠焉。"属镂，剑名。　　[11]陶朱：与下文"五湖西子"指泛五湖的范蠡和西施。《史记·越王勾践世家》："勾践以霸，而范蠡称上将军。还反国，范蠡以为大名之下难以久居，且勾践为人可与同患，难与处安，……乃装其轻宝珠玉，自与其私徒属乘舟浮海以行，终不反。于是勾践表会稽山以为范蠡奉邑。范蠡浮海出齐，变姓名，自谓鸱夷子皮。耕于海畔，苦身戮力，父子治产。居无几何，致产数十万。齐人闻其贤，以为相。范蠡喟然叹曰：居家则致千金，居官则至卿相，此布衣之极也。久受尊名，不祥。乃归相印，尽散其财，以分与知友乡党，而怀其重宝，间行以去，止于陶。以为此天下之中，交易有无之路通，为生可以致富矣。于是自谓陶朱公。复约要父子耕畜，废居，候时转物，逐什一之利。居无何，则致赀累巨万，天下称陶朱公。"

[点评]

辛弃疾是行伍出身的军人。军人的经历和眼光，让他看什么都往军事方面想象。看山，把山想象成战马；看水，把水想象成是鏖战的雄兵。此词开篇写远观的景象，潮水在远处出现时，如半空飞来的一群白色鸥鹭。不一会儿潮水就奔驰到眼前，那声响，那气势，如战鼓轰鸣。潮头如山奔走，潮阵如雄兵鏖战。"截江"二句，如电视直播，极富动态的镜头感和声响美。"朝又暮"数句，写踏浪吴儿的勇敢无畏，又像是特写镜头，展现吴儿在波峰浪谷之间自如地飞翔，时而如跳鱼直上潮头，时而踏着浪花起舞。特别是踏浪者手持的那面红旗，在白浪之间飞舞，镜头感极强，让人联想到岑参《白雪歌送武判官归京》中一望无际的雪地上"冻不翻"的那面红旗。红白相映，特别吸人眼球。岑诗的红旗是被严寒冻住不动，而辛词的这面红旗却是在咆哮起伏的滔天巨浪中翻飞，看得人心惊魄动。上片写涨潮，下片由退潮写所感。面对长鲸吞吐的潮水，他想起五代钱镠时用万箭射压潮头的荒唐儿戏，想起春秋时越国伍子胥的冤愤。历史总是轮番上演着英雄的悲剧。伍子胥忠而被杀，功高盖世的范蠡最终隐居五湖。辛弃疾在词中写这些历史往事，似乎是在提醒叶衡注意防范朝中小人的攻讦，以免历史悲剧重演。辛弃疾的预感与提醒不幸成为现实，当年九月，叶衡就被汤邦彦攻讦罢相而流放郴州。

菩萨蛮

书江西造口壁[1]

郁孤台下清江水[2]，中间多少行人泪。西北望长安[3]，可怜无数山[4]。

青山遮不住。毕竟东流去[5]。江晚正愁余，山深闻鹧鸪[6]。

唐圭璋："起从近处写水，次从远处写山。下片将山水打成一片，慨叹不尽。末以愁闻鹧鸪作结，尤觉无限悲愤。"（《唐宋词简释》）

"西北望"两句，含思婉转。表面上写唐代李勉翘首远望西北的长安，实则写自己期盼回归临安，冀获重用。不直说自己想回朝廷，而借古人之声口说起，是一层曲折。不说因群小掣肘朝廷难回，而说群山遮目，望帝都而不见，是第二层曲折。用意与李白《登金陵凤凰台》"总为浮云能遮日，长安不见使人愁"近似，但表达更委婉曲折。

[注释]

[1]造口：位于江西万安西南的赣江边上，又称皂口。宋代此处是渡口，又有驿站。与辛弃疾同时的杨万里曾经过此地，写有《宿皂口驿》诗。淳熙二年（1175）四月，茶商赖文政在湖北暴乱，不久即攻入湖南、江西，屡败官军。六月，朝廷调仓部郎官辛弃疾任江西提刑节制诸军前往讨捕。七月，辛弃疾抵达赣州后，发动地方武装，四处布阵围堵，痛下狠手追剿茶商武装。不到两个月，便将茶商武装残部围困在江西瑞金山中。辛弃疾派人进山诱降。首领赖文政投降后，立即被押解到赣州就地处死。淳熙三年，辛弃疾自赣州北上赴襄阳任京西转运判官，途经造口驿时，写下此词，题于驿壁。　[2]郁孤台：在今赣州市区西北的贺兰山顶，是城区的制高点，下瞰赣江。清江：即赣江。章水和贡水至郁孤台前的龟角尾汇合成为赣江。　[3]长安：代指帝都，实指朝廷。帝都，既可理解为北宋故都汴京，也可以理解为南宋都城临安。郁孤台，曾改名为望阙台。祝穆《方舆胜览》卷二十载："郁孤台，在丽谯坤维。隆阜郁然，孤起平地数丈，冠冕一郡之形势，而襟带千里之江

山。唐李勉为虔州刺史，登临北望，慨然曰：余虽不及子牟，而心在魏阙一也。郁孤岂令名乎？改为望阙。"身在江湖，心存魏阙，是唐宋人经常使用的典故。语出《庄子·让王》："中山公子牟谓瞻子曰：身在江海之上，心居乎魏阙之下。"范仲淹《岳阳楼记》"居庙堂之高则忧其民，处江湖之远则忧其君"，就是从这个典故变化而来。辛弃疾登临郁孤台，自然会想起子牟的心存魏阙和李勉的望阙台。故"西北望长安"，除了思念故都汴京之意外，还有像子牟那样身在江湖心存朝廷之意。此句一本作"东北是长安"，临安在造口的东北方向，亦可通。　[4] 可怜：可惜。　[5] 东流去：化用唐崔湜《襄城即事》诗："子牟怀魏阙，元凯滞襄城。……为问东流水，何时到玉京？"杜预字元凯，西晋时著名的政治家、军事家，灭吴战争的统帅之一。羊祜保举他为镇南大将军、都督荆州诸军事，长期驻守襄阳。缮甲兵，耀威武，大破东吴。辛弃疾从赣州去襄阳任职，故联想起崔湜这首诗。崔诗中的"何时到玉京"非常切合辛弃疾此时的心情。　[6] 鹧鸪：鹧鸪的叫声类似"行不得也哥哥"。辛弃疾绍熙三年（1192）所作《添字浣溪沙·三山戏作》曾把鹧鸪和杜鹃两种鸟的叫声谐音说得很清楚："绕屋人扶行不得，闲窗学得鹧鸪啼。却有杜鹃能劝道：不如归。"鹧鸪叫声像"行不得"，杜鹃叫声似"不如归"。"山深闻鹧鸪"句，是写深山中听到的都是鹧鸪"行不得也哥哥"的啼叫，好像鹧鸪在挽留他，请求他不要离开江西。辛弃疾解任离开赣州时，赣州军民曾拥满道路，争相前来为他送行。当时赣州通判罗愿写了一首五古长诗《送辛殿撰自江西提刑移京西漕》为他壮行色，长诗开篇即说："峨峨郁孤台，下有十万家。喧呼隘城阙，恋此明使车。"说赣州城十万人家，几乎都跑来大街上，为辛弃疾送行，甚至把城门道路都堵塞了。这个动人的场景，大概又一次浮现在词人的脑海中。站在造口驿上，他很留恋这个地方，不想去遥远的襄阳。鹧鸪的叫声，传到他耳里，听上去就像是满城百姓的挽留呼声。其实他自己大概也不想走，因为在江西，他是节制兵马的剿匪指挥官。离开江西去襄阳，他将失去兵权，变成一个掌管粮草的文官。

［点评］

辛弃疾平灭茶商武装后，充满了兴奋和自豪，心理期望值很高，对未来充满了幻想，以为会获得大用。但新的任命却是京西转运判官，不免使他失落和怅惘。这首词就表现了人生失意和岁月蹉跎、功业未成的焦虑。"行人泪"，既渗透着自我漂泊的感伤、仕途的失意，又包含一段国家的屈辱。建炎三年（1129）冬，南宋隆祐太后率领六宫，携带着赵氏祖宗神主及二帝御像，坐御舟沿赣江逆流南下。到造口时，遭遇金兵追击，卫兵四散逃亡，宫女死伤枕藉，随身携带的金银财宝丧失殆尽。一国的至尊太后，狼狈而逃，连侍从扈卫都没有，只得让山民抬着轿子奔命。辛弃疾来到这段国耻的现场，自会深感悲愤，以至潸然泪下。

此词篇幅虽短，内蕴却丰饶，叠合着两重现实空间（出发地赣江边上的郁孤亭和经行地造口的"无数山"）、两重历史空间（中唐李勉在赣州望长安和建炎年间隆祐太后在造口逃难）、一重想象空间（辛弃疾期盼归去的朝廷所在地临安），融合着四类人物的情感：自我的仕途失意、旅途的漂泊感、时不我待的焦虑和回朝的期盼，行人的感伤，唐人李勉对帝都长安的依恋，南宋初隆祐太后逃难的伤悲与屈辱。故俞陛云《唐五代两宋词选释》说："词仅四十四字，举怀人恋阙，望远思归，悉纳其中。而以清空出之，复一气旋折，深得唐贤消息。集中之高格也。"

菩萨蛮

功名饱听儿童说[1]，看公两眼明如月[2]。万里勒燕然[3]，老人书一编[4]。

玉阶方寸地[5]，好趁风云会[6]。他日赤松游[7]，依然万户侯。

此词充满了乐观自信，仿佛建功立业，官封万户侯，指日可待。

[注释]

[1] 功名：指平灭茶商武装叛乱之功。此句意为"饱听儿童说功名"，即赣州城内城外、老老少少都在传说他平灭茶商武装叛乱的功勋。　[2] 看公两眼明如月：化用苏轼《台头寺雨中送李邦直赴史馆》"看君两眼明如镜"诗句。　[3] 万里勒燕然：用东汉窦宪故事。《后汉书·和帝纪》载永元元年六月，车骑将军窦宪出鸡鹿塞，大破匈奴于稽落山，追至私渠比鞮海，窦宪遂登燕然山，刻石勒功。《后汉书·窦宪传》谓窦宪大破匈奴，"虏众崩溃，单于遁走，追击诸部，遂临私渠比鞮海，斩名王已下万三千级，获生口马牛羊橐驼百余万头，于是温犊须、日逐、温吾、夫渠王柳鞮等八十一部率众降者，前后二十余万人。宪、

秉遂登燕然山，去塞三千余里，刻石勒功，纪汉威德，令班固作铭"。　[4] 老人书一编：用张良故事。《史记·留侯世家》载张良未遇时在下邳圯上，有老人"出一编书，曰：读此，则为王者师矣！"　[5] 玉阶：同"玉陛"，指朝廷。唐员千半《陈情表》："陛下何惜玉陛方寸地，不使臣披露肝胆乎？"　[6] 风云会：喻君臣相得，多用于贤臣得明君的信用。《魏书·张衮传》："遭风云之会，不建腾跃之功者，非人豪也。"　[7] "他日赤松游"二句：语出《史记·留侯世家》："家世相韩，及韩灭，不爱万金之资，为韩报仇强秦，天下振动。今以三寸舌为帝者师，封万户，位列侯，此布衣之极，于良足矣。愿弃人间事，欲从赤松子游耳。"司马贞《索隐》：赤松子，"神农时雨师也，能入火自烧，昆仑山上随风雨上下也"。

［点评］

这首词应该是《菩萨蛮·书江西造口壁》的姊妹篇，大约作于同时而略早。词中写到剿灭茶商武装后，城里城外，人们都在传说他的剿匪故事。他开始梦想风云际会，憧憬着像东汉窦宪那样立功边塞，像张良辅佐刘邦那样成为帝王师，官封万户侯，然后功成身退，跟随赤松子云游四方。

菩萨蛮

西风都是行人恨，马头渐喜归期近。试上小

红楼，飞鸿字字愁[1]。

　阑干闲倚处，一带山无数。不似远山横[2]，秋波相共明[3]。

[注释]

[1]飞鸿字字愁：语本秦观《减字木兰花》："困倚危楼，过尽飞鸿字字愁。" [2]远山：指眉。《西京杂记》："文君姣好，眉色如望远山。" [3]秋波：指眼。

[点评]

　淳熙二年（1175）深秋，辛弃疾在赣州平定茶商之乱后，想起家中妻子，遂写此词。因离家许久，音讯不通，连西风都充满了离愁别恨，好在归期将近，不久就可回家与妻子团聚。首二句一恨一喜，词情跌宕。"试上"二句从对方着笔，想象妻子亦在家中翘首盼望，登上小红楼，期待鸿雁传来书信，可飞鸿没有带来书信，更生愁闷。大雁在空中常排成"人"字队形或"一"字队形飞行。见到雁写的"人"字，引发对伊人的思念，故说"飞鸿字字愁"。不说自己想念妻子，而说妻子在想念自己，这种对面着笔的手法，出自杜甫《月夜》："今夜鄜州月，闺中只独看。遥怜小儿女，未解忆长安。"过片回写自己，闲倚栏杆，群山遮目，遥望家乡而难见。结二句意思是说远山如眉黛，秋水如眼波，山水相映，眉目传情，但此时我与你被山水所隔，不像眼前的远山与秋水这样相望相对，共递情愫。想象奇，造语新。

霜天晓角

赤壁[1]

雪堂迁客[2]，不得文章力[3]。赋写曹刘兴废[4]，千古事，泯陈迹。

望中矶岸赤，直下江涛白。半夜一声长啸[5]，悲天地[6]，为予窄。

[注释]

[1]赤壁：此指黄州赤壁。淳熙四年（1177），辛弃疾知江陵府兼湖北安抚使，途经赤壁时赋此词。　[2]雪堂迁客：指苏轼。苏轼被贬黄州时，曾筑室，名雪堂。　[3]不得文章力：语本刘禹锡《郡斋书怀寄江南白尹兼简分司崔宾客》："谩读图书三十车，年年为郡老天涯。一生不得文章力，百口空为饱暖家。"　[4]赋：指苏轼《前赤壁赋》。曹刘：曹操和刘备。苏轼《前赤壁赋》："西望夏口，东望武昌，山川相缪，郁乎苍苍。此非孟德之困于周郎者乎！方其破荆州，下江陵，顺流而东也，舳舻千里，旌旗蔽空，酾酒临江，横槊赋诗，固一世之雄也，而今安在哉？"　[5]长啸：语本苏轼《后赤壁赋》："划然长啸，草木震动，山鸣谷应，风起水涌。"　[6]"悲天地"二句：语出杜甫《送李校书》："每愁悔吝作，如觉天地窄。"

[点评]

在万籁俱寂的半夜，忽闻"一声长啸"，那是一种什么感受！是英雄的怒吼，还是为苏轼鸣不平？苏轼文名震耀一世，一生不但没托文章之福，反受其累。造化何其弄人！辛弃疾一向以英雄自许，却英雄无用武之地，南归后一直无法沙场点兵，杀敌立功，天地虽宽阔，却没有自我的出路！"悲天地，为予窄"，正与陈子昂"念天地之悠悠，独怆然而涕下"同一感慨，显出稼轩的英雄本色。

　　吴处厚《青箱杂记》卷七说："白居易赋性旷达，其诗曰'无事日月长，不羁天地阔'，此旷达者之词也。孟郊赋性褊隘，其诗曰'出门即有碍，谁谓天地宽'，此褊隘者之词也。然则天地又何尝碍郊，孟郊自碍耳！"如果说孟郊的"出门即有碍，谁谓天地宽"是性格狭隘的牢骚人语，那么，辛弃疾的"悲天地，为予窄"，则是锐意进取而无路请缨的英雄感怆！

霜天晓角

旅兴

吴头楚尾[1]，一棹人千里[2]。休说旧愁新恨，长亭树[3]，今如此。

宦游吾倦矣[4]，玉人留我醉[5]。明日万花寒食[6]，得且住[7]，为佳耳。

朱德才："上片以舟行千里点题起兴，翻出'旧愁新恨'。'休说'，从反面提唱，将词意推进一层。下片直抒胸臆。"（《辛弃疾选集》）

刘扬忠："此词采取的是一气直下、直抒胸臆的写法。需要注意的是，这里表露的不过是一种'急性'发作的退隐心理而已，并不代表作者一贯的思想。整首词所抒写的是志士的牢骚、志士的苦闷，切不可作为一般士大夫的那种闲愁来看待。"（《辛弃疾词》）

[注释]

[1] 吴头楚尾：指南昌。《方舆胜览》卷十九引《职方乘记》："豫章之地为吴头楚尾。"顾栋高《春秋大事表》卷六则说安徽的安庆，江西的南康、九江，都称吴头楚尾。   [2] 一棹人千里：形容船行之快，一桨划出就过了一千里。   [3]"长亭树"二句：用《世说新语·言语》典："桓公（温）北征，经金城，见前为琅邪时种柳，皆已十围，慨然曰：'木犹如此，人何以堪。'攀枝执条，泫然流泪。"   [4] 宦游吾倦矣：用司马相如故事。《史记·司马相如列传》："相如归而家贫，无以自业，素与临邛令王吉相善。吉曰：长卿久宦游不遂，而来过我。"   [5] 玉人：美人，佳人。也可指亲密的友人。   [6] 寒食：即寒食节。宋代冬至后一百零五日为寒食节，在清明节前三天。寒食与冬至、元旦并为宋人三大节日。《乾淳岁时记》："清明前三日为寒食节，都城人家皆插柳满檐，虽小坊幽曲，亦青青可爱。"   [7]"得且住"二句：颜真卿《寒食帖》："天气殊未佳，汝定成行否？寒食只数日间，得且住为佳耳。"

[点评]

"旅兴"，就是旅途中的感慨。此词作于淳熙五年（1178）春，其时辛弃疾从南昌赴都城临安就任大理少卿。他长期在各地宦游，难得消停。淳熙元年（1174）以来，五年之间换了八个官职：淳熙元年春由滁州知州到建康府任参议官，几个月后到临安任仓部郎官。次年，出任江西提刑，平灭茶商叛乱。淳熙三年，到湖北襄阳任京西路转运判官。四年春，升任湖北江陵知府兼湖北路安抚使，半年后调到南昌任隆兴知府兼江西安抚使。在江西席未暇暖，五年春又回朝任大理少卿。长年南来北往，四处奔波，辛弃疾感到身心疲惫。他从北方来到南方，已有十六年，而统一北方、收复失地的理想仍无法实现，故生发出"树犹如此，人何以堪"之叹。旧愁新恨且不说，光是时光的流逝就是难以承受的生命之重。人生的漂泊感、时光的迫促感、生命的有限感，郁结于胸，真想找个安逸之地安顿身心。此词的"一棹人千里"，表达的不是李白"千里江陵一日还"的快慰，而是人生漂泊不定的茫然，人被船只瞬间送出千里之外，人生不能自我掌控，颇有苏轼"长恨此身非我有"的感叹。

鹧鸪天

离豫章[1]，别司马汉章大监[2]

聚散匆匆不偶然[3]，二年历遍楚山川[4]。但将痛饮酬风月，莫放离歌入管弦[5]。

萦绿带[6]，点青钱[7]。东湖春水碧连天[8]。明朝放我东归去[9]，后夜相思月满船[10]。

朱德才："词写对现实的不满和对豫章友人的眷恋。起二句叙事简洁，概括力极强。'不偶然'自有难言之隐。但醉风月，莫放离歌，似旷实郁，最是稼轩本色。"（《辛弃疾选集》）

[注释]

[1] 豫章：今江西南昌。淳熙四年（1177）冬，辛弃疾自知江陵府兼湖北安抚使，调至南昌任隆兴知府兼江南西路安抚使。次年春，又被召赴临安任大理少卿。离任前作此词。　[2] 司马汉章：名倬，司马朴之子，曾知襄阳府。《建炎以来系年要录》卷

一七二、卷一七五、卷一九九和《宋史全文》卷二五等载有其事迹。大监：官名，当是主管营造的将作大监。司马倬何时任此职，不详。　[3]聚散：犹言离合。欧阳修《浪淘沙》："聚散苦匆匆，此恨无穷。"　[4]二年历遍楚山川：辛弃疾于淳熙三年从江西提刑转任京西转运判官，淳熙四年，差知江陵府兼湖北安抚使，四年冬又来江西任知府兼安抚使，所至都是楚地，故说"历遍楚山川"。　[5]莫放：莫使，不要让。欧阳修《别滁》："我亦且如常日醉，莫教弦管作离声。""但将"二句句法，出自杜牧《九日齐安登高》"但将酩酊酬佳节，不用登临恨落晖"和黄庭坚《鹧鸪天·重九日集句》"但将酩酊酬佳节，更把茱萸仔细看"。　[6]萦绿带：形容柳枝。语出唐杨系《小苑春望宫池柳色》："拂地青丝嫩，萦风绿带轻。"　[7]点青钱：形容荷叶。语本杜甫《绝句漫兴九首》其七："糁径杨花铺白毡，点溪荷叶叠青钱。"　[8]东湖：在今南昌市区。宋时已是名胜。春水碧连天：化用韦庄《菩萨蛮》词"春水碧于天，画船听雨眠"句意。　[9]东归：临安在南昌之东，故说"东归"。　[10]后夜相思月满船：出自张孝祥《鹧鸪天·荆州别同官》："今朝拚醉花迷坐，后夜相思月满川。"辛弃疾仅小张孝祥八岁，而化用其词，可见他对当世词人的熟悉与借鉴。正因其厚古而不薄今，博采众长，才能卓然成为大家。

[点评]

辛弃疾来豫章不过几个月的光景，又要离去。聚散匆匆，是命中注定，还是造化弄人？捉摸不透。既然聚散匆匆是人生常态，就不必为此感伤，但求痛饮一醉，没有必要在酒宴上唱什么离别之歌，徒然伤怀了。过片写豫章东湖的美景，隐含难舍此地之意。结拍二句悬想离别之后对友人的怀念。"相思月满船"，是情语，也是景语。月满船，相思也满船，月也相思，人更相思。五个字，可谓言有尽而意无穷。

念奴娇

书东流村壁 [1]

野棠花落 [2]，又匆匆过了，清明时节。划地东风欺客梦 [3]，一枕云屏寒怯 [4]。曲岸持觞 [5]，垂杨系马 [6]，此地曾轻别。楼空人去 [7]，旧游飞燕能说。

闻道绮陌东头 [8]，行人曾见 [9]，帘底纤纤月。旧恨春江流不断 [10]，新恨云山千叠。料得明朝 [11]，尊前重见，镜里花难折 [12]。也应惊问，近来多少华发 [13]。

[注释]

[1] 此首为题壁词。途中有感，遂题词于壁。东流：宋代池州东流县，今安徽东至。村壁：指东流县某村之壁。东流县位于长江南岸，南宋人舟行常停泊于此。杨万里有《解舟雷江过东流县》诗，韩淲亦有《归舟过东流丘簿清足轩》。陆游《入蜀记》卷二记载："二十八日，过东流县，不入。自雷江口行大江，江南群山，苍翠万叠，如列屏障，凡数十里不绝。自金陵以西所未有也。是

"又匆匆"句，三层含意。过了清明时节是第一层，意味着春光已逝。"匆匆过了"，是第二层，意为春光过得太快，不知不觉间就已过去。"又匆匆过了"是第三层，意谓去年如此，今又如此。

朱德才："念昔怀人，缠绵婉曲。起五句铺垫之笔，'曲岸'以下，由水滨离别而楼去人空，而燕说旧事，情景交融，写尽万千惆怅。下片'闻道''料得'云云，皆想象文字。通篇为'旧恨'两句出力。"（《辛弃疾选集》）

杨慎："'旧恨'二句，纤丽语，脍口之极。"（《词品》卷四）

吴世昌："词中有人，呼之欲出。然已楼空人去。旧恨新恨如春江长流、云山千叠，果何事乎而有此重恨也？此中故事作者不欲睹人，亦不欲告人。"（《词林新话》）

日便风，张帆舟行甚速，然江面浩渺，白浪如山，所乘二千斛舟，摇兀掀舞，才如一叶。" [2] 野棠：原作"野塘"，据四卷本《稼轩词》改。野棠，即野生海棠，春二月开白色花。沈约《早发定山》："野棠开未落，山樱发欲然。" [3] 刬（chǎn）地：无端地，平白地。欺客梦：惊客梦。 [4] 云屏：画有云山的屏风。寒怯：怯寒，怕冷。 [5] 曲岸持觞：语出王羲之《兰亭集序》："引以为流觞曲水，列坐其次。" [6] 垂杨系马：苏轼《定风波》："垂杨系马恣轻狂。" [7]"楼空人去"二句：言人去楼空，物是人非，只有燕子能说当年的游踪。暗用燕子楼诗典，指当年的恋人美丽重情。白居易《燕子楼》诗序："徐州故张尚书有爱妓曰盼盼，善歌舞，雅多风态。""尚书既没，归葬东洛，而彭城有张氏旧第，第中有小楼，名燕子。盼盼念旧爱而不嫁，居是楼十余年，幽独块然，于今尚在。"苏轼《永遇乐》："燕子楼空，佳人何在，空锁楼中燕。""旧游飞燕能说"，即"飞燕能说旧游"，因平仄而变换句式。 [8] 绮陌：繁华的街道。此指风景秀美的乡间道路。 [9]"行人曾见"二句：从苏轼《江城子》"门外行人，立马看弓弯"化出。纤纤月，弯弯的月亮，代指美人足，借指佳人。卢仝《秋梦行》："台前空挂纤纤月。纤纤月，盈复缺。" [10]"旧恨春江流不断"二句：秦观《江城子》："便做春江都是泪，流不尽，许多愁。"苏轼《书王定国所藏〈烟江叠嶂图〉》："江上愁心千叠山，浮空积翠如云烟。" [11] 料得：料想。 [12] 镜里花难折：喻面对佳人却难亲近。黄庭坚《沁园春》："镜里拈花，水中捉月，觑着无由得近伊。" [13] 华发：同"花发"，花白的头发。苏轼《念奴娇·赤壁怀古》："多情应笑我，早生华发。"

［点评］

无情未必真豪杰。辛弃疾是大英雄，也是多情种。

年轻时曾在东流县一次曲水流觞的雅集上，有过一场艳遇，轰轰烈烈地爱过一女子。不久就离别而去。淳熙五年（1178），他从江西南昌赴临安，途经东流，故地重游，回忆起当年那段情缘，恍如隔世。欲重温旧梦，而人去楼空，四处打听，终于找到她的行踪，有人见过她的倩影。于是相约"明朝"见面。可今日之我，已非当年，久历宦海风波，尘满面，鬓如霜；心上人也已入籍为歌妓，明日即使"尊前重见"，因身份所限，也难重温旧梦，难续前缘，不禁悲从中来。"旧恨春江流不断，新恨云山千叠"二句，把往日的思念、今日的期盼、明日的遗憾，写得凄凄惨惨切切。可与李煜的"问君能有几多愁，恰似一江春水向东流"，秦观的"便做春江都是泪，流不尽，许多愁"并为千古名句。而从李煜的原创，秦观的翻新，再到辛弃疾的融合新变，可以体会古代词人不断求新求变的艺术创造精神。

　　此词有故事性，层次感、画面感极强。词从眼前写起，清明节刚过，原野的海棠已凋零，投宿东流的词人，睡梦中仿佛回到当年的艳遇：一群男女，围着曲水流觞，英俊的词人正好骑马路过，其中一位靓丽少女吸引了他的眼球，让他心动不已，于是系马垂杨之下，尽欢而去。一梦醒来，人去楼空，旧欢不再。过片写打听寻找佳人踪迹，所幸伊人还在。"行人曾见，帘底纤纤月"，暗示她的身份已是歌女。帘后唱歌，帘底露出弓弓小绣鞋，似弯弯的纤纤月。得知伊人犹在，心中自是欣喜安慰。可宋代官员不准与歌妓私下往来，料想明朝重见，也只能是镜中花，可见而难亲近，又不免心生怅惘。缠绵情意，曲折道来，欲吐还吞，动人心魄。

鹧鸪天

代人赋

扑面征尘去路遥，香篝渐觉水沉销[1]。山无重数周遭碧[2]，花不知名分外娇。

人历历[3]，马萧萧[4]。旌旗又过小红桥。愁边剩有相思句[5]，摇断吟鞭碧玉梢。

[注释]

[1]香篝：一种燃香料的熏炉。水沉：即沉水香。晋嵇含《南方草木状》卷中："交趾有蜜香树，干似柜柳，其花白而繁，其叶如橘。欲取香，伐之经年，其根、干、枝、节，各有别色也。木心与节坚黑沉水者，为沉香，与水面平者为鸡骨香。其根为黄熟香，其干为栈香，细枝紧实未烂者为青桂香，其根节轻而大者为马蹄香，其花不香，成实乃香，为鸡舌香。"销：香燃尽。　[2]山无重数：即"无数重山"。语出贺铸《感皇恩》："回首旧游，山无重数。"周遭：四面，周围。刘禹锡《金陵五题》："山围故国周遭在。"　[3]历历：排列成行。　[4]萧萧：马叫声。《诗经·小雅·车攻》："萧萧马鸣。"杜甫《兵车行》："车辚辚，马萧萧。"　[5]剩有：更有，多有。

[点评]

此首是淳熙五年（1178）辛弃疾自豫章赴临安途中所作相思词。"山无"二句，句法挺异。七言诗句和词句，一般都是二二二一或二二一二句式，如首二句。此二句则为一三二一式，读作"山—无重数—周遭—碧，花—不知名—分外—娇"，因句法与常规句式不同，故读来别具韵味。这两句按常规语序，应是"无数重山周遭碧，不知名花分外娇"，如此写法，平仄不合，意思也平平，两句只有山碧、花香一层意思，改为"山无重数周遭碧，花不知名分外娇"后，就有山有无数重，周遭又碧绿，花虽不知名，却分外娇艳两层意思了。不同句法有不同的艺术效果。

　　诗句词句的组合，比散文句式要灵活。读诗读词时，遇到句子不好理解的时候，要学会变换。有时把诗词原句变换成散文一样的常规句式，往往就好理解了。

鹧鸪天

送人

唱彻《阳关》泪未干[1]，功名余事且加餐[2]。浮天水送无穷树[3]，带雨云埋一半山。

今古恨[4]，几千般，只应离合是悲欢。江头未是风波恶[5]，别有人间行路难[6]。

[注释]

[1] 唱彻：唱完。《阳关》：《阳关曲》，又名《阳关三叠》，由王维《送元二使安西》入乐而成。唐宋时期最流行的送别歌

俞陛云云："此阕写景而兼感怀，江树尽随天远，好山则半被云埋。人生欲望，安有满足之时。况世途艰险，过于太行、孟门，江间波浪，未极其险也。"（《唐五代两宋词选释》）

刘扬忠："写送别而不粘滞于送别，写友情而不为友情所囿，而是从私人之间的离愁别恨引出国家之深仇大恨，从自然界的风波而联想到政坛上的风波，以旅途的艰难来暗示抗战派人士斗争之艰难。这就使所抒之情超越了个人的狭小圈子，提升了词的思想境界，使之具备了喻示社会人生大道理的品格。"（《辛弃疾词》）

曲。　[2]加餐:《古诗十九首》:"努力加餐饭。"　[3]"浮天水送无穷树"二句:句法出自宋初杨徽之《嘉阳川》诗中名句:"浮花水入瞿塘峡,带雨云归越巂州。"王辟之《渑水燕谈录》卷八:"杨侍读徽之以能诗闻于祖宗朝,太宗知其名,索其所著,以百篇献上,卒章曰:'少年牢落今何幸,叨遇君王问姓名。'太宗和赐,且语近臣曰:'徽之文雅可尚,操履端正。'拜礼部侍郎,选十联写于御屏。梁周翰贻之诗曰:'谁似金华杨学士,十联诗在御屏风。'""浮花水"一联即在其中。　[4]"今古恨"以下三句:意为自古以来,愁恨有千万种,难道说只有悲欢离合才算是"恨"么?悲欢离合,此处实指悲伤和离别。"只应离合是悲欢",依日常语序应是"只应离合悲欢是",为协韵而改。从苏轼《水调歌头》"人有悲欢离合,月有阴晴圆缺,此事古难全"化出。　[5]江头未是风波恶:日常语序应是"江头风波未是恶",为合平仄而改。意谓江头的风波不是最险恶的。　[6]别有人间行路难:日常语序应是"人间行路别有难",意即人世间的道路比江头风波更加艰难。

[**点评**]

此首送别词,上片以景胜,下片以理胜。"浮天"二句,对偶工切,写景如画,又气势磅礴,极富动态美感。浮天水,写出江水暴涨、江面宽阔,江水"送"江边无穷之树,明写江畔之景,暗写船行之速。不说"云"遮蔽山、笼罩山,而说"埋"山,写出了江边远处山中云雾之重之密,而且富有动作感。"送"与"埋"两个动词,极炼字之功。上片是送行人,下片是劝行人。人生有几千种愁恨,悲欢离合只是其中一种,不必太过在意。江头风波虽然险恶,但跟人世间的艰难险阻比起来,就算不上什么了，所以也不必恐惧江头的风波。这是经历过人生种种挫折坎坷之后的深切感悟。"浮天水送无穷树，带雨云埋一半山""江头未是风波恶，别有人间行路难"，堪称词中妙语名句。而"浮天"两句的句法作三—三，也很独特，读来别具神韵。

满江红

冷泉亭 [1]

直节堂堂 [2]，看夹道冠缨拱立 [3]。渐翠谷、群仙东下，佩环声急 [4]。谁信天峰飞堕地 [5]，傍湖千丈开青壁。是当年、玉斧削方壶 [6]，无人识。

山木润，琅玕湿 [7]。秋露下，琼珠滴 [8]。向危亭横跨，玉渊澄碧 [9]。醉舞且摇鸾凤影，浩歌莫遣鱼龙泣。恨此中、风月本吾家 [10]，今为客。

卓人月："前作富贵缠绵，后作萧散俊逸。"（《古今词统》卷十二）

[注释]

[1]冷泉亭：在杭州飞来峰下。《咸淳临安志》卷二三："冷泉亭，在飞来峰下。唐刺史河南元藇建，刺史白居易记，刻石亭上。"白居易《冷泉亭记》："东南山水，余杭郡为最。就郡言，灵隐寺为尤。由寺观，冷泉亭为甲。亭在山下水中央，寺西南隅。高不倍寻，广不累丈，而撮奇得要，地搜胜概，物无遁形。春之

日，吾爱其草熏熏，木欣欣，可以导和纳粹，畅人血气。夏之夜，吾爱其泉渟渟，风泠泠，可以蠲烦析酲，起人心情。山树为盖，岩石为屏，云从栋生，水与阶平。坐而玩之者，可濯足于床下；卧而狎之者，可垂钓于枕上。" [2] 直节：指竹。 [3] 冠缨：指松。 [4] 佩环声急：指水声。柳宗元《至小丘西小石潭记》："隔篁竹，闻水声，如鸣佩环。" [5] 天峰飞堕地：指飞来峰。《咸淳临安志》卷二三引晏殊《舆地志》云："晋咸和元年，西天僧慧理登兹山，叹曰：'此是中天竺国灵鹫山之小岭，不知何年飞来。佛在世日多为仙灵所隐，今此亦复尔邪！'因挂锡造灵隐寺，号其峰曰'飞来'。" [6] 是当年、玉斧削方壶：意谓冷泉是当年神仙用玉斧从方壶山修下来的。玉斧，用玉斧修月故事。段成式《西阳杂俎》卷一载："（仙人）曰：'君知月乃七宝合成乎？月势如丸，其影日烁，其凸处也。常有八万二千户修之，予即一数。'因开幞，有斤凿数事。"方壶，海上仙山。《列子·汤问》载渤海之东"有五山焉：一曰岱舆，二曰员峤，三曰方壶，四曰瀛洲，五曰蓬莱。其山高下周旋三万里"。 [7] 琅玕（láng gān）：青色美玉，代指绿竹。杜甫《郑驸马宅宴洞中》："主家阴洞细烟雾，留客夏簟青琅玕。" [8] 琼珠：形容冷泉的水珠。 [9] 玉渊：指冷泉下的水潭。 [10] 吾家：我的家乡济南。济南有趵突泉等名胜。

[点评]

此词的章法结构，神似白居易的《冷泉亭记》和欧阳修的《醉翁亭记》，都是由远而近，步步推进。《冷泉亭记》说东南山水，杭州最佳，而杭州景致，以灵隐寺最突出。灵隐寺的景观，又以冷泉亭最吸引眼球。欧阳修的《醉翁亭记》也是由环滁皆山而导引至西南诸峰，西南诸峰中蔚然深秀者是琅邪山，山行六七里可见酿泉，酿泉之上即醉翁亭之所在。好似导游，逐步引入胜境。稼轩词亦学此法。先说夹道两旁是堂堂直节的翠竹和拱手而立的苍松，沿路而下，是翠绿的山谷，山谷中水声潺潺，如群仙东下时佩环叮咚。沿山谷前行，即飞来峰。飞来峰好似天峰飞堕地上，又像是当年神仙用玉斧把方壶仙山削修而成。飞来峰下，有润泽的林木、琅玕般的翠竹。竹林下冷泉流过，形成澄清碧绿的玉渊潭，冷泉亭就横跨潭上。

　　此词最大的亮点是将景物人格化、动作化。把夹道而立的竹子写成直节堂堂的大丈夫，把松树写成衣冠楚楚、拱手而立的缙绅士大夫，把泉声想象为群仙下凡时佩玉碰撞的声响，将静止的飞来峰想象是天峰飞堕地面，是神仙劈削出的仙山。想落天外，又在情理之中。

水调歌头

舟次扬州[1]，和杨济翁、周显先韵[2]

落日塞尘起[3]，胡骑猎清秋[4]。汉家组练十万[5]，列舰耸层楼[6]。谁道投鞭飞渡[7]，忆昔鸣髇血污[8]，风雨佛狸愁。季子正年少[9]，匹马黑貂裘。

今老矣，搔白首[10]，过扬州。倦游欲去江上，手种橘千头[11]。二客东南名胜[12]，万卷诗书事

陈廷焯："笔力高绝，落地有声，字字警绝。笔致疏散，而气甚道炼。结笔有力如虎。"（《云韶集》卷五）

业[13]，尝试与君谋。莫射南山虎[14]，直觅富民侯[15]。

[注释]

[1] 舟次扬州：淳熙五年（1178），辛弃疾自临安赴任湖北转运副使，走水路由运河到扬州然后入长江西上。词为停泊扬州时作。　[2] 杨济翁：杨炎正，字济翁，庐陵人，著名诗人杨万里族弟。有词集《西樵语业》传世。周显先：其人未详。辛弃疾有《和周显先韵》二首，是亦能诗者。梁启超说杨炎正和周显先似是辛弃疾的幕僚，故相随同行。此词是和杨炎正、周显先词韵。杨炎正原唱是《水调歌头·登多景楼》："寒眼乱空阔，客意不胜秋。强呼斗酒发兴，特上最高楼。舒卷江山图画，应答龙鱼悲啸，不暇顾诗愁。风露巧欺客，分冷入衣裘。　忽醒然，成感慨，望神州。可怜报国无路，空白一分头。都把平生意气，只做如今憔悴，岁晚若为谋。此意仗江月，分付与沙鸥。"周显先词佚而不存。　[3] 塞尘起：边塞扬起烟尘，喻发生战争。此指绍兴三十一年（1161）九月，金主完颜亮经过多年的精心策划，亲率四路大军南下侵宋。兵力六十万，号称百万。十月渡过淮河，攻陷扬州。宋将刘锜、李显忠、杨存忠等率兵抗击。　[4] 胡骑：指金朝骑兵。猎：打猎，实指侵略。古代西北游牧民族常在秋天马壮膘肥之时以打猎为名南下侵扰。　[5]组练：即组甲被练。《左传·襄公三年》："邓廖帅组甲三百、被练三千以侵吴。"注："组甲、被练皆战备也。组甲，漆甲成组文。被练，练袍。"苏轼《催试官考校戏作》："鹍鹏水击三千里，组练长驱十万夫。"当时南宋朝廷调集的军队有二十万。《宋史纪事本末·金亮南侵》载当时"杨存中、成闵、邵宏渊诸军皆集京口，凡二十余万"。所谓"汉

家组练十万"，一点儿都不夸张。　[6]列舰耸层楼：指像几层楼高的船舰在江边排列迎敌。金主完颜亮指挥金兵渡江之时，南宋大臣虞允文至采石矶犒师，由于主将王权被调换，继任大将李显忠未及到任，南宋官军无人统一指挥。于是允文"召诸将，勉以忠义"，"命诸将列大阵不动，分戈船为五，其二并东西岸，其一驻中流，藏精兵待战，其二藏小港，备不测"。部署完毕，"敌已大呼，亮操小红旗，麾数百船，绝江而来，瞬息之间，抵南岸者七十艘，直薄官军。军小却，允文入阵中，抚统制时俊之背曰：'汝胆略闻四方，立阵后则儿女子尔！'俊即挥双刀出，士殊死战。中流官军以海鳅船冲敌舟，皆平沉。敌半死半战，日暮未退。会有溃卒，自光州至，允文授以旗鼓，从山后转出，敌疑援兵至，始遁。允文又命劲弩尾击追射，大败之。金兵还和州，凡不死于江者，亮悉敲杀之"。"允文知亮败，明当复来，夜半，部分诸将分海舟缒上流，别遣盛新以舟师截金人于杨林河口。明旦，敌果至，因夹击之，复大败，焚其舟三百。"（《宋史纪事本末·金亮南侵》）虞允文分战船为五个战队痛击金兵，又伏击焚烧敌船。这就是"列舰耸层楼"的战斗场景。　[7]投鞭飞渡：典出《晋书·苻坚载记》："以吾之众旅，投鞭于江，足断其流。"《晋书·杜预传》载杜预遣部将率奇兵八百泛舟夜渡以袭乐乡，吴都督孙歆震恐，说："北来诸军乃飞渡江也。"《宋史纪事本末·金亮南侵》载，绍兴三十一年十一月"乙亥，金主亮临江筑台，自被金甲登台，杀黑马以祭天，以一羊一豕投于江中，召奔睹等谓之曰：'舟楫已具，可以济江矣。'蒲卢浑曰：'臣观宋舟甚大，我舟小而行迟，恐不可济。'亮怒曰：'尔昔从梁王追赵构入海岛，岂皆大舟耶！誓明日渡江。晨炊玉麟堂，先济者与黄金一两。'亮置黄旗、红旗于岸上，以号令进止。""谁道投鞭飞渡"，即指此事。　[8]"忆昔鸣髇（xiāo）血污"二句：用典隐写绍兴三十一年十一月，完颜亮南侵至扬州，兵败采石矶后，在瓜洲渡被部属乱箭射杀一事。典出《史记·匈奴列传》：匈奴太子冒顿（mò dú）作鸣镝，曾令左右："鸣镝所射而不悉射者斩之。"后从其父猎，以鸣镝射其父，左右皆随鸣镝而射杀之。鸣髇，响箭。佛（bì）狸，北魏太武帝拓跋焘小字，曾率师南侵至长江北岸。此借指金主完颜亮。《宋史纪事本末·金亮南侵》载，十一月乙未，金主完颜亮至瓜洲，居龟山寺。召诸将，约以三日渡过长江，否则尽杀之。军士危惧。亮又令军中运鸦鹘船于瓜洲，期以明日渡江，敢后者死。众欲亡归，乃决计于浙西都统制耶律元宜及猛安括古乌野。黎明，元宜等率诸将以众围攻亮营，亮闻乱，以为宋兵奄至，"揽衣遽起，箭入帐中，亮取视之，愕然曰：'乃我兵也。'近侍大庆山曰：'事急矣，当出避之。'亮曰：'走将安往？'方取弓，已中箭仆地。延安少尹纳合干鲁补先刃之，手足犹动，遂缢杀之"。 [9]"季子正年少"二句：用苏秦典。《战国策·秦策一》载苏秦游说秦王而策不行，"黑貂之裘弊，黄金百斤尽"。季子，苏秦字。辛弃疾借指当年南渡的自己。 [10]搔白首：语出杜甫《梦李白二首》（其二）："出门搔白首，若负平生志。" [11]手种橘千头：《襄阳耆旧传》载，李衡每欲治家，妻辄不听。后密遣客十人于武陵龙阳洲上作宅，种橘千树。临死，敕儿曰：汝母每恶吾治家，故穷如是。吾州里有千头木奴，不用汝衣食。岁上一匹绢，亦当足用。 [12]名胜：名贤胜士。 [13]万卷诗书事业：指以胸中万卷书而致君为尧舜。语出杜甫《奉赠韦左丞丈二十二韵》："读书破万卷，下笔如有神。""致君尧舜上，再使风俗淳。" [14]南山虎：《史记·李将军列传》载李广曾在蓝田南山中射猎，见草中石，以为虎而射之，中石没镞，视之，石也。广所居郡闻有虎，尝自射之。及居右北平射虎，虎腾伤广，广亦竟射杀之。 [15]富民侯：《汉书·西域传》载，汉武帝初通西域，因连年征战，海内虚耗，颇悔远征，于是不复出军，"封丞相车千秋为富民侯"，以休养生息。

[点评]

淳熙五年（1178），辛弃疾舟行过扬州，想起十七年前在扬州一带发生的宋金大战，于是写下此词追怀那场战事。词的上片好似战争大片，用形象的画面描写金兵南侵和南宋军队的英勇抗击：百万"胡骑"，趁着清秋的黄昏，气势汹汹地南下侵略，铁骑过去，飞尘滚滚。而南宋战船在采石矶江边，一字排开，迎头痛击，大获全胜。率兵南侵的金主完颜亮，被兵变的部下杀死。"鸣镝血污"，原是西汉时匈奴太子用箭弑父故事，辛弃疾用此典来写完颜亮被部下用箭射杀，实在是太贴切、太绝妙了。词用古"典"写今事，表面上像是怀古，实际上是写实，将历史空间与现实空间叠映，历史事件与现实事件相互生发。现实感中充溢着历史感，词意丰厚，词境宽阔。

采石矶大捷时，辛弃疾正青春年少，在山东率部起义，次年即生擒叛徒张安国渡江南归。当年是何等威武英雄！"季子正年少，匹马黑貂裘"，即写此事。如今重过扬州，已是白发生两鬓，大有英雄迟暮之感。其实这年他才三十九岁。下片针对杨炎正原唱的"可怜报国无路，空白一分头"而勉励杨炎正和周显先不要失望，要致君尧舜，安邦富民。既有开解，也有宽慰，更有鼓励。

满江红

江行简杨济翁、周显先[1]

过眼溪山，怪都似、旧时曾识[2]。还记得、梦中行遍，江南江北[3]。佳处径须携杖去，能消几两平生屐[4]。笑尘劳、三十九年非，长为客。

吴楚地[5]，东南坼。英雄事[6]，曹刘敌。被西风吹尽，了无尘迹。楼观甫成人已去[7]，旌旗未卷头先白。叹人间、哀乐转相寻，今犹昔。

陈廷焯："起数语便超绝。回头一击，鱼龙飞舞，淋漓痛快。悲壮苍凉，敲碎玉唾壶。"（《云韶集》卷五）

俞陛云："《满江红》词易于纵笔，以稼轩之才气，更如阵马风樯。但豪放则易近粗率，此作独疏爽而兼低回之思。"（《唐五代两宋词选释》）

[注释]

[1]江行：淳熙六年（1179），辛弃疾自湖北转运副使调任湖南转运副使，走水路由长江船行自武汉至长沙任职。词当作于此次江行途中。杨济翁：即杨炎正。周显先：其人未详。两人都是辛弃疾友人，淳熙五年辛弃疾从临安至武汉，他们二人一路随行。此次自武汉至长沙，又一路同行。梁启超说他们是辛弃疾的幕僚，虽无确据，却有道理。邓广铭《稼轩词编年笺注》认为此词作于淳熙五年（1178）三十九岁时，因词有"三十九年非"之句。实际上应作于淳熙六年四十岁时。词中"三十九年非"，是活用《淮南子·原道训》所谓"蘧伯玉年五十，而知四十九年非"的典故。王安石四十岁时即说知"三十九年非"，其《省中二首》有"身世自知还自笑，悠悠三十九年非"之句。

稼轩时年四十，故说"三十九年非"，其《临江仙·壬戌岁生日书怀》"六十三年无限事，从头悔恨难追。已知六十二年非"可证。六十三岁而知六十二非，四十岁而知三十九年非，亦如蘧伯玉年五十而知四十九年非。故辛弃疾此词是四十岁时作，而不是三十九岁时作。　[2]旧时曾识：语出李清照《声声慢》："雁过也，正伤心，却是旧时相识。"　[3]江南江北：岑参《春梦》："枕上片时春梦中，行尽江南数千里。"王维《送沈子福归江东》："惟有相思似春色，江南江北送君归。"　[4]几两平生屐：典出《世说新语·雅量》，阮遥集好屐，有客见阮"自吹火蜡屐，因叹曰：未知一生当着几量屐"。量，通"两"，犹今所言"双"。　[5]"吴楚地"二句：化用杜甫《岳阳楼》"吴楚东南坼，乾坤日夜浮"诗句，写洞庭湖之寥廓。其时辛弃疾当入洞庭湖，故化用杜甫写洞庭湖诗句。　[6]"英雄事"二句：典出《三国志·蜀书·先主传》，曹操曾对刘备说："今天下英雄，唯使君与操耳。"曹刘，即曹操和刘备。　[7]楼观甫成人已去：苏轼《送郑户曹》："楼成君已去，人事固多乖。"

[点评]

辛弃疾自绍兴三十二年（1162）回南宋入仕后，官职虽不断升迁，但每任都不长。仅淳熙元年（1174）至淳熙六年，就调换了十任官职。频繁的调任，体现出朝廷对他的不信任，也使他在任无所建树，故而感叹"楼观甫成人已去，旌旗未卷头先白"。频繁的调任，让他不得不奔波于旅途，"行遍""江南江北"，连溪山都觉得他是"旧时曾识"。

虽然"长为客"让他感到无奈，但他还是忘不了英雄事业。像曹操、刘备那样的英雄，都被秋风吹尽，难见陈迹，何况一事无成的我辈！苏轼当年游赤壁，也想到过"破荆州，下江陵，顺流而东也，舳舻千里，旌旗蔽空，酾酒临江，横槊赋诗，固一世之雄也，而今安在哉"的曹操，感叹"况吾与子渔樵于江渚之上，侣鱼虾而友麋鹿，驾一叶之扁舟，举匏尊以相属，寄蜉蝣于天地，渺沧海之一粟。哀吾生之须臾，羡长江之无穷"。此时的辛弃疾，与当年苏轼有同样的感叹。人生短暂，而功业无成，英雄越发感到焦虑。

满江红

朱德才："'马革'两句，铁血之辞，勉友亦自勉。结以今日友谊，永志勿忘。全篇格调高昂雄放，读之令人鼓舞。"(《辛弃疾选集》)

汉水东流[1]，都洗尽、髭胡膏血[2]。人尽说、君家飞将[3]，旧时英烈。破敌金城雷过耳[4]，谈兵玉帐冰生颊[5]。想王郎、结发赋从戎[6]，传遗业。

腰间剑[7]，聊弹铗。尊中酒，堪为别。况故人新拥，汉坛旌节[8]。马革裹尸当自誓[9]，蛾眉伐性休重说[10]。但从今、记取楚楼风[11]，裴台月[12]。

［注释］

[1]汉水：发源于陕西汉中，流经湖北襄阳等地，至武汉入长江。这首词大多认为是淳熙四年（1177）辛弃疾在江陵任江陵知府兼湖北安抚使时所作。理据是词末的"楚楼"指江陵的楚楼，而裴台则怀疑是唐裴胄在江陵所建台榭。既然楚楼和裴台是在江陵，那此词就应该是淳熙四年在江陵任安抚使时所作。其实，词中的楚楼是指长沙城的楚楼，裴台也是在长沙城南。因而此词应是淳熙六年（1179）辛弃疾知潭州兼湖南安抚使时在长沙所作。　[2]髭胡：指金兵。女真人多胡须，故称。　[3]飞将：指汉代李广。《史记·李将军列传》载李广"居右北平，匈奴闻之，号曰汉之飞将军"。此借指李姓友人。　[4]金城：城坚固如金。贾谊《过秦论》："自以为关中之固，金城千里，子孙帝王万世之业也。"　[5]玉帐：主将的营帐。张淏《云谷杂记》："玉帐，乃兵家厌胜之方位。谓主将于其方置军帐，则坚不可犯，犹玉帐然。其法出于遁甲，以月建前三位取之，如正月建寅，则巳为玉帐，主将宜居。李太白《司马将军歌》云：'身居玉帐临河魁。'戌为河魁，谓主将之帐在戌也。非深识其法者，不能为此语。"冰生颊：谓谈论兵事，严肃冷峻，脸颊如生冰霜。苏轼《浣溪沙》："论兵齿颊带风霜。"　[6]王郎：指三国时期的王粲。王粲曾赋《从军诗》五首，故借指投笔从戎的友人。结发：古代男子二十岁束发，表示成年。语本《史记·李将军列传》："广结发与匈奴大小七十余战。"　[7]"腰间剑"二句：用冯谖典。《战国策·齐策四》载，冯谖初为孟尝君门客，遭歧视，于是弹剑而歌曰："长铗归来乎，食无鱼。"　[8]汉坛旌节：指登坛拜将。《汉书·高帝纪》载"汉王斋戒，设坛场，拜（韩）信为大将军"。旌节，以竹为之的信符。《唐六典》："旌节之制，命大将帅及遣使于四方，则请而假之。旌以专赏，节以专杀。"　[9]马革裹尸：

《后汉书·马援传》："男儿要当死于边野，以马革裹尸还葬耳，何能卧床上在儿女子手中邪！" [10]蛾眉伐性：亲近美女过多会伤损男子汉的雄风。枚乘《七发》："皓齿蛾眉，命曰伐性之斧。" [11]楚楼：在湖南长沙城上。祝穆《方舆胜览》卷二三《潭州》："楚楼，在郡城上。" [12]裴台：在长沙城南。张栻《南轩集》卷一《和吴伯承》："一苇湘可航，风涛逮春深。裴台咫尺地，勇往复雨淫。"《南轩集》卷四有《二月十日野步城南晚与吴伯承诸友饮裴台分韵得江字》和《二月二十五日登裴台坐上口占》等诗。旧注谓楚楼、裴台都在湖北沙市，不确，沙市仅有楚楼而无裴台。

[点评]

此词是为送李姓友人从军而作。先写友人家族本有从戎杀敌的传统，祖上有飞将李广，他投笔从戎是承续家风，传承遗业。后写送别，勉励友人"马革裹尸当自誓"。这是励人，也是自勉。历来送别的诗词，多以感伤为基调。而这首送别词，却是豪迈慷慨，激情洋溢，体现出辛弃疾的英雄本色！跟柳永式送别"执手相看泪眼，竟无语凝噎"之悲悲切切大不相同！世人都道从军苦，唯有稼轩高唱从军乐！

这是一首典型的英雄词。飞将、英烈、破敌、谈兵玉帐、从戎、马革裹尸等密集的军事意象群，构成了词史上罕见的别样风景。这类军事意象，是行伍出身的辛弃疾词特有的风格标识。在唐宋词史上，似乎没有第二个人像辛弃疾这样爱用军事意象、战争意象来镕铸词境，书写英雄气概。

南乡子

舟中记梦

敧枕橹声边[1]。贪听咿哑聒醉眠[2]。梦里笙歌花底去，依然。翠袖盈盈在眼前[3]。

别后两眉尖。欲说还休梦已阑[4]。只记埋冤前夜月[5]，相看。不管人愁独自圆。

开篇点明是在舟中。"梦里"以下皆记梦。词的结构突破上景下情模式，一气直下。过片意脉不断，承上续写梦境。上下片浑然一体。

[注释]

[1] 敧（qī）枕：斜倚着枕头。苏轼《祝英台近》："敧枕听鸣橹。"橹声：划船的声音。　[2] 聒：烦扰。　[3] 翠袖：指歌女。盈盈：仪态美好的样子。《古诗十九首》："盈盈楼上女，皎皎当窗牖。"　[4] 梦已阑：梦已尽，梦已断。　[5] 埋冤：埋怨。

[点评]

词写行舟中做梦，趣味盎然。词人斜靠在船舱的枕头上，听着咿咿哑哑的划船声，不知不觉进入梦乡。花底下，笙歌畔，又见到了心中的那个她。她"依然"那样盈盈翠袖，亭亭玉立，皱着眉头，诉说着别后的相思。话没说完呢，梦就醒了。只依稀记得她埋怨前夜的月亮，独自团圆，却不管人的离愁。埋怨月亮的，岂止是梦中佳人，做梦的男主人公何尝不是如此呢？此词虽写相思离恨，情感基调却轻盈欢快。

南歌子

“热后甚时眠”
“不成眠后有谁扇”，
语浅情深。温柔细
心、体贴入微的贤
妻形象，跃然纸上。
英雄辛弃疾，也能
写这般温柔细腻的
文字！

万万千千恨，前前后后山。傍人道我轿儿宽。不道被他遮得[1]，望伊难。

今夜江头树，船儿系那边。知他热后甚时眠[2]？万万不成眠后[3]，有谁扇。

[注释]

[1]他：指“前前后后山”，伊人远去后被重重叠叠的山遮住，望不到他的身影。也可理解为“轿儿”，送行时伊人的身影或被轿儿遮住，看不清他的面容。　[2]后：语助词，相当于“啊”。“眠后”之“后”同此义。　[3]万万：万一，如果。

[点评]

这首词以轻松俏皮的笔调写女性的相思与关爱。上片写“我”想他、望他，可被前前后后的群山遮住了视线。上片是“我”坐在轿子里想望他，下片是担心、关心他夜宿江头，天热难眠。他啥时候睡呀，万一睡不着，有谁给他扇扇子呀！多么贤惠温柔体贴的佳人！平常在家里天热时，佳人一定是常常给他扇扇子的。相思恨别词，常见的思妇是恨多愁多，难见这样温柔体贴有爱的贤妻，读来让人感动。

摸鱼儿

淳熙己亥[1]，自湖北漕移湖南[2]，同官王正之置酒小山亭[3]，为赋

更能消、几番风雨[4]，匆匆春又归去。惜春长怕花开早，何况落红无数[5]。春且住。见说道、天涯芳草无归路。怨春不语。算只有殷勤，画檐蛛网[6]，尽日惹飞絮。

长门事[7]，准拟佳期又误[8]。蛾眉曾有人妒[9]。千金纵买相如赋[10]，脉脉此情谁诉？君莫舞。君不见、玉环飞燕皆尘土[11]。闲愁最苦。休去倚危栏[9]，斜阳正在，烟柳断肠处。

[注释]

[1]淳熙己亥：即孝宗淳熙六年（1179）。 [2]漕：转运司的简称。当时辛弃疾由湖北转运副使移任湖南转运副使。 [3]王正之：名正己，字正之。时任湖北转运判官，是辛弃疾的同僚下属，故称之为"同官"。亦能诗，著有《酌古堂文集》，正之系楼钥的姑父。事迹参楼钥《攻媿集》卷五二《酌古堂文集序》、卷九九《朝议大夫秘阁修撰致仕王公墓志铭》。小山亭：在湖北转运司官署内。据《舆地纪胜·荆湖北路·鄂州》载：绍兴二年复置荆湖北路转运副使，"治鄂州。有副使、判官东西二衙。""小山，在东漕衙之乖崖堂。"而宋湖北漕司官署，在今武汉武昌区蛇山

陈廷焯："词意殊怨，然姿态飞动，极沉郁顿挫之致。起处'更能消'三字，是从千回万转后倒折出来，真是有力如虎！"（《白雨斋词话》卷一）

陈匪石："起句破空而来，将前遍所说，全归纳其中。然后倒戟而入，便较使平笔者别饶姿势。盖几经风雨之后乃有此言，恐春之遽归也。曰'匆匆'，曰'又'，则竟留春不得，从'更能消'说来，为进一层，意虽忠爱，而语已含怨矣。"（《宋词举》）

梁启超："回肠荡气，至于此极。前无古人，后无来者。"（《艺蘅馆词选》引）

北麓。乖崖堂，为北宋名臣张咏所建。李焘《湖北漕司乖崖堂记》云："乖崖堂，为忠定张公复之（咏）作也。'乖则违众，崖不利物'，此复之自赞其画像云尔。像故在成都仙游阁上，或摹写置鄂之部刺史听事后屋壁间，迫隘嚣尘，与像弗称。余既更诸爽垲，并书所以作堂意，揭示来者。"（张咏《乖崖集》附录）当时知鄂州的赵善括有和作。赵氏《摸鱼儿·和辛幼安韵》曰："喜连宵、四郊春雨，纷纷一阵红去。东君不爱闲桃李，春色尚余分数。云影住。任绣勒香轮，且阻寻芳路。农家相语。渐南亩浮青，西江涨绿，芳沼点萍絮。　　西成事，端的今年不误。从他蝶恨蜂妒。莺啼也怨春多雨，不解与春分诉。新燕舞。犹记得、雕梁旧日空巢土。天涯芳苦。望故国江山，东风吹泪，渺渺在何处。"　[4] 能消：能承受，经得起。　[5]"何况落红无数"以下三句：化用苏轼词意。苏轼《桃源忆故人》词："华胥梦断人何处，听得莺啼红树。几点蔷薇香雨，寂寞闲庭户。暖风不解留花住，片片著人无数。楼上望春归去，芳草迷归路。"　[6] 画檐蛛网：苏轼《虚飘飘》诗："画檐蛛结网。"　[7] 长门事：用汉武帝陈皇后失宠居长门宫事。司马相如《长门赋序》："孝武皇帝陈皇后时得幸，颇妒，别在长门宫，愁闷悲思。闻蜀郡成都司马相如，天下工为文，奉黄金百斤为相如、文君取酒。因于解悲愁之辞，而相如为文以悟主上。陈皇后复得亲幸。"　[8] 准拟：料想，希望。　[9] 蛾眉：女子美丽的容貌，代指美女。戴叔伦《宫词》："贞心一任蛾眉妒，买赋何须问马卿。"此句借陈皇后之被妒，写自己累次被人中伤。辛弃疾本年到湖南后所作《淳熙己亥论盗贼札子》即说："臣孤危一身，久矣荷陛下保全，事有可为，杀身不顾。""但臣生平刚拙自信，年来不为众人所容。"可为印证。　[10]"千金纵买相如赋"二句：意谓即使用千金买一篇司马相如的赋，也难以诉说心中的愁恨。相如赋，指司马相如为陈皇后写的《长门赋》。　[11] 玉环：

唐玄宗宠妃杨玉环。《新唐书·后妃传》：玄宗贵妃杨氏，始为寿王妃。开元二十四年，武惠妃薨，后廷无当帝意者，或言妃姿质天挺，宜充掖廷，遂召内禁中。异之，即为自出妃意者，丐籍女官，号太真。更为寿王聘韦昭训女。而太真得幸。善歌舞，邃晓音律，且智算警颖，迎意辄悟。帝大悦，遂专房宴。宫中号娘子，仪体与皇后等。天宝初，进册贵妃。飞燕：汉成帝皇后赵飞燕。《汉书·外戚传》：孝成赵皇后，本长安宫人。初生时，父母不举，三日不死，乃收养之。及壮，属阳阿主家，学歌舞，号曰飞燕。成帝尝微行出，过阳阿主，作乐。上见飞燕而说之，召入宫，大幸。有女弟，复召入，俱为婕妤，贵倾后宫。姊弟专宠十余年。后被废自杀。 [9]倚危栏：李商隐《北楼》："此楼堪北望，轻命倚危栏。"

[点评]

　　这是饯行酒宴上所赋离别词，然不在离别上着笔，而写人生感慨。写人生感慨，又不从正面着笔，却从伤春惜春入手。首二句说伤春，意蕴层深。"春""归去"是一层感伤。春，象征着青春、年华、生命。春尽，意味着生命又流逝一年，青春又减却一年。春"归去"，倒也罢了，却是"又"归去，意味着以前有若干个春天归去，今年春"又"归去。一个"又"字，表达时间上的重复，前年如是，去年如是，今年如是，来年又如是。这是第二层感伤。"春又归去"也罢了，谁知是"匆匆"归去，归去得那么快速，那么决然，还没提防，还没意识到，春天就走了，这是第三层感伤。春天因何"匆匆归去"，原来是"几番风雨"摧残着春天，春天归去，不是安然无恙地离开，而是被风雨迫害、被外力摧残才归去，这就更令人伤心了。有此四层感伤，故开篇说哪能承受春天在风雨的折磨中匆匆归去的命运！这是说春天么？是，又不是。是写春天，也是隐喻象征人生。由伤春而惜春。惜春人总怕花早开，也就是说，花还没开时，惜春人就担惊受怕，生怕花开早了就零落得早。何况如今花已全部凋零了呢！春已归去，花已飘零，遂生留春之念。期待春天暂留脚步，让惜春人有缘再睹春天春花的芳容。可无论词人怎样呼唤挽留，春天也不停留，更不言不语。因此又心生哀怨，春天何以这般不听人劝，走得如此匆忙而决然？幸有屋檐蛛网稍通人意，晓得把飞絮网罗，留存一点春日的信息与见证。一种伤春惜春之情，写来千回百折，又层次井然，由伤春而惜春，由惜春而留春，由留春而怨春。

　　上片伤春惜春，隐喻人生的短暂、人生的无奈、年华时光的无法逆转。下片写受朝臣的谗言中伤，刚来湖北，欲有所为，就被调离，满腹怨愤，借着酒劲，面对友人一吐为快。但对小人的谗言中伤，词人不是直说，而是借历史故事来曲折表现。以谗言害人的小人，稼轩心中定有所指，但读者不必对号入座，把它看成是古往今来一种普遍现象可也。

水调歌头

　　淳熙己亥[1]，自湖北漕移湖南，周总领、王漕、赵守置酒南楼[2]，席上留别

　　折尽武昌柳[3]，挂席上潇湘[4]。二年鱼鸟江

上[5]，笑我往来忙。富贵何时休问[6]，离别中年堪恨[7]，憔悴鬓成霜。丝竹陶写耳，急羽且飞觞[8]。

序兰亭[9]，歌赤壁[10]，绣衣香[11]。使君千骑鼓吹[12]，风采汉侯王[13]。莫把离歌频唱[14]，可惜南楼佳处[15]，风月已凄凉。在家贫亦好[16]，此语试平章[17]。

[注释]

[1] 淳熙己亥：即孝宗淳熙六年（1179）。时年辛弃疾由湖北转运副使移任湖南转运副使。　　[2] 周总领：指湖广总领周嗣武。《宋史全文》卷二六下载，淳熙五年"闰六月丁酉，湖广总领周嗣武奏：'蜀为今日根本之地。自屯兵蜀口五十年间，竭全蜀之力，仅足供给军食。'"李心传《建炎以来朝野杂记》甲集卷十六《湖北会子》："淳熙五年冬，又令户部印给三百万缗，而总领周嗣武言：'自来盐商无回货，率以会子市茶引而东。今会子通行，则茶引不售，军食必阙。'遂寝之。"《宋会要辑稿》职官七二之二五载，淳熙六年九月二十七日，"知鄂州赵善括放罢。以总领周嗣武、漕臣陈延年言，赵善括增起税务课额至十倍，多添民间赁地钱，强令拍户沽买私酒，白纳利钱，侵都统司课额故也"。淳熙五年（1178）闰六月至冬天，周嗣武任湖广总领，淳熙六年九月仍在任。故淳熙六年春天宴别辛弃疾之周总领，自是周嗣武。《氏族大全》卷一一载其轶事云："周嗣武，字功父，乾道中，除夔漕，居官尽心国事，取平板方尺余，墨涂之，置枕傍，夜卧究

思，有得，伸臂扪板，画粉暗书为记，晨起以次施行。晦翁以为有德君子。"《名贤氏族言行类稿》载：周嗣武，福建浦城人。"武，仲之从孙，椿年之子也，用祖因荫补官，尝历太府丞，出提举江西常平，移宪湖北。召除尚书郎，使蜀稽考财计，还，入对，上劳之，曰：'往来万里，宣力甚多。'除太府少卿，总饷湖广。居职最久，升太府卿，召除户侍。卒。"王漕：即前首《摸鱼儿》词序中所称"同官王正之"。赵守：即赵善括，时任鄂州知州。善括亦能词，有《应斋词》《应斋杂著》传世。淳熙六年九月被罢职。南楼：故址在今武昌蛇山山顶之白云阁。当时黄鹤楼毁圮，南楼成为一时名胜。《舆地纪胜·荆湖北路·鄂州》载："南楼，在郡治正南黄鹄山顶，后改为白云阁。元祐间知州方泽重建，复旧名。" [3]折尽武昌柳：古人有折柳送别的习俗，留别之地在武昌，故说"折尽武昌柳"。武昌柳，用陶侃故事。《晋书·陶侃传》："侃性纤密好问，颇类赵广汉。尝课诸营种柳，都尉夏施盗官柳植之于己门。侃后见，驻车问曰：'此是武昌西门前柳，何因盗来此种？'施惶怖谢罪。"按，陶侃所守武昌，为今湖北省鄂州市，即苏轼《前赤壁赋》"西望夏口，东望武昌"的武昌。今日武汉市的武昌，南宋为鄂州治所，又称夏口，有时也称武昌。词中"武昌"，指今武汉市的武昌。 [4]潇湘：借指湖南。因湖南在长江上游，由武昌乘船去长沙是逆水而上。 [5]二年鱼鸟江上：语出苏轼《常润道中有怀钱塘寄述古》："二年鱼鸟浑相识，三月莺花付与公。" [6]富贵何时：语本《汉书·杨恽传》："人生行乐耳，须富贵何时。" [7]"离别中年堪恨"以下三句：即中年离别。典出《世说新语·言语》篇："谢太傅语王右军曰：'中年伤于哀乐，与亲友别，辄作数日恶。'王曰：'年在桑榆，自然至此，正赖丝竹陶写。'" [8]急羽且飞觞：指连续急饮。劝酒时羽毛放在酒杯上，羽沉则罚，以示急饮。《文选》中左思《吴都赋》"飞觞举白"注云："行舸疾如飞也。"　[9] 序兰亭：即永和九年（353）王羲之所作《兰亭集序》。　[10] 歌赤壁：指苏轼《赤壁赋》和《念奴娇·赤壁怀古》，二者都是歌咏赤壁的。　[11] 绣衣香：指官员为政清廉，为世人称颂。《北史·高道穆传》："臣虽愚短，守不假器，绣衣所指，冀以清肃。"绣衣，指官员。张说《岳州宴姚绍之》有"缓歌将醉舞，为拂绣衣尘"之句。唐代清江《月夜有怀黄端公兼简朱孙二判官》亦曰："四科弟子称文学，五马诸侯是绣衣。"　[12] 使君：指知鄂州的赵善括。千骑鼓吹：指太守的威仪。汉乐府《陌上桑》："东方千余骑，夫婿居上头。"《后汉书·百官志》载将军"又赐官骑三十人，及鼓吹"。　[13] 风采汉侯王：谓周总领、王漕、赵守三人风采如汉代的侯王。　[14] 离歌：离别之歌。郑樵《通志》卷四九《别离十九曲》载有《生别离》《离歌》《长别离》等。　[15] 南楼佳处：用庾亮南楼咏谑故事。《世说新语·容止》："庾太尉在武昌，秋夜气佳景清，使吏殷浩、王胡之之徒登南楼理咏，音调始遒，闻函道中有屐声甚厉，定是庾公。俄而率左右十许人步来，诸贤欲起避之，公徐云：'诸君少住，老子于此处兴复不浅。'因便据胡床，与诸人咏谑，竟坐，甚得任乐。"东晋时庾亮咏谑的南楼，是在武昌县，即今湖北鄂州市。北宋时鄂州（治今武汉市武昌）在蛇山山顶也建了一座南楼。两楼同名，常常被混淆。　[16] 在家贫亦好：宋时流行语。陆游《老学庵笔记》卷四："今世所道俗语，多唐以来人诗。""'在家贫亦好'，戎昱诗也。"　[17] 平章：评论，评说。

[**点评**]

这是一首留别词，是辛弃疾在饯行宴上留赠总领周嗣武、判官王正之、知州赵善括的。留别与赠别不同，留别是远行人留赠居者，而赠别则是居者送给远行人。淳熙四年（1177）以来，辛弃疾不停地调换职位。当年在湖北任江陵知府兼湖北安抚使，第二年就到江西任隆兴知府兼江西安抚使，不久，就调回临安任大理少卿，位子没坐稳，又到湖北任转运副使，一年之内，三换职任。淳熙六年三月，又从湖北调往湖南任转运副使。两年之间，从湖北到江西，从江西到浙江，又从浙江到湖北，然后又去湖南，连江上的鱼鸟都笑自己"往来忙"。中年与诸君离别，心中不爽，好在有音乐可听，有酒可饮，且求当下一乐吧。过片说今日之宴，如同当年王羲之等人的兰亭宴集，像苏轼的赤壁之游，足可快乐！在座诸位为政清廉，有古人之风。上片是离别，下片是劝慰。人们常说"在家贫亦好"，还是你们好啊，在这里安居乐业，不像我长年四处奔波，劝慰中不免"凄凉"。

辛词用典，出神入化。王佐于五月出兵平定湖南宜章民变，辛用诸葛亮五月渡泸平定南方的故事写之，时、地十分贴切。用北宋末方腊事件写宜章民变的结局，事件性质、结局也是十二分切合。前者是古"典"，后者是今"典"；妙用古"典"，活用今"典"。上片几乎句句用典，又句句写实。"白羽"二句，写战争场景，对偶精工，对比奇妙。

满江红

贺王帅宣子平湖南寇 [1]

箫鼓归来 [2]，举鞭问、何如诸葛 [3]？人道是、匆匆五月，渡泸深入 [4]。白羽风生貔虎噪 [5]，青溪路断猩鼯泣 [6]。早红尘、一骑落平冈 [7]，捷书急。

三万卷，龙头客 [8]。浑未得 [9]，文章力。把诗书马上 [10]，笑驱锋镝 [11]。金印明年如斗大 [12]，貂蝉却自兜鍪出^[13]。待刻公、勋业到云霄，浯溪石^[14]。

[**注释**]

[1] 此词作于淳熙六年（1179）。辛弃疾时在长沙任湖南路转运副使。王帅宣子：即王佐，字宣子，会稽山阴（今浙江绍兴）人。绍兴十八年（1148）状元及第，淳熙六年知潭州兼湖南路安抚使。这年正月，郴州宜章县民陈峒暴乱，接连攻破附近州县。王佐起用流人冯湛为权湖南路兵马钤辖，五月初一分五路进兵，王佐亲自督战，陈峒兵败被诛。"平湖南寇"，即指此事。《渭南文集》卷三四《尚书王公墓志铭》载："淳熙六年正月，郴州宜章县民陈峒窃发，俄破道州之江华，桂阳军之蓝山、临武，连州之阳山县。旬日有众数千。郴、道、连、永、桂阳军皆警。公奏乞荆鄂精兵三千，未报。公度不可待，而见将校无可用者，流人冯湛适在州，公召与语曰：'君能有功，不特雪前罪，且遂为朝廷用。北向恢复，自此始矣。'湛请行。公曰：'请行易耳。今当不俟奏报以兵相付，既受此命，即以群盗授首为期。一有弗任，军法非某敢贷也。'遂檄湛带元管权湖南路兵马钤辖统制军马，即日令湛自选潭州厢禁军及忠义寨凡八百人，即教场誓师。遣行，仍命凡兵之分屯诸州县者，皆听湛调发，违慢皆立诛。又出军令牌付湛，军士所过，秋毫扰民及临敌不用命，或既胜而攘贼金帛使得窜逸者，皆必行军法。上奏以擅遣湛待罪，且请亟发荆鄂军。""公躬至军前节制"，"五月朔日诘旦，分五路进兵。贼初诈降，实欲缮治寨栅阻险以抗官军。公得其情，督兵甚峻，及驰入隘口，贼果立寨栅，未及成，闻官军至，狼狈出战。既败，又退失所凭，乃皆溃走。是日，夺空冈寨，驻兵十二渡。贼之起也，假唐源淫

祠以诳其下，日杀所虏一人祭神，至是斩像焚其祠。湛遂诛陈峒，函首来献"。后来王佐因平寇有功调任升迁，辛弃疾代之而任湖南安抚使。　[2]箫鼓归来：指王佐平叛凯旋。辛弃疾时与王佐同官长沙，故说"归来"。《南史·曹景宗传》载，景宗奉命兵援徐州，凯旋之后，以竞、病二字为韵赋诗曰："去时儿女悲，归来箫鼓竞。借问行路人，何如霍去病。"　[3]举鞭：典出《晋书·山简传》：山简镇襄阳，每出嬉游，儿童歌曰："举鞭问葛疆，何如并州儿。"诸葛：诸葛亮，借指王佐。　[4]渡泸深入：诸葛亮《出师表》："五月渡泸，深入不毛。"泸，指泸水。王佐平郴寇陈峒，亦在五月。时令相同，用典极切。　[5]白羽风生：融合诸葛亮和陆法和故事。裴启《语林》载诸葛武侯"乘素舆，著葛巾，持白羽扇，指麾三军"。《北齐书·陆法和传》载：侯景遣将任约击梁湘东王于江陵，法和乃诣湘东乞征约，召诸蛮弟子八百人在江津，二日便发。至赤沙湖，与约相对，法和乘轻船，不介胄，沿流而下，去约军一里乃还。谓将士曰："聊观彼龙睡不动，吾军之龙甚自踊跃，即攻之。若得待明日，当不损客主一人而破贼，然有恶处。"遂纵火舫于前，而逆风不便，法和执白羽麾风，风势即返。约众皆见梁兵步于水上，于是大溃，皆投水而死。"白羽风生"四字，字面来源于苏轼《与欧育等六人饮酒》："苦战知君便白羽，……引杯看剑坐生风。"貔虎：泛指猛兽，喻将士。噪：高呼。　[6]青溪路断：指北宋末方腊叛乱被平，借指陈峒被平。方勺《泊宅编》卷下："宣和二年十月，睦州青溪县堨村居人方腊，托左道以惑众，知县事、承议郎陈光不即锄治。腊自号圣公，改元永乐，置偏裨将，以巾饰为别，自红巾而上凡六等，无甲胄，惟以鬼神诡秘事相扇摇。数日，聚恶少千余，焚民居，掠金帛子女。……旬日有众数万。"次年二月，方腊被生擒。鼪鼯（shēng wú）：两种鼠名，对寇盗的蔑称。鼪，俗称黄鼠狼。　[7]"早红尘、一骑落平冈"二句：谓捷报迅速传至朝廷。语本杜牧《过华清宫》：
"一骑红尘妃子笑。"平冈，平野。　[8]龙头：借指状元。《三国
志·魏书·华歆传》裴松之注引《魏略》："歆与北海邴原、管宁
俱游学，三人相善，时人号三人为'一龙'。歆为龙头，原为龙腹，
宁为龙尾。"《氏族大全》卷九载，雍熙二年（985）梁颢状元及
第，时年八十二，有诗曰："天福三年来应举，雍熙二载始成名。
从教白发巾中满，且喜青云足下生。观榜更无朋辈在，归家但有
子孙迎。也知年少登科好，争奈龙头属老成。"王佐是状元出身，
故称其"龙头客"。　[9]"浑未得"二句：刘禹锡《郡斋书怀寄
江南白尹兼简分司崔宾客》："一生不得文章力，百口空为饱暖
家。"浑，几乎。　[10]诗书马上：《史记·郦生陆贾列传》："陆
生时时前说称诗书，高帝骂之曰：'乃公居马上而得之，安事诗
书！'陆生曰：'居马上得之，宁可以马上治之乎？'"　[11]镝：
箭头。　[12]金印明年如斗大：《晋书·刘隗传》载周顗曰："今
年杀诸贼奴，取金印如斗大系肘。"指封侯拜相。　[13]貂蝉
却自兜鍪出：指因军功而升官。《南齐书·周盘龙传》载，盘龙
年老才弱，不可镇边，求解职，见许，还为散骑常侍、光禄大
夫。世祖戏之曰："卿着貂蝉，何如兜鍪？"盘龙曰："此貂蝉从
兜鍪中出耳。"貂蝉，即貂蝉冠，高官所戴。兜鍪，武士所戴头
盔。　[14]浯溪石：指浯溪《大唐中兴颂》摩崖石刻，唐元结
撰，颜真卿书，大历六年刻。欧阳修《集古录跋尾》卷七《唐
中兴颂（大历六年）》："右《大唐中兴颂》，元结撰，颜真卿书。
书字尤奇伟，而文辞古雅，世多模以黄绢，为图障。碑在永州，
摩崖石而刻之，模打既多，石亦残缺。今世人所传字画完好者，
多是传模补足，非其真者。"吴曾《能改斋漫录》卷十四亦曰："湖
南浯溪在永州北一百余里，流入湘江。其溪水石奇绝。唐上元中，
邕管经略使元结罢任居焉，以其所著《中兴颂》刻之崖石。抚

州刺史颜真卿书。……本朝乾德中，左补阙王伸来知永州，维舟于此，留诗……云：'湘州佳致有浯溪，元结雄文向此题。想得后人难以继，高名长与白云齐。'"石刻至今犹存。

[点评]

这首词是祝贺湖南安抚使王佐平寇成功。辛弃疾是军人武将出身，熟谙战事，写战事战功，可谓拿手好戏，故此词写来虎啸生风，气势磅礴。上片写战事，下片贺战功。开篇写军队在笳鼓声中凯旋，浩浩荡荡。人们纷纷称赞主帅王佐简直如卧龙诸葛亮再生，用兵如神，马到成功。五月初一率兵"深入"叛军巢穴，不日就取得大捷。"白羽风生貔虎噪，青溪路断鼪鼯泣"，用对比手法，写主帅指挥从容淡定，平叛官军勇猛无畏，而叛军则抱头鼠窜，最终像北宋末年的方腊一样被剿灭。歇拍写送捷报的一匹战马在平野上飞驰，扬起阵阵尘土，极富画面感和动态美。过片写王佐本是饱读诗书的状元，此前没有因"文章"文才而升迁，今日却"诗书马上"，谈笑击贼，大获全胜。有此军功，来年一定会拜相封侯。结拍说王佐的功勋比天高，一定会像《大唐中兴颂》一样，被铭刻在浯溪的崖石上，定格成永远的荣耀与记忆。

"貂蝉却自兜鍪"，本是用典，祝贺王佐必因军功而飞黄腾达。传说王佐见此词后，对辛弃疾用此典颇为不满，以为是嘲讽自己。周密《齐东野语》卷七载："宣子得之，疑为讽己，意颇衔之。殊不知陈后山亦尝用此语送苏尚书知定州云：'枉读平生三万卷，貂蝉当复坐兜鍪。'幼安正用此。"宋人重文轻武，辛弃疾说王佐没有因文治而是因军功将获进用，故王佐感到不爽。其实王佐是误解了辛弃疾的用意，辛弃疾原是化用陈师道送苏轼诗意而赞美之。看来王佐读书不及辛弃疾，不知陈师道早有"貂蝉当复坐兜鍪"的诗句。王佐平定宜章寇后即迁知扬州，后又知临安府、权工部尚书、户部尚书，确实不出辛弃疾所料所贺。

木兰花慢

席上送张仲固帅兴元 [1]

汉中开汉业 [2]，问此地、是耶非？想剑指三秦 [3]，君王得意，一战东归 [4]。追亡事 [5]，今不见，但山川满目泪沾衣 [6]。落日胡尘未断，西风塞马空肥。

一编书是帝王师 [7]。小试去征西。更草草离筵，匆匆去路，愁满旌旗。君思我、回首处，正江涵秋影雁初飞 [8]。安得车轮四角 [9]，不堪带减腰围 [10]。

朱德才："送别友人，而旨在伤时忧国。上片借古讽今，责朝廷苟安江南，无心北伐，不重贤才，致使山河破碎，志士伤怀。下片抒发友情。祝贺、颂赞、勖勉，继之惜别、眷恋、思念，既胸怀开阔，又一往情深。"（《辛弃疾选集》）

[注释]

[1] 张仲固：名坚，张纲子，润州丹阳（今属江苏）人。淳熙六年（1179）任江南西路转运判官，淳熙七年除知兴元府（事迹

参《京口耆旧传》卷九）。时辛弃疾在南昌任隆兴知府，饯别张仲固席上赋此词。兴元府，南宋属利州东路，治今陕西汉中。兴元府为利州东路治所，张仲固是兴元知府兼利州东路安抚使，故辛弃疾称其为"帅兴元"。如果知府、知州不兼领本路安抚使，则不能称"帅"。　[2]汉中开汉业：汉高祖刘邦以汉中为基地开创出汉朝基业。《史记·高祖本纪》载，项羽自立为西楚霸王，"更立沛公为汉王，王巴、蜀、汉中，都南郑"。　[3]剑指三秦：《史记·高祖本纪》载，项羽"三分关中，立秦三将：章邯为雍王，都废丘；司马欣为塞王，都栎阳；董翳为翟王，都高奴"。　[4]一战东归：《史记·高祖本纪》载，高祖用韩信策，从故道袭雍王，定雍地。三个月后，塞王、翟王皆降汉。　[5]追亡事：指萧何追韩信事。《史记·淮阴侯列传》载，韩信先不受高祖重用，"信数与萧何语，何奇之，至南郑，诸将行道亡者数十人，信度何等已数言上，上不我用，即亡。何闻信亡，不及以闻，自追之。……何曰：'诸将易得耳，至如信者，国士无双。王必欲长王汉中，无所事信；必欲争天下，非信无所与计事者。'"　[6]但山川满目泪沾衣：语出唐李峤《汾阴行》："山川满目泪沾衣，富贵荣华能几时。"　[7]一编书是帝王师：用张良故事。《史记·留侯世家》载张良游下邳圯（桥）上，"有一老父，衣褐，至良所，直堕其履圯下，顾谓良曰：'孺子，下取履！'良鄂然，欲殴之。为其老，强忍，下取履。父曰：'履我！'良业为取履，因长跪履之。父以足受，笑而去。良殊大惊，随目之。父去里所，复还，曰：'孺子可教矣！后五日平明，与我会此。'良因怪之，跪曰：'诺。'五日平明，良往。父已先在，怒曰：'与老人期，后，何也？'去，曰：'后五日早会。'五日鸡鸣，良往。父又先在，复怒曰：'后，何也？'去，曰：'后五日复早来。'五日，良夜未半往。有顷，父亦来，喜曰：'当如是。'出一编书，曰：'读此则为王者师矣。'"　[8]正江涵秋影雁初飞句：杜牧《九日齐山登高》："江涵秋影雁初飞。" [9]安得车轮四角：车轮生四角，无法转动，人就会迟些远行。语本陆龟蒙《古意》："愿得双车轮，一夜生四角。" [10]带减腰围：典出沈约《与徐勉书》："老病，百日数旬，革带尝应移孔。以手握臂，率计月小半分。"欧阳修《岁暮书事》："跨鞍惊髀骨，数带减腰围。"

[点评]

张仲固赴任之地兴元府，唐代称汉中郡，南宋时与金人统治下的凤翔府和京兆府接壤，属抗金前线。故稼轩此词从汉中特殊的地理环境和相关史事着笔，表达无限感慨。汉中是汉高祖刘邦的龙兴之地，所以开篇即写汉朝在汉中开创基业，阁下去赴任的兴元府，莫非就是当年开创"汉业"的地方？词人明知故问，一是让行文跌宕，避免平铺直叙的呆板，二是在问句中表达对历史的感慨，当年的汉皇雄风如今安在？当年汉高祖能"剑指三秦"，"一战东归"，所向披靡，原因在于爱惜人才、重用人才，网罗了萧何、张良、韩信等一代英才。可叹如今皇上既非刘邦的雄才大略，当朝宰相们也没有萧何那样的知人之明，月下追韩信的动人故事，已难再上演。辛弃疾此时虽身为江南西路安抚使，也是一方帅臣，但毕竟英雄无用武之地，无法到前线施展身手，故不免悲从中来。胡尘未断，大敌当头，而塞马空肥，宝剑蒙尘，请缨无路。需要英雄而英雄却不被需要的时代，令人扼腕！"落日胡尘未断，西风塞马空肥"，对偶工整，高度概括了英雄的错位和时代的悲哀。过片以张良比张仲固，既是期待，也是勉励。期待张仲固能像张良那样建功立业。用张姓的故事喻张姓友人，用典极工切。结末表达难舍难分之意。

黯然神伤者，唯别而已矣！然而最让辛弃疾感慨的是英雄无用武之地。友人赴边，也让他生发无尽的怅惘。英雄强烈的使命感，尽显词中。

满江红

朱德才："下片从侧面落笔，烘托题旨，慰友也自慰。前六句故作旷达狂放语，实是悲中觅欢，聊以相慰。后四句冷嘲热讽，化实为虚，托古喻今，变激荡汹涌为冷峻淡漠，与上片直赋悲愤交相为用。"（《辛弃疾选集》）

倦客新丰[1]，貂裘敝、征尘满目[2]。弹短铗、青蛇三尺[3]，浩歌谁续。不念英雄江左老[4]，用之可以尊中国[5]。叹诗书、万卷致君人[6]，翻沉陆[7]。

休感慨，浇醽醁[8]。人易老，欢难足。有玉人怜我[9]，为簪黄菊。且置请缨封万户[10]，竟须卖剑酬黄犊[11]。甚当年、寂寞贾长沙[12]，伤时哭。

[注释]

[1]倦客新丰：犹言"新丰倦客"，指初唐人马周。词人借以自指。典出《旧唐书·马周传》。马周不得意时，曾宿新丰客店，店主只顾其他客人而不理他，马周命沽酒一斗八升，悠然独酌，众异之。后官监察御史，名震朝野。　[2]貂裘敝：用苏秦典。典出《战国策·秦策一》。苏秦游说秦王而策不行，"黑貂之裘弊，黄金百斤尽"。　[3]弹短铗：用冯谖典。《战国策·齐策四》载，冯谖初

为孟尝君门客，遭歧视，于是弹剑而歌曰："长铗归来乎，食无鱼。"青蛇三尺：指宝剑。白居易《鸦九剑》："谁知闭匣长思用，三尺青蛇不肯蟠。"　[4]江左：江东，长江下游以东。　[5]尊中国：使中国受到尊敬。尊，使动用法。中国，此指南宋。其时南宋皇帝向金朝屈膝称侄，让南宋臣民倍感屈辱。　[6]叹诗书、万卷致君人：苏轼《沁园春》："胸中万卷，致君尧舜，此事何难。"　[7]翻：反而。沉陆：即陆沉，陆地无水而沉。喻失意隐居。语本《庄子·则阳》："方且与世违而心不屑与之俱，是陆沉者也。"郭象注："人中隐者，譬无水而沉也。"　[8]醽醁（líng lù）：美酒名。　[9]"有玉人怜我"二句：语本苏轼《千秋岁·徐州重阳作》："美人怜我老，玉手簪黄菊。"玉人，佳人，美人。　[10]置：搁置，放弃。请缨：《汉书·终军传》：武帝令终军使南越，军自请命："愿受长缨，必羁南越王而致之阙下。"封万户：封万户侯。　[11]卖剑酬黄犊：《汉书·龚遂传》载，龚遂为渤海太守，见齐俗尚奢侈，不田作，乃劝民务农，"民有带持刀剑者，使卖剑买牛，卖刀买犊"。　[12]贾长沙：贾谊。《汉书·贾谊传》载，贾谊贬为长沙王太傅，后上书说："臣窃惟事势，可为痛哭者一，可为流涕者二，可为长太息者六。"

［点评］

这首词的写作年代不详，大约是词人中晚年失意时作。开篇连用三个典故，写自己的失意无成。说自己像落魄新丰的唐代马周那样无人理睬，又像是治国方略无法推行、无功而返的苏秦，四处奔波，满身尘土，一事无成，又像不得志的冯谖那样，手持三尺宝剑终日悲歌。英雄辛弃疾从北方投奔南宋，理想是让"中国"雄起，一洗向金人称臣称侄的屈辱，让堂堂"中国"直起腰杆，受到周边民族政权的尊重，而不是受蔑视欺凌。他有"尊中国"的理想和信念，更有"尊中国"的智慧和方略。读他的《美芹十论》和《九议》，就可以知道辛弃疾决非大言欺人，他有切实可行的治国方略，有过人的智慧、勇气、胆识，更有超人的行动力。只可惜，无人重用！英雄只能流落江湖。诗书万卷，满腹经纶，本欲致君尧舜，却穷困潦倒。"不念英雄江左老，用之可以尊中国"，不只是辛弃疾个人的悲剧，也是时代的悲剧。他的境遇，不仅关乎个人仕途的得意与失意，更关乎民族的兴亡与荣辱。所以"不念英雄江左老"的怒吼与叹息，特别深沉而有感染力。下片自我开解，自叹自伤还自怜。本应请缨杀敌，封侯万户，却只得卖剑买犊，让经天纬地的英雄去耕田种地。时代的颠倒错乱有如此者！结句说为何当年贾谊也曾伤时痛哭？难道仁人志士都要经历磨难忧患？难道这是每个时代逃不脱的魔咒？英雄的追问，让人反思！期盼每个时代都能让每个人实现自我价值，像盛唐李白高唱的那样"天生我材必有用"！

陈廷焯："起笔高绝，洒落如此，真名士也。抑扬顿挫，跌宕生姿。字字幽雅，不减陶令。款款深深，一往不尽。"（《云韶集》卷五）

沁园春

带湖新居将成 [1]

三径初成 [2]，鹤怨猿惊 [3]，稼轩未来。甚云山自许，平生意气，衣冠人笑 [4]，抵死尘埃 [5]。

意倦须还，身闲贵早，岂为莼羹鲈鲙哉[6]。秋江上，看惊弦雁避[7]，骇浪船回。

东冈更葺茅斋。好都把、轩窗临水开[8]。要小舟行钓，先应种柳，疏篱护竹，莫碍观梅。秋菊堪餐[9]，春兰可佩，留待先生手自栽[10]。沉吟久，怕君恩未许[11]，此意徘徊。

陈廷焯："急流勇退之情，以温婉之笔出之，姿态愈饶。"（《词则·放歌集》卷一）

[注释]

[1] 带湖新居：故址在今江西上饶市区之北。辛弃疾是极有远见的战略家、预言家。早在乾道八年（1172）三十三岁时就预言金朝六十年后必亡。果不其然，六十二年后（1234），金朝被蒙古人覆灭。他对自己的仕途危机，当然也会有些预感。淳熙八年（1181），他在南昌任江西安抚使，官场上摸爬滚打了近二十年，对官场的险恶深有洞察和感受，已预感到人生的危机不久就会到来，于是在上饶州城北郊带湖边上买了一块很平坦的土地，建屋舍园林，做好罢职闲居的打算和准备。辛弃疾既有战略眼光，又有务实的才干。他精通园林建筑规划设计，买的这块地，长 1230 尺、宽 830 尺。宋代一尺相当于现在的 31.4 厘米，以平方米折算，合计有 100656.66 平方米，如换算为亩，约为 151 亩。他亲自设计，房屋用地占去十分之四，房屋的左边规划为稻田，准备退休后躬耕其中。房屋的东南西北四面，各修竹径花蹊，分别种翠竹和海棠。屋舍有楼可居住，有堂可休闲，有亭可赏景，有水池可洗笔，都经过精心的布局设计，功能不同，结构位置也不同。房屋设计好后，他命名为稼轩。并画上图纸，请著名作家洪迈给他写《稼轩记》。《稼轩记》写道："郡治之北可

里所，故有旷土存，三面傅城，前枕澄湖，如宝带。其纵千有二百三十尺，其衡八百有三十尺。截然砥平，可庐以居。而前乎相攸者，皆莫识其处。天作地藏，择然后予。济南辛侯幼安最后至，一旦独得之，既筑室百楹，度财占地什四，乃荒左偏以立圃，稻田泱泱，居然衍十弓，意他日释位而归，必躬耕于是。故凭高作屋，下临之，是为稼轩。而命田边立亭曰植杖，若将真秉耒耨之为者。东冈、西阜、北墅、南麓，以青径款竹，以锦路行海棠，集山有楼，婆娑有堂，信步有亭，涤研有渚，皆约略位置，规岁月绪成之，而主人初未之识也。绘图畀予曰：吾甚爱吾轩，为我记。" [2]三径：汉代蒋诩隐居时庭院开三径，后人以此为隐士园圃的代称。赵岐《三辅决录》曰："蒋诩字符卿，舍中三径，唯羊仲、求仲从之游。二仲皆推廉逃名之士。"陶渊明《归去来兮辞》："三径就荒，松菊犹存。"苏轼《次韵周邠》："南迁欲举力田科，三径初成乐事多。" [3]鹤怨猿惊：因辛弃疾尚未归隐，鹤也怨，猿也惊讶。语出孔稚圭《北山移文》："蕙帐空兮夜鹤怨，山人去兮晓猿惊。" [4]衣冠：指官员、士大夫。 [5]抵死：总是，老是。尘埃：红尘，指官场。 [6]岂为莼羹鲈脍：意谓归隐，不是为了莼羹鲈脍，而是对官场已疲倦，所谓"意倦须还"。《晋书·张翰传》载张翰在洛阳做官，因思故乡吴中菰菜、莼羹、鲈鱼脍，命驾而归。 [7]"看惊弦雁避"二句：比喻官场仕途的险恶。白居易《送客南迁》："客似惊弦雁，舟如委浪萍。" [8]轩窗临水开：在水边开一扇窗户。苏轼《再和杨公济梅花十绝》："小轩临水为花开。" [9]"秋菊堪餐"二句：化用屈原《离骚》"夕餐秋菊之落英""纫秋兰以为佩"句意。 [10]手自栽：王安石《书湖阴先生壁》："茅檐长扫静无苔，花木成畦手自栽。" [11]君恩未许：皇上未准许。叶梦得《再任后遣模归按视石林四首》："岩石三年别，君恩未许归。"

[点评]

这首词是带湖新居将要落成时所作。笔势腾挪翻转，跳跃动荡。开篇说隐居的房舍已初步建成，可主人稼轩还没归来，弄得鹤埋怨、猿惊啼。平生不是自许喜欢住在云间山中么？为何至今还在红尘中奔名逐利，不回山中，被士大夫们嘲笑？人生贵在适意，在官场上打拼疲倦了，应该还山。既然想过悠闲自在的生活，就该早些拿定主意，何必犹犹豫豫。君不见，秋日江上，鸿雁时时在躲避着暗箭，船在惊涛骇浪中回旋。用雁避惊弦、船回骇浪来比喻官场险恶，贴切而形象，富有镜头感。下片是想象，也是规划自家园林的布局。东面的小山冈上建个茅屋，临水的一面开扇窗户，成为亲水茅屋。想要乘小船在带湖垂钓，最好是在湖边种上柳树，既可观赏，又有荫凉。远处还需种上竹子、梅花，并用篱笆围住。篱笆不宜过高，不能影响观竹赏梅。回去之后，还要亲手种上秋菊、春兰，季季有花香，处处有竹伴。词中所写这些，进一步印证了辛弃疾对园林规划与设计是相当在行。结拍说，想的倒是挺美，只怕皇恩不许自己这么快活。是主动请辞回去，还是等日后再说，有些犹豫不决。还没等辛弃疾主动请辞，这年冬天十一月，就被臣僚弹劾罢职，回上饶闲居。这一赋闲家居，就是十一年。

词中既有对官场生活的厌倦，也有身在官场的深重危机，更有进退抉择的犹豫，还包含对隐退闲居生活的憧憬与期待。此时的辛弃疾，心情很是矛盾纠结。一方面厌倦了官场，想退隐过悠闲自在的生活，另一方面人生理想、人生价值和社会责任没有实现，就此退隐又不魏庆之："风流妩媚，富于才情，若不类其为人矣。……盖其天才既高，如李白之圣于诗，无适而不宜。故能如此。"(《诗人玉屑》卷二一)

陈鹄："余谓后辈作词，无非前人已道底句，特善能转换尔。……辛幼安词'是他春带愁来，春归何处，却不解、带将愁去'，人皆以为佳。不知赵德庄《鹊桥仙》词云'春愁元是逐春来，却不肯随春归去'，盖德庄又本李汉老《杨花》词'暮地便和春，带将归去'。"(《西塘集耆旧续闻》卷二)

甘心。这不只是辛弃疾个人的心理矛盾，也是整个宋代知识分子的一种普遍心态。宋代文士，既甘愿担当社会责任，又想过独立自由的闲适生活，可二者不可兼得。罗大经《鹤林玉露》就说过："士岂能长守山林，长亲蓑笠，但居市朝轩冕时，要使山林蓑笠之念不忘，乃为胜耳。陶渊明《赴镇军参军》诗曰：'望云惭高鸟，临水愧游鱼。真想初在襟，谁谓形迹拘。'似此胸襟，岂为外荣所点染哉！荆公拜相之日，题诗壁间曰：'霜松雪竹钟山寺，投老归欤寄此生。'只为他见趣高，故合则留，不合则拂袖便去，更无拘绊。山谷云：'佩玉而心若槁木，立朝而意在东山。'亦此意也。"

祝英台近

晚春

宝钗分[1]，桃叶渡[2]，烟柳暗南浦[3]。怕上层楼，十日九风雨。断肠片片飞红，都无人管，更谁劝、流莺声住。

鬓边觑。试把花卜归期[4]，才簪又重数。罗帐灯昏，哽咽梦中语。是他春带愁来[5]，春归何处，却不解、带将愁去。

[注释]

[1]宝钗分：情人一离别时，女子将头上的金钗分为两股，双方各持一股以为信物。南宋盛行分钗定情之风。宋王明清《玉照新志》卷四载："春日，诸友同游西湖，至普安寺，于窗户间得玉钗半股、青蚨半文，想是游人欢洽所分授，偶遗之者。"又唐段成式《剑侠传·虬髯叟》载：唐吕用之在维扬日，佐高骈，专权擅政。有商人刘损妻裴氏，有国色，用之以阴事下刘狱，纳裴氏。刘献金百两免罪，虽脱非横，然亦愤惋，因成诗三首，曰："宝钗分股合无缘，鱼在深渊日在天。得意紫鸾休舞镜，断踪青鸟罢衔笺。"宋末词人吴潜有和作，题为《和辛稼轩宝钗分韵》："雾霏霏，云漠漠，新绿涨幽浦。梦里家山，春透一犁雨。伤心塞雁回来，问人归未，怎知道蜗名留住。　镜中觑。近年短发难簪，丝丝不禁数。蕙帐尘侵，凄切共谁语。被他轻暖轻寒，将人憔悴，正闷里、梅花残去。"意境的完整性与语言的表现力，都不及稼轩原唱。　[2]桃叶渡：在建康秦淮口。晋王献之曾在此与其妾桃叶分别。《诗话总龟》前集卷七《桃叶歌》："桃叶，王献之爱妾名也。其妹曰桃根。词云：'桃叶复桃叶，桃叶连桃根。'今秦淮口有桃叶渡，即其事也。"　[3]南浦：在今湖北鄂州市城区。江淹《别赋》："送君南浦，伤如之何。"后泛指送别之地。　[4]花卜：张泌《妆楼记·油花卜》载："池阳上巳日，妇女以荠花点油，祝而洒之水中，若成龙凤花卉之状，则吉。谓之油花卜。"　[5]"是他春带愁来"三句：似从唐雍陶《送春》"今日已从愁里去，明年更莫共愁来"化出。

卓人月："结尾数语，分明流莺声也。自然婉转销魂，怎生住得。"（《古今词统》卷七）

[点评]

词以女性身份写离愁春恨。首三句，用特写镜头再现往日离别之地的情景。当年在桃叶渡口，与伊人擘分金钗，海誓山盟，四周烟笼柳暗，一片凄凉。多年前分手的情景仍历历在目，可见离愁别恨，一直难以忘怀。"怕上层楼"二句，回到眼前，十日有九日是风雨，如此天气，常人都难以忍受，何况是孤独寂寞之人！只好把自己封闭在室内。想上层楼遥望，却"怕上层楼"，因为烟雨迷茫，上了层楼，只会更增孤寂。"断肠"三句，又将镜头转向户外，片片花飞，是开窗触目所见；流莺啼鸣，是开窗所闻。所见所闻，都令人伤感。片片飞花，意味着春光即将流逝。春光流逝，又象征着人的青春流逝、容颜老去，所以令人伤感到"断肠"。"片片飞红"，是常见之景，不足为奇，但说"都无人管"，就平添不少趣味。暮春时流莺扰人，也极平常，可说请何人让流莺闭口不唱，想象却极新颖，让人惊异。辛弃疾总能在平凡中变化出不平凡。上片写离恨，下片写相思。过片用花卜伊人的归期，见出思念期盼之深切。白天盼归，夜里梦归，可伊人终未归来。结末三句，为名句，意蕴丰饶，用笔转折层深。春只管带将愁来，春归去后，却不管把愁带着离去，偏偏留下春愁离恨让人受用。

稼轩词，既善转换，旧曲翻新，又极富动作感。开篇宝钗分的"分"，上层楼的"上"，飞红之"飞"，唤流莺之"劝"，鬓边觑之"觑"，花卜归期之"卜"，才簪又重数的"簪""数"，"哽咽""语"等动词，都有很强的动作感、造型感。结拍带、归、解、带四个动词，也把抽象的、摸不着的春天写得活灵活现，仿佛春天是拎着愁来却故意不拎着愁回去似的。稼轩语言的表现力，真是高超。

恋绣衾

无题

夜长偏冷添被儿。枕头儿、移了又移。我自是、笑别人底，却元来、当局者迷[1]。

如今只恨因缘浅，也不曾、抵死恨伊[2]。合手下、安排了[3]，那筵席、须有散时。

全用口语，流利自然。虽是写沉重的相思，读来却轻盈欢快，趣味盎然。

[注释]

[1]元来：即"原来"。当局者迷：语出《旧唐书·元行仲传》："当局称迷，旁观见审。" [2]抵死：宋时方言，意为总是。 [3]合：应该，应当。

[点评]

杰出的作家，总会探求不同的语言风格。辛弃疾词的语言，就是千姿百态，庄重的书面雅言、轻松随意的俗语口语，信手拈来，皆成妙境。这首词写一位失恋女子的自我开解，自我慰藉，哀而不伤，怨而不怒。长夜失眠，无法入睡，以为是被儿太薄，赶紧添加一床厚些的被子，可依然如故。莫不是枕头高了吧，移来移去，还是睡不着。以前笑别人相思睡不着，如今自个儿也一样，也是这般心儿软、泪儿多。失眠缘于失恋。心里烦，睡不着，她就自我开解，怪只怪彼此有缘无分因缘浅，何必总是恨他无情负心汉。常言道，天下没有不散的宴席。男女恋爱，情不投意不合时，自会分手。相信天下有情人终能成眷属。这位女子，如此理性，实属难得。失恋之人若听过此歌，当能会心一笑。

鹧鸪天

客子长期漂泊在外，归心如变幻不定的乱云，比拟新颖真切。与李煜词的"剪不断，理还乱，是离愁"，异曲同工。

一片归心拟乱云，春来谙尽恶黄昏[1]。不堪向晚檐前雨[2]，又待今宵滴梦魂。

炉烬冷，鼎香氛。酒寒谁遣为重温。何人柳外横双笛，客耳那堪不忍闻。

[注释]
[1]谙：经历，经受。 [2]向晚：傍晚。

[点评]

词用层深递进之法写归思。客子归心如乱云，飘荡不定，每到春日黄昏，就思亲念家心切。日落黄昏，是人归家、鸟归巢之时。行人在外不归家，本是苦闷，遇上"恶"黄昏，苦闷更深一层。"谙尽恶黄昏"，表明恶黄昏非止一日，春来天天如此，真是情何以堪！恶黄昏，已是难熬，又遇上檐前细雨，点滴霖霪，更是不堪承受。何况黄昏雨不停不休，到了晚上还要滴破梦魂。上片写愁闷，下片言孤独。炉与鼎，为互文，炉中香烬冷，无人为之重燃，酒寒杯冷，无人为之重温，又谙尽孤独滋味。忽听柳外传来悠扬而感伤的笛声，更增伤感。唐李益《夜上受降城闻笛》诗说："不知何处吹芦管，一夜征人尽望乡。"可想见笛声之感人动人。末句"客耳"呼应首句"归心"，首尾呼应，结构浑成。

水调歌头

盟鸥[1]

带湖吾甚爱，千丈翠奁开[2]。先生杖屦无事[3]，一日走千回[4]。凡我同盟鸥鹭[5]，今日既盟之后，来往莫相猜。白鹤在何处，尝试与偕来。

破青萍，排翠藻，立苍苔。窥鱼笑汝痴计[6]，不解举吾杯。废沼荒丘畴昔[7]。明月清风此夜[8]，人世几欢哀。东岸绿阴少[9]，杨柳更须栽。

陈廷焯："一气舒卷，参差中寓整齐，神乎技矣！一结愈朴愈妙，看似不经意，然非有力如虎者不能！"（《词则·放歌集》卷一）

[注释]

[1] 盟鸥：淳熙八年（1181）冬天，辛弃疾被弹劾罢官后，到江西上饶带湖定居。此词是次年（1182）春天闲居带湖新居不久所作。题作《盟鸥》，意思是跟带湖里的白鸥订立盟约。为什么是跟白鸥订立盟约而不是跟其他鸟儿订约呢？原来鸥鸟只跟

过片"破青萍"五句，主语都是白鸥。破、排、立、窥，写白鸥湖中觅鱼情景，动作感强，憨态毕现。

那些没有机心的人亲近，凡有猜忌玩弄之心的人，鸥鸟就敬而远之。鸥的这一特性，来源于《列子·黄帝》所载故事：有个海上之人很喜好鸥鸟，每天清晨到海上与鸥一同游处。每天来的鸥鸟有上百只。一日，此人的父亲说：听说鸥鸟都来跟你游玩，你捉几只来，让我玩玩。明日他再到海上，鸥鸟只在空中盘旋，再也不下来跟他相处了。所以后人常把白鸥视为隐士的伙伴。黄庭坚《登快阁》诗说："万里归船弄长笛，此心吾与白鸥盟。" [2]翠奁：翡翠做的梳妆盒。 [3]杖屦（jù）：拄杖漫步。屦，鞋子。 [4]一日走千回：化用杜诗句意。杜甫《三绝句》："门外鸬鹚去不来，沙头忽见眼相猜。自今已后知人意，一日须来一百回。" [5]"凡我同盟鸥鹭"以下三句：语出《左传》僖公九年："秋，齐侯盟诸侯于葵丘，曰：'凡我同盟之人，既盟之后，言归于好。'"用诸侯的盟约写与白鸥订约，本是调侃，却一本正经，甚有幽默感。 [6]窥鱼：黄庭坚《刘邦直送早梅水仙花》："白鹭窥鱼凝不知。""窥鱼笑汝痴计"，日常语序应是"笑汝痴计窥鱼"，意思是可笑你只知一味地窥探鱼儿的动静。 [7]废沼荒丘畴昔：即"畴昔废沼荒丘"，意为此地往日是废池荒丘。 [8]明月清风此夜：苏轼《后赤壁赋》："月白风清，如此良夜何！" [9]"东岸绿阴少"二句：化用杜甫诗意。杜甫《舍弟占归草堂检校聊示此诗》："东林竹影薄，腊月更须栽。"

[点评]

　　辛弃疾刚从官场下来闲居，无事一身轻，心情大好。跟鸥订盟，本来就有调侃戏谑之意。词人说，带湖之水清清，远山倒映湖中，像是打开的千丈翠奁，美不胜收，俺是越看越爱。每天无事时，拄着拐杖，穿着麻鞋，在湖边走上千回。"凡我"三句，用《左传》里诸侯结盟的句式，写与鸥的结盟，大词小用，用十分隆重的语气跟白鸥订盟，很是幽默。他与白鸥订立盟约说，以后咱们天天见面，就是盟友了，彼此往来，就不要再猜忌了。订盟之后，又跟鸥商量：你们知不知道白鹤住在何处，能不能试着引带几只来同住？"尝试"，是商量的语气、平等的态度。鹤，是隐士的标配，宋初大隐士林逋就很喜欢养鹤，所以辛弃疾跟白鸥商量，能不能招引几只来同住。过片三句写白鸥在湖边捕食，寻找小鱼的动作神态，特别生动。白鸥像个小鱼翁似的，破开水面的青萍，推开水里的绿藻，站立在苍苔上盯着水面，窥探湖里的小鱼。白鸥只知窥鱼，却不懂得举起我的酒杯，和我分享饮酒的乐趣。接着写感慨，此地往昔是荒丘废池，今夜被我收拾得面貌焕然一新，明月高照，清风微拂，好不爽快！人世的欢乐与悲哀，历史的兴盛与衰亡，也是这般周而复始吧！何必计较一时的得失，顾虑一时的悲欢。沉思之际，忽然发现对岸树少绿阴不多，明天赶紧种些杨柳，让"杨柳岸晓风残月"之景呈现于带湖之中，何其浪漫！

水调歌头

汤朝美司谏见和[1]，用韵为谢

白日射金阙[2]，虎豹九关开[3]。见君谏疏频上，谈笑挽天回[4]。千古忠肝义胆，万里蛮烟

开篇两句，气势雄放。不言白日照金阙，而说"射"金阙，更富动作感和力度美。九关需虎豹闯开，可见九关之艰险。虎豹闯九关，一群虎豹冲锋陷阵，场面何其壮观！

瘴雨[5]，往事莫惊猜。政恐不免耳[6]，消息日边来[7]。

笑吾庐，门掩草[8]，径封苔。未应两手无用[9]，要把蟹螯杯。说剑论诗余事[10]，醉舞狂歌欲倒，老子颇堪哀[11]。白发宁有种[12]，一一醒时栽。

[注释]

[1]汤朝美：即汤邦彦。淳熙元年（1174）曾任左司谏，故称"司谏"。先是辛弃疾作《水调歌头·盟鸥》，汤朝美见而和作一首，辛弃疾再作此词答谢。　[2]白日射金阙：白日照耀着金阙。金阙，仙人或天帝所居的黄金屋。　[3]虎豹九关开：虎豹闯开九关。语出屈原《招魂》："魂兮归来，君无上天些。虎豹九关，啄害下人些。"　[4]挽天回：挽回天意，即劝谏皇上改变旨意。　[5]万里蛮烟瘴雨：指汤邦彦被贬南荒。淳熙三年四月，汤邦彦因出使金国时，"于虏庭辄有所受，且不能坚守己见，惟从谢良弼之谋"（《宋会要辑稿》职官五一之二六），而被编管新州（今广东新兴）。淳熙末，复故官，归乡里（《京口耆旧传》卷八）。　[6]政恐不免：只怕难免还要做官。典出《世说新语·排调》："初，谢安在东山居布衣时，兄弟已有富贵者，翕集家门，倾动人物。刘夫人戏谓安曰：'大丈夫不当如此乎？'谢乃捉鼻曰：'但恐不免耳。'"　[7]消息日边来：起复为官的消息会从京城传来。　[8]"门掩草"二句：门被荒草所掩盖，门前的道路也长满了青苔。喻罢官闲居后门庭冷落，没有人来探望。　[9]"未应两手无用"二句：用否定句表达肯定的意思，人虽闲来无用，

两只手还是有用的，一只手可以吃螃蟹，另一只手可以举杯痛饮。典出《世说新语·任诞》："毕茂世云：'一手持蟹螯，一手持酒杯，拍浮酒池中，便足了一生。'" [10] 说剑论诗：语本苏轼《与梁左藏会饮傅国博家》："将军破贼自草檄，论诗说剑俱第一。" [11] 老子颇堪哀：语本《后汉书·马援传》："宾客故人，日满其门。诸曹时白外事，援辄曰：'此丞掾之任，何足相烦！颇哀老子，使得遨游。'" [12] 白发宁有种：反用黄庭坚《次韵裴仲谋同年》"白发齐生如有种，青山好去坐无钱"诗意。种，有两层含义，一是种子，一是世代相传。《史记·陈涉世家》"王侯将相宁有种乎"的"种"，就是世代相传之意。

[点评]

这首词是失意之人激励贬谪之人。英雄失意不失志。辛弃疾刚罢官闲居上饶不久，友人汤朝美也是刚从贬谪之地新州量移至上饶。词的开篇用神话传说来赞美当年汤朝美任谏官时不畏权势的处境和频频向皇帝上书挽回天意的勇气。"白日射金阙"，写皇宫的壮丽；"虎豹九关开"，喻在朝为谏官时的艰难险阻。"千古忠肝义胆"，是对友人的赞誉，也是对他的激励，因忠义而贬谪至蛮烟瘴雨之地，虽贬犹荣。"往事莫惊猜"是劝慰汤朝美，过去了的"往事"，不必再提，终有一天"日边"会传来好消息，重新起用你。用谢安"政恐不免"的典故，意味深长，意谓友人汤朝美本无意于做官，是他的德行才能深负朝野之望而不得不入世兼济天下。过片回到自身，说我现在闲居村野，孤独冷清。言下之意，我比你也好不到哪儿去。这也是对友人的劝慰，不要太在意眼前的境遇。词人的情绪刚开始还是强颜欢"笑"，说虽然闲居无所事事，但双手还是有"用"的，至少可以一手拿螃蟹，一手拿酒杯痛饮。不一会儿那压抑的失意情绪就喷薄而出，"说剑论诗"了无用处，不觉"醉舞狂歌"。"醉舞狂歌"，体现的是英雄心中的愤懑不平。英雄失意的情绪表现，与常人自是不同。因愁而生白发，李白是说"白发三千丈，缘愁似个长"，杜甫是说"白头搔更短，浑欲不胜簪"，或夸张白发之长，或极言白发之短。辛弃疾写来又别开生面：白发像是有种子似的，待人酒醒之后，一根根地栽在头上。本是人愁而白发生，而辛弃疾却说是白发故意栽在头上，将一种自然的静态转化成一种主观的动态，读来妙趣无穷。

卓人月："百宝装成无缝塔。"（《古今词统》卷九）

沈雄："徐士俊谓集句有六难：属对，一也；协韵，二也；不失粘，三也；切题意，四也；情思联续，五也；句句精美，六也。""余更增一难：曰打成一片。稼轩俱集经语，尤为不易。"（《古今词话·词品》卷上）

踏莎行

赋稼轩，集经句

进退存亡[1]，行藏用舍[2]。小人请学樊须稼[3]。衡门之下可栖迟[4]，日之夕矣牛羊下。

去卫灵公[5]，遭桓司马。东西南北之人也[6]。长沮桀溺耦而耕[7]，丘何为是栖栖者[8]。

[注释]

[1]进退存亡：语出《易·乾·文言》："知进退存亡而不失其正者，其惟圣人乎！"　[2]行藏用舍：《论语·述而》："用之则行，

舍之则藏。" [3] 小人请学樊须稼：日常语序应是"小人樊须请学稼"，为合平仄而调整。《论语·子路》："樊迟请学稼，子曰：'吾不如老农。'请学为圃，曰：'吾不如老圃。'樊迟出，子曰：'小人哉！樊须也！'" [4]"衡门之下可栖迟"二句：《诗经》之《陈风·衡门》和《王风·君子于役》成句。衡门，以横木当门，没有门板。极言房屋简陋。栖迟，游处。 [5]"去卫灵公"二句：语出《论语·卫灵公》："卫灵公问陈于孔子，孔子对曰：'俎豆之事，则尝闻之矣；军旅之事，未之学也。'明日遂行。"《孟子·万章上》："孔子不悦于鲁卫，遭宋桓司马，将要而杀之，微服而过宋。是时，孔子当阨。" [6] 东西南北之人也（yǎ）：语出《礼记·檀弓上》："今丘也，东西南北之人也。"东西南北之人，言居无定所，到处漂泊。也，语助词。 [7] 长沮桀溺耦而耕：语出《论语·微子》："长沮、桀溺耦而耕，孔子过之，使子路问津焉。" [8] 丘何为是栖栖者：语出《论语·宪问》："微生亩谓孔子曰：'丘何为是栖栖者与？无乃为佞乎！'"栖栖，惶惶不安的样子。

[**点评**]

这是一首集句词。集句，是选取前人现成的诗句重新集合成篇。集句诗，盛行于北宋，王安石最为擅长。而集句词，也是王安石开创的，他的《菩萨蛮》："数家茅屋闲临水，单衫短帽垂杨里。今日是何朝，看予度石桥。 梢梢新月偃，午醉醒来晚。何物最关情，黄鹂一两声。"就是一首集句词。无论是集句诗还是集句词，都是从前人的诗或词中集出成句，而辛弃疾则别创一格，从经书中集出成句，组合成新词。这首词分别集自《易经》《论语》《诗经》和《礼记》。词的主题是赋咏他的稼轩，着重写他罢职闲居后以稼为生的生活状态。进退存亡，行藏用舍，人们都需要选择和适应。我则像樊须一样请学稼穑，生活得简简单单，就栖居在衡门之下，每天放放牛养养羊，太阳下山了就赶着牛羊回家。我的人生像孔夫子一样，到处碰壁，成年累月，栖栖惶惶。

经书中的句子，多是散文句式，往往是说理而无形象性。辛弃疾此词经过巧妙的组合拼装，还是挺有形象性的。一首小词，写了六个人物：樊须、卫灵公、桓司马、长沮、桀溺、孔丘，虽然稼轩没告诉我们他们都长得如何，但稼轩能把这些跟孔夫子有瓜葛的人物请上来同台亮相，足以引发我们丰富的联想。他们的身份不同，地位各异，卫灵公、桓司马是迫害者，栖栖惶惶的孔夫子是受害者，是稼轩此时的化身，樊须、长沮、桀溺，则是稼轩受迫害闲居后学稼的伙伴。不同人物扮演着不同的角色，形象不是挺鲜明的么？

"儿女"句写家人久别后团聚，情景温馨！七字包含时间（夜晚）、场景（室内灯前）、人物（汤朝美夫妇及其儿女）、动作（叩拜）、表情（和泪），极富镜头感、画面感。化用前人诗句，如自己出！

满江红

送汤朝美司谏自便归金坛[1]

瘴雨蛮烟[2]，十年梦、尊前休说。春正好、故园桃李[3]，待君花发。儿女灯前和泪拜[4]，鸡豚社里归时节[5]。看依然、舌在齿牙牢[6]，心如铁。

活国手[7]，封侯骨[8]。腾汗漫[9]，排阊阖[10]。

待十分做了，诗书勋业[11]。常日念君归去好，而今却恨中年别[12]。笑江头、明月更多情，今宵缺。

［注释］

[1] 汤朝美：名邦彦，金坛（今属江苏）人。中乾道八年（1172）博学宏词科。宰相虞允文一见如故，除枢密院编修官。允文宣抚四川，汤邦彦充大使司干办公事。历官起居舍人、中书舍人。淳熙三年（1176）编管新州。刘时举《续宋中兴编年资治通鉴》卷九载淳熙二年"八月，汤邦彦使金，请河南陵寝地。明年夏四月，邦彦使金，至燕，金人拒不纳。旬余，乃命引见，夹道皆控弦露刃之士。邦彦怖，不能措一词而出。上大怒，诏流新州"。后遇赦量移信州（今江西上饶），淳熙十年（1183），再遇赦得"自便"归故乡金坛。故辛弃疾得以在信州为之饯行。宋时官吏得罪贬谪偏远州郡，由当地官员管束，称编管，又称安置。数年后遇赦恢复自由，称任便居住，简称"自便"。自便，是自行选择居住地。编管、安置或某处居住，是到指定的地方居住。　[2] 瘴雨蛮烟：指汤邦彦当年贬居之地新州（今广东新兴）。宋人常用"蛮烟瘴雨"来描写岭南的环境气候。　[3] "春正好、故园桃李"二句：表面写故园桃李等待主人回后才开花，隐写汤邦彦家中美人一直在家等待他的归来。典出《唐语林》卷六：韩愈有二妾，一曰绛桃，一曰柳枝，皆能歌舞。韩愈使边，柳枝遁去，家人追获，韩愈赋诗曰："别来杨柳街头树，摆弄春风只欲飞。还有小园桃李在，留花不发待郎归。"自是专宠绛桃。辛弃疾用此典，既贴切，又有开玩笑之意。　[4] 儿女灯前和泪拜：化用谢景初诗意。《后山诗话》载，谢景初（字师厚）废居于邓州，其

妹婿王存时任左丞，奉使荆湖，枉道过访，夜至其家，师厚有诗云："倒着衣裳迎户外，尽呼儿女拜灯前。" [5]鸡豚社里：化用韩愈《南溪始泛》诗句："愿为同社人，鸡豚燕春秋"。社，指春社，古时春耕前祭祀土神以祈丰收。 [6]舌在齿牙牢：《史记·张仪列传》载战国时张仪学成后游说诸侯，尝从楚相饮，已而楚相亡璧，门下以为张仪贫而无行，必盗此璧，共执张仪，掠笞数百。其妻曰："嘻，子毋读书游说，安得此辱乎！"张仪谓其妻曰："视吾舌尚在不？"其妻笑曰："舌在也。"仪曰："足矣！"韩愈《赠刘师服》："羡君齿牙牢且洁，大肉硬饼如刀截。"苏轼《送刘攽倅海陵》："君不见阮嗣宗臧否不挂口，莫夸舌在齿牙牢。" [7]活国手：治国能手。《南史·王广之传》载广之子珍国，仕齐为南谯太守，"时郡境苦饥，乃发米散财以赈穷乏，高帝手敕云：'卿爱人活国，甚副吾意。'"汤邦彦也乐善好施，《京口耆旧传》载"邦彦性开爽，善谈论，乐施与。少时颇有积谷，尽散以拯乡党之饥。平时周人之急，惟力是视。南归，坐贫，自譬乾义井云"。可见稼轩用典之切。 [8]封侯骨：封侯的骨相。《汉书·翟方进传》载翟方进家世微贱，为小史时，处事迟钝，数为掾史所詈辱。方进自伤，乃从汝南蔡父相问己能所宜，蔡父大奇其形貌，谓曰："小史有封侯骨。"后为丞相，封高陵侯。 [9]腾汗漫：谓仕途腾达。《淮南子·道应训》："吾与汗漫期于九垓之外，吾不可以久驻。若士举臂而竦身，遂入云中。"汗漫，渺茫不可知，借指仙人或仙界，此指帝王所居。九垓，指天。 [10]阊阖：天门。《淮南子·原道训》："蹈腾昆仑，排阊阖，沦天门。" [11]诗书勋业：指以胸中诗书成就致君尧舜的事业。 [12]中年别：典出《世说新语·言语》："谢太傅语王右军曰：'中年伤于哀乐，与亲友别，辄作数日恶。'"

[点评]

友人汤朝美贬谪"瘴雨蛮烟"之地新州，几年后量移信州居住。淳熙十年（1183），遇赦得自便后回故乡江苏金坛，稼轩在信州作此词送行。词中有同情，有安慰，有鼓励，有调侃。苏轼说"人生如梦"，稼轩安慰他说贬谪南荒"十年"（举成数而言），已成往事，过去的不愉快"休说"重提，能活着回到故乡与家人团聚，让儿女在灯前罗拜，应该感到幸运开心才是。不说痛苦的往事而说今后的乐事，是怕引起对伤心往事的回忆和感伤。辛弃疾甚是善解人意。"故园桃李，待君花发"，是调侃。表面上说家中的桃花李花等你回家后才开花，实际上是用韩愈的故事，跟老友开玩笑。歇拍既是赞赏也是鼓励，说他虽经磨难，但心如铁坚，壮志不移，日后还有东山再起的机会，完成致君尧舜的勋业。"待十分做了，诗书勋业"，与其说是勉励友人，不如说是稼轩的自我期待。因为他自己即使是在失意之日，也坚信总有一天能成就勋业。所以他鼓励友人对未来要有信心，对建立功业要有信念。是英雄，才能在人生失意之时仍保持执着的信念。

水龙吟

甲辰岁寿韩南涧尚书 [1]

渡江天马南来 [2]，几人真是经纶手 [3]？长安父老 [4]，新亭风景 [5]，可怜依旧 [6]。夷甫诸

沈际飞："《指迷》云：'寿词尽言富贵则尘俗，尽言功名则谀佞，尽言神仙则迂诞，言功名而慨叹写之寿词中，合蹁上座。'寿今日反言寿他年，盖欲其竖功立名，与夫功成名遂身退，又寓规讽。"（《草堂诗余》正集卷五）

黄苏:"幼安忠义之气,由山东间道归来,见有同心者,即鼓其义勇,辞以颂美,实句句是规励。"(《蓼园词选》)

人[7],神州沉陆[8],几曾回首。算平戎万里,功名本是[9],真儒事,君知否。

况有文章山斗[10]。对桐阴、满庭清昼[11]。当年堕地[12],而今试看,风云奔走[13]。绿野风烟[14],平泉草木[15],东山歌酒[16]。待他年,整顿乾坤事了[15],为先生寿。

[注释]

[1]甲辰岁:淳熙十一年(1184),辛弃疾落职闲居上饶。韩南涧:韩元吉(1118-1187),字无咎,号南涧,开封雍丘人,徙居信州上饶。寿:祝寿。祝贺韩元吉六十七岁寿辰。淳熙三年(1176),韩元吉任吏部尚书,故称其"尚书"。 [2]渡江天马南来:指宋室南渡以来。典出《晋书·元帝纪》:"太安之际,童谣云:'五马浮渡江,一马化为龙。'"及永嘉中,"王室沦覆,帝与西阳、汝南、南顿、彭城五王获济,而帝竟登大位焉"。 [3]经纶手:治国的雄才高手。杜甫《述古》:"经纶中兴业,何代无长才。" [4]长安:代指汴京。韩元吉故家在汴京。语出《旧唐书·太宗本纪》:太宗至长安,"长安父老,赍牛酒诣旌门者不可胜纪"。 [5]新亭风景:典出《世说新语·言语》:"过江诸人,每至美日,辄相邀新亭,藉卉饮宴。周侯(顗)中坐而叹曰:'风景不殊,正自有山河之异。'皆相视流泪。唯王丞相(导)愀然变色曰:'当共戮力王室,克复神州,何至作楚囚相对!'" [6]可怜:可叹,可惜。 [7]夷甫诸人:借指尸位素餐、空谈误国之人。典出《世说新语·轻诋》:"桓公入洛,过淮泗,践北境,与诸僚属登平乘楼,眺瞩中原,慨然曰:'遂使神州陆

沉，百年丘墟，王夷甫（衍）诸人，不得不任其责！"刘孝标注引《八王故事》曰："夷甫虽居台司，不以事物自婴，当世化之，羞言名教。自台郎以下，皆雅崇拱默，以遗事为高。四海尚宁，而识者知其将乱。"　[8]沉陆：指国土沦陷。　[9]"功名本是"以下三句：《荀子·儒效》："彼大儒者，虽隐于穷阎漏屋，无置锥之地，而王公不能与之争名。""用百里之地，而千里之国莫能与之争胜，笞棰暴国，齐一天下，而莫能倾也，是大儒之征。"　[10]文章山斗：文坛的泰山北斗。《新唐书·韩愈传》："自愈没，其言大行，学者仰之如泰山北斗。"《两宋名贤小集》卷一六〇《韩元吉传》载韩元吉"尝师尹焞，与朱熹友善，又得吕祖谦为婿。师傅渊源，儒林推重"。　[11]桐阴：韩元吉祖上在汴京的宅第门前有桐树，遂以桐木代指韩家。韩元吉有《桐阴旧话》，记其家世旧事。以京师宅第门前有桐木故云（参陈振孙《直斋书录解题》卷七）。　[12]当年堕地：语本黄庭坚《次韵答邢惇夫》："渥洼骐骥儿，堕地志千里。"　[13]风云奔走：意指风云际会、大展身手。语出苏轼《和张昌言喜雨诗》："百神奔走会风云。"　[14]绿野：唐代宰相裴度在洛阳的别墅。《旧唐书·裴度传》：裴度在"东都立第于集贤里，筑山穿池，竹木丛萃，有风亭水榭，梯桥架阁，岛屿回环，极都城之胜概。又于午桥创别墅，花木万株，中起凉台暑馆，名曰绿野堂"。　[15]平泉：唐代宰相李德裕在洛阳的庄园。《唐语林》卷七："平泉庄，在洛城三十里，卉木榭台甚佳。""四方奇花异草与松石，靡不置其后。"李德裕有《平泉草木记》。　[16]东山：指谢安。《世说新语·识鉴》："谢公在东山畜妓。简文曰：'安石必出，既与人同乐，亦不得不与人同忧。'"　[15]整顿乾坤：治理国家。杜甫《洗兵马》："二三豪俊为时出，整顿乾坤济时了。"

［点评］

祝寿词本是日常的应酬，只要恭维祝贺，哄得寿星高兴就行。可稼轩写寿词，也是不失其英雄本色。英雄以天下为己任，即使在应酬祝寿时，也难忘"平戎万里""整顿乾坤"的豪情壮志！这首祝寿词，先不写祝寿，而是从国事入手，把寿词的境界提升到新的高度，让日常性的应酬词具有了崇高感和思想含量。

词的开篇说，自高宗建炎南渡以来，没有几个人称得上是治国的能手，半个多世纪过去了，南宋偏安江南一隅，国势之不振，国土之分裂，中原之沦陷，没有丝毫的改观。之所以如此，全是一班尸位素餐、只知清谈而不务实际的执政者所造成，把沦陷的中原置之脑后，不闻不顾。词人不好明说国是之非，不好直斥当局，而用"新亭风景，可怜依旧"的典故和"夷甫诸人"来隐喻，既避免刺激当局，也具有艺术性。词毕竟不是政论文，不能说得过于直白。国是如此，国势如此，有谁能出来力挽颓波、扭转乾坤呢？自然非你韩公莫属了。下片是赞美韩元吉，但不动声色。过片紧接上文，儒者本可以"平戎万里"，决胜于千里之外，更何况你韩公是士林领袖、文章山斗呢！你是天生的将种，总有一天风云际会，成就伟业！当年大唐宰相裴度、李德裕和东晋谢安，不都有赋闲之时么？如今您虽闲居，他年定会东山再起，整顿乾坤！稼轩一改寿词的俗套，把寿词中对个人的恭维变成了对改变国家命运的企盼，变成了完成民族大业的激励。

千年调

蔗庵小阁名曰卮言[1]，作此词以嘲之

卮酒向人时[2]，和气先倾倒。最要然然可可[3]，万事称好[4]。滑稽坐上[5]，更对鸱夷笑。寒与热，总随人，甘国老[6]。

少年使酒，出口人嫌拗。此个和合道理，近日方晓。学人言语，未会十分巧。看他们，得人怜，秦吉了[7]。

朱德才："借题发挥，绝妙讽刺小品。……通篇纯用白话口语，辞锋犀利，嬉笑怒骂，皆成文章。"（《辛弃疾选集》）

[注释]

[1]蔗庵：信州知州郑汝谐在上饶的居所。郑汝谐，字舜举，号蔗庵。青田（今属浙江）人，曾任大理少卿。陈亮晚年遭诬陷下狱几死，赖郑汝谐直其事而得免。著有《易翼传》和《论语意原》。卮言：自由随意之言。语出《庄子·寓言》："卮言日出，和以天倪。"　[2]卮：一种圆形酒器。　[3]然然可可：语出《庄子·寓言》："恶乎然？然于然。恶乎不然？不然于不然。恶乎可？可于可。恶乎不可？不可于不可。物固有所然，物固有所可。无物不然，无物不可。"　[4]万事称好：典出《世说新语·言语》注引《司马徽别传》曰："徽字德操，颍川阳翟人。有人伦鉴识，居荆州，知刘表性暗，必害善人，乃括囊不谈议。时人有以人物问徽者，初不辨其高下，每辄言'佳'。其妇谏曰：'人质所疑，君宜辩论，而一皆言"佳"，岂人所以咨君之意乎！'徽曰：'如君所言，亦复佳。'其婉约逊遁如此。"黄庭坚《次韵任道食荔支有

感》："一钱不值程卫尉，万事称好司马公。"　[5]滑稽：与下文
"鸱夷"皆酒器。扬雄《酒赋》："鸱夷滑稽，腹如大壶。"　[6]甘
国老：中药甘草，又名国老。《证类本草》卷六："甘草（国老），
味甘平，无毒，主五脏六腑、寒热邪气。"注引《药性论》云："甘
草君，忌猪肉，诸药众中为君，治七十二种乳石毒，解一千二百
般草木毒，调和使诸药有功，故号国老之名矣。"　[7]秦吉了：鸟
名，能学人言语。范成大《桂海虞衡志》："秦吉了，如鸲鹆，绀
黑色，丹咮黄距，目下连顶有深黄文，顶毛有缝，如人分发。能
人言，比鹦鹉尤慧，大抵鹦鹉声如儿女，吉了声则如丈夫。出邕
州溪峒中。"

[点评]

　　郑汝谐于淳熙十二年（1185）前后知信州，在住所
蔗庵建小阁名曰卮言。稼轩作此词调侃。卮是圆形酒器，
酒倒满之后向一边倾斜而出。于是稼轩由卮而生发联想，
把卮想象成圆滑世故之人。说卮见人就弯腰鞠躬，和和
气气，遇事从来不持异议，都是附和说"然"说"可"，
从来不得罪人，就像《世说新语》里的司马徽，万事都
说好。遇到圆乎乎的酒壶滑稽、鸱夷，更是如遇知音，
相视而笑，又像那草药甘国老，调寒调热都行，总是随
人愿。上片对卮的描写，可谓形神兼备，既切合卮的外
形，又传神地写出卮的性格特点。似是写物，实是写人。
下片对比着写我。说自己从年轻的时候起，喝酒后就好
使性子，爱说直话，好顶撞人，出口总是让人讨嫌。直
到今天才明白和事佬的窍门，可从来没学会阿谀奉承。
瞧瞧那些学人说话的秦吉了，总是那么讨人喜欢。此词

表面上是调侃酒后，实际上是讽刺当时的官场风气，那些独立不倚、刚正不阿、正直敢言之士总是受排挤、遭冷落，而那些趋炎附势、唯唯诺诺、阿谀奉承者，却受青睐、被重用。南宋如此，后代何尝不然！本是一首平凡的应酬词，稼轩写来却诙谐有趣，特别有思想含量和艺术品位。

一剪梅

　　记得同烧此夜香，人在回廊，月在回廊。而今独自睚昏黄[1]，行也思量，坐也思量。

　　锦字都来三两行[2]，千断人肠，万断人肠。雁儿何处是仙乡？来也恓惶[3]，去也恓惶。

[注释]

[1] 睚（yá）：捱，熬。昏黄：黄昏。　[2] 锦字：指书信，情诗。《晋书·列女传》："窦滔妻苏氏，始平人也。名蕙，字若兰。善属文。滔，苻坚时为秦州刺史，被徙流沙。苏氏思之，织锦为回文旋图诗以赠滔，宛转循环以读之，词甚凄惋。"都来：总共。　[3] 恓惶：烦恼不安。

[点评]

大英雄辛弃疾写起柔情来，一点儿不让小晏秦郎。

词以今昔对比之法写相思。当日两情相悦、两人团聚时，夜里一同烧香，对天祝拜，在天愿作比翼鸟，在地愿为连理枝。人倚回廊，同赏回廊上的圆月，是何等幸福惬意。如今却天天独自捱过黄昏，行坐起卧，心都不安，走路也思量，坐着也思量。更恼人的是，当年在一起时甜言蜜语，有说不完的悄悄话，可如今寄来的情书，两三行而已，真是气断人肠，恨断人肠。莫非他已变心，跟我无话可说？女主人公望着天空中带回书信的大雁，痴痴地问，雁儿你住在何方，可知道他的住处？咋就见到你来时心烦，去时也心烦呢？雁儿来时虽带来书信，可书信却短，故心烦。雁去，自己却不能随它去心上人所在的"仙乡"，所以也心烦。语言明白如话，情意却缠绵深沉。此词有李清照《一剪梅》的神韵，用平常语写深情，是易安词的胜场，稼轩词也深得其法。

江神子

和人韵

梨花着雨晚来晴[1]。月胧明，泪纵横。绣阁香浓、深锁凤箫声[2]。未必人知春意思，还独自，绕花行。

酒兵昨夜压愁城[3]。太狂生[4]，转关情。写

常人都是举杯消愁，而辛弃疾却用酒兵去围攻压倒愁城，想象新奇，正显其英雄本色。

尽胸中、块磊未全平^[5]。却与平章珠玉价^[6]，看
醉里，锦囊倾^[7]。

［注释］

[1] 梨花着雨：犹言梨花带雨。白居易《长恨歌》："玉容寂
寞泪阑干，梨花一枝春带雨。" [2] 凤箫：典出《列仙传》：箫
史者，秦穆公时人，善吹箫，能致孔雀白鹤。穆公女弄玉好之，
公妻焉。遂教弄玉作凤鸣，后夫妇随凤飞去。 [3] 酒兵：典出
《南史·陈暄传》："酒犹兵也。兵可千日而不用，不可一日而不
备；酒可千日而不饮，不可一饮而不醉。"唐彦谦《无题十首》：
"酒兵无计敌愁肠。" [4] 太狂生：太轻狂。生，语助词。张泌《浣
溪沙》："依稀闻道太狂生。" [5] 胸中块磊：胸中郁积的不平之
气。块磊，亦作块垒。典出《世说新语·任诞》："阮籍胸中块垒，
故须酒浇之。" [6] 平章：品评，讨论。珠玉价：指文章的价值。
苏轼《与谢民师推官书》："欧阳文忠公言，文章如精金美玉，市
有定价，非人所能以口舌定贵贱也。" [7] 锦囊倾：用李贺故事。
《新唐书·李贺传》："每旦日出，骑弱马，从小奚奴，背古锦囊。
遇所得，书投囊中。未始先立题，然后为诗，如他人牵合程课者。
及暮归，足成之。"

［点评］

刚柔相济，是辛弃疾词的典型风格。这首词即是如
此。读上片的"梨花着雨""绣阁香浓""独自绕花行"，
香软之极，俨然是深闺女子的口吻。下片陡转，"酒兵昨
夜压愁城，太狂生"，显然不是月下泪眼纵横的女孩儿心
态，而是军人出身的英雄辛弃疾的做派。昨夜愁城突起，

他派酒兵去镇压，是否摧坚陷阵，打垮了愁城，词中没明确交代。看来愁城难攻，酒兵不行，他又用笔将军来抒写胸中块磊。胸中不平的块磊，最终也难平伏。这首词题作《和人韵》，上片可能是就原唱的柔软之调来吟唱，下片则露出英雄本色，转而高歌人世的不平了。结拍仿佛对"人"说，瞧瞧，咱醉里倾倒出的锦囊妙句，写的如何？俏皮中透露出得意和自信。

江神子

博山道中书王氏壁 [1]

一川松竹任横斜 [2]，有人家，被云遮。雪后疏梅、时见两三花。比着桃源溪上路 [3]，风景好，不争些 [4]。

旗亭有酒径须赊 [5]，晚寒咱 [6]，怎禁他。醉里匆匆、归骑自随车 [7]。白发苍颜吾老矣，只此地，是生涯。

辛弃疾擅长构景。冬天叶落花谢，本无可写。而词人却从常青的松竹入手，辅之以云雾，写出深山中人家的别样景致。雪后疏梅，更添风韵。白皑皑的村野，点缀着绽放的红梅，分外妖娆。

[注释]

[1]博山：在今江西上饶广丰区洋口镇青桥村。《大清一统志》卷三一四："博山，在广丰县西南三十余里，南临溪流，远望如庐山之香炉峰。" [2]一川：满川，满地。 [3]桃源溪：陶渊明《桃

花源记》："晋太元中，武陵人捕鱼为业。缘溪行，忘路之远近，忽逢桃花林，夹岸数百步，中无杂树，芳华鲜美，落英缤纷。渔人甚异之。"辛弃疾《江神子·送元济之归豫章》"更觉桃源人去隔仙凡"句自注："桃源，乃王氏酒垆，与济之送别处。"桃源，既是用典，又是写实，可谓一石二鸟。　[4] 不争些（shā）：差不多。　[5] 旗亭：酒店。赊（shā）：买物而不交现款，先欠账，日后再还。　[6] 咱（zá）：语气词。　[7] 随车：韩愈《嘲少年》："只知闲信马，不觉误随车。"车，方言读 chā。

[点评]

　　博山道中的王氏庵，是卖酒的小店，辛弃疾常常路过此地。此词题写在王氏酒家壁上，没有广告之名，却有广告之实。上片写此地之景。酒家掩映在松竹林中，时常被云遮雾罩。那松那竹可是自然任性地生长，东一棵，西一丛，横七竖八，不是人工栽培，充满着野趣。"有人家，被云遮"，让人想起杜牧的"白云深处有人家"，梅尧臣的"人家在何许，云外一声鸡"。特别是大雪过后，稀稀落落的梅花，时不时地冒出两三朵。这里"岁寒三友"松、竹、梅可谓是聚齐了。这景致，真跟桃花源差不多。多值得来游！下片写酒。天寒地冻，又值黄昏，谁能经得住这美酒的诱惑？最后稼轩现身说法，如今俺英雄老矣，只有王氏酒家才是俺度过晚年生涯的不二选择。如此用心的广告，王家的生意想不兴隆都不行。

丑奴儿

书博山道中壁

少年不识愁滋味，爱上层楼。爱上层楼，为赋新词强说愁。

而今识尽愁滋味，欲说还休^[2]。欲说还休，却道天凉好个秋！

卓人月："前是强说，后是强不说。"（《古今词统》卷四）

朱德才："明白如话，语浅意深。今昔对比，以昔衬今。上片无愁寻愁，愁是风花雪月，无病呻吟之愁。下片起处，一字之易，道尽二十多年痛楚辛酸之宦海生涯。……通篇寓悲壮于闲适中，别是一种艺术感染力。"（《辛弃疾选集》）

［注释］

[1] 欲说还休：李清照《凤凰台上忆吹箫》："生怕闲愁暗恨，多少事欲说还休。"

［点评］

这首词写出了两种人生状态。年少时没有经历过多少人生的挫折与坎坷，对人生社会的复杂况味没有深切的体验与感受，对未来充满着乐观自信，所以有时为写一首能感动人的词而装愁苦，秀烦闷，无病呻吟。到了中老年，久历宦海风波，切身感受了人世的艰难与人生的忧患之后，满腹愁苦，却无从说起，也无法说清，只好顾左右而言他了。"欲说还休"，是因种种人事纠葛、政治纷争，而不能直说、不能明说。全词语言明白如话，内蕴却丰富深沉。对比手法的运用，加之词调本身所具有的独特的复沓句式，读来韵味悠长。情深情真，是此词独特的艺术魅力所在。它不靠华丽的语言、新巧的手法、生动的画面取胜，而是把自己真切感受的一种人生况味很精炼地提纯出来，以打动人心。把人人都能感受到但又不知如何表达的普遍的人生况味，简洁而形象地表达出来，这往往具有打动人心的艺术力量。

丑奴儿

此生自断天休问[1]，独倚危楼。独倚危楼，不信人间别有愁。

君来正是眠时节[2]，君且归休。君且归休。说与西风一任秋。

朱德才："通篇语浅意深，言近旨远，紧扣一'愁'字落笔。"（《辛弃疾选集》）

[注释]

[1] 此生自断天休问：语出杜甫《曲江》："自断此生休问天，杜曲幸有桑麻田。"断，了结，了却。 [2]"君来正是眠时节"二句：化用萧统《陶渊明传》所载陶渊明"我醉欲眠，卿可去"故事。

[点评]

这首词跟前一首同调同韵，当是同时作。辛弃疾四十二岁被罢官，闲居江西上饶二十余年，他有时能自我安慰，所谓"一丘一壑也风流"；有时又极不甘心。这一辈子，就这么无所事事地度过？一腔热血，一腔愁闷，向何处诉说，向何人诉说？独倚高楼，眺望远方，前路茫茫，问天无用，报国无门。人间还有比这更深更广更沉重的愁苦么？愁苦是如此之深之广之沉，都懒得对人说了，也无法对人言说，只能对着西风一敞胸襟。结句看似洒脱，实则浸透着满满的凄凉和失望。

丑奴儿近

博山道中效李易安体[1]

朱德才："通篇明白如话，以浅俗之语，发清新之思，俨然易安体。然冲淡高远，幽默情趣，则依然稼轩风貌。"（《辛弃疾选集》）

千峰云起，骤雨一霎儿价[2]。更远树斜阳风景，怎生图画[3]！青旗卖酒[4]，山那畔别有人家。只消山水光中，无事过者一夏[5]。

午醉醒时，松窗竹户，万千潇洒。野鸟飞来，又是一般闲暇。却怪白鸥，觑着人欲下未下。旧盟都在[6]，新来莫是，别有说话？

[注释]

[1]李易安：即李清照，是辛弃疾的乡前辈。两人都是济南人。李清照今存《添字丑奴儿》一首："窗前谁种芭蕉树，阴满中庭。阴满中庭，叶叶心心，舒卷有余情。　伤心枕上三更雨，点滴霖霪。点滴霖霪，愁损北人，不惯起来听。"稼轩仿效的，似非此词。　[2]一霎儿价：一会儿。李清照《行香子》："甚霎儿晴，霎儿雨，霎儿风。"

价，结构助词，相当于"地"。　[3]怎生：怎样，怎么。李清照《声声慢》："独自怎生得黑。"　[4]青旗：酒旗。白居易《杭州春望》："青旗沽酒趁梨花。"黄庭坚《渔家傲》："何处青旗夸酒好。醉乡路上多芳草。"　[5]者：同"这"。　[6]旧盟：辛弃疾初归带湖时，曾与白鸥相约，作《水调歌头·盟鸥》："今日既盟之后，来往莫相猜。"

[点评]

辛弃疾夏天在路上经常遇雨，写来各不相同。《鹧鸪天·鹅湖寺道中》是黄昏时分的太阳雨："冲急雨，趁斜阳。"《西江月·夜行黄沙道中》是夜间小阵雨："七八个星天外，两三点雨山前。"此词是"千峰云起，骤雨一霎儿价"，颇有苏轼《六月二十七日望湖楼醉书》"黑云翻墨未遮山，白雨跳珠乱入船"的味道。走在博山的道上，忽见远处山峰，云层突起，不一会儿雨点就落到眼前。好在骤雨来得快，去得也快。所以，一点儿也不影响心情。博山道中，风景如画。千峰云起云散后，远树近林，沐浴在夕阳斜照之中。山那边，卖酒的青旗在风中招展，时见炊烟从村落中飘起。上片写博山道中所见，下片写途中林间小屋休憩所见。午醉醒来，但见窗前户外，万千松竹陪护，潇洒磊落，令人神清气爽。时有野鸟飞来，更觉悠闲自在。"却怪白鸥"两句最为传神，"觑着人欲下未下"，白鸥在空中盘旋，看见地下的稼轩，似曾相识，想下来跟他说话，似乎又吃不准，最终还是没有飞下。白鸥的神态心情，跃然纸上。此词纯用白描手法，画面感、造型感强烈。语言通俗，生趣盎然。

清平乐

博山道中即事[1]

柳边飞鞚[2]，露湿征衣重。宿鹭窥沙孤影动，应有鱼虾入梦。

一川明月疏星[3]，浣沙人影娉婷。笑背行人归去，门前稚子啼声。

刘永济："'宿鹭'二句，虽系眼前实景，而作者对此体会极深刻。盖见熟睡之鹭，孤影摇动，因而体会其摇动之故，必系作梦。又从鹭鸟之梦，体会必系见着鱼虾。层层深入，心细如发。"（《唐五代两宋词简析》）

[注释]

[1]即事：书写眼前实事。 [2]鞚：马笼头，代指马。 [3]明月疏星：语出周邦彦《南乡子》："户外井桐飘，淡月疏星共寂寥。"

[点评]

博山道中，辛弃疾常来常往。这天一大早他就扬鞭走马，晨露打湿了征衣。他环顾四周，捕捉让自己心动的景物。忽见沙滩上有影子在移动，仔细看去，原来是夜宿的白鹭在警觉地窥探，莫非是白鹭梦见抓住了鱼虾，听到人声而被惊醒？稼轩捕捉了白鹭眠沙的镜头。再往前行，溪边又见婀娜多姿的洗衣女的倩影。正要拍个特写，只见这位洗衣女子微笑着背过身去往家赶，稼轩追随着她的背影，忽听村边门前传来一阵阵小孩的啼哭声。原来洗衣女是赶回去照顾小儿女。词人觉得好温馨，于是录下这乡村浣衣女回家照顾啼哭小儿的音像，并将其定格在稼轩词的艺术画廊里。

清平乐

独宿博山王氏庵[1]

绕床饥鼠，蝙蝠翻灯舞。屋上松风吹急雨，破纸窗间自语。

平生塞北江南，归来华发苍颜。布被秋宵梦觉，眼前万里江山。

[注释]

[1] 王氏庵：为尼姑庵，遗址尚存。

[点评]

达则兼济天下，穷则独善其身，是中国古代士大夫的处世准则。对于辛弃疾这样的英雄来说，达，固然要兼济天下；穷，也不忘兼济天下，不忘天下苍生。他曾在《新居上梁文》中说："直使便为江海客，也应忧国愿年丰。"这首在秋风秋雨中独宿山间王氏庵时所作的《清平乐》，也生动诠释了稼轩身为江海客仍然忧国愿年丰的情怀。上片写王氏庵的环境。夜里饥饿的老鼠在床前乱窜，蝙蝠在空中乱舞。老鼠和蝙蝠的折腾，让人无法入睡。而屋外的大风伴着急雨吹打着屋顶，吹打着松树，吹打着窗间的破纸。由松风，可想见王氏庵是在一片松树林里，寂静的夜晚松风呼啸，也挺恐怖的。不说窗间

刘永济："'布被'二句，为一梦初醒时之感觉。即此'眼前万里江山'六字，已大足表现辛弃疾无时忘却祖国江山。而此'万里江山'，乃在凄寂之境中倏现'眼前'，其情之悲愤如何，读者不难想象。"（《唐五代两宋词简析》）

破纸被风吹得乱响，而说"破纸窗间自语"，就特别有韵味。破纸似乎在诉说着寒冷，似乎在为屋内客人的寒冷失眠而担忧，又似乎是祈求庵主早点糊上好纸挡些风寒。上片屋内老鼠声、蝙蝠声，屋外松风声、大雨声，窗间破纸声，组合成一部秋夜山居寂寞凄凉的交响曲。词人无法成眠。平生走遍塞北江南的坎坷经历一幕幕地呈现在眼前，最让他魂牵梦绕的是"眼前万里江山"。江山尚破碎，国土尚分裂，自己年华老大，颜苍发白，何时能够点兵沙场，北伐中原？词人在这饥鼠出没、蝙蝠乱舞的破屋里投宿，不是埋怨居住环境的简陋，而是忧念万里江山，其英雄情怀，让人动容！杜甫在床头屋漏无干处的茅屋里憧憬着"广厦千万间，大庇天下寒士俱欢颜"，稼轩在风雨之夜念及的是在风雨飘摇中的祖国江山，所念所想虽有不同，但家国情怀却是一脉相承。

鹧鸪天

博山寺作[1]

不向长安路上行[2]，却教山寺厌逢迎。味无味处求吾乐[3]，材不材间过此生[4]。

宁作我[5]，岂其卿[6]。人间走遍却归耕[7]。一松一竹真朋友[8]，山鸟山花好弟兄。

[注释]

[1]博山寺：故址在今江西上饶广丰区博山中。　[2]长安：借指南宋都城临安。　[3]味无味：语出《老子》第六十三章："为无为，事无事，味无味。"第一个味为动词，即体味无味之味，以无味为味。　[4]材不材间：材与不材之间。语出《庄子·山木》："弟子问于庄子曰：'昨日山中之木，以不材得终其天年。今主人之雁，以不材死。先生将何处？'庄子笑曰：'周将处夫材与不材之间。'"　[5]宁作我：《世说新语·品藻》："桓公少与殷侯齐名，常有竞心。桓问殷：'卿何如我？'殷云：'我与我周旋久，宁作我。'"　[6]岂其卿：意谓不依附公卿。语本扬雄《法言》："谷口郑子真不屈其志，而耕乎岩石之下，名振于京师。岂其卿！岂其卿！"郑子真以德有名，岂是因依附公卿而得名？　[7]人间走遍却归耕：语本苏轼《江城子》："梦中了了醉中醒。只渊明，是前生。走遍人间，依旧却躬耕。"　[8]"一松一竹真朋友"二句：句法出自杜甫《岳麓山道林二寺行》："一重一掩吾肺腑，山鸟山花吾友于。"友于，弟兄之代称。松竹为友，典出元结《丐论》："古人乡无君子，则与云山为友；里无君子，则与松柏为友；坐无君子，则与琴酒为友。"

[点评]

这首词写人生感慨。好多年了，不去都城官道行，却常常来山寺转悠。连山寺都有些厌烦接待他了，可以想见来山寺次数之多。身为英雄，就此度过一生？他心有不甘。但转念一想，人生何必追求轰轰烈烈，在平淡中享受生活的清闲快乐，在材与不材之间求得生命的安宁自适，不也挺好？人生的价值非要做到公卿后才能体现？陶渊明不也是走遍人间最终还是归耕于田园？就在

此安身立命吧，此地松竹都堪为知己朋友，山间花鸟都
是亲弟亲兄。有这些真朋友好弟兄相随相伴，何必去长
安路上行！"一松一竹真朋友，山鸟山花好弟兄"，对偶
工切，形象地表现出词人与大自然的亲近感。

生查子

独游雨岩[1]

溪边照影行，天在清溪底。天上有行云，人
在行云里。

高歌谁和余，空谷清音起[2]。非鬼亦非仙[3]，
一曲桃花水[4]。

[注释]

[1]雨岩：在江西上饶广丰区博山边。韩淲《朱卿入雨岩本约
同游一诗呈之》："雨岩只在博山隈，往往能令俗驾回。" [2]清
音：指词人高歌的回音，也可理解为流水的声音。左思《招隐诗》：
"山水有清音。" [3]非鬼亦非仙：语出苏轼《夜泛西湖五绝》："湖
光非鬼亦非仙，风恬浪静光满川。" [4]桃花水：《岁时广记》卷
一："《水衡记》：'黄河水，二月三月名桃花水。'又颜师古《汉书
音义》云：'《月令》仲春之月，始雨水，桃始华。盖桃方华时，
既有雨水，川谷涨泮，众流盛长，故谓之桃花水。'"

[点评]

　　这首词为词人游雨岩时所作，重在写游。上片写溪边行游，下片写溪边高歌。词的亮点在于写倒影。溪水里倒映着行人的影子，人在行走，影也移动；溪中更倒映着天空，仿佛天空是嵌在溪水里。由此可以想见溪水的碧绿澄清。天上飘过行云，行人的影子与行云都倒映在溪水里，人好像是走在天空里，走在行云里。观察细致，表现入微，极具镜头感、画面感，直让人觉得身临其境。溪水是静态的，行人的影子是动态的；天空是静态的，而行云是动态的。有动有静，动静相映成趣。辛弃疾像是高明的风景摄影师，又像是风景画家，把难以言表的风景，轻松生动地呈现于笔下，具有强烈的纪实性、写生性。

满江红

游南岩和范先之韵 [1]

　　笑拍洪崖 [2]，问千丈翠岩谁削？依旧是西风白鸟，北村南郭。似整复斜僧屋乱，欲吞还吐林烟薄。觉人间、万事到秋来 [3]，都摇落。

　　呼斗酒，同君酌。更小隐 [4]，寻幽约。且丁宁休负，北山猿鹤 [5]。有鹿从渠求鹿梦 [6]，非鱼

卓人月：“稼轩作词，俱似胸中有成竹，一挥而就者，不复知协律之苦。”（《古今词统》卷十二）

定未知鱼乐[7]。正仰看、飞鸟却应人[8]，回头错。

[注释]

[1]南岩：在江西今上饶西南。《太平寰宇记》卷一百七："南岩，在（上饶）县西南一十里。岩傍巨石，俨然北向。其下宽平，可坐千余人。本名卢家岩，时人呼为南岩，士女游赏之地。"范先之：即范开，稼轩门人。原字廓之，后因避讳改字先之。范开词原唱不存。　[2]洪崖：仙人名。见《神仙传·魏叔卿传》。郭璞《游仙诗》："左挹浮丘袖，右拍洪崖肩。"　[3]"觉人间、万事到秋来"二句：语本宋玉《九辩》："悲哉，秋之为气也，萧瑟兮草木摇落而变衰。"　[4]小隐：王康琚《反招隐》诗："小隐隐陵薮，大隐隐朝市。伯夷窜首阳，老聃伏柱史。昔在太平时，亦有巢居子。"　[5]北山猿鹤：语本孔稚圭《北山移文》："蕙帐空兮夜鹤怨，山人去兮晓猿惊。"　[6]有鹿从渠求鹿梦：典出《列子·周穆王》："郑人有薪于野者，遇骇鹿，御而击之，毙之。恐人见之也，遽而藏诸隍中，覆之以蕉。不胜其喜。俄而遗其所藏之处，遂以为梦焉。顺途而咏其事，傍人有闻者，用其言而取之。既归，告其室人曰：'向薪者梦得鹿而不知其处，吾今得之，彼直真梦矣。'"　[7]非鱼定未知鱼乐：典出《庄子·秋水》："庄子与惠子游于濠梁之上。庄子曰：'儵鱼出游从容，是鱼之乐也。'惠子曰：'子非鱼，安知鱼之乐？'庄子曰：'子非我，安知我不知鱼之乐？'"　[8]"正仰看、飞鸟却应人"二句：语本杜甫《漫成》："仰面贪看鸟，回头错应人。"

[点评]

稼轩写词如用兵，神出鬼没。同样是写山，写来各具面目。此处写南岩，与前面诸词写山不同。他登上九天，笑着拍仙人洪崖的肩膀，问道：这千丈翠岩，如此奇特，是哪个仙人削成的？疑问句式，表达了词人初见南岩的惊奇、惊喜；笑问神仙，又表达了他对南岩鬼斧神工的赞叹、激赏。"依旧是"以下写南岩周边的环境，白鸟飞没，村庄错落，远处一排排的僧屋掩映在树林间，林间的雾霭欲吐还吞。下片写归隐寻幽之乐。应是归隐上饶不久所作。

满江红

和范先之雪[1]

天上飞琼[2]，毕竟向人间情薄。还又跨、玉龙归去[3]，万花摇落。云破林梢添远岫，月明屋角分层阁。记少年、骏马走韩卢[4]，掀东郭[5]。

吟冻雁，嘲饥鹊。人已老，欢犹昨。对琼瑶满地[6]，与君酬酢[7]。最爱霏霏迷远近，却收扰扰还寥廓。待羔儿酒罢又烹茶[8]，扬州鹤[9]。

[注释]

[1]范先之：即范开，辛弃疾门人。范开咏雪的原唱失传。　[2]飞琼：仙女名，《汉武内传》谓"西王母命侍女许飞琼

鼓震灵之簧"。琼，美玉。此处一语双关，指飞舞的雪花。　[3]玉龙：指飞雪。《西塘集耆旧续闻》卷六："华山狂子张元，天圣间坐累终身，尝作《雪诗》云：'七星仗剑搅天池，倒卷银河落地机。战退玉龙三百万，断鳞残甲满天飞。'"　[4]韩卢：疾犬。《战国策·齐策三》："韩卢者，天下之疾犬也；东郭逡者，海内之狡兔也。韩卢逐东郭逡，环山者三，腾山者五，兔极于前，犬废于后。犬兔俱罢，各死其处。田父得之，无劳倦之苦而擅其功。"　[5]东郭：即东郭逡。　[6]琼瑶满地：即雪地。韩愈《酬王二十舍人雪中见寄》："今朝踏作琼瑶迹。"　[7]酬酢：相互敬酒。　[8]羔儿酒：即羊羔酒。《本草纲目》卷二五："羊羔酒，大补元气，健脾胃，益腰肾。宣和化成殿真方：用米一石，如常浸浆，嫩肥羊肉七斤、曲十四两、杏仁一斤同煮烂，连汁拌末入木香一两同酿。勿犯水，十日熟，极甘滑。一法：羊肉五斤蒸烂，酒浸一宿，入消梨七个，同捣取汁和曲米酿酒饮之。"　[9]扬州鹤：南朝梁殷芸《小说》："有客相从，各言所志，或愿为扬州刺史，或愿多赀财，或愿骑鹤上升。其一人曰：'腰缠十万贯，骑鹤上扬州。'欲兼三者。"唐宋人以"腰缠十万贯，骑鹤上扬州"为天下美事。《野客丛书》卷十三《美事不两全》："腰缠十万贯，骑鹤上扬州。天下美事，安有兼得之理。"

［点评］

宋人写咏物诗，有种特殊的规定，诗中不能出现所咏之物的字面，也不能用与之相关的常用字词，如咏雪，诗中不能出现雪字，也不能用玉、月、梅、絮、白、舞等字，意在增加技术难度，以难中见巧、难中出奇。这种咏物的体式被称为"白战体"。如徒手相搏，不持寸铁，故名。其得名于苏轼《聚星堂雪》诗的"当时号令君记取，白战不许持寸铁"。稼轩此首咏雪词，也基本上是这种体式，通篇不用雪字。起四句写落雪，飞琼只在天上飞舞，偶尔才来到人间，故说"向人间情薄"。仙女飞琼乘着玉龙归去时，摇落下万片琼花。把飞雪想象为飞舞的玉片，不算新奇，如用"飞玉"，就太熟，用"飞琼"，则甚巧妙，因为飞琼既有玉的质感造型，更关合仙女许飞琼。把雪花想象为仙女，就比较新鲜。如同贺知章写柳"碧玉妆成一树高"的"碧玉"，既写出柳叶的色彩，又让人联想到乐府诗中的美女碧玉，柳树的婀娜窈窕，恰如美女碧玉的亭亭玉立。把雪想象为玉龙归去时摇落的鳞片，也很新鲜。"云破"二句写积雪。云散后林梢和远山岩穴的积雪清晰可见，月下屋角楼阁因积雪而更加层次分明。歇拍和过片"记少年"四句写少年时雪中打猎的赏心乐事，骑着骏马，带着猎犬，野兔（东郭）、冻雁、饥鹊，都是猎物。下片写与门人范开对雪饮酒、品茶、赏雪，笑谈"腰缠十万贯，骑鹤上扬州"的美事。

定风波

大醉归自葛园[1]，家人有痛饮之戒，故书于壁

昨夜山翁倒载归[2]，儿童应笑醉如泥。试与扶头浑未醒[3]，休问，梦魂犹在葛家溪[4]。

卓人月："更当合睡乡，来称四乡寓公（按，四乡指睡乡、醉乡、温柔乡、白云乡）。"（《古今词统》卷十）

欲觅醉乡今古路，知处，温柔东畔白云西[5]。起向绿窗高处看，题遍，刘伶元自有贤妻[6]。

［注释］

[1] 葛园：在江西上饶。　[2]"昨夜山翁倒载归"二句：典出《晋书·山简传》：山简"镇襄阳，于时四方寇乱，天下分崩，王威不振，朝野危惧，简优游卒岁，唯酒是耽。诸习氏，荆土豪族，有佳园池，简每出游嬉，多之池上，置酒辄醉，名之曰高阳池。时有童儿歌曰：山公出何许，往至高阳池。日夕倒载归，酩酊无所知。时时能骑马，倒着白接䍦"。李白《襄阳歌》："旁人借问笑何事，笑杀山公醉如泥。"倒载，倒着骑马。山公，即山简。　[3] 扶头：酒名。　[4] 葛家溪：即葛溪。《太平寰宇记》卷一百七："葛溪水，源出上饶县灵山，过当县李诚乡，在县西二里。昔欧冶子居其侧，以此水淬剑。又有葛玄家焉，因曰葛水。"葛园，在葛溪畔。　[5] 温柔东畔白云西：典出《赵飞燕外传》："是夜进合德，帝大悦，以辅属体，无所不靡，谓为温柔乡。语嬺曰：'吾老是乡矣，不能效武皇帝求白云乡也。'"温柔，即温柔乡，指迷人的美色。白云，即白云乡，指仙乡。　[6] 刘伶元自有贤妻：夫人劝其戒酒，故以刘伶之妻来调侃她。《世说新语·任诞》："刘伶病酒，渴甚，从妇求酒。妇捐酒毁器，涕泣谏曰：'君饮太过，非摄生之道，必宜断之。'伶曰：'甚善，我不能自禁，唯当祝鬼神自誓断之耳。便可具酒肉。'妇曰：'敬闻命。'供酒肉于神前，请伶祝誓。伶跪而祝曰：'天生刘伶，以酒为名。一饮一斛，五斗解酲。妇人之言，慎不可听。'便引酒进肉，隗然已醉矣。"元自，原来，原本。

[**点评**]

　　词写醉酒，妙趣横生。稼轩大醉后从葛园回到瓢泉住处，夫人一见，又心疼又生气，叮嘱他今后不要再这般痛饮，免伤身体。稼轩赶忙答应。并借着酒劲，赋词一首，写在墙壁上。开篇说昨夜从葛园回来时，竟然是倒骑着马，儿童都笑我像当年的山简那般烂醉如泥。稼轩用山简典，不光是显博学，还有提醒老妻之意：瞧瞧，爱喝醉的不是我老辛一人，古来喝酒常醉的人多了，山简就是"榜样"。我老辛偶尔喝醉过，老妻你别见怪哟。早上起来，家人问他，酒醒了没？答道：没有，心思还在想着葛家的美酒呢。扶头，一语双关，既指扶头酒，又指醉后扶头的动作。醉中还在想着扶头酒，想着昨晚葛家溪痛饮的场面，可见他一点儿悔过不饮的意思都没有。下片更为自己开脱：千年以来，哪个男士不在这醉乡路上来来往往，温柔乡你不让我去，白云乡我也找不着，你不让我去醉乡，我上哪儿去呀？末句读之，令人忍俊不禁。刘伶的夫人见刘伶嗜酒，劝他别再饮酒，而且把家中的酒送人了，把饮酒器也砸碎了。刘伶说，好哇，可是我不能自个儿戒酒，你去准备好酒好肉，我祈祷鬼神帮我戒酒。刘夫人信以为真，准备好酒肉，让刘伶祈祷。没想到刘伶一边喝着酒，一边吃着肉，祈祷说：天生刘伶，好酒出名。一饮一斛（十斗），五斗微醺。妇人之言，慎不可听。饮罢又醉。稼轩说，我跟刘伶一样，也有如此贤妻，今后还怕无酒可醉么？

鹧鸪天

鹅湖道中[1]

一榻清风殿影凉[2]，涓涓流水响回廊。千章云木钩辀叫[3]，十里溪风䆉稏香[4]。

冲急雨，趁斜阳，山园细路转微茫。倦途却被行人笑，只为林泉有底忙[5]。

上片首二句写寺内景，后二句写寺外景。有画面，有声响。

[注释]

[1]鹅湖：在今江西铅山。《江西通志》卷十一："鹅湖山，在铅山县北十五里，三峰揭秀，其巅有瀑布泉，周围四十余里，盖县之镇山也。""唐大历中僧大义植锡山中，双鹅复还山麓，建仁寿院，今名鹅湖寺。宋淳祐间，始以朱、陆诸儒会讲于此，即于寺旁创立书院。" [2]一榻：一阵。唐宋人习用"一榻"来形容风，如唐李中《夏日书依上人壁》："最怜煮茗相留处，疏竹当轩一榻风。"宋姜夔《汉宫春·次韵稼轩》："今但借、秋风一榻。" [3]千章云木：千株大树。章，此处作量词用，犹言"棵"。扬无咎《水调歌头·再用前韵为生日词》："千章云木，长见密叶翠光流。"云木，高耸入云的树木。钩辀叫：即鹧鸪啼。沈括《梦溪笔谈》卷十四："欧阳文忠尝爱林逋诗'草泥行郭索，云木叫钩辀'之句，文忠以为语新而属对亲切。钩辀，鹧鸪声也。李群玉诗云：'方穿诘曲崎岖路，又听钩辀格磔声。'郭索，蟹行貌也。扬雄《太玄》曰：'蟹之郭索，用心躁也。'" [4]䆉稏：水稻名。 [5]有底忙：竟如此忙碌。苏轼《大风留金山两日》："细思城市有底忙。"

[点评]

词写夏日黄昏在鹅湖寺道中所见所感。上片一句一景，景随步移，首句写肤觉，阳光强烈，行走在寺殿的阴影里，正好一阵清风吹来，感觉很是凉爽。次句写听觉，寺庙外溪水潺潺，流过回廊，水声淙淙作响，更显宁静。第三、四句写所见所闻：离开寺庙，路旁云木参天，林中鹧鸪啼叫，走出林间，见一片广阔的稻田，溪风送来阵阵稻花香。稼轩像是高明的录像师，将途中所见之景、所闻之声、所嗅之香，都实录在他的乡村音像中。过片续写道中所遇，正赶路时，天空突然落下一阵急骤的雨点，词人快速冲到一处可避雨的茅屋，雨停之后，趁着斜阳晚照时继续赶路。山园的山路越来越细，越来越不好走。结拍"被行人笑"，实是自嘲自笑：为了林泉之约、为了寻幽觅胜，竟然也这般忙碌。

鹧鸪天

春日即事题毛村酒垆 [1]

春日平原荠菜花，新耕雨后落群鸦。多情白发春无奈，晚日青帘酒易赊 [2]。

闲意态，细生涯，牛栏西畔有桑麻 [3]。青裙缟袂谁家女 [4]，去趁蚕生看外家 [5]。

写乡村之景，极富泥土气息和生活气息。牛栏，是稼轩首次入词。

[注释]

[1] 毛村：在鹅湖附近，今属江西上饶茶亭镇。按，此阕词题，四卷本作《游鹅湖醉书酒家壁》。 [2] 青帘：青色布帘，此指酒旗。赊（shā）：买酒不用现钱，延期付款。杜甫《对雪》："金错囊从罄，银壶酒易赊。" [3] 牛栏：关牛的小屋，也称牛棚。有些地方把没屋顶只有围墙的叫牛栏，有屋顶的叫牛棚。苏轼《被酒独行遍至子云威徽先觉四黎之舍》："家在牛栏西复西。" [4] 青裙缟（gǎo）袂谁家女：语本苏轼《於潜女》："青裙缟袂於潜女，两足如霜不穿屦。"缟袂，白色上衣。 [5] 去趁蚕生看外家：趁新蚕出生前的闲暇回娘家看看。

[点评]

辛弃疾对荠菜花似乎情有独钟。另首《鹧鸪天》说"春在溪头荠菜花"，这首词亦说"春日平原荠菜花"。入春后，野地里荠菜花开，静静地在草丛里迎接春天，不求人赏识，只是淡然地沐浴着春光。唐代诗人很少写到荠菜，只有李端《古别离》里写过"菊花开欲尽，荠菜泊来生"，算是让荠菜在诗坛上露了一回脸。不过，最早写荠菜的，是早于李端的、算不上是诗人的高力士。高力士曾是最受唐玄宗宠信的宦官，因为李白酒后让他脱过靴子，便千方百计地陷害李白。后来他被贬到巫州，见当地荠菜很多，而当地人却不知食用，于是感伤地写了一首打油诗："两京作斤卖，五溪无人采。夷夏虽有殊，气味都不改。"宋代词人中，只有两人写过荠菜花，辛弃疾是第一个，另一位词人叫严仁。严仁的《玉楼春·春思》词也提到了早春的荠菜花："春风只在园西畔，荠菜花繁胡蝶乱。"辛弃疾是善于发现美的词人。荠菜虽然渺小，但生命力顽强，入春就开花。

此词虽然是题写在酒家壁上，但没有浓重的酒味，有的是乡村特有的生活场景，平原野地里荠菜花开，雨后新耕的水田间群鸦低飞觅食。村头有座牛栏，牛栏西边是一棵棵的桑树、一丛丛的麻。村头路上走来一位身穿青裙白裀的年轻媳妇，趁蚕儿出生之前的空闲回娘家探望。词人悠闲地看着这一切，抓拍了这组乡村镜头。画面丰富生动，有人、有鸟、有牛，有花、有桑树、有野麻，有村庄、有牛栏、有酒家。

鹧鸪天

鹅湖归，病起作

枕簟溪堂冷欲秋[1]，断云依水晚来收。红莲相倚浑如醉，白鸟无言定自愁。

书咄咄[2]，且休休[3]，一丘一壑也风流[4]。不知筋力衰多少，但觉新来懒上楼。

黄苏："妙在结二句放开写，不即不离尚含住。"（《蓼园词选》）

陈廷焯："信笔写去，格调自苍劲，意味自深厚。不必剑拔弩张，洞穿已过七札，斯为绝技。"（《白雨斋词话》卷一）

[注释]

[1]"枕簟溪堂冷欲秋"二句：写溪边晚云渐收，人卧溪堂，已觉秋天的凉意。簟，竹席。　[2]书咄咄：《世说新语·黜免》

载殷浩被废，在信安，终日恒书空作字，人窃视之，唯作"咄咄怪事"四字而已。　[3] 休休：《旧唐书·司空图传》谓司空图居中条山，作亭曰"休休"。又作《耐辱居士歌》曰："咄咄！休休休！莫莫莫！伎俩虽多性灵恶。赖是长教闲处着。"　[4] 一丘一壑：《世说新语·品藻》：明帝问谢鲲比庾亮何如，谢鲲答曰："端委庙堂，使百僚准则，臣不如亮。一丘一壑，自谓过之。"

［点评］

词写病后感受，十分真切。身体健壮，对气候的冷暖变化不会有太强烈的感受，而身体衰弱之人，对气候的小小变化也特别敏感。夏末秋初，病后初愈的稼轩，已感到溪边屋内的凉簟有些寒意了。结拍二句，更是写出人人心中曾有而口中所无的感受：病后体弱无力，腿脚不灵，懒得上楼。三言两语，就让你感同身受，词人表现力之高超，令人惊叹。而"红莲"二句写楼前池中之景，特有情味。红莲相倚，如醉后美人相倚相拥；白鸟独栖，如愁肠百结无语无言。红莲如醉美人，一般人还能想象得到，而白鸟无言是自愁，则难以想象得出，非愁苦人想不到此点。过片连用三个典故，写闲居的寂寞与无奈，表面旷达超然，占得一丘一壑，看起来风流自在，悠闲自得，但英雄的生命时光，如此等闲流逝，真乃咄咄怪事！笔端虽平和，笔底流出的还是不平之气。岁月不饶人啦，健壮如虎的辛帅如今变得如此慵懒衰弱，心中况味不难想见。

鹧鸪天

鹅湖归，病起作

着意寻春懒便回，何如信步两三杯？山才好处行还倦，诗未成时雨早催[1]。

携竹杖[2]，更芒鞋。朱朱粉粉野蒿开[3]。谁家寒食归宁女[4]，笑语柔桑陌上来。

杨慎："绝似唐律，景事俱真。"（《批点草堂诗余》）

黄苏："通首总是随遇而安之意。山纵好而行难尽，诗未成而雨已来。天下事往往如是，岂若随遇而乐，境愈近而情愈真乎？语意如此，而笔墨入化，故随手拈来，都成妙谛。"（《蓼园词选》）

朱德才："上片春游有感，随遇而安，怡然自适。下片农家小景，一幅动人素描。"（《辛弃疾选集》）

[注释]

[1] 诗未成时雨早催：化用杜甫《丈八沟纳凉》"片云头上黑，应是雨催诗"意。 [2] "携竹杖"二句：语出苏轼《定风波》："竹杖芒鞋轻胜马。" [3] 朱朱粉粉：红红白白。 [4] 归宁：出嫁后的女子回娘家看望父母。

[点评]

词写春日病起后外出寻春闲游的见闻。因为是病起，身体未完全康复，所以有些慵懒，有些疲倦。"山才好处行还倦"，是说在山中行走，刚找到一处山中的美景，就疲倦走不动了。诗还没写成呢，雨就来了，像是在催着快快写完。"山才"二句句式很特别，七言句一般是二二二一或二二一二，而此处上句是一一二一一一，下句是一二一一一一，读来拗峭不平，别有韵味。读多了平溜的句式，偶尔读这样的拗折句式，口感很是新鲜。

下片写村中所见。携着竹杖，穿着草鞋，来到村前，但见村边红红白白的野蒿正开着花。村头桑树夹道的小路上，一位少妇正笑吟吟地走来，跟路人亲切地打着招呼。看她那妆扮，应该是趁寒食节回娘家看望的归宁女。稼轩像是下乡采风写生的摄影记者，常常把镜头对着这些村姑村妇，大大丰富了词的人物画廊。

鹧鸪天

重九席上再赋

有甚闲愁可皱眉？老怀无绪自伤悲。百年旋逐花阴转[1]，万事长看鬓发知。

溪上枕[2]，竹间棋[3]，怕寻酒伴懒吟诗。十分筋力夸强健，只比年时病起时[4]。

[注释]

[1]旋：快速地。　[2]溪上枕：活用枕石漱流典。《世说新语·排调》："孙子荆年少时欲隐，语王武子'当枕石漱流'，误曰'漱石枕流'。王曰：'流可枕，石可漱乎？'孙曰：'所以枕流，欲洗其耳；所以漱石，欲砺其齿。'"　[3]竹间棋：李商隐《即日》："小鼎煎茶面曲池，白须道士竹间棋。"　[4]年时：指去年或前年。

［点评］

重阳节，故人老友聚餐，自然少不了人生感慨。席上稼轩赋词一首，觉得还没尽意，于是再赋此词。劝慰在座诸君：有什么闲愁让咱们皱眉不开心，哪些心事让咱们伤悲不已？枕石漱流，竹间下棋，自寻快乐吧。比起年前病起的时候，我身体可是强健多了。珍惜眼前，珍惜现在吧！

鹧鸪天

败棋[1]，罚赋梅雨[2]

漠漠轻阴拨不开[3]，江南细雨熟黄梅[4]。有情无意东边日[5]，已怒重惊忽地雷。

云柱础[6]，水楼台，罗衣费尽博山灰[7]。当时一识和羹味[8]，便道为霖消息来。

词写梅雨，句句化用梅雨的语典、事典，贴切而自然。稼轩腹中藏书如万能数据库，随需随取，毫不费力。

［注释］

[1] 败棋：即输棋。　[2] 梅雨：陆佃《埤雅》："今江湘二浙，四五月间，梅欲黄落，则水润土溽，柱础皆汗，蒸郁成雨，谓之梅雨。故自江以南二月雨谓之迎梅，五月雨谓之送梅。"　[3] 漠漠轻阴拨不开：语出韩愈《同水部张员外曲江春游寄白二十二舍人》"漠漠轻阴晚自开"和苏轼《有美堂暴雨》"满座顽云拨不开"。　[4] 江南细雨熟黄梅：杜甫《梅雨》诗："四月熟黄梅……

冥冥细雨来。"苏轼《赠岭上梅》:"不趁青梅尝煮酒,要看细雨熟黄梅。" [5]有情无意东边日:从刘禹锡《竹枝词》"东边日出西边雨,道是无晴却有晴"化出。 [6]"云柱础"二句:因天气潮湿,柱础生出云般的图案,楼台滴出水珠。 [7]罗衣费尽博山灰:从周邦彦《满庭芳·夏日溧水无想山作》"衣润费炉烟"化出。博山,即博山香炉。徐兢《宣和奉使高丽图经》卷三十:"博山炉,本汉器也。海中有山名博山,形如莲花,故香炉取象,下有一盆,作山海波涛鱼龙出没之状,以备贮汤,熏衣之用。盖欲其湿气相着,烟不散耳。" [8]"当时一识和羹味"二句:典出《尚书·说命》"若岁大旱,用汝作霖雨"及"若作和羹,尔惟盐梅"。和羹,切"梅"字;为霖,切"雨"字。和羹,本义是指用不同的调味品做成羹汤,后指大臣辅佐君王治理朝政。为霖消息,指升官的消息。

[点评]

词题"败棋,罚赋梅雨",是与友人打赌,如果输棋就写一首咏梅雨的词。果然老辛输了棋,于是信守诺言写下此词。宋人爱下围棋。辛弃疾下棋的水平如何,他没告诉过我们。我们知道的是,苏轼的棋艺不高,他曾说平生有三不如人,就是下棋、饮酒、唱曲。王安石下棋水平也不高,但从来没有输过,你道是为何?原来,王安石每见棋快要输了,就把棋盘上的棋子一撸,说:"不下了,下棋本为高兴,今天尽兴了。"辛弃疾的棋品应该比较好,输了棋,就老老实实写一首词。上片写江南的梅雨绵绵不断,天空中的阴云拨都拨不开。东边的太阳有意无意地刚刚露脸,天公就发怒,派出雷神满地轰。下片写梅雨季节的潮湿。房屋的柱础渗出水印,显出云状图案；楼台能滴下水珠，衣服都湿乎乎的，常常要博山炉火来烘烤。这只有久在南方生活的人才写得出。辛弃疾久住江西，对梅雨天气有着深切体验，故写来很真实。结拍甚妙，既切"梅雨"二字，又寓祝贺之意，预祝赢棋的友人不久会得到朝廷重用以兼济天下。即使是游戏时，辛弃疾也不忘关怀社会。

鹧鸪天

元溪不见梅[1]

千丈冰溪百步雷，柴门都向水边开。乱云剩带炊烟去[2]，野水闲将日影来[3]。

穿窈窕[4]，过崔嵬[5]，东林试问几时栽。动摇意态虽多竹，点缀风流却欠梅。

日影倒映在溪水中，本极平常，然词人说野水闲着无事，故意把日影带来，就特有情趣。既见水之清澈，又见水之流动，还见水中之日影。

过片两句，不直言穿过草丛，走过崎岖陡峭的山路，却说"穿窈窕，过崔嵬"，别有韵味，于此可悟写诗作词之法。

[注释]

[1]元溪：在江西上饶。明薛瑄《敬轩文集》卷十三《周氏族谱序》："上饶周秉忠示余族谱一帙，求为之序。余观秉忠先世家于上饶者历年滋多，谱所谓元溪者，盖其宗。而元溪之分，则自学录公始。"可知上饶有地名元溪。　[2]剩：更，又。　[3]将：携带。日影：白鸟的影子。　[4]窈窕：指草木丛林。杜牧《题茶山》："柳村穿窈窕，松涧渡喧豗。"　[5]崔嵬：指山路。

[点评]

　　词意分两层，一层写元溪，一层写不见梅花。词从元溪写起。元溪，溪面宽阔，有千丈，溪流湍急，水声如雷，百步之外，清晰可闻。村人临岸而居，家家大门都临溪而开。"乱云"二句写景如画，对偶精工。蓝天之下，白云乱飘，炊烟时起，静中有动；溪水里时有白鸟觅食，和谐自然。词人却把这些自然的景致写成是主观上的故意，乱云有意"带"着"炊烟"而去，炊烟则是追随空中的乱云而升，野水悠闲自在地吸引着白鸟而来。自然景物都有了灵性，有了生命。下片写在草丛中穿行，在山路上行走，一路只见意态多姿的竹子，却没见风流潇洒的梅花，颇感遗憾。这体现出辛弃疾对梅花的热爱。爱梅而思梅，思梅却未见梅，神完意足。本无梅花，写来却情景毕现，才人伎俩，真不可测。

刘永济："此词全首皆描画农村生活图像，惟'有何不可'三句，透露作者对此图像所生之感情。与前首乐恬退、安淡泊一意。"（《唐五代两宋词简析》）

词如农村生活剪影。"鸡鸭"二句，典型的农村生活场景，极具镜头感。

鹧鸪天

戏题村舍

　　鸡鸭成群晚未收，桑麻长过屋山头[1]。有何不可吾方羡，要底都无饱便休[2]。

　　新柳树，旧沙洲，去年溪打那边流。自言此地生儿女，不嫁余家即聘周。

[**注释**]

[1] 桑麻长：语本陶渊明《归园田居》："桑麻日已长。"屋山头：房屋两端的最高处。 [2] 要底：想要的，想得到的。饱便休：一饱就满足了，别无他求。黄庭坚《四休居士诗并序》："太医孙君昉字景初，为士大夫发药，多不受谢，自号四休居士。山谷问其说，四休笑曰：'粗茶淡饭饱即休，补破遮寒暖即休，三平二满过即休，不贪不妒老即休。'山谷曰：'此安乐法也。'"

[**点评**]

词自晚唐五代以来，一直是都市文学，灯红酒绿、俊男靓女是词作表现的主流对象，乡村生活、乡村人物很少进入词人的视野。辛弃疾因为中年以后长期生活在乡村，熟悉农村，也热爱农村，故而常常用词来表现他熟悉的农村生活和乡村风情。这不，连成群的鸡鸭都进入了他的镜头。唐诗里写鸡声的很多，如"鸡声茅店月，人迹板桥霜"，"晨鸡两遍报更阑，刁斗无声晓漏干"等，但没有人写过作为乡村生活中常见的鸡鸭，宋词中也唯有辛弃疾将鸡鸭写进词里。此词是乡村即事，将所见所闻题写在村舍的墙壁上。黄昏时分，村前成群的鸡鸭自由地溜达，主人还没将它们收回家去。村头的桑麻苍翠茂盛，高过屋山头。去年词人曾经过此地，此次再来，村边的沙洲还是那个沙洲，可柳树已是新种的了，沙溪中的流水也已改道，去年从那边流，今年却从这边流了。村里的人家都是亲戚连亲戚，生了儿女，不是嫁到余家做媳妇，就是娶周家的女子为儿媳。这可能是一个比较封闭的乡村，娶媳嫁女，都在村内解决。词人也感觉有些奇怪，所以特地把这种当地人"自言"的风俗写进词里。"屋山头"一词，唐宋词里，唯有稼轩用过，不熟悉当地农村风物，是绝对写不出的。

清平乐

《清平乐》词调韵律非常有特点，上片四仄韵，句句押韵，韵位密集，节奏感强。下片四句，三句押平声韵，韵位稍疏，节奏相对舒缓。上急下缓，上仄下平，富有变化。而上片句式为四五七六，每句字数长短不齐，下片则为四个六言句，上片句式参差，下片句式整齐，又有变化。整齐中有变化，变化中有统一。此调读来韵味悠长，当时配乐演唱应更加动听。

茅檐低小[1]，溪上青青草。醉里吴音相媚好[2]，白发谁家翁媪[3]？

大儿锄豆溪东，中儿正织鸡笼。最喜小儿亡赖[4]，溪头卧剥莲蓬。

[注释]

[1]茅檐低小：语本杜甫《绝句漫兴》："熟知茅斋绝低小，江上燕子故来频。" [2]醉里：是词人自指醉后。吴音：指上饶本地方言。上饶旧属吴地，故称吴音。相媚好：相互打趣逗乐。此句意思是醉中听到吴音亲切悦耳。 [3]翁媪：犹今言爷爷奶奶。 [4]亡（wú）赖：顽皮，调皮。语出《汉书·高帝纪》"始大人常以臣亡赖"颜师古注："江淮之间谓小儿多诈狡狯为亡赖。"

[点评]

用四十六个字的小令，把一家人的家居环境、生活、劳动、娱乐等场面细节都写出来，有没有可能？辛弃疾的回答是能！这首《清平乐》就是生动的答卷。这家人住在小溪边，那里青草茂密，一栋又矮又小的茅草屋坐落在溪头，门前坐着白发苍苍的老两口，面色红润，说话时透着酒气，醉眼朦胧中亲昵地用吴侬软语话着家常。老两口的大儿子，在溪东头的庄稼地里给豆苗锄草，家中老二坐在门前空地上用竹子编着鸡笼，静静地听着老爸老妈聊天。最可爱的是小儿子，躺在溪头，剥莲蓬吃。一家五口，每人的动作情态、所处环境、劳作活动，都写得栩栩如生，跃然纸上，辛弃疾的表现能力真是超强。用词来写人物，本很少见，一两句就把两个人物之间的关系和老两口的头发、口音、醉态、亲昵都一一写出，用笔之细致，描写之真切，唐宋词中着实罕见。辛弃疾擅长写景物，写情感，也擅长写人物！

清平乐

检校山园 [1]，书所见

连云松竹，万事从今足。挂杖东家分社肉 [2]，白酒床头初熟 [3]。

西风梨枣山园 [4]，儿童偷把长竿。莫遣旁人惊去，老夫静处闲看。

儿童拿着长竿偷打稼轩园中的梨枣，稼轩居然在静处偷着乐。儿童的天真，稼轩的慈祥，跃然纸上！简笔勾勒，便情景毕现。

[注释]

[1] 检校：巡视察看。山园：辛弃疾在上饶带湖居所的园林。洪迈《稼轩记》即说其居所"东冈西阜，北墅南麓"，故称山园。　[2] 分社肉：《荆楚岁时记》："社日四邻并结宗会社，宰牲牢为屋于树下，先祭神，然后享其胙。"　[3] 床：槽床，酿酒的用具。　[4] 西风：秋风。

[点评]

稼轩分了社肉归来，顺路察看园林。园林里松树翠竹高入云天，令人心情爽快。梨子、枣子也挂满枝头，阵阵凉风，送来果香，更是喜人。行走之间，稼轩忽见远处果树下有几个小孩偷偷地拿着长竿在打枣子，旁边的侍者随从正准备前去驱赶，稼轩急忙制止。他站在僻静的地方悠闲地看着那些儿童，等他们打够了才离开。辛弃疾一生为人强势强悍，嫉恶如仇，刚毅自信，所以得罪了不少人。可对前来偷打他家梨子枣子的小孩却是慈眉善目，不但不怪罪不驱赶，反而任其所为，体现出英雄稼轩的仁慈与可爱。他童心不老，说不定此时他想到了自己少年时期也曾偷把长竿，打过邻居家的枣子吧。笔者孩童时代就常常玩这种偷枣摘梨的游戏，原来八百年前的小朋友也这么玩啊！读来倍感亲切有趣。辛弃疾几笔勾画，就让戏剧性的场景、老少三方各自的行为活动跃然纸上。三方，是指静处闲看的稼轩一方、欲上前呵斥制止的随从侍者一方、专心偷把长竿打枣没发现近处有人的儿童一方。四句话，居然把三方人物的动作情态心理表现得如此生动，这只有大手笔才做得到。

八声甘州

夜读《李广传》[1]，不能寐，因念晁楚老、杨民瞻约同居山间[2]，戏用李广事，赋以寄之

故将军饮罢夜归来[3]，长亭解雕鞍。恨灞陵醉尉，匆匆未识，桃李无言。射虎山横一骑[4]，裂石响惊弦。落魄封侯事[5]，岁晚田间。

谁向桑麻杜曲[6]，要短衣匹马，移住南山。看风流慷慨，谈笑过残年。汉开边、功名万里[7]，甚当时健者也曾闲[8]。纱窗外、斜风细雨[9]，一阵轻寒。

上片专写李广事，下片明写李广而暗写自我的境遇与志向。结句点明"夜读"，以景结情，融悲壮之情于风雨微寒之中，摧刚为柔，刚柔相济。

[注释]

[1]《李广传》：指《史记·李将军列传》。　[2]晁楚老、杨民瞻：辛弃疾的友人，事迹不详。其时二人与稼轩当同在信州。　[3]"故将军饮罢夜归来"以下五句：事本《史记·李将军列传》："广家与故颍阴侯孙屏野居蓝田南山中射猎。尝夜从一骑出，从人田间饮。还至霸陵亭，霸陵尉醉，呵止广。广骑曰：'故李将军！'尉曰：'今将军尚不得夜行，何乃故也！'止广宿亭下。""谚曰：桃李不言，下自成蹊。"　[4]"射虎山横一骑"二句：《史记·李将军列传》载："广出猎，见草中石，以为虎而射之，中石没镞，视之，石也。因复更射之，终不能复入石矣。广所居郡闻有虎，尝

自射之。及居右北平射虎，虎腾伤广，广亦竟射杀之。" [5] 封侯事：李广身经百战而未封侯。《史记·李将军列传》谓李广不得爵邑，官不过九卿。"诸广之军吏及士卒，或取封侯。广尝与望气王朔燕语曰：'自汉击匈奴而广未尝不在其中，而诸部校尉以下，才能不及中人，然以击胡军功取侯者数十人，而广不为后人，然无尺寸之功以得封邑者，何也？岂吾相不当侯邪？且固命也？'朔曰：'将军自念，岂尝有所恨乎？'广曰：'吾尝为陇西守，羌尝反，吾诱而降，降者八百余人，吾诈而同日杀之。至今大恨独此耳。'朔曰：'祸莫大于杀已降，此乃将军所以不得侯者也！'" [6] "谁向桑麻杜曲"以下三句：化用杜甫《曲江三章》"自断此生休问天，杜曲幸有桑麻田，故将移住南山边。短衣匹马随李广，看射猛虎终残年。"杜曲，地名，在长安城南。 [7] 汉开边、功名万里：指李广开疆拓土，在万里之外的疆场建功立名。 [8] 甚：为什么。健者：强健英武的英雄人物，指李广。典出《后汉书·袁绍传》："天下健者，岂惟董公。" [9] "纱窗外、斜风细雨"二句：用苏轼《和刘道原咏史》"独掩陈编吊兴废，窗前山雨夜浪浪"句意。

[点评]

此词写汉代名将李广的故事。李广一生极富传奇色彩，武功超群，身经百战，但始终未立战功，难以封侯，是典型的悲剧英雄。他可歌可泣的事迹很多，从哪个角度、怎样选材来写李广，取决于词人的创作用意。稼轩此词，是借落魄失意的李广来隐喻自己的英雄失路。故开篇重笔写落职闲居的"故将军"李广受霸陵尉欺辱之事。词中叙事，有场景，有动作。短短五句，写了两个人物——故将军与霸陵尉，交代了时间地点——夜里长亭，交代了故事的起因与过程——李将军夜饮归来，霸陵尉不识故将军，呵责他解鞍下马，露宿长亭。殊不知这位夜饮乡间的醉酒者，曾是叱咤风云的英雄，当年在山中射虎，曾一箭射入石中，那可是威震天下。"裂石响惊弦"一句，在射矢入石的史实基础上加以想象，写李广箭头射处，岩石轰然开裂，弦声震天响，极富动作感、画面感和音响感。这未曾封侯而落魄田间的李广，其实就是词人的自我写照，自我投射。辛弃疾与李广，经历虽不同，但英雄落魄失路的命运却极相似。

过片三句，明写李广罢职后移居南山，暗中回应友人晁楚老、杨民瞻相约同往山中居住。李广不也住过南山么，咱们学学他，短衣匹马，移住南山。这几句呼应题序中的"戏用李广事，赋以寄之"。稼轩其时尚未应约前往山中居住，为何没践约去山中，是因为像李广那样喝醉了，被人拦阻。所以"戏用李广事"作为借口。稼轩虽闲居上饶，但心气颇高，依然是风流慷慨，谈笑面对人生的挫折？李广曾开疆拓土，扬名塞外，不也曾闲居南山么？古往今来的英雄豪杰，哪个没经历过磨难挫折。他相信，终有机会实现自己的理想。

昭君怨

人面不如花面[1]，花到开时重见。独倚小阑干，许多山。

落叶西风时候，人共青山都瘦[2]。说道梦阳

词情内容与词调名《昭君怨》很吻合。此调句式由长而短，两句一换韵，由仄韵而换平韵，韵位紧密，读来声情并茂。

台^[3]，几曾来？

[注释]

[1] 人面不如花面：《本事诗·情感》："博陵崔护，姿质甚美，而孤洁寡合。举进士下第。清明日，独游都城南，得居人庄。一亩之宫，而花木丛萃，寂若无人。叩门久之，有女子自门隙窥之，问曰：'谁耶'？以姓字对。曰：'寻春独行，酒渴求饮。'女入，以杯水至，开门，设床命坐，独倚小桃斜柯伫立，而意属殊厚。妖姿媚态，绰有余妍。崔以言挑之，不对，目注者久之。崔辞去，送至门，如不胜情而入。崔亦睠盼而归。嗣后绝不复至。及来岁清明日，忽思之，情不可抑，径往寻之。门墙如故，而已锁扃之。因题诗于左扉曰：'去年今日此门中，人面桃花相映红。人面只今何处去，桃花依旧笑春风。'" [2] 共：与，同。 [3] 梦阳台：即阳台梦，男女欢会之梦。李群玉《醉后赠冯姬》："愿托襄王云雨梦，阳台今夜降神仙。"典出宋玉《高唐赋》序："昔者先王尝游高唐，怠而昼寝，梦见一妇人，曰：'妾巫山之女也，为高唐之客，闻君游高唐，愿荐枕席。'王因幸之。去而辞曰：'妾在巫山之阳，高丘之阻。旦为朝云，暮为行雨。朝朝暮暮，阳台之下。'"

[点评]

开篇"人面"暗用崔护"人面桃花相映红"故事，但全句的意思却不是说人面不如花面漂亮，而是说人面不如花面常见。花到开时即可重见，可人面一别，却多年难见。见花有期，而见人难料。怀人不见，于是想登楼遥望，可独倚栏杆，却被群山遮望眼。从春到秋，相思不减，以至于衣带渐宽人憔悴。过片写秋天，却不直言秋天，而是用可感可视的"落叶西风"来呈现。写人憔悴，也不直说，而是说人与青山都瘦，新颖别致。李贺有诗说"天若有情天亦老"，而稼轩则说，山与人一样有情，秋日青山陪着人一起瘦，想象新奇。结拍写白日见不到伊人，晚上能做场团圆春梦也好啊，偏偏连梦也不曾做过。全词语淡情深，韵味隽永。

临江仙

再用韵送祐之弟归浮梁 [1]

钟鼎山林都是梦 [2]，人间宠辱休惊 [3]。只消闲处过平生 [4]：酒杯秋吸露，诗句夜裁冰。

记取小窗风雨夜 [5]，对床灯火多情。问谁千里伴君行？晓山眉样翠，秋水镜般明。

"晓山"二句与王维《送沈子福归江东》"唯有相思似春色，江南江北送君归"异曲同工。而王诗是比喻，此词是赋中有比，意蕴更丰厚，季节时辰、山形水态，尽含其中。

[**注释**]

[1] 再用韵：即次韵。原唱为同调《醉宿崇福寺，寄祐之弟，祐之以仆醉先归》："莫向空山吹玉笛，壮怀酒醒心惊。四更霜月太寒生。被翻红锦浪，酒满玉壶冰。 小陆未须临水笑，山林我辈钟情。今宵依旧醉中行。试寻残菊处，中路候渊明。"祐之弟：名助，辛次膺之孙，范南伯之婿，辛弃疾族弟。浮梁：县名，宋属饶州，今属江西景德镇。辛次膺南渡后家居此地。《江西通志》卷九六："辛次膺，字起季，莱州人。幼孤，从母依外氏王圣美于丹徒。

俊慧力学，日诵千言。甫冠，登政和二年进士第。历官为单父丞，值山东乱，举室南渡，寓居浮梁县之最高山。"辛助归浮梁，即归其故居。　[2]钟鼎山林：指做官与闲居。语本杜甫《清明》诗："钟鼎山林各天性，浊醪粗饭任吾年。"　[3]宠辱休惊：得失都不必在意。《旧唐书·卢承庆传》："承庆典选，校百官考，有坐漕舟溺者，承庆以'失所载，考中下'。以示其人，无愠也。更曰'非力所及，考中中'。亦不喜。承庆嘉之曰：'宠辱不惊，考中上'。其能著人善类此。"　[4]只消：只要。　　[5]"记取小窗风雨夜"二句：语本韦庄《寄江南逐客》："记得竹斋风雨夜，对床孤枕话江南。"

［点评］

　　此首送别词，没有类型化的感伤，有的是开解与慰藉。开篇劝族弟祐之要看透人生，无论是做官享受钟鸣鼎食的华贵，还是闲居山林享受人间的清闲，都是一个过程，都像梦一般短暂，不必太在意一时的荣辱得失，能悠闲自在地度过此生就是幸福。有酒时喝酒，有感时写诗，就是很风雅有趣的生活了。饮酒、赋诗，本是很平常之事，但稼轩写来却不平常，说是"酒杯秋吸露，诗句夜裁冰"，仿佛不是人喝酒，而是酒杯自己吸吮深秋的甘露；不是人在夜里写出冰清玉洁的诗句，而是诗句深夜里裁剪出玉壶冰心。反客为主，反常合道，造语新颖。下片说离开之后，回望今夜咱俩的对床夜话，途中你就不会寂寞了。虽然我不能陪伴你一路同行，但有多情的青山绿水一路相伴，你也会开心的。词人不说青山绿水，而说晚山像黛眉一样翠绿，秋水像明镜一般清亮，读来别开生面。"问谁"句，用问句宕开，词情顿挫生姿，比直接陈述更有味道。稼轩句法、章法之多变，真是神出鬼没。

菩萨蛮

送祐之弟归浮梁

无情最是江头柳[1]，长条折尽还依旧[2]。木叶下平湖[3]，雁来书有无[4]？

雁无书尚可，好语凭谁和？风雨断肠时，小山生桂枝[5]。

[注释]

[1] 无情最是江头柳：化用韦庄《台城》诗句“无情最是台城柳，依旧烟笼十里堤”。　[2] 长条折尽：白居易《青门柳》：“为近都门多送别，长条折尽减春风。”　[3] 木叶下平湖：屈原《九歌·湘夫人》：“袅袅兮秋风，洞庭波兮木叶下。”　[4] 雁来书：张舜民《卖花声》：“试问寒沙新到雁，应有来书。”　[5] 小山生桂枝：《楚辞·招隐士》：“桂树丛生兮，山之幽。”

[点评]

古人有折柳送别的习俗，“柳”谐音“留”，喻留恋不舍之意。此词开篇为何说“无情最是江头柳，长条折尽还依旧”？原来，江头柳枝虽然被折尽，但还是留不住行人，天天让行人远去。本是人生无奈，不能避免离别，可词人却怪江头柳"无情"，留不住行人。怪得无理，却写得有情，所谓无理而妙。"木叶下平湖"，既暗示送别的时令是在秋季，又象征弟弟离别远行。离别后盼他寄来书信报平安。不直接叮嘱别后来书，而是问空中的大雁来时带来书信没有。大雁传书，本是熟典常典，但词人却活用此典，点铁成金，化腐朽为神奇。

朝中措

下片二十四字，写主客二人的对话，有场景，有细节，有境界。

夜深残月过山房，睡觉北窗凉。起绕中庭独步[1]，一天星斗文章[2]。

朝来客话，山林钟鼎[3]，那处难忘？君向沙头细问，白鸥知我行藏[4]。

[注释]

[1]中庭独步：苏轼《记承天寺夜游》："元丰六年十月十二日夜，解衣欲睡，月色入户，欣然起行。念无与为乐者，遂至承天寺寻张怀民。怀民亦未寝，相与步于中庭。庭下如积水空明，水中藻荇交横，盖竹柏影也。" [2]星斗文章：指天空星斗排列有序，像精心布局的文章。杜牧《华清宫三十韵》："雷霆驰号令，星斗焕文章。" [3]山林钟鼎：指闲居与做官两种生活。语本杜甫《清明》诗："钟鼎山林各天性，浊醪粗饭任吾年。"钟鼎，指击钟而食，列鼎而烹，这是富贵人的生活。山林，是隐逸之人所居。 [4]行藏：出处，此指心意。

［点评］

词写两个生活片段。上阕写昨天深夜，无法成眠，只有残月来山房相伴，于是起床独自在中庭散步，看着满天星斗，焕然成章。"中庭"是用苏轼承天寺夜游典，如果用"院中"或"园中"，就只能表明独步的地点，而不能让人联想到苏轼在承天寺独步"中庭"的意趣。用"中庭"，就多了一层历史感，语义有双层指向，一层指现实之我的独步地点，一层指历史上苏轼夜步中庭的历史故事。用典与不用典，意蕴有深浅厚薄之别。词人之用心，当细细体会。下阕写次日清晨有客来访，问词人山林的清闲与钟鼎的华贵，哪个更留恋难忘。词人没有正面回答，而是巧妙地让他去问沙头的白鸥，因为白鸥终日陪词人流连山水，最了解其行藏出处。整日与白鸥为伴，自然是难忘山林，而不留恋钟鼎。下阕用主客问答的形式来写自我的生活态度，灵动多姿，趣味盎然。如果直陈，则容易呆板。

浪淘沙

山寺夜半闻钟

身世酒杯中，万事皆空。古来三五个英雄。雨打风吹何处是，汉殿秦宫。

梦入少年<u>丛</u>，歌舞匆匆。老僧夜半误鸣钟[1]。

陈廷焯："沉郁顿挫中，自觉眉飞色舞。笔力雄大，辟易千人。结数语，如闻霜钟，如听秋风，读者神色都变。"（《云韶集》卷五）

惊起西窗眠不得，卷地西风 [2]。

[注释]

[1] 老僧夜半误鸣钟：《王直方诗话》："欧公言：唐人有'姑苏城外寒山寺，夜半钟声到客船'之句，说者云：'句则佳也。其如三更不是撞钟时。'" [2] 卷地西风：苏轼《六月二十七日望湖楼醉书》："卷地风来忽吹散，望湖楼下水如天。"

[点评]

山寺里半夜闻钟，应唤起内心的平和宁静，可稼轩此时却是满怀愤激。人世万事皆空，自古以来那些英雄人物，如今安在？汉殿秦宫，不也同样被雨打风吹去，了无陈迹。青少年时代歌舞丛中的欢乐，再也不能享有，如今只好在酒杯中讨欢乐。这是愤激人的愤世语。老僧夜半鸣钟，把词人从睡梦中惊醒，"惊起"一词，极具动作感。词末二句的构思颇近元稹《闻乐天授江州司马》的"垂死病中惊坐起，暗风吹雨入寒窗"。惊起后无法成眠，显示出心事的沉重与心境的不平；西风卷地入西窗，也是透心凉啊！

南歌子

山中夜坐

"送"字妙，好似夜半钟声到客船。不说人枕边听溪声，而说山溪将水声送到枕边，平常中寓巧思。

世事从头减，秋怀彻底清。夜深犹送枕边声，试问清溪底事^[1]，未能平？

　月到愁边白^[2]，鸡先远处鸣。是中无有利和名，因甚山前未晓，有人行？

[注释]

[1]"试问清溪底事"二句：化用韩愈《送孟东野序》句意："大凡物不得其平则鸣。草木之无声，风挠之鸣；水之无声，风荡之鸣。" [2]月到愁边：语出黄庭坚《减字木兰花·丙子仲秋黔守席上戏作》："月到愁边总未知。"

[点评]

　秋夜里，更深人静，枕边传来阵阵哗哗啦啦的溪流之声，于是稼轩起而试问：清溪呀，难道你心中也有不平之事？稼轩夜住山中，空山雨后，秋气清新，原以为忘怀了世事，可到了深夜，依然难以入睡。不直说自己心中有不平，而说清溪有不平，借景寓情，自然巧妙。因愁而发白，月照方见发白，词人不说自己愁，自己头发已白，而说月到愁边也变白了。无情无思之月到愁边都白了，有情有思之我在愁边还能不发白么？于此可领会词人构思之新巧。"夜深"听溪声，凌晨听鸡鸣，拂晓前闻路上有人行，词人一夜未睡，心中不平之气、难解之愁，不言自明。

过片二句，言情写景，高度浓缩。月照室内愁人，远处雄鸡报晓。近景远景，打成一片。

鹧鸪天

代人赋

起笔笼罩全篇。无情无思的寒鸦都满身是愁，多情善感之人，自不待言。

晚日寒鸦一片愁，柳塘新绿却温柔。若教眼底无离恨[1]，不信人间有白头。

肠已断，泪难收。相思重上小红楼。情知已被云遮断[2]，频倚阑干不自由[3]。

[注释]

[1]"若教眼底无离恨"二句：意谓如果眼前没有离愁别恨，相信人间就不会有白头了。 [2]情知：深知，明知。 [3]不自由：不由自主。

[点评]

此词代他人写离愁别恨。人间之所以有白发，都是因离恨所致，如果没有了离恨，人间也就不会有白发生头了。词人把烂熟之离恨与常见之白头写得如此生新清爽。上片写离恨，下片写相思。离别之后，自是相思，因相思而一再上小红楼以望远，盼望所思之人能回来团聚。虽然深知视线被云雾遮断难望远方，但还是情不自禁地要登楼倚栏杆望远。"重上""频倚"，最堪玩味。一而再、再而三地上楼倚栏，用动作细节来写相思的无法排遣，把内心的情绪动作化、可视化，亦是一法。

鹧鸪天

代人赋

陌上柔桑破嫩芽，东邻蚕种已生些[1]。平冈细草鸣黄犊[2]，斜日寒林点暮鸦[3]。

山远近，路横斜，青旗沽酒有人家。城中桃李愁风雨，春在溪头荠菜花。

[注释]

[1] 蚕种已生些（shā）：蚕种已孵化出幼蚕。　[2] 鸣黄犊：黄牛鸣叫。王安石《题舫子》诗："眠分黄犊草，坐占白鸥沙。"　[3] 点暮鸦：秦观《满庭芳》（山抹微云）："斜阳外，寒鸦万点，流水绕孤村。"

[点评]

词写江西上饶一带乡村春景农事，极富生活气息和泥土气息。这是乡村人写自家风景，不是旁观的城里人写乡村风景，真情实感，不隔不虚。全词如风景短片，镜头不断切换，首先呈现的是叠印镜头，一半镜头是乡村路上的桑树都已冒出浅绿色的幼芽，一半镜头是农家屋内的蚕种已孵出小蚕，白白的小蚕躺在柔嫩的桑叶上。接着，镜头转向村头的土冈，几头黄牛犊正低头吃着细嫩的小草，时不时地叫几声，像是呼唤同伴，又像是寻找牛妈妈。夕阳下，树林里，时有几只乌鸦在空中掠过。

陈廷焯："'斜日'七字，一幅图画。以诗为词，词愈出色。"（《云韶集》卷五）

陈廷焯："'城中'二语，有多少感慨。信笔写去，格调自苍劲，意味自深厚，有不可强而致者。"（《词则·放歌集》卷一）

俞陛云："稼轩集中多雄慨之词、纵横之笔。此调乃闲放自适，如听雄笳急鼓之余，忽闻渔唱在水烟深处，为之意远。"（《唐五代两宋词选释》）

"点"，用作动词，极传神。过片把镜头切换到远处，远远近近重重叠叠的山，山中横横斜斜的小路。随即镜头转到路旁一户人家，门前青旗招展，上书一个大大的"酒"字，原来那是一家卖酒的小店。紧赶慢赶，来到酒家，原来酒家门前还有条小溪，溪头的荠菜花正散发着春天的浪漫和朝气。此时城中的桃李还没感受到春天的来临，而溪头的荠菜早已拥抱春天。

全词镜头感十足。而镜头是流动的，随着视点的位移而变化。结拍将城中桃李与溪头荠菜对比，具有很强的象征性。城中桃李在愁风苦雨，而溪头荠菜却自由绽放，荠菜虽然微小不受人重视，但自由自在，无拘无束；城中桃花李花虽然灿烂受人关注，却被禁锢在园中。桃李与荠菜，不同的处境，不同的命运，这是官场士大夫与乡村隐者不同得失的隐喻，还是不同人生命运的写照，读者可自行领会。

陈廷焯："深情如见，情致婉转而笔力劲直，自是稼轩词。"（《云韶集》卷五）

沈际飞："动手娇嫩，真伤心人个中语。"（《草堂诗余》别集卷一）

一络索

闺思

羞见鉴鸾孤却^[1]，倩人梳掠^[2]。一春长是为花愁^[3]，甚夜夜东风恶^[4]。

行绕翠帘珠箔^[5]，锦笺谁托^[6]？玉筯泪满却停觞，怕酒似郎情薄。

［注释］

[1] 鉴鸾：即鸾镜。范泰《鸾鸟诗序》曰："罽宾王结罝（jū）峻祁之山，获一鸾鸟。王甚爱之，欲其鸣而不能致也，乃饰以金樊，飨以珍羞，对之逾戚，三年不鸣。夫人曰：'尝闻鸟见其类而后鸣，何不悬镜以映之？'王从其言。鸾睹形感契，慨然悲鸣，哀响冲霄，一奋而绝。"孤却：孤单。却，语助词。　[2] 倩：请。梳掠：梳理，梳妆。　[3] 一春长是为花愁：欧阳修《望江南》："长是为花忙。"　[4] 甚：为何。　[5] 翠帘珠箔：用珠翠连缀成的帘。箔，即帘。《西京杂记》："汉诸陵寝皆以竹为帘，帘皆为水文龟龙之像。昭阳殿织珠为帘，风至则鸣，如珩佩之声。"　[6] 锦笺：犹言锦书、书信。

［点评］

此词善用侧笔写闺思。先说鸾镜孤单，无人对镜梳妆。表面写镜的孤单，实写女主人公的孤独寂寞，连对镜梳妆的心思都没有。次说春来总是为花担心，为花生愁，因为夜夜风大，花儿易被风吹落。明写花，暗写自己。一则花象征着人的青春容貌，花容在风雨中失色，人貌在时光中老去。二则花的凋零，尚有人的怜惜关心，而女主人公的孤单寂寞，却无人过问。情郎久无音讯，写了书信也不知向何处寄送。结拍韵味丰饶，不说酒满玉杯，而说泪满玉杯，出人意表，动人心魄。酒未饮却停杯，怕的是酒味如郎的情意一样淡薄，比喻新颖而别致。

贺新郎

陈同父自东阳来过余[1]，留十日，与之同游鹅湖[2]。且会朱晦庵于紫溪[3]，不至，飘然东归。既别之明日，余意中殊恋恋，复欲追路。至鹭鸶林，则雪深泥滑，不得前矣。独饮方村[4]，怅然久之，颇恨挽留之不遂也。夜半，投宿吴氏泉湖四望楼[5]，闻邻笛悲甚[6]，为赋《乳燕飞》以见意[7]。又五日，同父书来索词。心所同然者如此[8]，可发千里一笑

俞陛云云："稼轩与同甫，为并世健者，交谊之深厚，文章之振奇，可谓词坛瑜、亮。此词为惬心之作。""铸错语而用诸相思，句新而情更挚。通首劲气直达中不使一平笔，学稼轩者，非徒放浪通脱，便能学步也。"（《唐五代两宋词选释》）

把酒长亭说。看渊明、风流酷似[9]，卧龙诸葛。何处飞来林间鹊，蹙踏松梢残雪[10]。要破帽、多添华发[11]。剩水残山无态度[12]，被疏梅、料理成风月。两三雁，也萧瑟。

佳人重约还轻别[13]。怅清江、天寒不渡，水深冰合。路断车轮生四角[14]，此地行人销骨[15]。问谁使、君来愁绝？铸就而今相思错[16]，料当初、费尽人间铁。长夜笛，莫吹裂。

[注释]

[1]陈同父：即陈亮，字同甫（一作同父），号龙川，永康（今属浙江）人。与辛弃疾最为相知。东阳：今浙江东阳。　[2]鹅

湖：在江西铅山北。　[3]朱晦庵：朱熹，号晦庵。陈亮写信约朱
熹至紫溪相会，朱熹未到，朱熹有《戊申与陈同甫》二书回应。
紫溪：在铅山县南四十里，路通福建崇安（今武夷山市），时朱熹
住崇安，故陈亮请朱熹至紫溪相会。　[4]方村：在今江西上饶市
广信区茶亭镇泸溪河南岸。　[5]四望楼：与上文"鹭鸶林"均
在方村附近。北宋韩琦有《寄题广信军四望亭》诗。四望亭，或
即四望楼。　[6]邻笛悲甚：向秀《思旧赋序》谓经嵇康旧居时，
"邻人有吹笛者，发声寥亮，追思曩昔游宴之好，感音而叹，故
作赋云"。　[7]《乳燕飞》：即《贺新郎》词调的别名。　[8]心
所同然者如此：彼此思念的心竟然这样相同。　[9]"看渊明、风
流酷似"二句：日常语序应是"看风流酷似渊明、卧龙诸葛"。因
平仄要求倒置了语序。意思是看你陈亮的气度潇洒，有如陶渊
明；胸怀抱负、策略智慧，好似诸葛亮。　[10]蹉踏：踢翻、踩
踏。　[11]要破帽、多添华发：树上的雪落在破帽上，好像又增
添了白发。　[12]剩水残山：语出杜甫《陪郑广文游何将军山林》：
"剩水沧江破，残山碣石开。"原指园林中的人工山水，此指冬日
雪后枯寂冷清、没有朝气的山水。无态度：不成样子。　[13]佳
人：指友人陈亮。[14]车轮生四角：指路难行，如车轮长了四角。
陆龟蒙《古意》："愿得双车轮，一夜生四角。"[15]销骨：指极
度忧愁伤心。孟郊《答韩愈李观别因献张徐州》："富别愁在颜，
贫别愁销骨。"[16]"铸就而今相思错"二句：典出《资治通鉴》
卷二六五。晚唐魏州节度使罗绍威请来朱全忠的大军打败了对手
田承嗣，朱全忠军队留在魏州半年，罗绍威虽然解除了威胁，但
为供给朱全忠的大军耗尽了所有积蓄，自身的力量从此衰弱。绍
威后悔不已，对人说："合六州四十三县铁，不能为此错也。"错，
错刀，古时的钱币。铸错刀，比喻铸成大错。辛词这两句的意思
是，料想当初耗尽了人间所有的铁，才铸成今天这样大的相思错

刀。此处无错误之意，仅用错刀的字面意思。

［点评］

　　淳熙十五年（1188）深冬，陈亮从浙江东阳到江西上饶的鹅湖拜访辛弃疾，两人相聚十日，极论世事，痛快无比，又一同到紫溪欲与朱熹相会，结果朱熹没有应约前来，陈亮只好别去。陈亮走后，辛弃疾恋恋不舍，第二天又上路追赶，想再重聚，追至鹭鸶林，因雪深路滑，无法前行，只好半路停住。辛弃疾当夜投宿泉湖吴氏四望楼，听到附近有笛声甚悲，不由想起向秀的《怀旧赋》，愈发怀念故人，于是赋词一首，以表达对陈亮的思念。恰好五天后，陈亮写信来索要新词，可谓心有灵犀，辛弃疾遂将此词寄给陈亮。这年辛弃疾四十九岁，陈亮四十六岁。两个大男人见面又离别之后，为何如此恋恋不舍，像初恋情人似的，相聚了十天还觉不够，离别之后还要驱车前去追赶？原来辛弃疾与陈亮是志同道合的朋友，更主要的是，辛弃疾在上饶闲居八年，像他这样胸怀天下、观念超前的英雄，很难找到志趣相投的友人来无拘无束地谈论天下大事，推心置腹地探讨人生志向。而陈亮正是一位极好的商讨天下事的朋友。《宋史·陈亮传》说陈亮"生而目光有芒，为人才气超迈，喜谈兵，论议风生，下笔数千言立就。尝考古人用兵成败之迹，著《酌古论》"。他曾自负地说："至于堂堂之陈，正正之旗，风雨云雷交发而并至，龙蛇虎豹变现而出没，推倒一世之智勇，开拓万古之心胸，自谓差有一日之长。"喜谈兵、善议论，这两点与辛弃疾高度默契，陈亮后来在和词中也说"只使君、从来与我，话头多合"，也表明两人心灵最为契合，说话最为投机。两位寂寞得太久的喜谈兵的高手，两位主张抗战收复中原的思想巨人，一旦相逢，畅谈十日，那必定如长河悬瀑，一泻千里，是何等快意！离别之后，也就难怪辛弃疾意犹未尽、依依不舍了。

　　词的开篇写两人会面后"把酒长亭"的痛快，接着写对陈亮风流气度的欣赏。陶渊明是辛弃疾一生的最爱，而诸葛亮也是辛弃疾的偶像。当时有人把辛弃疾比作"隆中诸葛"（刘宰《漫塘集》卷十五《贺辛待制弃疾知镇江》）。辛弃疾以陶渊明、诸葛亮比拟陈亮，无异于夫子自道，也足见两人情趣相投。正因为如此欣赏、思念陈亮，所以下文写离别之后上路追赶。又因为词序中已说明"追路"，故词中不写"追路"之事而只写"追路"途中所见之景，鹊踏松雪，疏梅点缀，以两幅一动一静的画面来素描深冬路途之"萧瑟"。下片写别后"相思"和未能挽留久居的遗憾。结句暗用向秀吹笛怀嵇康的典故，极富声响效果。"长夜笛，莫吹裂"，其实是长笛声快要吹裂了，因为过于悲凉，故说"莫吹裂"。《霜天晓角》中的"半夜一声长啸"，与此词的"长夜笛，莫吹裂"都是写静夜中的声响，读来有响遏行云和余音袅袅之感。

贺新郎

同父见和[1]，再用韵答之

老大犹堪说。似而今、元龙臭味[2]，孟公瓜

朱德才："心坚志刚，字字铿锵。大有'直捣黄龙，与君痛饮'之豪迈气势，读之令人鼓舞。稼轩闲居带湖期间，以此篇最为激奋昂扬。"（《辛弃疾选集》）

葛。我病君来高歌饮，惊散楼头飞雪。笑富贵千钧如发[3]。硬语盘空谁来听[4]？记当时、只有西窗月。重进酒，唤鸣瑟。

事无两样人心别。问渠侬、神州毕竟[5]，几番离合[6]？汗血盐车无人顾[7]，千里空收骏骨。正目断、关河路绝。我最怜君中宵舞[8]，道"男儿、到死心如铁。看试手，补天裂[9]"。

[注释]

[1]同父见和：陈亮接辛弃疾原唱后，即和作一首，题为《寄辛幼安和见怀韵》："老去凭谁说。看几番、神奇臭腐，夏裘冬葛。父老长安今余几，后死无仇可雪。犹未燥、当时生发。二十五弦多少恨，算世间、那有平分月。胡妇弄，汉宫瑟。　树犹如此堪重别。只使君、从来与我，话头多合。行矣置之无足问，谁换妍皮痴骨。但莫使、伯牙弦绝。九转丹砂牢拾取，管精金、只是寻常铁。龙共虎，应声裂。"辛弃疾再和之后，陈亮又和一首，题为《酬辛幼安再用韵见寄》："离乱从头说。爱吾民、金缯不爱，蔓藤累葛。壮气尽消人脆好，冠盖阴山观雪。亏杀我、一星星发。涕出女吴成倒转，问鲁为齐弱、何年月。丘也幸，由之瑟。斩新换出旗麾别。把当时、一桩大义，拆开收合。据地一呼吾往矣，万里摇肢动骨。这话霸、又成痴绝。天地洪炉谁扇鞲，算于中、安得长坚铁。沨水破，关东裂。"两人的和词，俱作于淳熙十六年（1189）春。　[2]"似而今、元龙臭（xiù）味"二句：用陈登和陈遵事切指陈亮，谓二人志趣相投有如陈登之与刘备。元龙，即三国时的陈登。陈登是名士，忧国忘家，心存救世之志。参前

《水龙吟·登建康赏心亭》注[11]。臭味，此指志趣相投。孟公，
汉侠客陈遵字孟公。瓜葛，交游。《汉书·游侠传》谓陈遵，杜
陵人，"居长安中，列侯、近臣、贵戚，皆贵重之。牧守当之官，
及郡国豪杰至京师者，莫不相因到遵门。遵嗜酒，每大饮，宾客
满堂，辄关门取客车辖投井中，虽有急，终不得去"。　[3]富贵
千钧如发：意思是别人视富贵有千钧之重，我们却视富贵如毛发
之轻。　[4]硬语盘空：语本韩愈《荐士》："横空盘硬语，妥帖力
排奡。"此指两人说的英雄话。　[5]渠侬：他们。指朝中当权者。
神州：中原大地。　[6]离合：偏义复词，偏指分离，意谓国土分
裂。所以末句说要"补天裂"。　[7]"汗血盐车无人顾"二句：
如今朝廷不爱惜人才，让千里马老死民间，空剩白骨。也可以理
解为，朝廷表面上号称爱惜人才，实际上让贤才埋没，如同让千
里马拉盐车，等闲视之。汗血盐车，指用骏马拉盐车，喻大材小
用、人才埋没。汗血，即汗血马，一种千里马。《汉书·武帝纪》
颜师古注引应劭曰："大宛旧有天马种，蹋石汗血，汗从前肩髆出，
如血，号一日千里。"盐车，典出《战国策·楚策四》："夫骥之齿
至矣，服盐车而上太行。蹄申膝折，尾湛胕溃，漉汁洒地，白汗
交流。中阪迁延，负辕不能上。伯乐遭之，下车攀而哭之，解纻
衣以幂之，骥于是俯而喷，仰而鸣，声达于天，若出金石声者，
何也？彼见伯乐之知己也。"《战国策·燕策一》："古之君人有以
千金求千里马者，三年不能得。涓人言于君曰：'请求之。'君遣
之。三月得千里马，马已死，买其首五百金，反以报君。君大怒曰：
'所求者生马，安事死马而捐五百金？'涓人对曰：'死马且买之
五百金，况生马乎！天下必以王为能市马。马今至矣。'于是不
能期年，千里之马至者三。"　[8]怜：爱惜，爱重。中宵舞：用祖
逖中夜闻鸡起舞故事。《晋书·祖逖传》载祖逖与刘琨"情好绸
缪，共被同寝，中夜闻荒鸡鸣，蹴琨觉曰：'此非恶声也。'因起舞。

逖、琨并有英气，每语世事，或中宵起坐"。此次辛、陈鹅湖之会，二人也是极论世事，一如祖逖、刘琨，用事极切。　[9]补天裂：意指收复中原、统一中国。补天，用女娲补天故事。《淮南子·览冥训》："往古之时，四极废，九州裂，天不兼覆，地不周载。火爁炎而不灭，水浩洋而不息，猛兽食颛民，鸷鸟攫老弱。于是女娲炼五色石以补苍天。"

［点评］

这首和词比前篇首唱思想含量更高，感情基调更激越高昂。前一首重在写友人之间的离别相思，此阕着重写两人的胸怀志趣和英雄失路的悲愤。上片追念鹅湖之会时相聚的痛快。两人"臭味"相投，一边痛饮，一边高歌，歌声之洪亮，使楼头积雪为之惊散飞舞，正可谓声震屋瓦。由此不难想见两位英雄侠客当时是何等激昂欢快！两人诉说着彼此的人生志向，都视富贵如浮云，不合时宜的盘空硬语彼此心领神会。白日痛饮之后，犹未尽兴，晚上又举杯回灯"重进酒"，呼唤弹瑟弹筝的歌伎前来侑觞助兴。下阕写对国土分裂的悲愤。过片由友人之间的离合，念及神州的"离合"。其实这也是两人相聚时谈论的话题。可悲的是，朝廷视神州分裂于不顾，心安理得地守着江南半壁河山；一般的民众，也安于现状，早已忘记国土分裂的民族恨。说恢复，谈抗战，往往被目为异类，视为"硬语盘空"，不被人理解。社会时势如此，空让骐骥老死枥下，英雄闲置田间。但英雄壮心不已，信念之坚定有如钢铁。他们相信，总会有一天，能"试手补天裂"。结句的补天裂，是他们向社会发出的英雄宣言，是自信，也是互相勉励。笔力千钧，气势如虹。不是英雄人，道不出如此英雄语！

贺新郎

用前韵赠金华杜仲高 [1]

细把君诗说。恍余音、钧天浩荡 [2]，洞庭胶葛 [3]。千尺阴崖尘不到 [4]，惟有层冰积雪。乍一见寒生毛发。自昔佳人多薄命 [5]，对古来、一片伤心月。金屋冷 [6]，夜调瑟。

去天尺五君家别 [7]。看乘空、鱼龙惨淡 [8]，风云开合。起望衣冠神州路 [9]，白日销残战骨 [10]。叹夷甫诸人清绝 [11]。夜半狂歌悲风起，听铮铮、阵马檐间铁 [12]。南共北 [13]，正分裂。

刘扬忠："通篇由人及己，由个人到全局，层次分明。步步逼近，越写越深入，最后引出了爱国抗战的主题。"（《辛弃疾词》）

[注释]

[1]前韵：指前面与陈亮唱和的《贺新郎》词韵。杜仲高，名旃，金华兰溪（今属浙江）人。兄弟五人俱有诗名，人称"金华五高"。元吴师道《杜端父墨迹》谓杜汝霖之孙"陵有五子：旃伯高、旃仲高、斿叔高、旟季高、旛幼高"。淳熙十六年（1189）春，杜仲高来上饶拜访辛弃疾，临别之际，辛弃疾用怀陈亮词韵赋此词送之。 [2]钧天浩荡：赞美杜仲高的诗如神话中的钧天

广乐，气势雄伟，气象万千。钧天，典出《史记·赵世家》："我之帝所，甚乐，与百神游于钧天，广乐九奏万舞，不类三代之乐。其声动人心。"　[3]洞庭胶葛：意谓仲高之诗，如黄帝《咸池》之乐，变幻莫测。典出《庄子·天运》："黄帝张《咸池》之乐于洞庭之野。""其声能短能长，能柔能刚，变化齐一，不主故常。"胶葛，形容乐曲幽深旷远。司马相如《上林赋》："张乐乎胶葛之㝢。"　[4]阴崖：朝北背阴的悬崖。阴，山之北。　[5]自昔佳人多薄命：语出苏轼《薄命佳人》诗："自古佳人多命薄，闭门春尽杨花落。"　[6]金屋冷：指受冷落冷遇。《汉武故事》载汉武帝曾说"若得阿娇作妇，当作金屋贮之"。汉武即位后立陈阿娇为皇后，后来阿娇失宠，被打入冷宫。　[7]去天尺五：离宫廷只有一尺五寸的距离，指杜家门庭显赫，出身高贵。杜甫《赠韦七赞善》诗："乡里衣冠不乏贤，杜陵韦曲未央前。尔家最近魁三象，时论同归尺五天。"自注："俚语曰：城南韦杜，去天尺五。"君家别：你家与众不同。　[8]"看乘空、鱼龙惨淡"二句：指时局变幻不定。语本苏辙《黄州快哉亭记》："涛澜汹涌，风云开阖。昼则舟楫出没于其前，夜则鱼龙悲啸于其下，变化倏忽，动心骇目。"隐指朝廷政局的变化。淳熙十六年（1189）正月，周必大为左丞相，留正为右丞相，礼部尚书王蔺为参知政事（参《宋史·孝宗本纪》）。周必大与辛弃疾一直不睦，而王蔺更是辛弃疾的政敌，淳熙八年就是他上书弹劾辛弃疾"用钱如泥沙，杀人如草芥"（《宋史·辛弃疾传》）而使其落职闲居至今。如今两位政敌执掌朝政，辛弃疾对朝廷自然深为失望。更为严重的是，有号称中兴之主的孝宗，在这年二月内禅，传位给皇太子。光宗即位后，实行何种国策，无法预料。故"看乘空、鱼龙惨淡，风云开合"，实是隐喻对政局变化的担忧与失望。　[9]衣冠：礼仪之邦，代指故国。语出《论语·尧曰》："君子正其衣冠，尊其瞻视。"　[10]销残战骨：指主战的杰出人物徒然消耗生命。　[11]夷甫诸人：指空谈误国、不重实际的官僚。《晋书·王衍传》载王衍字夷甫，神情明秀，风姿详雅。总角时曾访山涛，涛嗟叹良久，既去，目而送之曰："何物老妪，生宁馨儿。然误天下苍生者，未必非此人也"。衍既有盛才美貌，明悟若神，常自比子贡。兼声名藉甚，倾动当世。妙善玄言，唯谈老庄为事。……朝野翕然，谓之一世龙门矣。后石勒兵围京师，王衍为元帅，兵败被杀。衍将死，顾而言曰："呜呼！吾曹虽不如古人，向若不祖尚浮虚，勠力以匡天下，犹可不至今日！"清绝：反语。原意是清新至极，此是讽刺夷甫诸人的清谈。当时清谈不问国事之风盛行，宋孝宗曾慨乎言之："今世士大夫微有西晋风，作王衍阿堵等语。士大夫讳言恢复，不知其家有田百亩，内五十亩为人所强占，亦投牒理索否？士大夫于家事则人人甚理会得，国事则讳言之。"（刘时举《续宋中兴编年资治通鉴》卷九）李心传《建炎以来朝野杂记·孝宗论士大夫微有西晋风》也说："近世士大夫多耻言农事。农事，乃国之根本。士大夫好为高论，而不务实。"辛词所言"夷甫诸人清绝"，与"士大夫好为高论，而不务实"正是同一感慨。英雄辛弃疾对不问国事、不务实事的世风、士风深为焦虑。　[12]铮铮：金属撞击之声。檐间铁：屋檐下的风铃。《芸窗私志》："元帝时，临池观竹。既枯后，每思其响，夜不能寝。帝为作薄玉龙数十枚，以缕线悬于檐外，夜中因风相击，听之与竹无异。民间效之，不敢用龙，以什骏代。今之铁马，是其遗制。"　[13]南共北：指南宋和北方的金朝。

[点评]

这首词的创作时间紧承与陈亮唱和词之后，情感基调也相似。杜仲高是晚辈，面见辛弃疾时，呈上自己的诗集，让词坛领袖辛弃疾认可。词的开篇，极力赞美杜仲高诗歌的不同凡响，读来如听仙界钧天广乐，浩浩荡荡，又如见千尺阴崖下的层冰积雪，气象雄奇，纤尘不染，立意高远，

陈廷焯："字字挑掷而出，'沙场'五字，起一片秋声。沈雄悲壮，凌铄千古。"（《云韶集》卷五）

情壮、景壮、事壮、语壮、声壮、人壮、马壮。作者不仅写出战斗场面，更传达出战场上各种声响；号角声、军乐声、拉弦开弓之"霹雳"声、马蹄得得声，轰轰烈烈的气氛正烘托出壮志凌云、勇猛无前的壮士形象。全词结构打破上下片分段的通常格局，前九句一意，后一句陡转。结构的倾斜正是胸中不平之气的表现。而前九句记忆中的壮烈场面又反衬出眼前的寂寞与冷清！

迥出时辈。接着为其鸣不平，如此诗才，却命运不偶，一如佳人薄命。愤懑之中也有安慰，自古以来佳人薄命，贵如皇后之陈阿娇，都有被打入冷宫之时，何况一般才人呢！怀才不遇，自古而然，也不必太过伤怀了。过片说杜仲高不仅个人才华出众，家庭背景也非常显赫，本应乘势而起，飞黄腾达。只是如今风云变幻，朝政更迭，世事难料。"夜半狂歌"，是对清谈误国之风的愤慨，是英雄失路苦闷的宣泄！"南共北，正分裂"，是说给杜仲高听，也是说给世人听。提醒杜仲高比个人怀才不遇更不幸的是国家"正分裂"，"靖康耻，犹未雪，臣子恨，何时灭！"期待年轻的杜仲高今后能以国事为念，肩负起时代的使命！

破阵子

为陈同甫赋壮词以寄之 [1]

醉里挑灯看剑 [2]，梦回吹角连营。八百里分麾下炙 [3]，五十弦翻塞外声。沙场秋点兵。

马作的卢飞快 [4]，弓如霹雳弦惊 [5]。了却君王天下事，赢得生前身后名 [6]。可怜白发生。

［注释］

[1]陈同甫：即陈亮。此词的作年，有的说是淳熙十五年（1188）辛弃疾与陈亮鹅湖之会以后，有的说是绍熙四年（1193），

都是猜度之辞。其实此词应是淳熙十年（1183）秋天所作。陈亮有《与辛幼安殿撰书》说："闻往往寄词与钱仲耕，岂不能以一纸见分乎？"意思是，听说你常常寄词给钱仲耕（淳熙八年岁暮辛弃疾有《西河·送钱仲耕自江西漕赴婺州》），难道不能分寄我一纸么？辛弃疾当时在上饶家居，接信后，即赋此词。根据邓广铭先生《辛稼轩年谱》的考证，陈亮《与辛幼安殿撰书》作于淳熙十年（1183）春天。辛弃疾接到此信后赋词，自当在此后不久。辛弃疾与陈亮，是志同道合、惺惺相惜的词友。友人来函索词，他便特地赋壮词一首，以写胸中块垒。　[2] 挑灯看剑：刘斧《青琐高议》载高言诗："男儿慷慨平生事，时复挑灯把剑看。"　[3] "八百里分麾下炙"二句：为"麾下分八百里炙，塞外翻五十弦声"的倒装句。八百里炙，牛肉。典出《世说新语·汰侈》王君夫（名恺）有牛名八百里驳，王武子（名济）对君夫说：我箭术不如你，今天比试一下，以你的牛为赌注。君夫自恃手快，便爽快答应，并让武子先射，武子一箭中的，叱左右"速探牛心来，须臾炙至，一脔便去"。五十弦，指瑟，《史记·孝武本纪》："泰帝使素女鼓五十弦瑟。"李商隐《锦瑟》："锦瑟无端五十弦。"此泛指军乐器。　[4] 的卢：良马名。《三国志·蜀书·先主传》裴松之注引《世语》载，刘备所乘马名的卢，骑的卢逃走时堕襄阳城西檀溪水中，刘备急曰："的卢，今日厄矣，可努力。"的卢乃一跃三丈，遂得脱。　[5] 弓如霹雳：典出《梁书·曹景宗传》："景宗谓所亲曰：'我昔在乡里，骑快马如龙，与年少辈数十骑，拓弓弦作霹雳声，箭如饿鸱叫。平泽中逐獐，数肋射之，渴饮其血，饥食其肉，甜如甘露浆，觉耳后风生，鼻头出火。此乐使人忘死，不知老之将至。'"岳飞《满江红》的名句"壮志饥餐胡虏肉，笑谈渴饮匈奴血"也是从此典化出。　[6] 身后名：《晋书·张翰传》："翰任心自适，不求当世。或谓之曰：'卿乃可纵适一时，独不为身后名邪？'答曰：'使我有身后名，不如即时一杯酒。'时人贵其旷达。"

［点评］

这首"壮词"，是典型的英雄人写英雄词，极富镜头感和场面感。词的开篇，推出夜间英雄大醉之后挑灯摩挲宝剑的镜头，随即镜头跳转到当年秋日沙场点兵的情景和惊心动魄的战斗场面：战士个个摩拳擦掌，志气高昂。连营吹角，曲奏凯歌，将士们大碗吃牛肉，大碗喝美酒，豪气干云；出师后，马似的卢飞快，弓如霹雳轰鸣。有此军队，何坚不克！可惜，这样的场景，如今只能在醉里回味，在梦里怀想。当年沙场点兵的少年将军，如今困守乡间，坐看白发横生！"赢得生前身后名"的理想也成为泡影！

此词气势豪壮，句法精壮。特别是"八百里"二句，句法挺异。一般七言诗句词句都是二二三式，而此两句则作三一三式，读作：八百里——分——麾下炙，五十弦——翻——塞外声，句式的挺异与特异的战争场面相得益彰。此词读起来一气贯注，一气直下，似是一气呵成，但实经千锤百炼而成。十句之中镕铸了六个典故，而浑然天成。八百里，既是用《世说新语》中八百里驳的典故，字面上也让人联想到"连营"八百里的壮观。作者把前人的语典、事典融化成自己独具个性的语汇系统，彰显出他高超的文字驾驭能力，既显学问才情，又使词作具有深厚的历史感。每个语典、事典，都沉淀着特定的历史记忆，能唤起读者对特定历史场景的记忆和联想。"马作的卢飞快"，如换成"马似旋风飞快"，只是一个普通的比喻，没有特定的历史记忆，无法唤起读者更多的联想。而用"的卢飞快"，则让人联想到刘备乘的卢飞越檀溪的传奇故事。在实写战场的情景之外，多了一层历史风云与想象。用典是丰富诗词情感内涵的有效方法，典故在现实与历史、表层与深层之间建立起一种特殊的联系。

水调歌头

元日投宿博山寺[1]，见者惊叹其老

头白齿牙缺，君勿笑衰翁。无穷天地今古，人在四之中[2]。臭腐神奇俱尽[3]，贵贱贤愚等耳[4]，造物也儿童[5]。老佛更堪笑，谈妙说虚空。

坐堆阤[6]，行答飒[7]，立龙钟[8]。有时三盏两盏[9]，淡酒醉蒙鸿[10]。四十九年前事[11]，一百八盘狭路[12]，拄杖倚墙东。老境竟何似，只与少年同。

卓人月："我疑稼轩不死，何惊其志耶？"（《古今词统》卷十二）

[注释]

[1]元日：大年初一。此为淳熙十六年（1189）正月初一。博山寺：在广丰县。《江西通志》卷一一二："博山寺，在广丰县崇善乡。本名能仁寺，五代时天台韶国师开山，宋绍兴中悟本禅师奉

诏开堂。辛弃疾为记。" [2]四之中：即上句所说的天、地、今、古四者之中。 [3]臭腐神奇：《庄子·知北游》："故万物一也。是其所美者为神奇，其所恶者为臭腐；臭腐复化为神奇，神奇复化为臭腐。" [4]贵贱贤愚等耳：白居易《浩歌行》："贤愚贵贱同归尽。" [5]造物也儿童：造物主也是捣蛋的儿童。《新唐书·杜审言传》："审言病甚，宋之问、武平一等省候何如，答曰：甚为造化小儿所苦，尚何言？" [6]堆豗（huī）：困顿的样子。 [7]答飒：懒散不振。《南史·郑鲜之传》："时傅亮、谢晦位遇日隆，范泰尝众中让诮鲜之曰：'卿与傅、谢俱从圣主有功关、洛，卿乃居僚首，今日答飒，去人辽远，何不肖之甚！'鲜之熟视不对。" [8]龙钟：衰老的样子。 [9]三盏两盏：李清照《声声慢》："三杯两盏淡酒，怎敌他晚来风急。" [10]蒙鸿：即鸿蒙，朦胧混沌。 [11]四十九年前事：时年五十，故说四十九年事。活用"蘧伯玉年五十，而知四十九年非"典。 [12]一百八盘狭路：黄庭坚《竹枝词》："浮云一百八盘萦。"陆游《入蜀记》说巫山县"山极高大，有路如线，盘屈至绝顶，谓之一百八盘"。此指人生的曲折坎坷。

［点评］

　　淳熙十六年（1189）正月初一，稼轩时年五十。大年初一他不在家与亲人团聚，而是投宿博山寺，去找老僧谈禅，想是心中有解不开的结，要让老僧开解开解。不承想见到他的人都感叹他怎么会突然老成这个样子。他究竟老成啥样子了，稼轩以自嘲的口吻告诉你：头发白了，牙齿缺了，身体衰了，坐着显得困顿，走起路来慢吞吞地没气力，站着尽显龙钟老态，喝起酒来远不如当年神勇，三杯两盏过后就醉眼朦胧。为何如此？皆因

"四十九年前"经历的都是"一百八盘狭路"。世路坎坷，身心俱受折磨，能不衰老么？老态、疲态、懒态，跃然纸上。用词作给自我画像，词史上少见，稼轩应是第一人。其后戴复古、孙惟信等词人皆有仿作。

卜算子

齿落

刚者不坚牢[1]，柔底难摧挫。不信张开口角看，舌在牙先堕。

已阙两边厢，又豁中间个[2]。说与儿曹莫笑翁，狗窦从君过[3]。

表面幽默，深含激愤。小中见大，由齿落舌存窥见世道人心。

[注释]

[1]"刚者不坚牢"二句：刘向《说苑·敬慎》载：常枞（chuāng）"张其口而示老子，曰：'吾舌存乎？'老子曰：'然。''吾齿存乎？'老子曰：'亡。'常枞曰：'子知之乎？'老子曰：'夫舌之存也，岂非以其柔耶？齿之亡也，岂非以其刚耶？'常枞曰：'嘻，是已。天下之事已尽矣，无以复语子哉！'"底，的。一本作"的"。　[2]豁：空。　[3]狗窦：狗洞。典出《世说新语·排调》："张吴兴年八岁，亏齿。……先达知其不常，故戏之曰：'君口中何为开狗窦？'张应声答曰：'正使君辈从此中出入。'"

［点评］

　　前首《水调歌头》辛弃疾说到自己"头白齿牙缺"，此首《卜算子》专写齿落牙缺，应是差不多同时所作。戏谑调侃中蕴含着深刻的人生感悟和不平之气。刚硬的牙齿不坚固，反倒是柔软的舌头难以摧挫，你要是不信，张开嘴给你看看，舌头依旧在，牙齿已先落。这说明什么道理？做人不可太刚，过于刚直就容易遭遇挫折；做人需柔软，柔软的身段好转身，好调整，好适应。这可是老子的智慧。这层意思，字面上稼轩没有说明，没有点破，但他用刘向《说苑》典故，其实已包含这层意思了。稼轩不是说自己从此要学乖，变得柔软圆滑，而是平和中含愤激，为什么刚直者总容易受伤，而身段圆滑柔软者却能得志得意？他想不开！

　　上片感叹牙齿容易落，下片写牙齿如何落。先是两边的大牙掉了，然后是中间的门牙也落了，形成了一个狗洞。结拍自嘲地说：小子们别笑俺老头子，这狗洞大的可以随你进出呢。这是玩笑，也是用典。《世说新语》载张吴兴八岁时换牙，牙齿掉了好几个，年长者知道他天资不凡，故意逗他说："你嘴里为何开了个狗洞？"张应声回答说："好让你们从这里出入呀。"瞧，这小孩太敏捷，太有才了。稼轩用此典，真是恰到好处。若不知道此典，则只知稼轩翁在开玩笑，明白了这个典故，顿觉妙趣横生，又贴切，又幽默。稼轩翁也是太有才了，信手拈来的一个典故，既让我辈领略了历史上那个张吴兴小朋友的聪明智慧，也让我们感受了稼轩翁的诙谐幽默。英气逼人的英雄稼轩，原来骨子里透着一股幽默。幽默，是中国文学里的稀有元素。读稼轩词，能常常体验到他的幽默感。

鹊桥仙

己酉山行书所见 [1]

松冈避暑，茅檐避雨，闲去闲来几度。醉扶怪石看飞泉，又却是、前回醒处。

东家娶妇，西家归女 [2]，灯火门前笑语。酿成千顷稻花香，夜夜费、一天风露。

［注释］

[1] 己酉：指孝宗淳熙十六年（1189）。　　[2] 归女：嫁女。

［点评］

这首词写在上饶山间路上的见闻，但不是一时的见闻，而是往来多次的见闻。镜头逐次推出，先是一座山冈的一片松树林，词人曾在这儿避过暑；接着是一栋茅屋，词人曾在里面避过雨。再连续推出路边的怪石、飞泉，这回酒醉，扶着怪石看飞泉，醒来一看，原来还是上回酒醒之处。上片写山中景，下片写村中事。来到一个村落，只见灯火通明，几家门前乡亲进进出出，笑声不断，喜气洋洋，原来是这家娶媳妇，那家嫁闺女，难怪如此热闹喜庆。走出村头，是一片稻田，稻花飘香，

词用时空重叠之法，一笔写出几度时空中的活动和场景。松冈、茅檐、怪石、飞泉，是眼前景，又是旧时景。避暑避雨、酒醉酒醒、闲去闲来，是往日今时重复出现的动作。将过去时态、现在时态打成一片，笔法极简。

丰收在望。词人也不觉为之喜在心头。

卜算子

闻李正之茶马讣音[1]

欲行且起行，欲坐重来坐。坐坐行行有倦时，更枕闲书卧。

病是近来身，懒是从前我。净扫瓢泉竹树阴，且凭随缘过[2]。

过片两句意思本来很平常，说身体多病，慵懒无气力。句法一变，词意随之新深：以前是强健的，近来才常常生病；从前本就慵懒，现在更加慵懒无力。

[注释]

[1]李正之：名大正。淳熙十四年（1187）由利州路提点刑狱改任茶马提举。约卒于绍熙元年（1190）。王明清《挥麈录余话》卷一载其轶事曰："辛巳岁，颜亮寇淮，江浙震动。有处州遂昌县道流张思廉者，人称为有道之士。言事多验，时李正之大正为邑尉，从而问之。思廉以片纸书云：'眘乃在位。'初得之，殊不可晓。次年，阜陵改名，正储登极。李正之云。"韩淲有《李正之丈提刑挽词》："犹记登龙日，分明捉月仙。精神超物表，才术本天然。符节多遗爱，玺书行九迁。岂期归蜀道，乃尔闷重泉。""耆旧今零落，风流近所无。歌诗到元白，字画逼欧虞。为约言犹在，收书德不孤。阶庭知有子，庆泽自相符（原注：公作坟约，先公跋之。公在蜀，收书，将为义学）。"由韩诗可略见其为人。讣音：去世的噩耗。　[2]凭：如此，这样。

［点评］

想行就行，想坐就坐，坐多了，行累了，就枕着闲书躺卧。这是辛弃疾中晚年闲居瓢泉的生活状态。枕书而卧，足见稼轩爱读书。英雄终年无所事事，就难免生点小病，变得有些慵懒，随意打发着时光。此词题目是说接到友人李正之亡故的噩耗后所作，但词中似无哀悼之意，所以有人认为此题可能原属另一首词而误植于此。不过，如果词题不误而强为之解，也许这个时候辛弃疾有些心如枯井了，听到友人仙逝的消息，觉得人生总会走到尽头，自己来日也无多，还不如随缘适意地过一生。

卓人月："妙全在俚。似古诗'老女不嫁，踏地唤天'等语。"（《古今词统》卷七）

寻芳草

调陈莘叟忆内 [1]

有得许多泪 [2]，更闲却、许多鸳被。枕头儿、放处都不是，旧家时、怎生睡 [3]。

更也没书来，那堪被、雁儿调戏。道无书、却有书中意，排几个、人人字。

陈廷焯："一味古质，自是绝唱。通首缠绵尽致，语至情真，愈朴愈妙，于此见稼轩真面目。"（《云韶集》卷五）

此词虚处传神。有、更、却等字，把词意的层深转折表现得淋漓尽致。

［注释］

[1] 调：调笑，调侃。陈莘叟：陈傅良族兄。陈傅良《止斋集》卷四十《送莘叟弟趋江西抚干分韵诗引》："莘叟入江西幕，同饯者十人。林宗、易自牧、沈仲一、徐一之、朱谷叔及之、黄敬之、余兄莘叟分韵赋诗，某亦在分中。又为之引。"傅良为温州瑞安人，

莘叟亦当为瑞安人。忆内：想念妻子。 [2]"有得许多泪"二句：用唐人故事。《本事诗·情感》："朱滔括兵，不择士族，悉令赴军，自阅于球场。有士子容止可观，进趋淹雅，滔召问之，曰：所业者何？曰：学为诗。问：有妻否？曰：有。即令作《寄内诗》，援笔立成。词曰：'握笔题诗易，荷戈征戍难。惯从鸳被暖，怯向雁门寒。瘦尽宽衣带，啼多渍枕檀。试留青黛着，回日画眉看。'又令代妻作诗答，曰：'蓬鬓荆钗世所稀，布裙犹是嫁时衣。胡麻好种无人种，合是归时底不归。'滔遗以束帛，放归。" [3]旧家时：昔日，从前。

［点评］

这首词是调侃朋友陈莘叟想老婆。丈夫与妻子分离久了，就会想妻子。这陈莘叟与妻子分离一段时日了，想得眼泪汪汪的。晚上空房独睡，翻来覆去，怎么也睡不着。以为是枕头没放好才睡不着，可枕头不管怎样放，还是难入睡。更可恼的是，老婆也不写书信来问候，还经常被雁儿戏弄。古代有大雁传书的传说，李清照《一剪梅》不是有"雁字回时，月满西楼"的词句么？见到大雁，以为带着她的书信来了呢，谁知又是空欢喜一场。雁群不但不带书信来，还常常排成"人"字飞行，像故意撩逗他似的。"人人"，是对亲昵者的爱称，意思类似今天男女情侣间相称"亲爱的"。稼轩巧妙地将大雁排成的"人"字重叠为"人人"，变成对妻子的爱称与思念，很是有趣。

定风波

席上送范先之游建邺[1]

听我尊前醉后歌[2]，人生无奈别离何。但使情亲千里近[3]，须信，无情对面是山河[4]。

寄语石头城下水[5]，居士[6]，而今浑不怕风波[7]。借使未成鸥鹭伴[8]，经惯[9]，也应学得老渔蓑。

［注释］

[1]范先之：即范开，辛弃疾门人。据辛弃疾《醉翁操》词序，范开"甚文而好修"，"长于楚辞而妙于琴"，"与予游八年，日从事诗酒间"。建邺：今江苏南京。　[2]醉后歌：杜甫《陪郑广文游何将军山林十首》："自笑灯前舞，谁怜醉后歌。"　[3]但使情亲千里近：如果情亲，远隔千里也感觉很近。即王勃"海内存知己，天涯若比邻"之意。　[4]无情对面是山河：如果彼此无情，即使面对面也如同隔着山隔着河。　[5]寄语：带话给。石头城：即建康城，今南京城。乾道四年（1168），辛弃疾曾在此地任建康府通判，是旧游之地。故让范先之带信给石头城下水。　[6]居士：辛弃疾自指。[7]浑：全然，完全。　[8]借使：即便。　[9]经惯：老练，习惯。

［点评］

古人因为交通不便、通信不发达，离别之后，音信难通，安危不详，重逢难料，所以特别看重离别。离别，是古人无法回避的人生伤痛。因而，离别也成为古典诗词中一大常见主题。唐人有好多送别的名句，如王勃的"海内存知己，天涯若比邻"，王维的"劝君更尽一杯酒，西出阳关无故人"，高适的"莫愁前路无知己，天下谁人不识君"等。稼轩此词中的"但使情亲千里近""无情对面是山河"也可以成为名句，只是前人留意者少。这两句有哲理，又精炼，把客观的空间距离和主观的心理距离之间的辩证关系说得明明白白：两情相亲，即使远隔千里，情感上感觉很近；彼此没有感情，即使面对面，心理距离也如同隔着山河。在词中，这两句是安慰门人范开的话，虽然离别是无可奈何之事，不能避免，但只要情深情亲，彼此牵挂，彼此忆念，远隔千里也感觉很亲近。上片是安慰，下片是嘱托。让范开带信给石头城的故人：居士我已经习惯了无职闲居的生活，再不怕人生世路的风波了，即使不像鸥鸟那样习惯在风波中出没，至少也能像老渔翁那样坦然自如地应对。此词没有离别词那种类型化的感伤，有的是豁达与自信。

金菊对芙蓉

重阳 [1]

稼轩学柳永词，前人未曾留意。实则大作家都是转益多师。此词首二句即从柳词脱胎，是稼轩学柳词之明证。

远水生光 [2]，遥山耸翠，雾烟深锁梧桐 [3]。正零瀼玉露 [4]，淡荡金风 [5]。东篱菊有黄花吐 [6]，

对映水几簇芙蓉^[7]。重阳佳致，可堪此景，酒酽
花浓^[8]。

　　追念景物无穷。叹少年胸襟，忒煞英雄^[9]。
把黄英红萼^[10]，甚物堪同。除非腰佩黄金印^[11]，
座中拥、红粉娇容^[12]。此时方称情怀，尽拚一
饮千钟^[13]。

［注释］

[1] 此词宋本《稼轩词》未收，始见于《草堂诗余》后集卷上，
署"辛幼安"作。郑骞《稼轩词校注》以为"气格卑劣，恐非辛词"，
然无确据。此词气格虽然不高，但类稼轩口吻。人在不同环境、
不同心境的创作，气格自有差别。再高大上的人，也有平凡普通
的想法，不能仅以"气格"高下论真伪。　[2] "远水生光"二句：
语出柳永《诉衷情近》："澄明远水生光，重叠暮山耸翠。"　[3] 锁
梧桐：化用李煜《乌夜啼》"寂寞梧桐深院锁清秋"句意。　[4] 零
瀼（ráng）玉露：《诗经·郑风·野有蔓草》："野有蔓草，零露瀼
瀼。"秦观《满庭芳》："夜深玉露初零。"零，滴落。瀼，露浓的
样子。　[5] 金风：秋风。　[6] 菊有黄花：语本《礼记·月令》
"季秋之月"，"鞠有黄华"。鞠，通"菊"。　[7] 芙蓉：此指荷
花。　[8] 酽（yàn）：酒味醇厚。　[9] 忒煞：十分，非常。　[10] 黄
英红萼：菊花、荷花。　[11] 黄金印：宰相之印。《史记·五宗世
家》："汉独为置丞相，黄金印。"李白《别内赴征》："归时傥佩黄
金印，莫见苏秦不下机。"　[12] 红粉娇容：指美女。　[13] 一饮
千钟：欧阳修《朝中措·送刘仲原甫出守维扬》："文章太守，挥
毫万字，一饮千钟。"

[点评]

唐五代人写词，词的内容往往与词调名有一定关联，后人称为"赋调名本意"。比如《临江仙》多咏江畔女神，《更漏子》多写夜半情事。北宋以后，词的内容跟调名本身脱离了内在的关联，本是喜庆的《贺新郎》词调常常用来写愤激的情怀。不过，用心的词人有时选调作词还是会注意词的内容与调名的关联性，以满足读者的阅读预期，丰富词的情感含量。稼轩此词咏重阳、写菊花，选用《金菊对芙蓉》词调，蛮有意味。上片基本上是赋调名本意，摹写重阳节的金菊芙蓉。下片抒情，言少年抱负。年少时英雄豪迈，压根就不把那花儿朵儿放在心里，一心只想着建立功名事业，功成名就后，腰佩黄金印，威风凛凛，佳人陪侍，情意绵绵，来个事业爱情双丰收。"少年胸襟，忒煞英雄"，确是年少英雄的口吻，虽然轻狂，却符合他的个性。谁没有年少轻狂的时候！诗圣老杜当年不也曾"放荡齐赵间，裘马颇清狂"么！

卓人月："歌、麻二韵，稼轩往往通用。"（《古今词统》卷十）

"斜日"句，有画意，有声响。夕阳下，绿阴里，枝上蝉鸣阵阵。外景生气勃勃，内心安详静寂。外景之动正反衬内心之静。

江神子

闻蝉蛙戏作

簟铺湘竹帐笼纱[1]，醉眠些[2]，梦天涯。一枕惊回、水底沸鸣蛙[3]。借问喧天成鼓吹，良自苦，为官哪[4]？

心空喧静不争多。病维摩^[5]，意云何。扫地烧香，且看散天花。斜日绿阴枝上噪^[6]，还又问，是蝉么？

[注释]

[1] 簟铺湘竹帐笼纱：正常语序为"铺湘竹簟笼纱帐"，即铺上湘竹做的簟子，放下纱布做的蚊帐。　[2] 些（shā）：语助词。　[3] 一枕：犹言"一梦"。水底沸鸣蛙：语本苏轼《赠王子直秀才》："水底笙歌蛙两部。"　[4] 为官哪：即为（wèi）官乎。典出《晋书·惠帝纪》："帝又尝在华林园，闻虾蟆声，谓左右曰：'此鸣者，为官乎？私乎？'或对曰：'在官地为官，在私地为私。'"　[5] "病维摩"以下四句：《维摩诘所说经·观众生品第七》："维摩诘因以身疾，广为说法。佛告文殊师利：汝诣问疾。时维摩室有一天女，见诸大人，闻所说法，便现其身。即以天花散诸菩萨大弟子上。花至诸菩萨即皆堕落，至大弟子便着不堕。"　[6] 斜日：斜阳。此指夕阳时分。

[点评]

这首词是词人夏秋间听蛙鸣蝉嘶后戏作。夏日炎炎，铺上凉爽的湘竹簟子，放下蚊帐，美美地睡上一觉，一会儿就进入了梦乡。谁知被窗外水塘中稻田里喧天动地的蛙鸣之声吵醒。"借问"三句，妙用晋惠帝闻蛙声竟不知青蛙是何物的典故，写蛙声成天地叫个不停，如此辛苦，难道真的是为官家欢呼么？过片写如果自家心空心静，两耳就不分喧闹与寂静了。姑且学那生病的维摩诘，扫地焚香，心如止水，天女散花，亦自不觉。结句最妙，原以为稼轩翁已入禅定，耳不闻声了，谁知夕阳西下时又听到树枝上尖声的鸣唱，于是赶紧问左右，是蝉在叫么？看来稼轩翁内心深处难以入静。蛙鸣蝉叫，本是平常之景，稼轩写来，却充满了情趣。

清平乐

题上卢桥[1]

朱德才："景、情、理三者有机统一。山抱水绕，居然有十里坦途，层嶂叠岭，清泉飞流却穿越无阻。奇壮秀美，动静交错，勃然生气。"(《辛弃疾选集》)

清溪奔快，不管青山碍。千里盘盘平世界，更著溪山襟带。

古今陵谷茫茫[2]，市朝往往耕桑[3]。此地居然形胜，似曾小小兴亡。

[**注释**]

[1]上卢桥：在江西上饶市境内。　[2]古今陵谷茫茫：语本《诗经·小雅·十月之交》："高岸为谷，深谷为陵。"　[3]市朝往往耕桑：沧海桑田之意。今日繁华热闹的都市，以前常常是耕桑之地。

[**点评**]

读此词，最强烈的感受是清溪那股一往无前的精神和气势。清溪不管也不怕青山阻碍，总是那么欢快急速地往前奔流。溪流在山间盘旋宛转，冲破阻碍，最后流向平野大地。上片写景劲健，普通平常的溪流注入了英雄辛弃疾不惧阻力而勇往直前的精神，显出不凡的气度。清溪原本窄而小，但辛弃疾写来却气势磅礴。目力所见清溪的长度本极有限，但词人却从有限想象到无限，由眼前一段清溪而想象出千里盘旋最终冲出大山奔向平原的清溪，实中有虚，虚中有实。下片写所感，小中见大，由古今陵谷的变迁而联想到人世的沧桑、历史的兴亡，体现出英雄辛弃疾深沉的历史感。他总能站在历史的高度，去观察思考人生与自然。

生查子

有觅词者，为赋

去年燕子来[1]，绣户深深处。花径得泥归，都把琴书污。

今年燕子来，谁听呢喃语。不见卷帘人[2]，一阵黄昏雨。

[注释]

[1]"去年燕子来"以下四句：从杜甫《漫兴九首》诗化出："熟知茅斋绝低小，江上燕子故来频。衔泥点污琴书内，更接飞虫打著人。"污，此处读去声 wù。　[2]卷帘人：李清照《如梦令》："昨

此词的章法，出自欧阳修《生查子》："去年元夜时，花市灯如昼。月到柳梢头，人约黄昏后。　今年元夜时，月与灯依旧。不见去年人，泪满春衫袖。"今昔景同而人不同，寓物是人非之感。

夜雨疏风骤。浓睡不消残酒。试问卷帘人，却道海棠依旧。知否，知否。应是绿肥红瘦。"

[点评]

　　这首词代他人言情，写来却十分逼真，像是写自己的亲身体验。词从燕子的角度写人事的变化，构思新巧。去年燕子来时，伊人在香闺弹琴读书，燕子从香径衔泥回家时，常把她的琴书污染上许多泥点。今年燕子回来时，再也没有人听它呢喃歌唱，再也见不到卷帘人倚窗听雨的情景。全词围绕春天燕子、绣户、卷帘人着笔，下片卷帘与上片绣户呼应，结构井然。

生查子

独游西岩[1]

青溪山鸟，都通人情、解人意。赋景物以情思，化被动为主动，是词中妙境。

青山非不佳[2]，未解留侬住。赤脚踏层冰[3]，为爱清溪故[4]。

朝来山鸟啼，劝上山高处。我意不关渠[5]，自在寻诗去。

[注释]

[1] 西岩：《上饶县志》："西岩在县南六十里，岩石拔起，中空如洞，内有悬石如螺，滴水垂下，味甘冷。" [2] "青山非不佳"

二句：反用李德裕《登崖州城作》"青山似欲留人住，百匝千遭绕郡城"句意。侬，我。　　[3] 赤脚踏层冰：语出杜甫《早秋苦热堆案相仍》："南望青松架短壑，安得赤脚踏层冰。"层冰，指清水。水中有一级级的石头，就像是一层层的冰。　　[4] 清溪：原作"青溪"，据四卷本《稼轩词》改。　　[5] 我意：原作"裁意"，据四卷本《稼轩词》改。不关渠：跟他无关。渠，人称代词，他。

[点评]

这首词侧重写溪中清水。开篇二句反衬铺垫，谓青山景色虽好，却不懂得留我住下。言外之意是，青山不像溪水那般多情。"赤脚"二句正面写溪水。词人爱清溪，爱清水，不禁童心大发，脱下鞋袜，赤脚踏入溪中，玩起水来。过片写鸟啼。山中听鸟啼，本很平常，但词人不是写"闲来听鸟啼"，而是说"朝来山鸟啼，劝上山高处"，好像是劝我到山的高处看风景。这就把平常之景变得不平常。鸟本无心而鸣，在词人笔下鸟声却变得多情有意，妙趣横生。

生查子

独游西岩

青山招不来[1]，偃蹇谁怜汝。岁晚太寒生[2]，唤我溪边住。

山头明月来，本在天高处。夜夜入清溪，听

本是我来溪边游赏，却说西岩唤我来溪边同住。本是我在读《离骚》，却说山月夜夜来溪边听我读《离骚》。赋自然以灵性，化平常为奇崛。与杨万里的"诚斋体"诗异曲同工。

读《离骚》去[3]。

[注释]

[1]"青山招不来"二句：从苏轼《越州张中舍寿乐堂》"青山偃蹇如高人，常时不肯入官府"化出。偃蹇，高耸貌。此指清高傲气。　[2]生：语助词。　[3]读《离骚》：用《世说新语·任诞》事："王孝伯言：'名士不必须奇才，但使常得无事，痛饮酒，熟读《离骚》，便可称名士。'"

[点评]

此阕与前词都是"独游西岩"，但写来各具面目。独游，没有随从，没有呼朋唤侣的热闹，独自行游，独自与自然对话、与山水交流。西岩是平地上拔起的岩石，周边没有群山做邻居，所以辛弃疾说，青山都躲得远远的，招都招不来，西岩傲然挺拔在这里，谁怜惜你呀！是不是到了年末岁晚，觉得太寒冷孤单，特地唤我来溪边跟你同住啊。在稼轩心中笔下，岩石有了傲然独立的精神，孤高自赏的气质。毋宁说这西岩是他精神气度的投射。所谓"以我观物，物皆着我之色彩"。"昂昂千里，泛泛不作水中凫"的辛稼轩，怎么看这西岩都觉得有自己的精气神在。于是乎稼轩成了西岩的知己，西岩成了稼轩的化身。皎洁的山头明月，也是西岩的知音，它本在高高的天上，却夜夜来清溪边陪伴西岩，听读《离骚》。月亮爱听读《离骚》，似乎心中也有磊落不平之气呢。如果说溪间明月照，就很平常，而稼轩说月入清溪听读《离骚》，则出人意表，不仅把月亮写活了，也把清溪写活了。清溪夜夜有潺潺流水之声，像是读《离骚》之声。这想象、这比喻也太新奇了，只有像辛稼轩这样充溢着郁塞不平之气的英雄才想得出。

浣溪沙

黄沙岭[1]

寸步人间百尺楼，孤城春水一沙鸥[2]。天风吹树几时休。

突兀趁人山石狠[3]，朦胧避路野花羞。人家平水庙东头[4]。

过片两句写景如绘。山中巨石恶狠狠地看着行人，似有扑来之势。路旁遮遮掩掩的野花羞羞答答，躲在路边，不好意思见人。一凶狠逼人，一温柔谦让，对比鲜明，让人联想到类似的人情世态。

[注释]

[1]黄沙岭：在今上饶西南黄沙岭乡。当时辛弃疾在此建有读书堂。陈文蔚《克斋集》卷十《游山记》："嘉定己巳秋九月，傅岩叟拉予与周伯辉践傅岩之约。""度北岸桥，过黄沙辛稼轩之书堂，感物怀人，凝然以悲。" [2]一沙鸥：语出杜甫《旅夜书怀》："飘零何所似，天地一沙鸥。" [3]突兀趁人：语出杜甫《青阳峡》："突兀犹趁人，及兹叹冥漠。"趁，跟随，面对。狠：凶神恶煞的样子。 [4]平水庙：在上饶境内。

[点评]

辛弃疾写词，工于炼句。玩对偶，绝对是高手。此词"突兀"二句，对偶精工，而句法挺异。按常规句式，应是

"突兀山石狠趁人，朦胧野花羞避路"，"突兀"本是修饰"山石"的，是主语"山石"的定语，却放在谓语的前面；"趁人"应是"山石"的谓语，却放在主语的前面；"朦胧"本是修饰主语"野花"的，却放在谓语的前面。"狠"与"羞"，原本是状语，表示程度和状态，却放在句末作谓语，以突显山石的"狠"和野花的"羞"。诗句的重心往往在句末。《王直方诗话》记载，王钦臣曾写一绝句，第三句作"日斜奏罢长杨赋"，王安石见后，把它改为"日斜奏赋长杨罢"，说："诗家语，如此乃健。"由此可悟诗词的句法。辛弃疾的"七八个星天外，两三点雨山前"，如果按散文的句式应是"天外七八个星，山前两三点雨"，将原作状语的天外、山前改到句末，就突显了空间方位感，句法也挺拔特异。说山石"狠"，说野花"羞"，已很新鲜，又说山石"趁人"，野花"避路"，就更新奇，本是自然状态的山石、野花，都成了有意而为的灵物。于此又可体悟词人的艺术创造之法。

鹧鸪天

黄沙道中即事 [1]

朱德才："'轻鸥'联对仗工稳，妙笔天成。"(《辛弃疾选集》)

句里春风正剪裁 [2]，溪山一片画图开。轻鸥自趁虚船去 [3]，荒犬还迎野妇回 [4]。

松共竹，翠成堆。要擎残雪斗疏梅。乱鸦毕竟无才思 [5]，时把琼瑶蹴下来 [6]。

［注释］

[1]黄沙道中：黄沙岭的路上。辛弃疾在此有读书堂，时常往来此地。　[2]句里春风正剪裁：从贺知章《咏柳》"不知细叶谁裁出，二月春风似剪刀"化出。　[3]自趁：自随。　[4]野妇：村妇。　[5]无才思：语出韩愈《游城南十六首》："杨花榆荚无才思，惟解漫天作雪飞。"　[6]琼瑶：指树上积雪。

［点评］

这首词像是画家在黄沙道中写生，又像是摄影师在黄沙道中抓拍风景。开篇二句总写，说黄沙道中山光水色像一片铺开的图画，春风正在剪裁诗句来描绘。"轻鸥"二句是特写溪中水边之景。轻盈的白鸥追随着溪中的小船自在飞去，村边野狗摇着尾巴迎接村妇回家。气氛轻松和谐，宁静安详。下片写松竹林中之景。松树上还残留着春雪，仿佛是要跟梅花比拼。最有趣味的镜头是，黑黑的乱鸦飞上树杪，时不时地把残雪蹴踏下来，极具黑白分明的色彩感和残雪洒落的动态美。说乌鸦"无才思"，不知爱惜"琼瑶"，乱把"琼瑶"般的残雪蹴落树下，令人忍俊不禁。

西江月

夜行黄沙道中

明月别枝惊鹊[1]，清风半夜鸣蝉。稻花香里说丰年[2]，听取蛙声一片。

　　七八个星天外[3]，两三点雨山前。旧时茅店社林边，路转溪桥忽见。

[注释]

[1]明月别枝惊鹊：语出苏轼《杭州牡丹开时仆犹在常润周令作诗见寄次其韵复次一首送赴阙》："天静伤鸿犹戢翼，月明惊鹊未安枝。"　[2]"稻花香里说丰年"二句：意思是"稻花香里听取一片蛙声说丰年"。"听取蛙声"的是词人，"说丰年"的是"蛙声"，不是田间的老农。如果是人说丰年，那很平常，蛙声说丰年，才新鲜有兴味。　[3]"七八个星天外"二句：从五代卢延让《松门寺》"两三条电欲为雨，七八个星犹在天"化出。如果是生活语言，应说"天外七八个星，山前两三点雨"。由此二句和"稻花香"二句可悟诗歌语言与生活语言的区别，故有学者说诗歌语言是生活语言的变形。

[点评]

　　前首《鹧鸪天·黄沙道中即事》是写白天所见，此词则是书写夜行黄沙道中的见闻，像是乡村夏夜的风景纪录片，一个镜头接一个镜头地呈现。明月升起，路边树林里栖眠的鸟鹊被月光惊醒，发出噪动的响声。清爽的山风送来树上蝉的嘶鸣。走过山冈，来到平坦的原野，路两边是散发着稻香的块块稻田，田里青蛙像比赛似地一个劲地高唱，像是在预告今年早稻的丰收。蝉的嘶鸣，蛙的歌唱，此起彼伏，让宁静的乡村夏夜到处充满了生机。辛弃疾拿着"摄像机""录音机"，录下了这来自大自然的交响曲。走了一会儿，来到一座小山前，突然下起了雨点，抬头见远处天空中还挂着稀稀落落的七八颗星呢。虽然词人知道这是阵雨，不会下得太久，但还是想找个地方避避雨。记得这附近社林边上有个小酒店的，曾经在那喝过村酒呢，夜色朦胧，看不清楚，词人加快了脚步，边走边张望，呵呵，转过溪头，就看到了尚有灯光的那间小酒店，不觉心头一喜。

　　这首词内涵丰富，写出了光线的明暗变化，天气的晴雨变化，心情的忧喜变化。明月升起之前或被云层遮住时，大地一片黑暗；明月升起或冲破云层之后，大地变得明亮，连睡梦中的鸟鹊都被惊醒。此为光线的明暗变化。先是晴天，明月高照，后来两三点雨落下，此为天气晴雨的变化。沐浴着夏夜山间的清风，倾听着田间青蛙的歌唱，词人身心俱爽，兴致极高。忽然阵雨飘下，没带雨具，担忧打湿衣衫，心情转喜为忧。不一会儿，转过溪头，找到了避雨之地，悬着的心终于放下，再次转忧为喜。今年水稻丰收在望，农民可以过上温饱的日子，词人也发自内心的喜悦。

添字浣溪沙

三山戏作 [1]

记得瓢泉快活时 [2]，长年耽酒更吟诗。蓦地

"蓦地"二句用杨朴典，既是自我调侃，也是无奈的反讽。此回出来做官，不过是点缀，根本无法施展抱负。

捉将来断送^[3]，老头皮。

绕屋人扶行不得^[4]，闲窗学得鹧鸪啼^[5]。却有杜鹃能劝道^[6]，不如归。

[注释]

[1]三山：指福建福州。因城中有越王山、九仙山、乌石山，故名。绍熙三年（1192）春，辛弃疾到福州任福建路提点刑狱公事。到任后不久作此词。　[2]瓢泉：辛弃疾在江西铅山的居所。　[3]"蓦地捉将来断送"二句：用杨朴故事。《东坡志林》卷二："真宗既东封，访天下隐者，得杞人杨朴，能诗。召对，自言不能。上问：'临行有人作诗送卿否？'朴曰：'惟臣妻有一首云：更休落魄耽杯酒，且莫猖狂爱咏诗。今日捉将官里去，这回断送老头皮。'上大笑，放还山。余在湖州，坐作诗追赴诏狱，妻子送余出门，皆哭。无以语之，顾语妻曰：'独不能如杨子云处士妻作诗送我乎！'妻子不觉失笑，余乃出。"　[4]绕屋人扶：身体衰弱，在屋里走动都要人扶。语出杜甫《呈苏涣侍御》："此身已愧须人扶。"　[5]鹧鸪啼：鹧鸪的叫声如"行不得"。　[6]杜鹃：杜鹃的叫声如"不如归"。

[点评]

辛弃疾在上饶瓢泉闲居十年后，于绍熙三年（1192）春天又起复为福建路提刑。长期的蛰伏之后，词人并没有等来能大展雄才的职位，心中不免失望，也就没有了往日从政的热情。于是戏作此词，说在瓢泉家居，那是多么快活，天天有酒，酒后吟诗，自由自在。突然被官家捉来做事，一时真不习惯。上片说抛下瓢泉的快活日子不过，被捉到官场。下片说人老了，在屋内行走都没力气而要人扶，怎能做官呢，不如回家饮酒吟诗好。如果这样直说，就没有词味、没有诗意了。鹧鸪的叫声好像"行不得"，杜鹃的叫声像是"不如归"。所以，他借这两种鸟的叫声来曲折又形象地呈现"行不得"的身体状况和"不如归"的心声。窗前正学鹧鸪啼"行不得""行不得"，杜鹃鸟就飞来劝道，既然"行不得"，还"不如归""不如归"。普通的想法被词人巧妙地借两种鸟的叫声来表现，生动贴切而又趣味盎然。

小重山

三山与客泛西湖[1]

绿涨连云翠拂空。十分风月处，著衰翁。垂杨影断岸西东。君恩重、教且种芙蓉[2]。

十里水晶宫[3]。有时骑马去，笑儿童[4]。殷勤却谢打头风[5]。船儿住、且醉浪花中。

"君恩重"，表面感恩，实含苦涩与无奈。堂堂英雄，不是去经天纬地，而是去种芙蓉，这无异于万字平戎策，化为东家种树书。

[注释]

[1]三山：今福州。绍熙三年（1192），辛弃疾任福建提刑，常游福州城西西湖，曾作《贺新郎·三山雨中游西湖有怀赵丞相经始》词。淳熙九年（1182）赵汝愚帅福州，上《论福州便

民事疏》说："契勘本州元有西湖，在城西三里，迤逦并城，南流接大壕，通南湖，潴蓄水泽，灌溉民田。事载《闽中记》甚详。父老相传，旧时湖周回十数里，天时旱暵，则发其所聚，高田无干涸之忧，时雨泛涨，则泄而归浦，卑田无潦浸之患。民不知旱涝，而长享丰年之利。"（《历代名臣奏议》卷一百八）此词亦同年所作。　[2] 君恩重、教且种芙蓉：陈与义《虞美人》词序："予甲寅岁，自春官出守湖州。秋杪，道中荷花无复存者。乙卯岁，自琐闼以病得请奉祠，卜居青墩镇。立秋后三日，行舟之前后，如朝霞相映，望之不断也。以长短句记之。"词有曰："今年何以报君恩，一路繁花相送到青墩。"辛词即活用此典。芙蓉，即荷花。　[3] 水晶宫：原指浙江湖州，此借指福州西湖。胡仔《苕溪渔隐丛话》前集卷五三："吴兴谓之水晶宫，不载之于图经。但《吴兴集》刺史杨汉公《九月十五夜绝句》云：'江南地暖少严风，九月炎凉正得中。溪上玉楼楼上月，清光合作水晶宫。'因此诗也。"　[4] 笑儿童："儿童笑"的倒装，意思是被儿童指笑。　[5] 谢：告知。打头风：朱翌《猗觉寮杂记》卷上："风之逆舟，人谓之打头风。坡云：卧听三老白事，半夜南风打头。"

[点评]

天下西湖名胜多。杭州西湖、颍州（今安徽阜阳）西湖和福州西湖，在宋代都是风景如画，而且都有大文豪为之手绘美景。杭州西湖，有苏东坡的绝唱："若把西湖比西子，浓妆淡抹总相宜。"颍州西湖，有欧阳修的颂歌。欧阳修"平生为爱西湖好"，连扬州大郡守都不当，特地申请去颍州小郡做知州，曾经连写十首《采桑子》词，特地以"西湖好"为首句，如第一首："轻舟短棹西湖好，绿水透迤。芳草长堤，隐隐笙歌处处随。" 无风水面琉璃滑，不觉船移。微动涟漪，惊起沙禽掠岸飞。"福州西湖，则有辛弃疾点赞。开篇一句"绿涨连云翠拂空"，不仅描绘出福州西湖满湖绿色之美，更表现出西湖绿色的冲天气势。西湖荷花的翠绿，像波浪，不断翻涨，涨到空中与彩云相连。只有大手笔才能写出这样的景致、这样的气势。辛弃疾是"写"景，也是造"景"，创造出了源于自然而高于自然的美景。

鹧鸪天

三山道中[1]

抛却山中诗酒窠，却来官府听笙歌[2]。闲愁做弄天来大，白发栽埋日许多[3]。

新剑戟[4]，旧风波。天生予懒奈予何[5]。此身已觉浑无事[6]，却教儿童莫恁么[7]。

[注释]

[1] 三山：指福州。绍熙四年（1193），辛弃疾奉诏离开福州赴临安，途中作此词。 [2] 听笙歌：语出苏轼《浣溪沙》："光阴须得酒消磨，且来花里听笙歌。" [3] 白发栽埋日许多：语本王安石《偶成》："年光断送朱颜去，世事栽培白发生。" [4] "新剑戟"二句：过去的风波，今后的道路，都充满着剑戟危险。 [5] 天生

予懒奈予何：我天生懒散，怎奈我何？天生，《论语·述而》："天生德于予，桓魋其如予何！" [6] 此身已觉浑无事：语出苏轼《归宜兴留题竹西寺》："此身已觉都无事，今岁仍逢大有年。" [7] 莫怎么：不要这样。

[点评]

人愁而生白发，本是自然现象。但词人不说因愁生白发，因为李白有"白发三千丈，缘愁似个长"的名句，再说就不新鲜、没创意了。辛弃疾此词说闲愁弄得像天一样大，白发也天天栽种许许多多，把白发生长写得有动作感和行为感，让人倍感新奇。虽然"白发栽埋日许多"是从王安石的诗句"世事栽培白发生"点化而来，但辛弃疾此句还是自饶新意。王安石是说"世事栽培白发"，而稼轩说的是"白发"自己"栽埋"在头上，更有主动性和动作感。下片"新剑戟，旧风波"，是预感这次重新出山不会顺利，人事上的老矛盾，官场上的新争斗，只会比以前更激烈、更复杂。但他心灰意懒，对进退已无所谓，"儿童"——官场上的小人们想怎么捉弄算计，我稼轩翁已不在乎了。

水调歌头

陈廷焯："一片悲郁，不可遏抑。运用成句，长袖善舞。郁勃排奡，笔力恣肆，声情激越。"（《词则·放歌集》卷一）

壬子三山被召[1]，陈端仁给事饮饯席上作[2]

长恨复长恨，裁作短歌行[3]。何人为我楚舞[4]，听我楚狂声[5]？余既滋兰九畹[6]，又树蕙之百亩，秋菊更餐英。门外沧浪水^[7]，可以濯吾缨。

一杯酒^[8]，问何似，身后名。人间万事^[9]，毫发常重泰山轻。悲莫悲生离别^[10]，乐莫乐新相识，儿女古今情。富贵非吾事^[11]，归与白鸥盟^[12]。

[注释]

[1]壬子：光宗绍熙三年（1192）。 [2]陈端仁：名岘，闽县（今福建闽侯）人。曾任给事中、平江知府、两浙转运使。淳熙九年（1182）罢四川制置使后在家闲居，故在福州为辛弃疾饯行。此时辛弃疾在福州任福建提点刑狱公事，被召准备赴临安。给事：即给事中，为门下省属官，掌审读中央颁降与地方上奏的重要文书，如有不当，即驳回；如允可，即签字放行。 [3]裁：剪裁，制作。此指赋诗。短歌行：汉乐府曲调名，多用于宴会。故辛弃疾借以指在宴席上所赋本阕《水调歌头》词。 [4]何人为我楚舞：典出《史记·留侯世家》：“为我楚舞，吾为若（你）楚歌。” [5]楚狂：指春秋时期楚国狂人接舆。《论语·微子》：“楚狂接舆歌而过孔子曰：‘凤兮！凤兮！何德之衰？往者不可谏，来者犹可追。已而，已而！今之从政者殆而！’” [6]“余既滋兰九畹（wǎn）”以下三句：化用屈原《离骚》“既滋兰之九畹兮，又树蕙之百亩”，“朝饮木兰之坠露兮，夕餐秋菊之落英”句意，比喻自我洁身自好。滋，栽种。畹，古代面积计量单位。一畹相当于三十亩，一说相当于十二亩。树，用作动词，种植的意思。兰、蕙，都指香草。 [7]“门外沧浪水”二句：化用《楚辞·渔父》“沧浪之水清兮，可以濯吾缨”句意，意谓自己不同流合污。沧浪，原指汉

水，泛指流水。濯，洗涤。缨，帽的带子。　[8]"一杯酒"以下三句：用张翰典。《晋书·张翰传》说张翰任心自适，不求当世名，有人问他，你纵情一时，难道不考虑身后名吗？他回答说：与其追求身后名，不如现时一杯酒。何似，何如。　[9]"人间万事"二句：化用《庄子·齐物论》"天下莫大于秋毫之末，泰山为小"句意。意思谓当今社会是非不分，轻重倒置，以至于贤人在野，英雄无用武之地。　[10]"悲莫悲生离别"二句：化用屈原《九歌·少司命》"悲莫悲兮生别离，乐莫乐兮新相知"句意。　[11]富贵非吾事：语本陶渊明《归去来兮辞》："富贵非吾愿，帝乡不可期。"　[12]归与白鸥盟：语本黄庭坚《登快阁》诗："万里归船弄长笛，此心吾与白鸥盟。"辛弃疾初回带湖闲居时，曾与白鸥订盟。《水调歌头·盟鸥》即说："今日既盟之后，来往莫相猜。"

[点评]

这是一首留别词。送别词与留别词有所不同：送别词是设宴的主人写词赠给远行的客人，留别词是将要远行的客人写词留赠给饯行的主人。李白的《梦游天姥吟留别》是留别诗，辛弃疾这首词是留别词。

绍熙三年（1192）春，辛弃疾在罢职闲居十年后，起复为福建提点刑狱公事。年底，他在福州应召赴临安朝廷。临行前，寓居在福州的陈端仁设宴置酒，为辛弃疾饯行。陈端仁也是罢官闲居了十年。酒席上，失意人对牢骚人，几杯酒下肚，两人越说越投缘，越说越激愤，说到激动处，甚至可以想象他俩挥拳击掌、拍案而起的情景。辛弃疾没想到，眼前这位结识不久的新朋友，人生的坎坷遭遇竟与自己如此相同，人生理想、处世原则也是如此相近，于是酒酣耳热之际，提笔写下此词，以抒发彼此积压在心中的怨愤。两人既像楚狂人，与世疏离；又像屈原，坚持自己的理想信念，决不与世浮沉、同流合污。所以上片借楚狂人和屈原故事来言志抒愤。上片的"我"和"余"，既可以理解为词人辛弃疾自己，也可以理解为陈端仁，辛弃疾代陈端仁书写忧愤。应该说，词中的"我"，是"共我"，不是"个我"，是两人共同的境遇、共同的心声。

过片写两人对功名的蔑视。接写世道颠倒，社会黑白不分，以至于英雄无用武之地。好在有新结识的知己心心相印，相互鼓励慰藉。用屈原"悲莫悲兮生别离，乐莫乐兮新相知"的名句，既贴切地表达了彼此的欣赏和信任，也生动地传达了离别时双方依依不舍的心情。结句是向友人表白，这次应召，如事有不谐，就毅然重新归山，决不贪恋富贵。此词情辞跌宕，郁勃不平之气贯穿全词，典型地体现出壮怀激烈的英雄辛弃疾词的本色。

水调歌头

题张晋英提举玉峰楼 [1]

木末翠楼出 [2]，诗眼巧安排 [3]。天公一夜，削出四面玉崔嵬 [4]。畴昔此山安在 [5]，应为先生见晚 [6]，万马一时来 [7]。白鸟飞不尽 [8]，却带夕阳回。

劝君饮，左手蟹 [9]，右手杯。人间万事变灭，

辛弃疾喜欢把山比喻成马。《菩萨蛮·赏心亭为叶丞相赋》说："青山欲共高人语。联翩万马来无数。"《沁园春·灵山齐庵赋时筑偃湖未成》也有"叠嶂西驰，万马回旋，众山欲东"的描写，此词说"应为先生见晚，万马一时来"。比喻相同，但写法各异。由此可体悟词人多变的笔法。

今古几池台。君看庄生达者^[10]，犹对山林皋壤，哀乐未忘怀。我老尚能赋，风月试追陪。

[注释]

[1] 张晋英：名涛。洪迈《夷坚志》支乙卷第八《骆将仕家》载其事曰："淳熙癸卯岁，张晋英涛自西外宗教授入为敕令删定官，挈家到都城，未得官舍，僦冷水巷骆将仕屋暂处。"绍熙四年（1193），张涛任福建提举常平茶盐公事（《（乾隆）福建通志》卷二一），故称"提举"。玉峰楼：在建安县（今福建建瓯）。《（乾隆）福建通志》卷六三："玉峰楼，在宋提举司后城壕之北。旧有多美楼、悠然堂，皆提举王秬所作。绍熙（原误作"绍兴"）四年提举张涛合而一之，作玉峰楼。楼下有室，提举周颉扁其前曰'思贤'，吴挺扁其后曰'岁寒'。又临濠有醒心亭，倚楼有绿静亭。" [2] 木末翠楼出：即"翠楼出木末"，意谓翠楼高出树杪。木末，树杪，树的顶端。杜甫《北征》："我行已水滨，我仆犹木末。" [3] 诗眼：诗中最关键、最精彩的字句，用以形容玉峰楼建造布局的精致巧妙。语出苏轼《僧清顺新作垂云亭》："天工争向背，诗眼巧增损。" [4] 玉崔嵬：形容山石风景的奇美。语出王安石《次韵和甫咏雪》："奔走风云四面来，坐看山垄玉崔嵬。" [5] 畴昔：往日，从前。安在：与下文的"见晚"典出《史记·平津侯主父列传》：天子召见主父偃、徐乐、严安三人，曰："公等皆安在？何相见之晚也！" [6] 先生：此指张涛。 [7] 万马：形容远处山峰。 [8] 白鸟飞不尽：用北宋郭祥正《金山行》"鸟飞不尽暮天碧"句意。黄庭坚《题大云仓达观台》"白鸟飞尽青天回"亦为所本。 [9] "左手蟹"二句：典出《世说新语·任诞》："毕茂世云：'一手持蟹螯，一手持酒杯，拍浮酒池中，便足了一生。'" [10] "君看庄生达者"三句：语本《庄子·知北游》："山林

与，皋壤与，使我欣欣然而乐与！乐未毕也，哀又继之。哀乐之来，吾不能御，其去弗能止。悲夫！世人直为物逆旅耳。”

[点评]

绍熙四年（1193），辛弃疾在福州任福建路安抚使。其时福建提举常平茶盐公事张涛（字晋英）在提举常平司的治所建安建了一座玉峰楼，请辛弃疾赋此词。词的开篇赞美玉峰楼楼体高耸、结构精巧。同样是写楼高，《水龙吟·过南剑双溪楼》是说“举头西北浮云”，谓双溪楼与浮云齐高；此词则说远远望去翠楼比树杪还高。仿佛让我们看到：在一片翠绿的树林中，一座造型巧妙的观景楼拔地而起，傲然耸立。“天公”以下数句，想象登楼所见之景。站在高楼上，可以看到高楼四面的奇妙风景，好像是一夜之间，天公在玉峰楼的四面削出奇峰秀岭。“四面玉崔嵬”，是从王安石的诗句化出，但王诗是坐看“玉崔嵬”，而辛词却是“天公”多情地“削”出“玉崔嵬”送给人看，变被动为主动；而“玉崔嵬”又是紧扣玉峰楼的楼名来写，构思真是新奇巧妙。天公多情，削出奇山来见；山也多情，因为楼的主人此前未见此山真面目，这次特地如“万马”齐发，“一时”奔来眼前。此山安在，相见恨晚，语似平常，却是用《史记》所载汉武帝问主父偃“公等皆安在？何相见之晚也”的典故，用典而浑化无痕，确是高手。不知道此典故，完全不影响对原词的理解；知道此处用典，更能感受辛弃疾用典技术之高超，信手拈来，如盐着水。歇拍写夕阳下众鸟在楼前盘旋，更添动感和美感。下片劝主人张涛举杯痛饮，要像庄子那样看透人生，超然旷达。

最高楼

吾拟乞归，犬子以田产未置止我，赋此骂之

吾衰矣[1]，须富贵何时[2]。富贵是危机[3]。暂忘设醴抽身去[4]，未曾得米弃官归[5]。穆先生，陶县令，是吾师[6]。

待葺个园儿名佚老[7]。更作个亭儿名亦好[8]。闲饮酒[9]，醉吟诗[10]。千年田换八百主[11]，一人口插几张匙[12]。便休休[13]，更说甚，是和非。

富贵是危机，至理名言。至今仍有警示作用。

[注释]

[1] 吾衰矣：语出《论语·述而》："子曰：甚矣吾衰也！久矣吾不复梦见周公也。"　[2] 须富贵何时：意思是等到何时才享有富贵，不如及时行乐，享受自由安闲。《汉书·杨恽传》："人生行乐耳，须富贵何时。"　[3] 富贵是危机：《晋书·诸葛长民传》："贫贱常思富贵，富贵必履危机。今日欲为丹徒布衣，岂可得也！"　[4] 暂忘设醴抽身去：即下句所言穆先生的故事。《汉书·楚元王传》："元王敬礼申公等，穆生不嗜酒。元王每置酒，常为穆生设醴（颜师古注：甘酒也。少曲多米，一宿而熟）。及王戊即位，常设，后忘设焉。穆生退曰：'可以逝矣。醴酒不设，王之意怠。不去，楚人将钳我于市。'称疾卧。"　[5] 未曾得米弃官归：即下句"陶县令"陶渊明的故事。《晋书·陶潜传》："为彭泽令，在县公田悉令种秫谷。曰：'令吾常醉于酒，足矣。'妻子固请种秔，乃使一顷五十亩种秫，五十亩种秔。素简贵，不私事上官。郡遣督邮至县，吏

白应束带见之。潜叹曰：'吾不能为五斗米折腰，拳拳事乡里小人邪！'义熙二年，解印去县，乃赋《归去来》。" [6]是吾师：《左传》载子产曰："夫人朝夕退而游焉，以议执政之善否。其所善者，吾则行之；所恶者，吾则改之。是吾师也。" [7]佚老：《庄子·大宗师》："夫大块载我以形，劳我以生，佚我以老，息我以死。"刘攽《中山诗话》载北宋陈尧佐年八十致仕后，构"佚老"亭。 [8]亦好：即"在家贫亦好"，宋时流行熟语。出自戎昱《中秋感怀》："远客归去来，在家贫亦好。"陆游《老学庵笔记》卷四："今世所道俗语，多唐以来人诗。'何人更向死前休'，韩退之诗也。'林下何曾见一人'，灵澈诗也。'长安有贫者，为瑞不宜多'，罗隐诗也。'世乱奴欺主，年衰鬼弄人'，'海枯终见底，人死不知心'，杜荀鹤诗也。'事向无心得'，章碣诗也。'但有路可上，更高人也行'，龚霖诗也。'忍事敌灾星'，司空图诗也。'一朝权入手，看取令行时'，朱湾诗也。'自己情虽切，他人未肯忙'，裴说诗也。'但知行好事，莫要问前程'，冯道诗也。'在家贫亦好'，戎昱诗也。" [9]闲饮酒：白居易《同微之赠别郭虚舟炼师五十韵》："闲饮酒一卮。" [10]醉吟诗：《太平广记》卷二〇一载李白"有《醉吟诗》曰：'天若不爱酒，酒星不在天。地若不爱酒，地应无酒泉。天地既爱酒，爱酒胡愧焉。'" [11]千年田换八百主：《五灯会元》卷四载韶州灵树如敏禅师曰："千年田，八百主。"曰："如何是千年田，八百主？"师曰："郎当屋舍没人修。" [12]一人口：林希逸《庄子口义》卷六："生之所无以为者，言身外之物也。如人生几两屐，一口几张匙是也。"范成大《丙午新正书怀》"口不两匙休足谷，身能几屐莫言钱"，自注："吴谚云：一口不能着两匙。" [13]便休休：语出《旧唐书·司空图传》。司空图居中条山，作亭曰"休休"。又作《耐辱居士歌》曰："咄咄！休休休！莫莫莫！伎俩虽多性灵恶，赖是长教闲处着。"

[点评]

这首词读来，好像辛弃疾不仅仅是教训他的儿子，也是教训当今的官二代，很有现实感。绍熙五年（1194），稼轩任福州知州兼福建路安抚使不久，因无所作为，心中不快，准备辞职归家。儿子知道后极力劝阻说，老爸呀，田产还没买好呢，不如趁在台上捞他一笔，有权不用过期作废呀。老辛听后，很生气，写下此词，把儿子骂了一顿。写诗词歌颂人的常见，骂人的少见，骂儿子的更罕见。没准稼轩此词是"天下骂子第一词"。陶渊明有《责子》诗："白发被两鬓，肌肤不复实。虽有五男儿，总不好纸笔。阿舒已二八，懒惰故无匹。阿宣行志学，而不爱文术。雍端年十三，不识六与七。通子垂九龄，但觅梨与栗。天运苟如此，且进杯中物。"稼轩平生爱陶渊明，写词骂子，或者潜意识里受到陶渊明责子诗的影响，但内容不同。陶渊明是责怪诸子没有出息，五个儿子，居然没有一个喜欢文学能接他的班的。辛弃疾此词，是教训儿子不要贪图富贵。词的开篇说，我老了，要富贵还要等到何时！你知不知道："富贵是危机！"八百多年前，辛弃疾发出的警示，至今很多人还执迷不悟。辛弃疾语重心长地对儿子说，见微知著、抽身而退的西汉穆先生，未曾得米就弃官归隐的陶渊明，都为我做出了榜样。我要回江西上饶，葺个侘老园，修个亦好亭，闲来饮酒，醉来吟诗，多么自在！千年田换八百主，一张口只插一张匙，一人只睡一张床，买那么多田有什么用？囤积那么多财富有什么用？罢了罢了，我主意已定，扔下乌纱帽，回家快活去！不论儿子乐意不乐意，老辛是下决心辞职不干了。不幸的是，还没等稼轩提出辞呈，就被臣僚弹劾，罢免了官职，待遇还降一级，从正六品的集英殿修撰降为从六品的秘阁修撰。好在稼轩早有心理准备，不然心中更是郁闷！这次稼轩贬官的原因，是"臣僚言其残酷贪饕，奸赃狼藉"（《宋会要辑稿》）。简单说来，是涉嫌贪财。宋代有谏官风闻言事的制度，不管是否属实，只要听说就可以检举揭发。稼轩被检举"贪酷"是否属实，现如今无从查证。但稼轩说"富贵是危机"，确乎是应验了的。这首词读来明白如话，其实句句用典。稼轩词的书卷气和口语化，融合得天衣无缝。

一枝花

醉中戏作

千丈擎天手[1]，万卷悬河口[2]。黄金腰下印、大如斗[3]。更千骑弓刀[4]，挥霍遮前后[5]。百计千方久，似斗草儿童[6]，赢个他家偏有。

算枉了，双眉长恁皱[7]，白发空回首。那时闲说向，山中友[8]。看丘陇牛羊[9]，更辨贤愚否。且自栽花柳。怕有人来，但只道：今朝中酒[10]。

起二句是夫子自道，英雄自画像。

［注释］

[1]擎天手：举手托起天，喻支撑国家大局，担当大任。 [2]万卷悬河口：指极有学问和口才。万卷，语本杜甫《奉赠韦左丞丈

二十二韵》："读书破万卷。"悬河口，典出《晋书·郭象传》："太尉王衍每云：'听象语，如悬河泻水，注而不竭。'"　[3]黄金腰下印：杀敌立功后做高官，腰佩斗大的黄金印。《世说新语·尤悔》："今年杀诸贼奴，当取金印如斗大，系肘后。"　[4]千骑弓刀：千名全副武装的骑兵。晁补之《摸鱼儿》："弓刀千骑成何事，荒了邵平瓜圃。"　[5]挥霍：此指张扬，耀武扬威。　[6]斗草：《荆楚岁时记》："五月五日，四民并踏百草，又有斗百草之戏。"《中吴纪闻》卷一："吴王与西施尝作斗百草之戏，故刘禹锡诗云：'若共吴王斗百草，不如应是欠西施。'"可见斗百草之戏由来已久。晏殊《破阵子》："疑怪昨宵春梦好，元是今朝斗草赢。笑从双脸生。"　[7]恁：如此，这样。　[8]山中友：隐居的朋友。苏轼《满庭芳》："山中友，鸡豚社酒，相劝老东坡。"　[9]丘陇牛羊：《古乐府》："爱惜加穷裤，防闲托守宫。今日牛羊上丘垄，当时近前面发红。"黄庭坚《出城送客过故人东平侯赵景珍墓》："今日牛羊上丘垄，当时近前左右瞋。"黄生《义府》卷下说："晋无名氏乐辞：爱惜加穷裤，防闲托守宫。穷裤字，出汉书（《上官后传》），师古注：'今之绲裆裤。'（据此则古妇人裤不皆绲裆）。穷裤守宫，皆防闲之具。惟其爱惜，故加防闲也（此分装对法）。又云：今日牛羊上丘陇，当年近前面发红。盖女子幼时情事，尚带羞涩，至盛年则不复然。譬之丘陇牛羊，所便其进前，惟恐不速矣。以其为上陇之牛羊，此穷裤守宫之所不能已也。"古乐府"今日牛羊上丘陇，当年近前面发红"的意思是，当年少女时近前见人就脸面羞红，而今日成年后见人，如牛羊上丘陇，无拘无束，不加防闲，比喻随着时间的变化，人情世故都会发生变化。　[10]中（zhòng）酒：醉酒。

[点评]

　　此词写理想与现实之间的矛盾冲突。虽是醉中戏作，吐露的却是真实的心声。自己本是国家栋梁、擎天巨手，有万卷诗书、满腹韬略、雄辩口才，期待着完成祖国统一大业，建立赫赫功勋，然后腰佩斗大黄金帅印，出门有成千骑兵护侍左右，那是何等威风！多年来也为此千方百计地努力着、奋斗着，像跟儿童玩斗草游戏似的，赢他个大满贯。可是，所有的努力都付诸东流。上片写理想、愿景，下片写现实、失望。如今两鬓斑白、双眉长皱都是枉然，只好闲看丘陇上牛羊无拘无束，种种花草柳树自由自在，哪管白云苍狗，世事变幻，贤愚是非。如有人来问讯，就说是今朝饮酒过量，不便接待。此词既表现出英雄稼轩的狂放豪气，又体现出英雄失路后的无奈失望。

水龙吟

过南剑双溪楼[1]

举头西北浮云[2]，倚天万里须长剑[3]。人言此地[4]，夜深长见，斗牛光焰。我觉山高，潭空水冷[5]，月明星淡[6]。待燃犀下看[7]，凭栏却怕，风雷怒，鱼龙惨。

峡束苍江对起[8]，过危楼欲飞还敛[9]。元龙老矣[10]，不妨高卧，冰壶凉簟[11]。千古兴亡，百年悲笑，一时登览。问何人又卸[12]，片帆沙岸，

周济："欲抉浮云，必须长剑。长剑不可得出，安得不恨鱼龙！"（《宋四家词选》）

陈廷焯："词直气盛，宝光焰焰，笔阵横扫千军。……雄奇之景，非此雄奇之笔，不能写得如此精神。"（《云韶集》卷五）

英雄人写的英雄词。豪情万丈，雄伟奇幻！

"我觉山高，潭空水冷"，明写景，暗写心。山高，意味着路险；水冷，隐喻心凉，意味着心灰意冷。

系斜阳缆。

[注释]

[1] 南剑：即南剑州，旧称延平郡，今福建南平市。双溪楼：在剑溪和樵川交汇处。宋祝穆《方舆胜览》卷十二引余良弼《双溪楼记》云："剑溪环其左，樵川带其右，二水交流。"《（乾隆）福建通志》卷六十三："南平县双溪楼，在延平府城东。"今福建南平市区内仍有双溪楼。此词是绍熙三年（1192）至五年（1194）辛弃疾任职福建期间按部南剑时作。　[2] 西北浮云：形容楼高与云齐。语出《古诗十九首》："西北有高楼，上与浮云齐。"　[3] 倚天万里须长剑：意思是须倚天万里长剑。"倚天万里"是长剑的定语。语本宋玉《大言赋》："长剑耿耿倚天外。"《庄子·说剑》："上决浮云，下绝地纪。此剑一用，匡诸侯，天下服矣。此天子之剑也。"倚天，即立天。倚，立。　[4]"人言此地"三句：典出《晋书·张华传》。雷焕谓张华：斗牛之间，颇有异气，是宝剑之精，上彻于天，其地在豫章丰城。华补焕为丰城令，焕到县，掘狱屋基，入地四丈余，得一石函，光气非常，中有双剑，并刻题，一曰龙泉，一曰太阿。其夕，斗牛间气不复见焉。焕以南昌西山北岩下土以拭剑，光芒艳发。大盆盛水，置剑其上，视之者，精芒炫目。遣使送一剑并土与华，留一自佩。后张华被诛，失剑所在。焕卒，子华为州从事，持剑行经延平津（即剑溪），剑忽于腰间跃出堕水，使人没水取之，不见剑，但见两龙，各长数丈，蟠萦有文章，没者惧而反。须臾，光彩照水，波浪惊沸，于是失剑。斗牛，星宿名，即牛宿和斗宿。　[5] 潭：指剑溪、樵川交汇处。《舆地纪胜》谓南剑州"二水交流，汇为龙潭，是为宝剑为龙之津"。今日南平市区内仍可见"二水交流，汇为龙潭"的景况。　[6] 月明星淡：化用曹操《短歌行》"月明星稀"句意。　[7] 燃犀下看：

典出《晋书·温峤传》："至牛渚矶，水深不可测。世云其下多怪物，峤遂毁犀角而照之。须臾，见水族覆火，奇形异状，或乘马车着赤衣者。" [8]峡束苍江对起：语本杜甫《秋日夔府咏怀》："峡束苍江起。" [9]欲飞还敛：想飞又收敛起翅膀。语本唐张众甫《奇兴国池鹤上刘相公》："欲飞还敛翼，讵敢望乘轩。" [10]元龙：即三国时的陈登。《三国志·魏书·陈登传》：陈登，字元龙，在广陵，有威名。其友许汜说："昔遭乱过下邳，见元龙。元龙无客主之意，久不相与语，自上大床卧，使客卧下床。"此借元龙自指。稼轩时年五十三四，故有"元龙老矣"之叹。 [11]冰壶凉簟：黄庭坚《避暑李氏园》诗："荷气竹风宜永日，冰壶凉簟不能回。" [12]"问何人又卸"三句：意思是夕阳下，是何人卸帆解缆，系船沙岸边。

[点评]

　　开篇一语双关。字面上用《古诗十九首》句意，极写双溪楼之高，深层里用"西北浮云"隐喻西北神州大地被金人占领，故第二句接着用《庄子·说剑》的典故，说须倚天万里长剑来扫清荡决西北浮云，一统中原，匡复天下。起首两句，连用两个典故，既点明歌咏双溪楼的题旨，又切南剑州的州名；既凸显了双溪楼之巍峨高峻，又含而不露地抒发了英雄补天西北的雄心壮志。用笔之妙，真出神入化！双溪楼下是剑溪，传说西晋张华和雷焕的宝剑遗失于剑溪，每到夜深，人们常见双剑光焰上冲牛斗之间。双剑跃入剑溪本是江湖上的传说，而稼轩化虚为实，把传说变成真事实景。深夜从天空的牛斗星宿之间可见上冲于天的双剑光芒，这已经够神奇了，可词人进而想潜入水底"燃犀下看"当年跃入剑溪的龙泉、太阿宝剑是否还在，想象更加新奇。而想象和用典是紧扣当地地名和传说，让人既感意外新奇，又贴切自然。

下片"欲飞还敛"，体现出词人忧谗畏讥的矛盾心态。刚想飞翔，又收敛起双翼；想进取，又准备退缩，这是饱经宦海风波后词人心态的自然流露。"元龙老矣，不妨高卧"，他对官场有些厌倦了，这与当年"求田问舍，怕应羞见刘郎才气"的犹豫不决大不相同。当年心高气盛，志在进取，如今则是英雄老矣，常想闲居"高卧"。这既是身心疲惫使然，也是预感到官场危机的逼近。他任福建提刑时，与福州安抚使林枅关系不睦，龃龉甚多；任福建安抚使时，因"厉威严"，"官吏慑栗"，故招怨多多。在闽为官前后仅三年，就被臣僚弹劾落职。辛弃疾对官场危机了然于心，所以随时准备赋闲"高卧"。

鹧鸪天

"浮云"二句，极富理趣。

欲上高楼去避愁，愁还随我上高楼。经行几处江山改[1]，多少亲朋尽白头。

归休去，去归休。不成人总要封侯[2]。浮云出处元无定，得似浮云也自由。

[注释]

[1]江山改：陶渊明《拟古》："枝条始欲茂，忽值山河改。"　[2]不成：难道。

［点评］

　　唐宋诗人词客写愁的名句，不胜枚举。如李白的"抽刀断水水更流，举杯消愁愁更愁"，写出愁思的顽强。辛弃疾此词的"欲上高楼去避愁，愁还随我上高楼"，写出了愁闷的执着，纠缠难休，想躲都躲不开。经行之处，江山改了面貌，亲朋白了头发，岁月真个不饶人啦。人生短暂而有限，是要过得有意义有成就，还是要过得快乐自由？稼轩在纠结着这古往今来难以抉择的人生难题。他成天想着封侯，想着生前身后名，可功不成名不就，难道要这样烦恼地过一生？为什么人总要追求立功封侯？像浮云一样来无踪去无影，自由自在，不也是一种生命的过程？

柳梢青

三山归途代白鸥见嘲 [1]

　　白鸟相迎 [2]，相怜相笑，满面尘埃 [3]。华发苍颜，去时曾劝 [4]，闻早归来。

　　而今岂是高怀 [5]，为千里莼羹计哉 [6]！好把移文 [7]，从今日日，读取千回。

开篇两句，有动作，有神态，把白鸥写得活灵活现。

上片是白鸥嘲讽，下片是自我忏悔。

［注释］

[1]三山归途：绍熙五年（1194）辛弃疾被劾罢知福州兼福建安抚使任，回江西上饶途中作此词。　[2]白鸟：即白

鸥。　[3]"满面尘埃"以下二句:苏轼《江城子》:"尘满面,鬓如霜。"　[4]"去时曾劝"二句:绍熙三年(1192)辛弃疾赴闽任职时曾作《浣溪沙》词曰:"细听春山杜宇啼,一声声是送行诗。朝来白鸟背人飞。"故词中旧事重提。闻早,尽早,趁早。　[5]而今岂是高怀:意谓如今归来不是因为高情想隐居,而是被劾罢官。　[6]莼羹计:用《晋书·张翰传》故事。吴郡张翰在洛阳为官,见秋风起,乃思吴中菰菜、莼羹、鲈鱼脍,曰:"人生贵得适志,何能羁宦数千里以要名爵乎?"遂命驾而归。　[7]"好把移文"以下三句:用种明逸故事。王明清《玉照新志》卷一:"章圣(真宗)朝种明逸抗疏辞归终南旧隐,上命设燕禁中,令廷臣赋诗,以宠其行。独翰林学士杜镐辞以素不习诗,诵《北山移文》一遍。"杜镐颂《北山移文》,有讥讽种氏之意。移文,指孔稚圭《北山移文》。周颙,字彦伦,隐北山,后应诏出为海盐令。欲过此山,孔稚圭假山灵作文以却之讥之。

[点评]

绍熙三年(1192),辛弃疾起复任福建提刑时,就兴味索然,刚出山就想归山。绍熙四年,他自福建应诏入朝的途中,已预感到"新剑戟,旧风波"。绍熙五年,果然被朝臣弹劾,落职罢归江西。途中写此词以自嘲。词人不说自嘲苦笑,却说"代白鸥见嘲",别有情趣。原来,淳熙九年(1182)辛弃疾第一次罢官居带湖时,曾作《水调歌头·盟鸥》,与白鸥结盟:"凡我同盟鸥鹭,今日既盟之后,来往莫相猜。"此次离开带湖出山赴福建任职,等于是与白鸥失约,故福建罢官之后,想起当日与白鸥的盟约,不禁苦笑。词以白鸥口吻来写,见面时觉得稼轩翁又可怜又好笑，于是一顿数落：瞧瞧你，当日出山时曾劝你早早归来，你却贪恋官场，如今弄得灰头土脸，苍颜白发。早点辞官归来，人家还会说你高风亮节，不恋红尘，如今回来，可不像张季鹰那样是为了享受家乡的莼羹鲈鱼脍，而是被罢官灰溜溜地不得不回。从今罚你：天天好好诵读千回《北山移文》，长长记性！结句用典，贴切巧妙。《北山移文》，本来是讽刺假隐士出山做官的，读《北山移文》，能增自愧感。罚读《北山移文》，像私塾童子做错了事挨老师罚，令人忍俊不禁。辛弃疾贬官后，心情自是郁闷，却以此幽默的态度来应对，调节自己的心绪，足见智慧。人遇到挫折，如能像辛弃疾这样自我幽默，自己调侃，就能从郁闷紧张的心理状态中摆脱出来。辛弃疾的自我心理疗法，值得借鉴。

沁园春

期思卜筑 [1]

　　一水西来，千丈晴虹 [2]，十里翠屏。喜草堂经岁 [3]，重来杜老 [4]；斜川好景 [5]，不负渊明。老鹤高飞 [6]，一枝投宿，长笑蜗牛戴屋行 [7]。平章了 [8]，待十分佳处，著个茅亭 [9]。

　　青山意气峥嵘 [10]，似为我归来妩媚生。解

普通的花鸟云水，一经点化，就富有生命情态，有动作感，有人情味。

频教花鸟[11]，前歌后舞[12]；更催云水，暮送朝迎。酒圣诗豪[13]，可能无势[14]，我乃而今驾驭卿。清溪上，被山灵却笑[15]，白发归耕。

[注释]

[1]期思：《江西通志》卷三四："期思渡，（铅山）县东二十五里。""期思桥，（铅山）县东三十里，因渡为之。朱晦翁书额，辛稼轩有词引。"又卷二二："瓢泉书院在铅山县期思渡。宋秘阁修撰辛弃疾寓居于此。后改为稼轩书院。"辛弃疾另有《沁园春》词序云："期思，旧呼奇狮，或云棋狮，皆非也。余考之荀卿书云：孙叔敖，期思之鄙人也。期思，属弋阳郡。此地旧属弋阳县，虽古之弋阳、期思，见之图记者不同。然有弋阳，则有期思也。桥坏复成，父老请余赋，作《沁园春》以证之。"卜筑：即择地建房，有定居之意。　[2]晴虹：雨过天晴后的彩虹。比喻期思桥。　[3]草堂：指杜甫在成都所建草堂。　[4]重来杜老：杜甫于上元二年（761）在成都浣花溪筑草堂。因兵乱往梓州、阆州等地。广德二年（764）重归草堂，作《草堂》诗："旧犬喜我归，低徊入衣裾。邻里喜我归，酤酒携胡芦。大官喜我来，遣骑问所须。城郭喜我来，宾客隘村墟。"借杜甫重归草堂以比自己再到期思卜筑。　[5]"斜川好景"二句：陶渊明《游斜川诗序》："辛丑正月五日，天气澄和，风物闲美。与二三邻曲同游斜川，临长流，望曾城，鲂鲤跃鳞于将夕，水鸥乘和以翻飞。"斜川，在今江西都昌县。此以斜川比期思。　[6]"老鹤高飞"二句：《庄子·逍遥游》："鹪鹩巢于深林，不过一枝。"借喻期思卜筑。　[7]蜗牛戴屋行：蜗牛背有硬壳，爬行时如戴屋而走。　[8]平章：此指勘查地形和风水。辛弃疾卜筑，是讲风水的。《（乾隆）铅山县志》

卷三十载有一则轶事："辛稼轩卜地建居，形家以崩洪、芙蓉洲示曰：'二地皆吉。但崩洪发甚速，不及芙蓉洲悠久耳。'辛取崩洪。形者曰：'贪了崩洪，失却芙蓉。五百年后，只见芙蓉，不见崩洪。'后其言果验。"故事说，辛弃疾到期思择地基，风水师给他找了两块风水好的吉地，一处叫崩洪，一处叫芙蓉洲。崩洪发达较快，但芙蓉洲的好运更悠久。结果辛弃疾选定了崩洪。把这个故事与词中的"平章"对读，辛弃疾卜居，自有勘查地形和风水之意。　[9]茅亭：即茅屋，谦辞。因押韵的关系，不说茅屋，而说茅亭。　[10]"青山意气峥嵘"二句：意气豪迈的青山见我归来，好像也变得妩媚可亲了。用《新唐书·魏徵传》故实："帝大笑曰：人言（魏）徵举动疏慢，我但见其妩媚耳。"　[11]解：懂得，知道。　[12]前歌后舞：用苏轼《再用前韵》"鸟能歌舞花能言"句意。　[13]酒圣诗豪：谓极能饮酒，极会赋诗。黄庭坚《和舍弟中秋月》："少年气与节物竞，诗豪酒圣难争锋。"　[14]"可能无势"二句：陶渊明《晋故征西大将军长史孟府君传》载桓温"从容谓君曰：'人不可无势，我乃能驾御卿。'"　[15]山灵：山神。反用《北山移文》典。孔稚圭在《北山移文》中借"钟山之英、草堂之灵"嘲讽周颙先隐后官，而自己则是先官后隐，故山灵只会嘲笑自己白发归耕。

［点评］

绍熙五年（1194）七月，辛弃疾被弹劾罢福建安抚使，归上饶。秋冬间，又到铅山县的期思卜筑。期思环境好，风水好，跟上饶的带湖一样，有流动的溪水。溪上有座弯弯的期思桥，如晴空的彩虹。"千丈晴虹"，既写出桥的高度气势，又写出桥的形态。四周有群山环抱，峰峦叠嶂，如翠绿的屏风耸立。辛弃疾对期思很满意，就像杜甫战乱后重回浣花溪草堂一样喜悦，又像陶渊明游斜川一样惬意。高飞的老鹤，有一枝即可栖宿；人生也如此，有一屋即可安居，没必要像蜗牛成天戴着屋子行走。辛弃疾勘查了一圈，觉得此地宜居，决定在风水最好的地方，建立茅屋，以度晚年。

下片想象将来定居期思后的生活状态。到时精神抖擞、意气昂扬的青山，会为我的归来而更加妩媚生辉。屋前种花，房后养鸟，让花鸟前歌后舞，日日陪伴。还要催促云水，暮送朝迎。真可谓"山鸟山花吾友于"。罢官了，虽然无权无势，但痛饮酒，常赋诗，做个酒圣和诗豪，还是绰绰有余的。只是青溪上的山灵会嘲笑我，年老白发，为何未立功封侯就归耕田垅？辛弃疾到期思卜筑，虽然心情颇为愉悦，但对罢职闲居，还是有些难以释怀。

闲居之日，青山相对，花鸟相伴，云水相逢，都是平常景事。辛弃疾写来，却特别有新意，有韵味，有情调。青山、花鸟，都有情有意，青山因为我的归来而更生妩媚，花鸟懂我的心，常常为我歌为我舞，云水也知道迎我归送我行。自然的一切都有亲和力。居住在这样和谐的生态环境中，再当上酒圣诗豪，辛弃疾想想都美！

卜算子

饮酒不写书 [1]

一饮动连宵 [2]，一醉长三日。废尽寒温不写书，富贵何由得 [3]。

请看冢中人 [4]，冢似当时笔。万札千书只恁休，且进杯中物 [5]。

[注释]

[1] 写书：练字。写书信也叫写书。 [2] 一饮动连宵：白居易《和祝苍华》："痛饮困连宵，悲吟饥过午。" [3] 富贵何由得：杜甫《题柏学士茅屋》："富贵必从勤苦得，男儿须读五车书。" [4] "请看冢中人"二句：《唐国史补》载长沙僧怀素好草书，自言得草圣三昧，弃笔堆积，埋于山下，号曰"笔冢"。《尚书故实》载王羲之孙僧智永积年学书，秃笔头十瓮，每瓮皆数石。后取笔头瘗之，号为"退笔冢"。 [5] 且进杯中物：陶潜《责子》诗："天运苟如此，且进杯中物。"

[点评]

从福建归来的辛老夫子，好像患了酒精依赖症，每天要饮酒，而且一饮，就是白日黑夜连着喝；一醉，要睡三天才清醒过来。这么个喝法，多伤身体呀。家人劝老夫子，要以健康为重，统一大业还没完成呢，没了身体，哪能挂帅点兵沙场啊！老夫子双眼一瞪：拿酒来！家人谁敢拦他？只能任凭他"一饮动连宵，一醉长三日"了。稼轩爱读书，还爱写字，天天像大书法家王羲之和僧怀素那样练字，写秃了的毛笔堆得像坟冢那么高。可书儿字儿抵不上酒儿的魅力，酒瘾一来，老夫子把笔一扔，说：万札千书请靠边，且进眼前杯中物。若问辛夫子的字写得如何？正好有一幅他的书札真迹传世，请诸君试看：

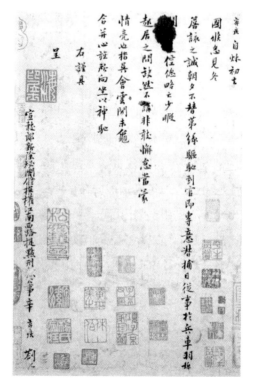

（辛弃疾书札真迹《去国帖》，今藏北京故宫博物院）

从李煜的"问君能有几多愁，恰似一江春水向东流"，到秦观的"便做春江都是泪，流不尽，许多愁"，再到辛弃疾的"却把泪来做水，流也流到伊边"，可以体会词人在传承中不断创新的艺术精神。

清平乐

春宵睡重，梦里还相送。枕畔起寻双玉凤[1]，半日才知是梦。

一从卖翠人还[2]，又无音信经年[3]。却把泪来做水^[4]，流也流到伊边。

［注释］

[1]玉凤：指凤钗。 [2]一从：自从，打从。卖翠人：行走乡间的卖货郎。 [3]经年：过了一年又一年。 [4]却把泪来做水：化用秦观《江城子》"便做春江都是泪，流不尽，许多愁"句意。

［点评］

词写女性相思，别具一格。上片写梦中送情郎远行，梦做得太真切，起来后在枕头畔寻找临别时情郎送的定情物凤钗，半天才发现原来是梦。人物的动作感强，颇具戏剧性。日常生活中，我们也常把梦中的事情当成生活中的实事，或惊或喜，过了老半天才发现原来是梦。人们常说，日有所思，夜有所梦。梦中"还相送"，表明当日送他远行的情景，让女主人公记忆深刻，一直魂牵梦绕。上片的主旨是写昔日相送，却以今日之梦境出之，有今有昔，有虚有实，将一时之相送变成长期之思念。用笔简约，意韵丰饶。下片写今日相思，不直接点破相思，而说自从上次卖翠人带信回来后，又一年没有音信了，害得主人公天天以泪洗面。写相思而流泪，诗词中太常见了，但说"却把泪来做水，流也流到伊边"，却未经人道，想象新奇。结句是从秦观词化出，而自饶新意。秦词重在写愁苦之深，辛词重在写流泪之多。秦观之泪，是虚拟的将来时态，稼轩词之泪，是已经发生的过去完成时态，泪水流到伊边，又写出对伊的相思之深、相爱之切，比喻极贴切、极亲切。

鹧鸪天

寄叶仲洽^[1]

是处移花是处开^[2]，古今兴废几池台。背人翠羽偷鱼去^[3]，抱蕊黄须趁蝶来^[4]。

掀老瓮^[5]，拨新醅，客来且尽两三杯^[6]。日高盘馔供何晚^[7]，市远鱼鲑买未回。

[注释]

[1] 叶仲洽：辛弃疾在信州的友人，能诗。与辛弃疾同时的陈文蔚有《和叶仲洽喜雨》诗，诗有"鹅湖作镇县东隅，山巅忽有云峰起"之句，也作于信州。　[2] 是处移花是处开：语本白居易《移牡丹栽》诗："红芳堪惜还堪恨，百处移将百处开。"是处，犹言处处。　[3] 背人翠羽偷鱼去：语本白居易《题王家庄临水柳亭》："翠羽偷鱼入，红腰学舞回。"翠羽，即绿鸟。　[4] 黄须：即黄蜂。趁：跟随。　[5]"掀老瓮"二句：语出白居易《醉吟先生传》："吟罢自哂，揭瓮拨醅，又饮数杯，兀然而醉。"新醅，新酿的酒。　[6] 客来且尽两三杯：从杜甫《客至》"隔篱呼取尽余杯"句化出。　[7]"日高盘馔供何晚"二句：从杜甫《客至》"盘飧市远无兼味，樽酒家贫只旧醅"化出。

[点评]

此词是辛弃疾约请友人叶仲洽来对饮的邀请函，好似我们今天请朋友来聚餐的短信，但写得有趣味、有艺术含量。"背人"二句，特别有镜头感、画面感，对仗又十分工整。绿鸟背着人去水中偷鱼，黄蜂尾随着蝴蝶去采花，稍纵即逝的场景被词人巧妙地捕捉住并生动地定格为艺术画面。如果是写人"偷鱼"，既无味道，又乏品格，写鸟儿"偷鱼"，就别有情趣。不说黄蜂采花，而说"抱蕊"，特别有动作感，有人情味。下片写词人急切地盼望着友人的到来，时不时地揭开老酒坛，看看新醅酒，口里念叨着客人来了一定得先让他痛饮两三杯。太阳下山了，盘中菜肴怎么还没准备好呢？到市场上去买鲑鱼下酒的人怎么还没回来呢？词人有些迫不及待了，口水都快流出来了。主人如此着急，仲洽先生，你还不赶快来么？

沁园春

灵山齐庵赋[1]，时筑偃湖未成[2]

叠嶂西驰[3]，万马回旋，众山欲东。正惊湍直下[4]，跳珠倒溅，小桥横截，缺月初弓[5]。老合投闲[6]，天教多事，检校长身十万松。吾庐小，在龙蛇影外[7]，风雨声中。

争先见面重重。看爽气朝来三数峰[8]。似谢家子弟[9]，衣冠磊落，相如庭户[10]，车骑雍容。我觉其间，雄深雅健[11]，如对文章太史公。新堤路，问偃湖何日，烟水蒙蒙。

卓人月："'雄深雅健'四字，幼安可以自赠。"（《古今词统》卷十五）

顾随："换头以下，便写出'磊落''雍容''雄深雅健'，有见解，有修养，有胸襟，有学问，真乃掷地有声。"（《稼轩词说》）

结句点题，写偃湖尚未建成，想象偃湖开挖完成后烟水濛濛的景象。山有爽气，水有灵气，人有正气。

此词写山、写树，想象之奇，比喻之新，前无古人。

［注释］

[1] 灵山：在今江西上饶北。《江西通志》卷十一："灵山，在（信州）府城西北七十里，信之镇山也。道书第三十三福地，山有七十二峰，下有石井、石室，溪五派，西流入江。"齐庵：辛弃疾在灵山所筑休憩之所。　[2] 偃湖：在灵山下，正在修建的新湖，如今日之水库。　[3]"叠嶂西驰"以下三句：写灵山峰峦重叠，有如奔腾的骏马。《江西通志》卷十一载灵山上有天马峰，辛弃疾或由此峰而获得灵感。又苏轼《游径山》诗："众峰来自天目山，势若骏马奔平川。中途勒破千里足，金鞭玉镫相回旋。"对稼轩构思也有启发。嶂，指险峻陡峭、耸立如屏障的山峰。　[4] 惊湍：急流。此指瀑布。《江西通志》卷十一载："石屏峰，居灵山中位，顶有龙池瀑布，高悬百丈。"　[5] 缺月初弓：小桥的形状如初拉开弓的上弦月。"惊湍直下，跳珠倒溅，小桥横截，缺月初弓"四句为扇面对，即隔句对。"缺月初弓"与"跳珠倒溅"对仗，"溅"为动词，"弓"亦用作动词，拉弓、开弓之意。"正"为领字，下片"似"也是领字。"谢家"四句，同样是扇面对。　[6] 老合投闲：老了本应退隐闲居。合，应该。　[7] 龙蛇影：与下文的"风雨声"形容松树的形状与声音。语本石延年《古松》："影摇千尺龙蛇动，声撼半天风雨寒。"　[8] 爽气朝来：《世说新语·简傲》载王徽之任大司马桓温的参军，温谓王曰："卿在府久，比当相料理。"初不答，直高视，以手版拄颊云："西山朝来，致有爽气。"　[9] 谢家子弟：东晋谢安家族是高门大第，子侄都讲究衣着仪表。袁昂《古今书评》："王右军书，如谢家子弟，纵复不端正者，爽爽有一种风气。"　[10] 相如庭户：司马相如门前。典出《史记·司马相如列传》："相如之临邛，从车骑雍容闲雅甚都。"　[11]"雄深雅健"二句：语出《新唐书·柳宗元传》。传载韩愈评柳文曰："雄深雅健，似司马子长。"太史公，即司马迁，字子长。

［点评］

辛弃疾驾驭文字的能力超强。他词作的文字有质感，有动感，有造型感。他写山水，能把山水写活。此词写灵山的重峦叠嶂，像是万匹战马回旋奔驰，有的向东，有的向西，动感极强，场面震撼，极富视觉冲击力。写瀑布，是"惊湍"飞流从高空"直下"，在水面上、在四周石头上溅起水珠四处蹦跳，同样造型感和动感十足。瀑布之水形成溪流，溪上有座弯弯的小桥如残缺的月亮、如初拉的弓箭。"叠嶂"七句分写灵山的山、水、桥。"老合投闲"六句，写齐庵。齐庵建在松树林里，每天可看山、看水、看松。如果直说天天住在小屋看松林，太平凡而乏诗味，辛弃疾出人意表，说老了本应投闲置散，好好休闲，可老天爷不让我闲着，要让我管管事，天天来检阅一棵棵、一排排像战士一样挺立的高大松树。把山峰想象成马群已够新奇了，又把松树林想象成挺拔的士兵队列，而他自己是将帅，来检阅这些士兵。只有行伍出身的将军，才有这种新奇的想象。军人辛弃疾的人格个性，不仅体现在他的英雄情怀里，也体现在他独特的意象群中。"吾庐小"三句，写齐庵所在的位置，不直说小屋在松树林里，而说在"龙蛇影外、风雨声中"，既有视觉效果，又有听觉冲击力，让人仿佛看到月光下如龙蛇一样的松树，在风雨中发出阵阵响声的松林。

下片写齐庵所见。所见无非是山、是树。可辛弃疾笔下的山、树却非同寻常，不是老辛在屋前看山，而是远处重重叠叠的山带着"爽气"争先恐后地来看望老辛。东坡把西湖比作秀美的西子，稼轩则把山峰比作衣冠磊落的东晋谢家子弟、司马相如门前那些雍容闲雅的车骑，棵棵松树则像太史公司马迁的文章那样雄深雅健。天天与这些磊落飒爽、雍容大度、雄深雅健的山友、树友们相处，何等快意！

南歌子

新开池，戏作

不说池水可映月，而说唤月来陪伴，既出人意表，又贴切自然。

散发披襟处[1]，浮瓜沉李杯[2]。涓涓流水细侵阶。凿个池儿，唤个月儿来。

画栋频摇动，红蕖尽倒开[3]。斗匀红粉照香腮[4]。有个人人，把做镜儿猜[5]。

[注释]

[1] 散发披襟：散开头发，敞开衣襟。这是夏夜乘凉时比较随便的做派。语出《世说新语·德行》刘孝标注引王隐《晋书》：“魏末，阮籍嗜酒荒放，露头散发，裸袒箕踞。”又《世说新语·文学》：“王（逸少）遂披襟解带，留连不能已。”孟浩然《夏日南亭怀辛大》：“散发乘夕凉，开轩卧闲敞。” [2] 浮瓜沉李：将瓜、李浸泡于泉水中以求清凉爽口。曹丕《与朝歌令吴质书》：“旅食南馆，浮甘瓜于清泉，沉朱李于寒水。” [3] 红蕖：粉红色荷花。 [4] 斗匀：搽匀。 [5] 人人：对亲昵者的爱称。

[点评]

辛弃疾在自家庭院中开挖一个小池塘。池塘还没见水呢，他就想象水满池塘后的情景。池水可以唤月亮来照脸，天热时在池边散发披襟乘凉，听着涓涓流水在台阶旁流过，品尝凉水里浸过的瓜儿李儿，那叫一个爽。由"涓涓流水"句，可以想象，池塘里引来的是山泉活水，泉水沿着台阶下流到池里，有动态，有声响。

辛弃疾精通园林设计。他的稼轩山庄里的亭台楼阁，都是他自己设计。洪迈《稼轩记》说："田边立亭，日植杖，若将真秉耒耨之为者。东冈、西阜、北墅、南麓，以青径款竹，以锦路行海棠，集山有楼，婆娑有堂，信步有亭，涤研有渚，皆约略位置，规岁月绪成之，而主人初未之识也。绘图畀予曰，吾甚爱吾轩，为我记。"稼轩园林里，东南西北的建筑，楼堂亭池的位置，事先都是他设计好的。要是辛弃疾手绘的《稼轩设计图》能留下来，那该是何等震撼！这流水小池，自然也是他自己设计建造的。下片进一步想象，池塘里常常可见摇动着的雕梁画栋和倒开的红莲，水边天天有可人儿来梳妆匀粉照香腮。连水都没有见到，辛弃疾却写得天光云影共徘徊。想象力真够丰富的。

浣溪沙

瓢泉偶作 [1]

新葺茅檐次第成 [2]，青山恰对小窗横。去年曾共燕经营。

病怯杯盘甘止酒 [3]，老依香火苦翻经 [4]。夜

"去年"句，写燕子筑巢，诗词中常见，但从未有人说过与燕子一同经营小窝。想象新奇而又贴切自然。

来依旧管弦声。

[注释]

[1]瓢泉：辛弃疾在铅山的居所。　[2]茅檐：即茅屋，简陋的房屋。次第成：依次建成。　[3]病怯杯盘甘止酒：语本苏轼《次韵乐著作送酒》诗："少年多病怯杯觞，老去方知此味长。"　[4]依香火：语出秦观《题法海平阇黎》："因循移病依香火，写得弥陀七万言。"

[点评]

因上饶带湖住所失火被焚，辛弃疾到铅山瓢泉定居。庆元二年（1196），新居逐步建好，他很是开心惬意。这里跟上饶带湖住所相似，坐在小窗前，就可以面对青山，看爽气东来。但词人不说自己面对青山，而说青山像有意似的正横对着小窗，就别有一番情趣。去年曾与燕子一道经营，燕子在家中经营小窝，自己则经营自己的新居。一个"共"字，将本不相关的人做屋与燕做窝关联，妙趣横生。上片写新居环境，下片写近来生活。因病而心甘情愿地止酒，老来无所事事只得依香火读经书，夜里还是照旧听听音乐，倒也悠闲。

水调歌头

将迁新居不成[1]，有感，戏作。时以病止酒，且遣去歌者，末章及之我亦卜居者[2]，岁晚望三闾[3]。昂昂千里[4]，泛泛不作水中凫。好在书携一束[5]，莫问家徒四壁[6]，往日置锥无[7]。借车载家具[8]，家具少于车。

舞乌有[9]，歌亡是，饮子虚。二三子者爱我，此外故人疏[10]。幽事欲论谁共[11]，白鹤飞来似可，忽去复何如。众鸟欣有托[12]，吾亦爱吾庐。

"昂昂"二句，辛弃疾的人格宣言！要做昂首嘶鸣的千里马，不做随波逐流的水中鸭。

[注释]

[1]迁新居：庆元二年（1196）由上饶带湖移居铅山县期思村。 [2]卜居者：一语双关，既指卜居建房者，又指《卜居》的作者。屈原有《卜居》，王逸《楚辞章句》："卜己居世，何所宜行，……故曰卜居也。" [3]望：景仰，追随。三闾：指屈原。王逸《楚辞章句》："屈原与楚同姓，仕于怀王，为三闾大夫。" [4]"昂昂千里"二句：意思是宁做昂昂千里马，决不做随波逐浪的野鸭。语本屈原《卜居》："宁昂昂若千里之驹乎，将泛泛若水中之凫乎，与波上下，偷以全吾躯乎？宁与骐骥亢轭乎？将随驽马之迹乎？宁与黄鹄比翼乎？将与鸡鹜争食乎？此孰吉孰凶，何去何从？"昂昂千里，千里马。凫，野鸭。 [5]书携一束：即"携一束书"。韩愈《示儿》诗："始我来京师，止携一束书。" [6]家徒四壁：家中穷得一无所有，只有四面墙壁。《史记·司马相如列传》："文君夜亡奔相如，相如乃与驰归成都，家居徒四壁立。"稼轩因旧居遭火灾，故有家徒四壁之叹。 [7]往日置锥无：以前无置锥之地。《五灯会元》卷九："师又成颂曰：'去年贫，未是贫。今年贫，始是贫。去年贫，犹有卓锥之地，今年贫，锥也无。'" [8]"借车载家具"二句：孟郊《迁居》诗成句。 [9]乌

有：与下文的"亡是"和"子虚"都是司马相如《子虚赋》中虚拟的人物。乌有，没有。亡是，无此。子虚，虚言幻语。 [10]故人疏：化用孟浩然《岁暮归南山》"不才明主弃，多病故人疏"诗句。 [11]幽事欲论谁共：日常句式为"欲谁共论幽事"。幽事，雅事。 [12]"众鸟欣有托"二句：陶渊明《读山海经》诗成句。

［点评］

庆元元年（1195），辛弃疾因被人弹劾，丢了福建路安抚使的乌纱帽，重回上饶闲居。次年家中又遭火灾，房屋被毁，将迁新居，因故没迁成，自己又生病被迫戒酒，可谓连受打击。心情应该是极度不快。然而此词写来，却幽默轻松。幽默，是一种智慧。面对人生挫折，自我幽上一默，沉重的心灵会轻松许多，愁闷的心情会开朗许多。词中写道，没想到晚年老境（时年57岁），我也学三闾大夫屈原，成了卜居者。我跟屈原一样，宁做昂昂千里之骏马，也不愿做随波逐流的野鸭。这是向政敌们宣示，自己无论受怎样的打击迫害，也决不低头。虽然火灾之后家徒四壁，没了置锥之地，跟当年孟郊一样，借独轮车载家具，家具还没装满。但所幸我还有书一束。物质生活虽一贫如洗，但精神生活还是很富足，不仅有书可读，而且娱乐照旧，看舞，听歌，饮酒，一样都不少。一把火烧得家徒四壁了，还有歌儿舞女陪伴，有美酒可饮？他在看谁舞，听谁歌，饮什么酒？辛老爷子自豪地告诉你：乌有先生为我舞，亡是公替我歌，喝的是子虚牌美酒。原来歌者、舞者、美酒都是子虚乌有，辛老爷子写来却煞有介事，你道幽默不幽默？辛老的幽默还不止此，他说我穷而多病，朋友都疏远了，只有乌有先生、亡是公和子虚这二三子爱我，还跟我玩儿。眼下这些雅事乐事，跟谁分享呢？不妨跟白鹤聊聊吧。可白鹤此时也要飞走。辛老倒也大度，想走的、该走的都走吧。很高兴鸟们有了新的依托，我也爱我家，我还得守住这寒窑。白鹤飞去，喻家中的歌者被遣去。

此词的幽默不仅体现在内容上，也体现在写法造语上。歇拍和结拍虽然是用孟郊和陶渊明诗的成句，却像是天然生成，传情达意，恰到好处。特别是用"众鸟欣有托"，表达对歌女离去的理解与欣慰，令人忍俊不禁。"此外故人疏"句，化用孟浩然诗句"多病故人疏"，照应题序中说的"以病止酒"，既隐写"多病"，又隐含落职罢官、"不才明主弃"之意，用典之妙，真是出神入化。

水龙吟

　　老来曾识渊明[1]，梦中一见参差是[2]。觉来幽恨，停觞不御[3]，欲歌还止。白发西风，折腰五斗[4]，不应堪此。问北窗高卧，东篱自醉，应别有归来意。

　　须信此翁未死，到如今凛然生气[5]。吾侪心事[6]，古今长在，高山流水[7]。富贵他年，直饶未免[8]，也应无味。甚东山何事[9]，当时也道，为苍生起。

[注释]

[1] 渊明：即陶渊明。　[2] 参差是：大体如此，差不多这样。　[3] 停觞不御：停杯不用。　[4] 折腰五斗：《晋书·陶潜传》载，陶渊明为彭泽县令，"郡遣督邮至县，吏白应束带见之。潜叹曰：'吾不能为五斗米折腰，拳拳事乡里小人邪！'义熙二年，解印去县，乃赋《归去来》"。　[5] 凛然生气：语本《世说新语·吕藻》："庾道季云：'廉颇、蔺相如，虽千载上死人，懔懔恒如有生气。'"　[6] 吾侪：我辈。　[7] 高山流水：用伯牙、钟子期知音故事。《列子·汤问》："伯牙善鼓琴，钟子期善听。伯牙鼓琴，志在登高山，钟子期曰：'善哉！峨峨兮若泰山。'志在流水，钟子期曰：'善哉！洋洋兮若江河。'伯牙所念，钟子期必得之。"　[8] 直饶：即使。　[9] "甚东山何事"三句：用谢安故事。《世说新语·排调》："谢公在东山，朝命屡降而不动。后出为桓宣武司马，将发新亭，朝士咸出瞻送。高灵时为中丞，亦往相祖。先时多少饮酒，因倚如醉，戏曰：'卿屡违朝旨，高卧东山，诸人每相与言："安石不肯出，将如苍生何。"今亦苍生将如卿何！'谢笑而不答。"

[点评]

现实生活中，除了大儒朱熹、文侠陈亮之外，似乎没有几个人能够得到辛稼轩的推重。可在历史人物里，稼轩心中却不乏偶像，诸如卧龙诸葛、"天下英雄谁敌手"的曹（操）刘（备）、"坐断东南战未休"的孙权、"气吞

万里如虎"的刘裕等等，其中陶渊明是辛弃疾最崇拜的
人。他罢官归来，看看自己，想想渊明，怎么那么像呢！
一样有不为五斗米折腰的铮铮傲骨，一样是北窗高卧、
东篱自醉的闲适潇洒。辛弃疾打心底里把陶渊明视为异
代知音。逍遥自在，过此一生，又有何妨？即使他年立
了功名，有了富贵，又有何味道？

　　此词应是刚罢官回瓢泉时所作。虽然罢官让他有些愤
愤不平，别有幽愁暗恨生，但想想陶渊明，在躬耕田亩中
过此一生，不也很快乐么？当年谢安为什么想不开，还要
东山再起？结句透露出稼轩此时心中的纠结，一方面自我
开解，以陶渊明为榜样，回归自然，自在自得；另一方面，
潜意识里还是放不下天下苍生。连谢安都曾东山再起，我
真的要守此田园过一生？表面上心淡如水，内心深处还是
波澜翻滚。所以，稼轩虽爱渊明，学渊明，但终究不像洒
脱的陶渊明那样想得开，放得下。毕竟辛稼轩是英雄，陶
渊明是隐士。英雄与隐士的使命天然不同。

临江仙

侍者阿钱将行[1]，赋钱字以赠之

　　一自酒情诗兴懒[2]，舞裙歌扇阑珊。好天良
夜月团团。杜陵真好事[3]，留得一钱看。

　　岁晚人欺程不识[4]，怎教阿堵留连[5]。杨花

榆荚雪漫天 [6]。从今花影下，只看绿苔圆 [7]。

[注释]

[1] 阿钱：辛弃疾侍女，善笔札。《书史会要》卷六："田田、钱钱，辛弃疾二妾也。皆因其姓而名之，皆善笔札，常代弃疾答尺牍。"将行：将离开辛弃疾家。宋代的侍女，都会跟主家签订契约，约定服务年限和报酬。服务期满，就离开主家。庆元二年（1196），稼轩《水调歌头》序曰："将迁新居不成，有感，戏作。时以病止酒，且遣去歌者，末章及之。"所遣去之歌者，当即阿钱。词作即于此年。　[2]"一自酒情诗兴懒"二句：意谓阿钱离开后，我饮酒吟诗听歌都没了兴致。化用白居易《咏怀》"诗情酒兴渐阑珊"和苏轼《答陈述古》"舞衫歌扇总成尘"句意。一自，自从，从此。阑珊，衰退，将尽。　[3]"杜陵真好事"二句：杜甫《空囊》："囊空恐羞涩，留得一钱看。"杜陵，即杜甫。　[4]岁晚人欺程不识：典出《史记·魏其武安侯列传》。在为魏其侯祝寿时，客人多不敬，临汝侯与程不识耳语，又不避席，灌夫怒骂临汝侯曰："生平毁程不识不直一钱，今日长者为寿，乃效女儿呫嗫耳语！"　[5]怎教阿堵留连：怎能让阿钱留连不去。阿堵，即钱，此处借指阿钱。《世说新语·规箴》："王夷甫雅尚玄远，常嫉其妇贪浊，口未尝言'钱'字。妇欲试之，令婢以钱绕床，不得行。夷甫晨起，见钱阂行，呼婢曰：'举却阿堵物！'"借王衍"举却阿堵物"（即搬开钱）喻送阿钱出行，典故用得极巧妙。留连，滞留，耽搁，拖延。　[6]杨花榆荚雪漫天：此句写阿钱离开后将如杨花榆荚一样自由飞翔。韩愈《游城南十六首·晚春》："杨花榆荚无才思，惟解漫天作雪飞。"榆荚，榆树的果实，初春时先于叶而生，连缀成串，形似铜钱，故叫榆钱。汉代有榆荚钱。王应麟《汉制考》卷一："汉兴，为秦钱重难用，更令民铸榆荚

钱。”［7］绿苔圆：指钱。《古今注》曰：“空室无人行，则生苔藓，或紫或青，名曰圆藓，又曰绿藓，亦曰绿钱。”

［点评］

阿钱是辛弃疾家中的侍女，也是私人秘书。辛弃疾平时的往来书信，常常由她代笔。签约的服务期满，阿钱要回家了，临行前想要留点东西做个纪念。最好的纪念当然是大词人辛弃疾写的绝妙好词啦，于是她请辛弃疾为她写首送别词。辛老一高兴，挥挥手说：“纸笔伺候！”转眼之间，一首妙词就写成了。稼轩此词，还是很用心、很讲究的。你瞧，词调名用《临江仙》，隐喻这阿钱丫头像临江仙子一样漂亮。用一大堆有关钱的典故来写她，量身定做，天下无二。这词可值钱了。岂止值钱，阿钱已是流芳千古。没有稼轩此词，后人哪晓得他身边有这个阿钱姑娘呢！

词人一开头就说，阿钱走后，我就没心情没兴致喝酒赋诗看舞听歌了，一则寄寓舍不得之意，二则含赞美之意，非阿钱的歌不听，非阿钱的舞不看。老天爷也舍不得呢，好天良夜月圆圆，这是要人团圆，而不是让人分别。不是我舍不得，是杜少陵好事多事，偏要“留得一钱看”。老杜的诗句原本是说囊中羞涩，故“留得一钱看”，稼轩信手拈来，字面不改，却改换其意，说是留得一个阿钱看，你说这辛老，也太聪明了。平平常常的一句杜诗，被他一点化，就妙趣横生。过片借人们欺负“程不识不直一钱”的典故，开玩笑说，平时没好好对待阿钱，今日阿钱要离开，怎能让她留连不走呢？《世说新语》记载，名士王夷甫（衍）平生讳说钱字，把钱称作

"阿堵物"。故稼轩以阿堵代称阿钱。王夷甫是要搬开"阿堵物",而稼轩反用其意,想要留下阿堵物。稼轩之妙用典故,真是出神入化。阿堵物终究留她不住,她还是要像韩愈笔下的杨花榆荚一样漫天飞舞,去追求自由自在的生活。榆荚是一种钱,隐含"钱"字。结拍说阿钱走后,到哪去找她的倩影呢,只有花影下看圆圆的绿苔钱了。走后还要想她,可见情感之深。感情亲热但不亲昵暧昧,分寸拿捏得非常到位。情感的基调也很欢快,彼此虽有不舍,但阿钱回去是与亲人团聚,说不定找好了婆家出嫁,是大好事呢,所以离别时辛老爷子还是很开心的。

鹊桥仙

送粉卿行[1]

轿儿排了,担儿装了,杜宇一声催起[2]。从今一步一回头,怎睚得一千余里[3]。

旧时行处,旧时歌处,空有燕泥香坠[4]。莫嫌白发不思量[5],也须有思量去里[6]。

语言通俗俏皮,为的是粉卿一看能懂。辛弃疾写词,很注意对方的接受能力和接受心理。

[注释]

[1]粉卿:像前一首词的侍者阿钱一样,当是辛弃疾的侍女。因服务期满,离开辛家时,辛弃疾作此词送行。或与前首送阿钱

的《临江仙》同时作。　[2] 杜宇：即杜鹃鸟。杜鹃鸟的叫声好像"不如归"。此句写杜鹃鸟也好像在催她起行出发。　[3] 睚（yá）得：捱得，熬得。　[4] 空有燕泥香坠：言人去楼空。薛道衡《昔昔盐》："暗牖悬蛛网，空梁落燕泥。"　[5] 莫嫌白发不思量：意谓不要怀疑我老头子不想你。嫌，猜疑。　[6] 也须有思量去里：也自有相思处哩。须、去、里，都是方言口语。"须"即"自"，"去"即"处"，"里"即"哩"。

[**点评**]

　　侍女阿钱走了，粉卿也要离开。粉卿临行前也想要一首词，稼轩备好纸墨，一挥而就。估计这粉卿不像阿钱那么有文化，所以这首词写得比较通俗，句句都是大白话，让粉卿一看就明白。想象粉卿看了词后，一定是高兴得一蹦一跳地说："谢老爷！"

　　此词虽然是大白话，但场面感、动作感都很强。开篇写粉卿出门的情景，乘轿子回家，挺排场的呢！这哪像是侍女，倒像是大户人家的小姐。稼轩翁特地安排轿子送她，也够隆重的。粉卿回去还带了不少行李、礼品，手提不了，居然还要派专人用担子挑送。要上路了，不是像柳永《雨霖铃》那样说"兰舟催发"，也不是轿夫催着出发，而是"杜宇一声催起"，连杜鹃鸟都在催她"不如归"，粉卿岂不是更迫不及待地想早些出发回家么？人总是矛盾的。粉卿一方面想回家，另一方面毕竟在辛家那么长时间，离别总有些舍不得，故歇拍想象粉卿上路后是一步一回头地看啊思念啊，千余里地怎么捱呢！下片写粉卿别后自己对她的思念。平时粉卿陪稼轩走路，为稼轩唱歌。今后只怕是走路也想你，闻歌也想你。读到这，粉卿一定很幸福，很开心。

西江月

题阿卿影像[1]

人道偏宜歌舞，天教只入丹青[2]。喧天画鼓要他听，把著花枝不应。

何处娇魂瘦影，向来软语柔情[3]。有时醉里唤卿卿[4]，却被傍人笑问。

结拍风趣而传神。词人醉中糊里糊涂时都喊卿卿的名字，可见词人须臾都离不开卿卿。旁人笑问卿卿：老爷喊谁啊？明知故问。两句词，写了三方人物：词人、卿卿、旁人；写了人物神情状态：酒醉，喊卿卿，笑问。用笔简约，而意蕴丰饶。

[注释]

[1] 阿卿：当是稼轩的侍者。也可能是前首《鹊桥仙》送行的那位粉卿。　[2] 丹青：图画。　[3] 向来：从来，一向。　[4] 唤卿卿：暗用《太平广记》卷二八六《画工》载赵颜唤真真故事："唐进士赵颜，于画工处得一软障，图一妇人甚丽。颜谓画工曰：'世无其人也，如何令生，某愿纳为妻。'画工曰：'余神画也，此亦有名，曰真真。呼其名百日，昼夜不歇，即必应之。应则以百家彩灰酒灌之，必活。'颜如其言，遂呼之百日，昼夜不止，乃应曰：'喏。'急以百家彩灰酒灌，遂活。下步言笑，饮食如常。"借此故事，既切题画主题，又写卿卿的美丽如画中仙女，暗示自己的专情宠爱。明乎此，稼轩之用典真出神入化。

［点评］

原来"影像"稼轩时代就有了。不过，那时的影像不是有声音的视频，而是画像。画师给侍女阿卿画了一幅人像写真，稼轩在上面题词一首。词人抓住阿卿的几个特点进行素描：一是多才多艺，能歌善舞；二是身材娇小，玲珑窈窕，天生的美人；三是说话轻言细语，柔婉多情，很讨人喜欢。稼轩可喜欢她了，似乎一刻都离不开她，就像唐代赵颜喊画中美女真真一样，天天亲昵地喊叫她的芳名，有时醉梦里都喊，醒来后被旁人笑问喊谁呢。这幅画像好像是"生活照"，画中阿卿站立花下，手拉花枝作沉思状，喧天画鼓她似乎充耳不闻，越发楚楚动人。此词虽是题写人物画像，但又不是对画像的直接描摹，而是传神地写出自己心目中的阿卿影像。阿卿的才艺，阿卿的软语柔情，是绘画无法体现的。此词配合着原画，互为补充，相得益彰。

陈模："此又如《答宾戏》《解嘲》等作，乃是把古文手段寓之于词。"（《怀古录》）

沁园春

将止酒[1]，戒酒杯使勿近

杯汝前来，老子今朝，点检形骸[2]。甚长年抱渴[3]，咽如焦釜[4]，于今喜睡，气似奔雷。汝说刘伶[5]，古今达者，醉后何妨死便埋。浑如许[6]，叹汝于知己，真少恩哉[7]。

俞陛云："稼轩词使其豪迈之气，荡决无前，几于嬉笑怒骂，皆可入词。宋人评东坡之词为'以诗为词'，稼轩之词为'以论为词'。"（《唐五代两宋词选释》）

更凭歌舞为媒。算合作、人间鸩毒猜[8]。况怨无大小，生于所爱，物无美恶，过则为灾[9]。与汝成言[10]，勿留亟退，吾力犹能肆汝杯[11]。杯再拜，道麾之即去，招亦须来[12]。

［注释］

[1]止酒：戒酒，停酒不喝。此词约作于庆元二年（1196）。　[2]点检：审查，检查。形骸：躯体。韩愈《赠刘师服》："丈夫命存百无害，谁能点检形骸外。"　[3]抱渴：患酒渴病。《世说新语·任诞》："刘伶病酒，渴甚，从妇求酒。"　[4]咽如焦釜：喉咙干得像烧焦的铁锅。釜，铁制圆底有耳的锅。　[5]"汝说刘伶"以下三句：《世说新语·文学》刘孝标注引《名士传》谓刘伶"常乘鹿车，携一壶酒，使人荷锸随之，云：'死便掘地以埋。'"　[6]浑如许：竟然如此，既然这样。　[7]"叹汝"二句：可叹你对知己真是太薄情寡义了。于知己，南朝梁萧纶《赠言赋》："昔人有感于知己，深情投分，如斯已矣。"真少恩哉，语出韩愈《毛颖传》："秦真少恩哉！"　[8]"更凭"二句：更何况有歌儿舞女的引诱，想不喝都难，人们却只把你当作鸩毒来猜忌怀疑。鸩毒，语出屈原《离骚》："吾令鸩为媒兮，鸩告余以不好。"《汉书·霍谞传》："岂有触冒死祸，以解细微，譬犹疗饥于附子（按，一种有毒的草药），止渴于酖毒，未入肠胃，已绝咽喉。岂可为哉！"　[9]过则为灾：《左传·昭公元年》："六气曰阴、阳、风、雨、晦、明也。分为四时，序为五节，过则为灾。"　[10]成言：订约，约定。《左传·襄公二十七年》："楚公子黑肱先至，成言于晋。丁卯，宋向戌如陈，从子木成言于楚。"用诸侯国间的外交订约来写与酒杯的约定，大词小用，颇有调侃幽默之意。　[11]吾力犹能肆汝杯：化用《论语·宪问》"吾力犹能肆诸市朝"句意。肆，放纵，此指

痛饮。　[12]"道麾之即去"二句：语本《史记·汲郑列传》："其辅少主，守城深坚，招之不来，麾之不去，虽自谓贲、育（两位猛士），亦不能夺之矣。"词人反其意而用之。

［点评］

辛弃疾爱酒，不，是嗜酒，已经达到酒精依赖症的程度。他理智上想戒酒，但情感上难以割舍，生理上的渴望更难控制，于是戒酒就成了他十分纠结的心理与生理的问题。这首《沁园春》词以幽默的态度、亦庄亦谐的语调、别开生面的艺术表达形式，呈现了他心中的纠结。他把自己想象为将军，把酒杯设想为士兵，命令酒杯说：酒杯，你前来，听我训话。本帅今天做了身体检查，感觉长时间口干想喝酒，喉咙干燥得像烧焦的铁锅，近来精神也不佳，特想睡觉，呼噜打得像雷鸣。这是为什么？都是你在捣鬼作怪！酒杯说：大帅真是想不开，戒什么酒呢。人家刘伶，走到哪儿喝到哪儿，随时准备醉死后就地掩埋，那才是古今达者。辛帅不满地说：既然如此，你对俺这知己咋就这般薄情寡义，不让俺想喝就喝、喝过痛快呢，弄得俺口干舌燥，心急如焚的。再说，饮酒过量，也不是你酒杯的错，是那歌儿舞女侑觞时多方引诱，想不多喝也难。平常大伙儿总是把你当作鸩毒来猜忌防嫌，殊不知饮酒的多少全在人为掌控。无论大怨小怨，全因溺爱而生；物事本无所谓好坏，过分偏爱就会酿成灾害。今日跟你沟通后，对你倒是有了新认识。好吧，从今开始，跟你达成协议：你赶快离开。不走的话，我又禁不住拿你痛饮了。最妙的是结尾，酒杯说：得令！我听大帅的，今日挥之即去，没准哪天想我了，招之即来。酒杯看透了辛帅的心思，并没有铁心想戒酒，所以随时准备回来侍候。

词用主客问答体，已很新鲜，把酒杯想象成士兵招来训话，更是别出心裁，古来无二。表面上是责备数落酒和酒杯，实则是替酒开脱。这哪是戒酒令，俨然是祝酒辞。辛帅平时严肃得很，遇到知己酒，就活泼幽默了。后来刘过《沁园春·寄稼轩承旨》词，就是模仿此词别出心裁的构思："斗酒彘肩，风雨渡江，岂不快哉。被香山居士，约林和靖，与东坡老，驾勒吾回。坡谓西湖，正如西子，浓抹淡妆临镜台。二公者，皆掉头不顾，只管衔杯。　白云天竺飞来。图画里、峥嵘楼观开。爱东西双涧，纵横水绕，两峰南北，高下云堆。逋曰不然，暗香浮动，争似孤山先探梅。须晴去，访稼轩未晚，且此徘徊。"刘过此词的创作背景是，稼轩在绍兴，派人到杭州请刘过前去相聚。刘过一时走不开，就写此词向辛弃疾请假，说苏轼、林逋、白居易约他去看西湖，游天竺，访孤山梅花，等天晴了再来拜访。把相隔几百年的三位名流放在同一时空中见面对话，构思极奇。词用对话体，正是仿辛弃疾此词的体式。辛弃疾看后，十分欣赏，重金奖赏刘过。这虽是后话，却反映出此词的影响。

沁园春

城中诸公载酒入山，余不得以止酒为解，遂破戒一醉，再用韵杯汝知乎，酒泉罢侯[1]，鸱夷乞骸[2]。更高阳入谒[3]，都称虀臼[4]，杜康初筮[5]，正得云雷。细数从前，不堪余恨，岁月都将曲蘖埋[6]。君诗好，似提壶却劝[7]，沽酒何哉。

君言病岂无媒，似壁上、雕弓蛇暗猜[8]。记醉眠陶令[9]，终全至乐，独醒屈子[10]，未免沉灾[11]。欲听公言，惭非勇者，司马家儿解覆杯[12]。还堪笑，借今宵一醉，为故人来[13]。

朱德才："陶令屈子之论，千古至理名言。亦一篇主旨所在。"（《辛弃疾选集》）

[注释]

[1] 酒泉：《汉书·地理志》载，武帝太初元年开酒泉郡，城下有泉，味如酒。杜甫《饮中八仙歌》"恨不移封向酒泉"。辛弃疾反用杜诗之意，谓酒泉侯已省罢，没有希望移封酒泉侯，只得止酒不饮。 [2] 鸱夷：皮制酒袋。扬雄《酒箴》："鸱夷滑稽，腹大如壶，尽日盛酒，人复借酤。"乞骸：乞骸骨的省称，指官员自请退休。《汉书·公孙弘传》："愿归侯，乞骸骨，避贤者路。"此以鸱夷自请退休喻止酒不饮。 [3] 高阳入谒：《史记·郦生陆贾列传》载郦生至高阳传舍上谒沛公，使者以沛公无暇见儒人辞之，郦生"瞋目案剑叱使者曰：'走！复入言沛公，吾高阳酒徒也，非儒人也。'" [4] 虀臼（jī jiù）：捣姜蒜等辛辣食品的器具。后作"辞"字的隐语。《世说新语·捷悟》："魏武尝过曹娥碑下，杨修从；碑背上见题作'黄绢幼妇外孙虀臼'八字。魏武谓修曰：'解不？'答曰：'解。'魏武曰：'卿未可言，待我思之。'行三十里，魏武乃曰：'吾已得。'令修别记所知。修曰：'黄绢，色丝也，于

字为绝。幼妇，少女也，于字为妙。外孙，女子也，于字为好。齑曰，受辛也，于字为辞。所谓"绝妙好辞"也。'魏武亦记之，与修同，乃叹曰：'我才不及卿，乃觉三十里。'"　[5]"杜康初筮"二句：说杜康初筮仕时问卦得云雷，可以做官了，无须再以酿酒为业。杜康不酿酒，就无酒可饮了。杜康，古代善酿酒者。初筮，筮仕。古人将出门做官，先要占卦问吉凶。云雷，《易经·屯卦》："云雷屯，君子以经纶。"　[6] 曲糵 (niè)：酿酒用的酵母，此处指酒。　[7] 提壶：鸟名，即小杜鹃，提壶是其叫声的谐音。黄庭坚《演雅》诗："提壶犹能劝沽酒。"　[8] 似壁上、雕弓蛇暗猜：用杯弓蛇影典。《晋书·乐广传》："尝有亲客，久阔不复来，广问其故，答曰：'前在坐，蒙赐酒，方欲饮，见杯中有蛇，意甚恶之。既饮而疾。'于时河南听事壁上有角，漆画作蛇，广意杯中蛇即角影也。复置酒于前处，谓客曰：'酒中复有所见不？'答曰：'所见如初。'广乃告其所以，客豁然意解，沉疴顿愈。"　[9] 陶令：即陶渊明。《宋书·陶潜传》："贵贱造之者，有酒辄设。潜若先醉，便语客：'我醉欲眠，卿可去。'"　[10] 独醒屈子：指屈原。屈原《渔父》："众人皆醉我独醒。"　[11] 沉灾：投水自沉的灾难。　[12] 司马家儿：指晋元帝司马睿。解覆杯：懂得覆杯不饮。《世说新语·规箴》："元帝过江，犹好酒。王茂弘与帝有旧，常流涕谏，帝许之，命酌酒一酺，从是遂断。"刘孝标注引邓粲《晋纪》："上身服俭约，以先时务。性素好酒。将渡江，王导深以谏，帝乃令左右进觞，饮而覆之。自是遂不复饮。"　[13] 为故人来：词末原自注："用邴原事。"《三国志·魏书·邴原传》裴松之注引《原别传》："师友以原不饮酒，会米肉送原。原曰：'本能饮酒，但以荒思废业，故断之耳。今当远别，因见馈钱，可一饮宴。'于是共坐饮酒，终日不醉。"

［点评］

人生有许多尴尬事。这不，稼轩翁刚刚戒酒，城中几位故友就带来几瓶美酒进山，拉他去喝酒。一则碍于人情友谊，二则也抵不住美酒诱惑，只得破戒一醉。刚止酒就破戒，自我食言，想想就对不住夫人的千叮咛万嘱咐。总得找个破戒喝酒的理由吧？

此词用前首《沁园春》戒酒词韵。前首是说戒酒的理由，此首则找破戒的理由。前词开头，对酒杯很是严厉，一副训斥的口吻。此词则是把酒杯当老朋友，用一种平等的口气来商量。酒杯啊，你知道不？酒泉郡被撤销，无侯可当了，酒泉的美酒没得喝了；装酒的鸱夷先生早就申请退休，无处可装酒呀！高阳酒徒入朝见沛公去了，无人陪着喝呀！更麻烦的是，酿酒大师杜康先生歇业改行做官去了，到哪儿买酒来饮呀！连用四个典故，说的是很长时间无酒可饮，暗示自己戒酒多时。其实戒酒没几天，他无酒可饮，度日如年，故觉戒酒的日子特别长。"细数"三句，不直说好长时间没饮酒了，而说岁月时光都将酒曲酒精给埋了，想象之新奇，也只有他这样的酒圣词神才想得出来。歇拍意思一转，说酒杯呀，你约饮的诗写得太好了，就像提壶鸟来劝酒一样，读罢立刻想着要去买酒了。言下之意，不是我要喝酒，是你的好诗勾引我喝，怪不得我嘴馋呀。

过片写酒杯的劝告。酒杯说：辛帅，你最近精神萎靡不振，成天病怏怏的，那可是病出有因啊，好像是杯弓蛇影所致吧？咳，再依当时情景痛饮一顿就不治而愈了。你该记得陶渊明吧，他成天醉眠，终获人生至乐；而那屈原，众人皆醉我独醒，却落得个自沉的境地。教训深刻呀！老辛听罢，呵呵一笑说：听公此话，真感惭愧。我没勇气像晋元帝司马睿那样覆杯不饮。今日故人送酒肉来了，能不拼命一醉？全词用九个典故，把本来平淡无奇而且有些理亏的破戒饮酒写得妙趣横生，令人捧腹。

丑奴儿

近来愁似天来大，谁解相怜？谁解相怜，又把愁来做个天。

都将今古无穷事，放在愁边。放在愁边，却自移家向酒泉[1]。

[注释]

[1]酒泉：杜甫《饮中八仙歌》"恨不移封向酒泉"。《汉书·地理志》载，酒泉郡，武帝太初元年开，城下有泉，味如酒。

[点评]

长歌当哭。长期闲置在家的稼轩，无法施展其雄才大略，被朝廷、被社会遗弃的失落感、孤独感越来越沉重，几乎让他支撑不住了。坚强的英雄稼轩，此时不禁从心底高呼，谁能理解我呀，谁能理解我呀！有才如此，天地之大，却找不到一条人生的出路！这是什么样的世道、什么样的社会！愁像天那么大，倒也罢了，愁还要做个天，把自己压抑着、笼罩着，简直没活路了。英雄之愁，不是因为个人的得失，而是因为"古今无穷事"，因为民族的统一大业未完成，报国的理想未实现。愁思难解，愁海难逃，愁天难扛，只能搬家到酒泉郡，泡在酒中，麻醉自己了。辛弃疾中晚年那么爱酒、依赖酒，与他的这种心理状态分不开。

临江仙

手捻黄花无意绪，等闲行尽回廊[1]。卷帘芳桂散余香。枯荷难睡鸭，疏雨暗添塘。

忆得旧时携手处，如今水远山长。罗巾浥泪别残妆[2]。旧欢新梦里，闲处却思量。

[注释]

[1] 等闲：平白无故。回廊：曲折回环的走廊。　[2] 浥泪：浸泪，泪水浸湿。

[点评]

这首词的意境，与冯延巳《谒金门》词有些相似："风乍起，吹皱一池春水。闲引鸳鸯香径里，手挼红杏蕊。

斗鸭阑干独倚，碧玉搔头斜坠。终日望君君不至，举头闻鹊喜。"都是写思妇的相思，都是用动作细节写人物心绪。冯词里的女主人公是"闲引鸳鸯香径里，手挼红杏蕊"，辛词里的主人公是一边在"回廊"来回走动，一边手捻黄花。"等闲"二字，见出百无聊赖。不过，冯词的背景是春日，辛词的背景则是秋天，"芳桂""枯荷"都是秋日景象。辛词中的"帘"值得注意。帘在视线上隔断楼内与楼外，但"卷帘"，却把楼内楼外相联结。"手捻"二句，是写楼内所为；"枯荷"二句，则写楼外所见。池塘里荷枯叶残，易生韶光已逝、美人迟暮之感。上片从空间上分写内外，下片从时间上对比写今昔。旧时携手同行，朝朝欢聚，何等快乐；如今各处一方，山长水远，想起旧欢新梦，不免泪湿残妆。此词语淡情深，动作感、画面感强。

玉楼春

戏赋云山

何人半夜推山去[1]？四面浮云猜是汝。常时相对两三峰，走遍溪头无觅处。

西风瞥起云横度[2]，忽见东南天一柱[3]。老僧拍手笑相夸，且喜青山依旧住。

[注释]

[1]何人半夜推山去：典出《庄子·大宗师》："夫藏舟于壑，藏山于泽，谓之固矣。然而夜半有力者负之而走，昧者不知

也。"语本黄庭坚《追和东坡壶中九华》："有人夜半持山去，顿觉浮岚暖翠空。"　[2]瞥：突然。　[3]天一柱：唐曹唐《仙都即景》："孤峰应碍日，一柱自擎天。"铅山县有天柱峰，当指此山。《江西通志》卷十一："天柱峰，在铅山县东南四十里，屹立如束笋，其境颇幽。"

[**点评**]

　　这首词充满了天真童趣。云雾遮山，本极平常，但稼轩写来，却具戏剧性、幽默感。开篇故意惊奇地问：是谁半夜里把天柱山给推走了？山能推走，设想新奇。暗用《庄子·大宗师》的典故，不露痕迹。知道用此典，更敬佩稼轩用典之妙之工；不知此典，也不影响对词意的理解。首句问，次句答。猜想是你们四面浮云干的好事吧，仿佛是抓住了恶作剧的顽童，连猜带审问。我平常总是看着那儿有两三座山峰的，今日走遍了溪水尽头都没见到山的影子。不是你们浮云捣蛋，怎么会见不着山峰呢？"常时"二句以自己的经历证明山的存在，侧面写出自己对溪山的爱好与亲近。经常见面的山峰忽然不见了，他竟然"走遍溪头"去寻找，就像好久不见了老朋友，要去寻找来见面畅谈一样。稼轩对大自然的热爱，真像着了魔，无怪乎他说"我见青山多妩媚"了。

　　下片像是戏剧的第二幕。西风陡地刮起，云雾迅速散去，忽见东南边的天柱峰豁然耸立。这时身旁的老僧竟然掩饰不住内心的喜悦，拍手称道：好高兴啊！青山依旧在，没被人推走！连心如枯井的老僧都拍手称善，那一向爱山爱水的稼轩心情如何，可想而知。此词妙处有二：一是将云雾遮山想象是被人悄悄推走，云开雾散后山又重现峥嵘，具有情节性、戏剧感。二是设置老僧这个人物，而且夸张地让老僧"拍手笑"，更增加了动作感和喜剧感。

玉楼春

卓人月："竟是白话。"（《古今词统》卷八）

三三两两谁家妇[1]？听取鸣禽枝上语。提壶沽酒已多时[2]，婆饼焦时须早去[3]。

醉中忘却来时路，借问行人家住处。只寻古庙那边行，更过溪南乌桕树[4]。

[注释]

[1] 三三两两谁家妇：语出柳永《夜半乐》："岸边两两三三，浣纱游女。"　[2] 提壶：即杜鹃鸟，提壶是其叫声的谐音。黄庭坚《演雅》诗："提壶犹能劝沽酒。"　[3] 婆饼焦：鸟名。婆饼焦是拟其叫声。王质《绍陶录》卷下："婆饼焦，身褐，声焦急，微清，每调作三语，初如云'婆饼焦'，次云'不与吃'，末云'归家无消息'。后两声若微于初声。"　[4] 乌桕树：一种落叶树，实如胡麻子，脂肪多，可以做肥皂和蜡烛。

[点评]

这首词是乡间即景纪实之作。上片妙在以鸟的叫声谐音来写乡间女子的行为活动。首二句写三三两两的农家女子去赶集，路边树上的鸟儿叫得正欢，仿佛是在送往迎来。"提壶"二句，乍看上去像是写农家女们提着酒壶买酒，已等候多时，家中婆婆做的饼子都快烧焦了，等着她们回去吃呢。实际上"提壶"是杜鹃鸟的叫声，"沽酒"则是由"提壶"的谐声而生发的联想。"婆饼焦"，也是鸟名，同时又是此鸟叫声的拟音。辛弃疾巧妙地把鸟的叫声与其拟音对应的人的行为方式糅合在一起，你可以说是写鸟叫，也可以是说写农家女子提壶去沽酒，婆婆做饼快焦了；也可以是二者兼而写之。上片写所见所闻，下片写自己酒醉问路。辛弃疾随兴在乡间行走，累了就找个酒店品尝一下乡间土酒。不觉喝醉了，忘记了来时走的路向，于是问行人自己回家往哪儿走。连自家在哪都找不着了，可以想象他醉得不轻。行人告诉他：你只往古庙那边走，过了溪南的乌桕树，就看见你家了。日常生活、日常口语入词，声口毕肖。

汉宫春

即事

行李溪头[1]，有钓车茶具，曲几团蒲[2]。儿童认得，前度过者篮舆[3]。时时照影，甚此身、遍满江湖。怅野老[4]，行歌不住，定堪与语难呼。

一自东篱摇落[5]，问渊明岁晚，心赏何如。

表面悠闲自在，实则愁思满怀。结拍即透露出个中消息。

梅花政自不恶^[6]，曾有诗无？知翁止酒^[6]，待重教、莲社人沽^[8]。空怅望，风流已矣，江山特地愁余。

[注释]

[1]行李溪头：即溪头行李。此以晚唐陆龟蒙自况。《新唐书·陆龟蒙传》谓陆龟蒙"不喜与流俗交，虽造门不肯见。不乘马，升舟设蓬席，赍束书、茶灶、笔床、钓具往来。时谓江湖散人，或号天随子"。　[2]曲几：曲形小桌。团蒲：蒲草编织的圆形坐垫。　[3]篮舆：竹轿。　[4]"怅野老"以下三句：指忘怀世事，任性逍遥。用林类故事。《列子·天瑞》："林类年且百岁，底春被裘，拾遗穗于故畦，并歌并进。孔子适卫，望之于野，顾谓弟子曰：'彼叟可与言者，试往讯之。'子贡请行。逆之垄端，面之而叹曰：'先生曾不悔乎？而行歌拾穗。'林类行不留，歌不辍。子贡叩之不已，乃仰而应曰：'吾何悔邪？'子贡曰：'先生少不勤行，长不竞时，老无妻子，死期将至，亦有何乐而拾穗行歌乎？'林类笑曰：'吾之所以为乐，人皆有之，而反以为忧。少不勤行，长不竞时，故能寿若此。老无妻子，死期将至，故能乐若此。'"　[5]东篱摇落：指菊花凋零。语本陶渊明《饮酒》："采菊东篱下。"　[6]政自不恶：犹言"真不赖"。政，同"正"。　[7]止酒：戒酒。辛弃疾晚年曾因病戒酒。陶渊明有《止酒》诗。　[8]莲社：指慧远法师结莲社。《莲社高贤传》："时远法师与诸贤结莲社，以书招渊明。渊明曰：'若许饮，则往。'许之，遂造焉。"

[点评]

这首词写罢职闲居时的生活。稼轩翁乘着竹轿，带着钓车茶具、圆桌坐垫，往来溪头村畔，累了坐下喝茶赏景，秋天赏菊，冬天观梅，俨然是江湖散人陆龟蒙再世。天天到此，连附近的儿童都认识了，辛老爷子竹轿一到，儿童就指指点点，说那身材魁梧的红脸爷爷又来玩了。这日子看似逍遥自得，实则词人很是郁闷，为何英雄之身，如今落得这般清闲无事，只能在溪边日日照影，像野老林类，天天行歌？不止词人自愁，连江山也为之愁啊。

满江红

山居即事

几个轻鸥[1]，来点破、一泓澄绿。更何处、一双溪鶒[2]，故来争浴[3]。细读《离骚》还痛饮[4]，饱看修竹何妨肉[5]。有飞泉、日日供明珠，五千斛。

春雨满，秧新谷。闲日永，眠黄犊。看云连麦垄[6]，雪堆蚕簇。若要足时今足矣[7]，以为未足何时足。被野老、相扶入东园，枇杷熟。

卓人月："无处着一分缘饰，是山居真色。"（《古今词统》卷十二）

潘游龙："'若要足'二语，抑扬得妙！"（《古今诗馀醉》卷十五）

上片分写风景之美。下片写农事之乐。层次井然。

[注释]

[1]"几个轻鸥"二句：语出周邦彦《双头莲》词："一抹残霞，几行新雁，天染云断，红迷阵影，隐约望中，点破晚空澄碧。"辛词意境与之近似，虽然一写雁，一写鸥。一泓澄绿，一片碧绿的池水。　[2]溪鶒（xī chì）：水鸟名，俗称紫鸳鸯。　[3]故来

争浴：语出杜甫《春水》诗：“已添无数鸟，争浴故相喧。” [4] 细读《离骚》还痛饮：典出《世说新语·任诞》：“王孝伯言：‘名士不必须奇才，但使常得无事，痛饮酒，熟读《离骚》，便可称名士。’” [5] 饱看修竹何妨肉：语出苏轼《於潜僧绿筠轩》诗：“可使食无肉，不可居无竹。无肉令人瘦，无竹令人俗。人瘦尚可肥，俗士不可医。” [6]“看云连麦垄”二句：语出王安石《绝句》：“缲成白雪桑重绿，割尽黄云稻正青。” [7]“若要足时今足矣”二句：语出《三国志·魏书·王昶传》：“语曰：‘如不知足则失所欲。’故知足之足常足矣。”陈正敏《遁斋闲览》：“余尝于驿舍见人题壁云：‘谋生待足何时足，未老得闲方是闲。’余深味其言，服其精当，而愧未能行也。”

［点评］

这首词是实录山居景事。开篇写轻鸥和鸂鶒最生动传神。写池水，五代冯延巳有名句“风乍起，吹皱一池春水”，将微风吹拂池面、波生涟漪那稍纵即逝之景跃然纸上。稼轩此词亦写水池，但别具面目。池水澄清碧绿，忽然几只轻鸥飞来，“点破”宁静的水面，激起小小水花。“点破”二字，活脱脱地写出白鸥轻点水面的潇洒姿态，镜头感十足。史达祖《双双燕》写双燕“爱贴地争飞，竞夸轻俊”，稼轩笔下的这几个轻鸥，则是贴水轻飞，时而点击水面，时而在空中盘旋，似乎有股调皮劲。轻鸥飞过，又见一双鸂鶒“故来争浴”，还像是故意来抢镜，不让轻鸥独占风光，写来也是趣味盎然。在稼轩心中，一切自然物都是有情有义，轻鸥点破澄绿，是着意娱人；鸂鶒争浴，是故意来示恩爱、献殷勤，连那山中飞泉，也多情多义，天天供应五千斛明珠，让人赏心悦耳娱目。同样是把飞泉想象成明珠，另一首《沁园春》（叠嶂西驰）是"惊湍直下，跳珠倒溅"，而此处则是"日日供明珠，五千斛"。将水比喻成明珠不算新奇，新奇的是说"供明珠"，这就把天然的泉水化成了有人情有意愿的灵物，泉水似乎不是自然流出，而是主动地有意地供给稼轩居士观赏。真可谓着一"供"字，而境界全出。

山居不只有池塘，有轻鸥，有鸂鶒，有飞泉，还有春雨满田后，可以栽秧种水稻，山岗上连接云端的麦垄丰收在望，村头树下有黄牛卧眠，养蚕的人家一堆一堆的蚕茧像白雪堆积。到处是一派丰收祥和气象。知足者常乐，稼轩对此十分开心惬意，于是跟几位乡村野老相扶着到东园里去摘成熟的枇杷尝鲜。有景可赏，有粮可饱，有蚕可衣，更有枇杷可食。如此生活，若还不满足，那何时能够满足？

鹧鸪天

读渊明诗不能去手，戏作小词以送之

晚岁躬耕不怨贫[1]，只鸡斗酒聚比邻[2]。都无晋宋之间事[3]，自是羲皇以上人[4]。

千载后，百篇存[5]。更无一字不清真[6]。若教王谢诸郎在[7]，未抵柴桑陌上尘。

上片化用陶诗来写其人品，贴切自然。结句用反跌法，有褒有贬，对比强烈。

[注释]

[1] 晚岁躬耕不怨贫：陶渊明《庚戌岁九月中于西田获早稻》："但愿长如此，躬耕非所叹。"陶渊明《癸卯岁始春怀古田舍》："先师有遗训，忧道不忧贫。"　[2] 只鸡斗酒聚比邻：陶渊明《归园田居》其五："漉我新熟酒，只鸡招近局。"陶渊明《杂诗》："得欢当作乐，斗酒聚比邻。"　[3] 都无：若无。晋宋之间事：陶渊明生活于东晋末年至南朝宋初年，其间政权更迭频繁，多篡弑杀戮之祸。　[4] 羲皇以上人：陶渊明《与子俨等疏》："五六月北窗下卧，遇凉风暂至，自谓是羲皇上人。"羲皇，即伏羲氏。古人想象远古时期人们都过着无忧无虑、没有争斗的生活。　[5] 百篇存：陶渊明现存诗一百二十首。　[6] 更无一字不清真：苏轼《和陶渊明饮酒》："渊明独清真。"清真，意为真实、自然、清新。　[7] "若教王谢诸郎在"二句：意思是号称风流的王谢子弟实在不如陶渊明门前路上的尘土。若教，如果让。王谢诸郎，东晋两大望族王、谢家的子弟，以风流儒雅著称。未抵，不如，抵不上。柴桑，陶渊明的住处，在今九江市西南。陌上，路上。

[点评]

陶渊明是宋代文人的集体偶像，更是辛弃疾的偶像。辛弃疾读陶诗不离手，作此词"送之"，好像是向陶诗告别，实际是向陶渊明致敬、向陶诗致敬。上片写陶渊明的人品，也是给偶像画像。在辛弃疾心中笔下，陶渊明有三大特点：一是安贫乐道，躬耕劳作，不怕贫苦。二是为人天真好酒，家中只要有一只鸡、一斗酒，就会设酒局，叫来邻里同饮共醉，不讲身份，不端架子，任性而为。三是超然世事。身处乱世，能洁身自好，远离纷争之地，心在僻远之境，自得其乐，优哉游哉，仿佛生活在无忧无虑、没有争斗的羲皇之世。下片写陶渊明的诗品，陶诗字字清新，句句天然，读来满口生香，启迪神智。结句综合评价陶渊明，那些光鲜亮丽的王、谢家的贵族子弟，实在是连陶渊明门前路上的尘土都不如。辛弃疾对陶渊明的崇拜无以复加，个中也体现辛弃疾对功名富贵的蔑视。

鹧鸪天

不寐

老病那堪岁月侵^[1]，霎时光景值千金^[2]。一生不负溪山债，百药难医书史淫^[3]。

随巧拙，任浮沉。人无同处面如心^[4]。不妨旧事从头记，要写行藏入笑林^[5]。

"一生"二句对仗工妙，写尽一生好游山水的兴致以及无可救药的爱书癖。

[注释]

[1] 岁月侵：语出王安石《寄陈宣叔》："忽惊岁月侵双鬓。" [2] 霎时光景值千金：化用苏轼《春宵》诗句："春宵一刻值千金。" [3] 书史淫：谓痴迷于书史。典出《晋书》卷五一《皇甫谧传》："（谧）耽玩典籍，忘寝与食。人谓之'书淫'。" [4] 人无同处面如心：语本《左传》襄公三十一年："子产曰：人心之不同，如其面焉。"意思是人心之不同，就跟人的面貌各不相同一样。 [5] 行藏：出处。《论语·述而》："用之则行，舍之则藏。"

此指经历。入笑林：被人当作笑话传。唐赵璘《因话录》卷五："王
并州璠自河南尹拜右丞相。除目才到，少尹侯继有宴，以书邀之。
王判书后云：'新命虽闻，旧衔尚在，遽为招命，堪入《笑林》。'
洛中以为话柄。故事：少尹与大尹游宴，礼隔，虽除官，亦须候
正敕也。"《笑林》，书名，东汉邯郸淳撰。

[**点评**]

　　这首词可视为辛弃疾的创作宣言。他要把人生"旧事"、一生的行为出处，写入词中。"入《笑林》"，是自嘲，也是无奈，更有几分愤激。他一生的理想是做英雄，成就英雄的伟业，岂料一生只与溪山为伴，只能写写词，供人传诵。他心中很是不爽！早年他"求田问舍，怕应羞见，刘郎才气"，到晚年终日与溪山为伍，与世俗浮沉。表面旷达，随缘自适，心里实深含愤懑。

　　人心之不同，有如人面之相异。要写人，就要写出人的个性，写出独特的生命情怀。"人无同处面如心"，从创作的角度来说，与苏轼"自是一家"、李清照"别是一家"的创作主张一脉相承。如果说苏轼强调的是词作风格的独特性、李清照强调的是词体不同于诗体的文体独特性，那么，辛弃疾强调的则是创作主体心灵的独特性、生命的独特性。不仅如此，辛弃疾还强调词作的纪实性、传记性。所以他写词是"记"平生经历的"旧事"，写在时代风云变化中的"行藏"出处。

　　从这首词中也可以看出英雄辛弃疾晚年生活的一个侧面，爱游溪山，爱读书史，所谓"一生不负溪山债，

百药难医书史淫"。爱游溪山，爱读书史，本是平常事，可词人偏偏把这平常表现得不平常。他不说一生最爱游逛溪山，却说"一生不负溪山债"，让你觉得好新奇！仿佛人不游溪山，是欠溪山的债，有愧于溪山；游了溪山，就不欠溪山的人情了。这让人想起辛弃疾的前辈朱敦儒"曾批给雨支风券，屡上留云借月章"的词句，寻常的吟风弄月，被朱老爷子写得那么潇洒豪迈，天帝曾"批发"给他游赏风雨的免费券，他也多次向天帝奏请借云留月。把平常的东西变得不平常，是诗人词家的伎俩，既让你觉得意外，又在情理之中。会心一笑的同时，得到审美的享受、智慧的启迪。爱书，被称为"书淫"，这本是熟典，说"百药难医"之书史淫，就特别新鲜，未经人道。

鹧鸪天

石壁虚云积渐高，溪声绕屋几周遭[1]。自从一雨花零落，却爱微风草动摇。

呼玉友[2]，荐溪毛[3]。殷勤野老苦相邀[4]。杖藜忽避行人去[5]，认是翁来却过桥。

[注释]

[1]溪声绕屋：以声写形，屋前屋后都是溪流。语出苏

轼《寄吴德仁兼简陈季常》："门前罢亚十顷田，清溪绕屋花连天。"　[2]玉友：酒。张表臣《珊瑚钩诗话》："近时以黄柑酝酒，号'洞庭春色'；以糯米药曲作白醪，号'玉友'。皆奇绝者。"　[3]荐：奉送。溪毛：溪边野菜。语出《左传·隐公三年》："苟有明信，涧溪沼沚之毛，……可荐于鬼神。"　[4]野老：村中老汉。苦：用作副词，表示反复多次。　[5]"杖藜忽避行人去"二句：意思是，行人认得拄杖而来的老翁（词人），正要过桥，忽然避去，让老翁先过。杖藜，拄着藜杖。用藜的老茎做成的手杖，质轻而坚实。却，正要，恰好。

［点评］

这首词写乡中作客时的见闻。主人家屋后是高高的石壁，雨后云气堆积不散，房前屋后溪流潺潺。门前园子里的花儿被一场大雨打得七零八落，微风吹拂着野草，起伏不停，别有情趣。"自从一雨花零落，却爱微风草动摇"，是俊句，含蓄隽永。原来只关注鲜花，不太在意青草，自从雨打花落，发现微风拂草，也颇有可观。青草虽无鲜花艳丽，却默默无闻，随风起舞，也蛮有韵致。只要有一双善于发现美的眼睛，生活中的美无处不在。下片写应邀作客。村中野老非常热情，苦苦邀请词人到他家做客，拿出自家酿的好酒，端上溪边的野菜来招待。行人也非常有礼貌，到野老家时，行人见词人拄着拐杖，特地避让，让老翁（词人）先过桥。几个细节，就写出村民的热情、礼貌、朴实、好客。

西江月

春晚

剩欲读书已懒[1]，只因多病长闲。听风听雨小窗眠，过了春光太半[2]。

往事如寻去鸟，清愁难解连环[3]。流莺不肯入西园，唤起画梁飞燕。

[**注释**]

[1] 剩欲：很想。　[2] 太半：大半。　[3] 清愁难解连环：谓愁闷像连环一样难解。典出《战国策·齐策六》："秦始皇尝使使者遗君王后玉连环，曰：'齐多知，而解此环不？'君王后以示群臣，群臣不知解。君王后引椎椎破之，谢秦使曰：'谨以解矣。'"

[**点评**]

因病而闲，多病而长闲。怎样让这平淡而无聊的时光变得有诗意、有美感？稼轩翁的做法是读书。"读书已懒"，不是说懒得读书，而是说读书读多了，疲倦了，偶尔发发懒。其次是听风听雨，风声雨声伴着读书声，使闲静的时光变得充实而有生气。再次是听流莺啼啭，看飞燕成双。只要有审美的眼光、快乐的心情，总能发现日常生活中的诗情画意。虽然往事难寻，清愁难解，但风声雨声、莺声燕声和读书声，能把清愁冲淡。流莺在园外穿飞，本不干人之事，词人却说它"不肯入西园"，好像是故意逗人玩儿似的，平凡之景变得不平凡。

西江月

遣兴

"醉里且贪欢笑"，意味着平时难有欢笑。一如李煜的"梦里不知身是客，一晌贪欢"。表面是欢笑，实含苦涩无奈。

醉里且贪欢笑，要愁那得工夫。近来始觉古人书[1]，信著全无是处。

昨夜松边醉倒，问松我醉何如。只疑松动要来扶，以手推松曰去[2]。

[注释]

[1]"近来始觉古人书"二句：语出《孟子·尽心下》："孟子曰：尽信《书》，则不如无《书》。" [2]以手推松曰去：典出《汉书·龚胜传》："博士夏侯常见胜应禄不和，起至胜前谓曰：'宜如奏所言。'胜以手推常曰：'去！'"

[点评]

稼轩常常醉酒，故写醉态，活灵活现。这不，昨夜他又喝高了，醉得东倒西歪，来到松树跟前，醉眼朦胧地问松树："我没喝醉吧？"松树答："瞧你这样子，一定是喝醉了。"稼轩不服气："我没醉！"他晃晃悠悠中，发现松树也在摇摇晃晃，以为松树要来扶他，于是很生气地用力一推说："去你的！我没醉，倒不了。"结果如何？估计是自个儿栽了一个大跟头，重重摔在地上，辛老夫子不好意思告诉你。"以手推松曰'去'"一句，有动作，有神态，有对话，真情实景的描绘，我们以为是辛老夫子脱口而出的大白话，谁知这是用《汉书·龚胜传》"以手推常曰去"的典故，而且只改了一个字。稼轩之用典，真是出神入化。他把古书读透了，读活了，所以用时信手拈来，自然活脱。你不知道这典故，照样可以理解词意；知道了它的出典，就越发佩服辛老夫子的手段。

木兰花慢

中秋饮酒[1]，将旦。客谓前人诗词有赋待月无送月者，因用《天问》体赋[2]

可怜今夕月[3]，向何处、去悠悠？是别有人间[4]，那边才见，光影东头？是天外，空汗漫[5]，但长风浩浩送中秋？飞镜无根谁系[6]，姮娥不嫁谁留[7]？

谓经海底问无由[8]。恍惚使人愁。怕万里长鲸[9]，纵横触破，玉殿琼楼。虾蟆故堪浴水[10]，问云何玉兔解沉浮？若道都齐无恙[11]，云何渐渐如钩[12]？

王国维："词人想象，直悟月轮绕地之理，与科学家密合，可谓神悟。"（《人间词话》）

怕长鲸触破月中玉殿琼楼，表现出词人对世间美好事物的关爱和心系万物的博大胸襟。

[注释]

[1] 中秋：当指庆元三年（1197）中秋。　[2]《天问》：屈原的作品，向天提出种种追问。《天问》中有四句问月："夜光何德，死则又育？厥利维何，而顾菟在腹？"　[3] 可怜：可惜。　[4]"是别有人间"三句：意思是我们这边的月亮落下去，地球另一边的月亮刚刚从东方升起。古人曾感觉到大地是不停运转的，如张华《励志》："大仪斡运，天回地游。"《文选》李善注引《河图》说："地常动不止而人不知，譬如闭舟而行，不觉舟之运也。"但辛弃疾是最早感悟到月亮是绕着地球运行的，所以王国维说他的想象跟后世科学家的认识密合。　[5] 汗漫：广阔无边。指天外的广阔空间。　[6] 飞镜无根谁系：以飞镜喻月亮，语本李白《把酒问月》"皎如飞镜临丹阙"。词人进而追问，月亮既如飞镜，那天空中的这面飞镜，又没有生根，是谁把它系在空中的呢？　[7] 姮娥：即嫦娥。神话传说中，嫦娥是后羿之妻，因偷吃了后羿从西王母处要来的不死药，飞入月宫成仙。此句的意思是说，嫦娥不肯出嫁，是谁留她在月宫？　[8] 谓经海底问无由：此句由卢仝《月蚀》诗"烂银盘从海底出，出来照我草屋东"发问，月亮是如何沉入海底，又是怎样从海底出来，无从追问缘由。　[9]"怕万里长鲸"以下三句：唐人段成式《酉阳杂俎》记载，月亮里有琼楼金阙。故词人想象，海底里有巨大的鲸鱼，如果它跑出来横冲直撞，会把月宫里的玉殿琼楼撞坏。崔豹《古今注》说："鲸鱼者，海鱼也。大者长千里，小者数十丈，一生数万子。常以五六月就岸边生子，至七八月导从其子还大海中。鼓浪成雷，喷沫成雨，水族惊畏，皆逃匿莫敢当者。"[10]"虾蟆故堪浴水"二句：如果说虾蟆本来就会游泳，那么玉兔为何能在水中自由沉浮？神话传说，月中有蟾蜍，见《淮南子·精神训》。蟾蜍，即虾蟆。　[11] 若道：如果说。都齐：全都。无恙：指虾蟆和玉兔入水之后全都完好

无损。　[12]云何：为何。渐渐如钩：中秋之后，月亮就由圆转缺。骆宾王《玩初月》："既能明似镜，何用曲如钩。"

[点评]

诗人词家的创作，都追求艺术创新。这首词就有三大创新，一是题材新。前人的中秋词，大多是写月未出时待月，或月出之后赏月，很少有人写送月。辛弃疾此词则别出心裁地赋送月。二是体式新。从词题来看，这首词隐约有跟苏轼《水调歌头》中秋词竞赛之意，苏词原序说"丙辰中秋，欢饮达旦，大醉，作此篇"，而此词说"中秋饮酒，将旦"，也是中秋长夜饮酒，持续到天明。相较而言，苏轼《水调歌头》中秋词是常体，辛弃疾此词则是"变体"，用屈原的《天问》体来写送月，前无古人，连发七问，更是奇幻无比：今晚的月亮到哪去了，是地球的另一边还有人间，我们这边的月亮刚从西边落下，那边的月亮就从东方升起？还是长风把中秋的月亮送到无边无际的天外太空？人们都说月亮像飞镜，可飞镜没有根，是谁把它系在空中？是谁挽留嫦娥，让她总是待在月宫而不出嫁？找谁问月亮怎样沉入海底，很担心水底的万里长鲸，纵横驰骋时会把月宫里的玉殿琼楼撞破。如果说月中蟾蜍本来就会游水，那为何月中的玉兔也能随水沉浮？如果说蟾蜍和玉兔都安然无恙，那为什么月亮渐渐变得像银钩一样小？这七问，看似散漫，实则都是围绕送月、落月来构思剪裁。开篇写月亮开始西沉，结句写月亮变小如钩，首尾呼应，结构整密。三是想象新。苏轼《水调歌头》充满浪漫想象，但只是写到月宫的琼楼玉宇，而辛弃疾此词更是奇思妙想，从太空写到海底，从嫦娥写到玉兔，将词人的独特感悟、联想与神话、传说有机结合，营构出极为奇幻瑰丽的境界。

兰陵王

　　己未八月二十日夜[1]，梦有人以石研屏见饷者[2]。其色如玉，光润可爱。中有一牛，磨角作斗状。云："湘潭里中有张其姓者[3]，多力善斗，号张难敌。一日，与人搏，偶败，忿赴河而死。居三日，其家人来视之，浮水上，则牛耳。自后并水之山往往有此石。或得之[4]，里中辄不利。"梦中异之，为作诗数百言，大抵皆取古之怨愤变化异物等事，觉而忘其言。后三日，赋词以识其异。

　　恨之极[5]，恨极销磨不得。苌弘事[6]，人道后来，其血三年化为碧。郑人缓也泣[7]，吾父攻儒助墨。十年梦，沉痛化余，秋柏之间既为实。

　　相思重相忆。被怨结中肠[8]，潜动精魄。望夫江上岩岩立[9]。嗟一念中变[10]，后期长绝。君看启母愤所激[11]，又俄顷为石。

难敌。最多力。甚一忿沉渊[12]，精气为物[13]，依然困斗牛磨角。便影入山骨[14]，至今雕琢。寻思人世，只合化，梦中蝶[15]。

[注释]

[1]己未：为宁宗庆元五年（1199）。辛弃疾这年闲居铅山。　[2]梦有人以石研屏见饷（xiǎng）者"句：梦见有人赠送给自己一幅石制砚屏风。饷，馈赠。　[3]湘潭：今湖南湘潭市。　[4]"或得之"二句：如果有人捡到了石头，同里的人都会不吉利。　[5]"恨之极"二句：恨到极点就没法消除了。　[6]"苌弘事"以下三句：典出《庄子·外物》："苌弘死于蜀，藏其血，三年而化为碧。"成玄英注："苌弘遭谮，被放归蜀，自恨忠而遭谮，遂刳肠而死。蜀人感之，以匮盛其血。三年而化为碧玉，乃精诚之至也。"[7]"郑人缓也泣"以下五句：典出《庄子·列御寇》："郑人缓也，呻吟裘氏之地。只三年，而缓为儒。河润九里，泽及三族，使其弟墨。儒墨相与辩，其父助翟。十年而缓自杀。其父梦之，曰：'使而子为墨者，予也，阖胡尝视其良？既为秋柏之实矣。'"　[8]"被怨结中肠"二句：意思是肠中怨气郁结，心神不宁。　[9]望夫江上岩岩立：我国古代有多处望夫石。顾野王《舆地记》载："武昌郡奉新县北山上有望夫石，状若人立者。今古传云：昔有贞妇，其夫从役，远赴国难，携弱子饯送于此山，既而立望其夫，乃化为石。因以为名焉。"《太平寰宇记》卷一零五载安徽当涂县北有望夫山："昔人往楚，累岁不还。其妻登此山望夫，乃化为石。"《（乾隆）铅山县志》卷二亦载："望夫石，在分水山西，白鹤山前。相传有妇望夫不归，化为石。"王建《望夫石》："望夫处，江悠悠。化为石，不回头。山头日日风

复雨，行人归来石应语。"辛弃疾词究竟是指哪个望夫石，无从判定。岩岩，高耸的样子。　[10]"嗟一念中变"二句：可叹中途想法改变，从此断绝了未来的希望。　[11]"君看启母愤所激"二句：《汉书·武帝纪》"夏后启母石"，颜师古注："启，夏禹子也。其母涂山氏女也。禹治鸿水，通轘辕山，化为熊，谓涂山氏曰：'欲饷，闻鼓声乃来。'禹跳石，误中鼓，涂山石往，见禹方作熊，惭而去。至嵩高山下，化为石。方生启。禹曰：'归我子。'石破北方而启生。"俄顷，立刻。辛弃疾用此典，是说启之母因惭极而化为石。　[12]甚：为何。忿：怨愤。　[13]精气为物：语本《易·系辞上》："精气为物，游魂为变。"　[14]"便影入山骨"二句：意为石头中有牛的影像，于是根据这个样子雕琢。山骨，山石。张华《博物志》："地以名山为辅佐，石为之骨。"苏轼《雪浪石》诗："且凭造物开山骨，已见天吴出浪头。"　[15]梦中蝶：《庄子·齐物论》说庄周梦为蝴蝶后，不知是庄周化为蝴蝶还是蝴蝶化为庄周："昔者庄周梦为蝴蝶，栩栩然蝴蝶也。""俄然觉，则蘧蘧然周也。"

［点评］

　　人世间的怨愤忧恨，达到极点，无法销磨化解，往往会变化为异物。现实中湘潭的张难敌因偶然失败，羞忿难当，死后化为斗牛石；历史上苌弘忠而被谗，最终血化为碧玉；郑人缓，痛愤其父助墨攻儒，十年化为坟边秋柏的果实；一位妻子久盼丈夫不归，相思相忆，怨恨交加，最后化为望夫石；启母激于愧恨而化为石。这些都是"怨愤变化异物"的事例。

　　辛弃疾究竟是因何事激起心中无比的愤慨，要用这些怨愤化为异物的事例来隐喻影射现实？如今已难确指。

今世学者认为，这首词写于庆元五年（1199）己未，庆元党禁愈演愈烈。庆元二年，一代名臣赵汝愚被迫害致死，至此已三年，对照词中苌弘"其血三年化为碧"，或是代赵汝愚鸣不平；而庆元三年，公布伪学党籍，严禁士大夫"借疑似之说以惑乱世俗"。词人似借郑人缓之父助墨攻儒的悲剧，隐喻其事。词人的意思似乎是说，恨之极，恨极会化为异物，"人间"为政之作恶多端者，留下怨愤过多，最终会遭异物报应。

　　这首词由一梦触发，若不是怨愤积压过久，虚无一梦是不会激发出"恨之极，恨极销磨不得"的深沉感慨。由此词可见晚年闲居的辛弃疾，并未忘怀世事，并未放下人间的种种不平。

浣溪沙

　　父老争言雨水勾，眉头不似去年颦。殷勤谢却甑中尘^[1]。

　　啼鸟有时能劝客，小桃无赖已撩人^[2]。梨花也作白头新。

[注释]

[1] 谢却：辞掉。此指不再像去年那样甑中生尘。甑中尘：蒸饭用的甑沾满了尘土，指无米下锅。典出《后汉书·范冉传》。

范冉字史云，因遭党禁，结草室而居。所止单陋，有时粮粒尽，穷居自若，言貌无改，闾里歌之曰："甑中生尘范史云，釜中生鱼范莱芜。" [2]无赖：本是贬义，此处是似憎实爱。

［点评］

这首词作于庆元六年（1200），也是纪实。上片写乡间父老都说今年风调雨顺，是个好年成，不像去年那样干旱，粮食歉收，以致常常没饭吃，甑中生尘。今年年成好，可以吃饱肚子，不愁挨饿了。词人不是这般平铺直叙，而是用细节呈现父老们的神态。不说今年眉头舒展，而说"眉头不似去年颦"，就一笔而含今年与去年，既写出了今年丰收在望，喜上眉梢，又写出了去年因干旱收成不好而眉头紧锁的情态，用笔简而丰。"殷勤"句，用典故，既显学问，又形象地写出了去年粮食不够吃的辛酸窘境。"甑中尘"，具有可视性、镜头感，比直言忍饥挨饿更有质感。下片写景，写啼鸟，写桃花红、梨花白。这些常见景物，如果直叙，则了无诗味。词人却说啼鸟有时能劝客，就别出心裁，韵味十足。鸟儿鸣叫，像是劝客在此多多逗留，鸟儿也多情留客。鲜红的桃花，很撩拨人，则桃花的魅力可以想象。不直说梨花白，不说梨花满树，而说梨花也学我这老头，装成白头模样，既新鲜，又贴切，又幽默。稼轩翁的写景造型能力实在是太强了。

归朝欢

题赵晋臣敷文积翠岩^[1]

我笑共工缘底怒^[2]，触断峨峨天一柱。补天又笑女娲忙，却将此石投闲处。野烟荒草路。先生拄杖来看汝。倚苍苔^[3]，摩挲试问，千古几风雨。

长被儿童敲火苦^[4]，时有牛羊磨角去。霍然千丈翠岩屏^[5]，锵然一滴甘泉乳^[6]。结亭三四五。会相暖热携歌舞^[7]。细思量，古来寒士，不遇有时遇^[8]。

卓人月："慰人穷愁，坚人壮志。"（《古今词统》卷十四）

结句由石写人。积翠岩沉寂千年，一朝被赵晋臣发现，由不遇变为大遇。古来寒士，也是如此，机会一到，即能大遇。遇与不遇，时也命也！其中有无奈，也有期盼。不遇时希冀有遇，有理想之光照亮，则不遇时不至于沉沦。

[注释]

[1]赵晋臣：赵不遇，字晋臣，铅山人。敷文：官名，敷文阁学士的省称。积翠岩：在铅山县西。《江西通志》卷十一载，八字岩，在铅山县西四里，近有积翠岩，在铜宝山侧。晋太始间高将军逐白鹿至此。《方舆记》云：积翠岩房，蓄烟霭，五峰相对。马子严《积翠岩（即观音石）》诗："拳石中虚屋数椽，洞门东辟半规圆。木高长蔽三竿日，人到同观一片天。行路不堪秋后暑，禅床聊借午时眠。山僧为我敲茶臼，相对炉香起暮烟。" [2]"我笑共工缘底怒"以下三句：典出《三皇本纪》，诸侯有共工氏，"与祝融战，不胜而怒，乃头触不周山崩，天柱折，地维缺，女娲乃炼五色石以补天，断鳌足以立四极，聚芦灰以止滔水，以济冀

州。于是地平天成，不改旧物。"缘底，为何。峨峨，高耸貌。
补天又笑女娲忙，日常语序是"又笑女娲忙补天"，因平仄的关
系，将句子做了调整。　[3]"倚苍苔"以下三句：语出王安石
《谢公墩》诗："摩挲苍苔石，点检屐齿痕。"　[4]"长被儿童敲火
苦"二句：语出韩愈《石鼓诗》："牧童敲火牛砺角，谁复着手为
摩挲。"　[5]霍然：象声词。　[6]锵然：本是形容玉石的清脆之声。
此处形容滴泉的声音。甘泉乳：钟乳石滴下的甘甜泉水。　[7]会
相暖热携歌舞：待春暖花开时带歌儿舞女来。　[8]不遇有时遇：
有时不遇，有时遇。也可理解为：不遇时终有风云际遇的机会。
不遇，指怀才不遇。董仲舒有《士不遇赋》。赵晋臣名不遇，故
因其名而及之。

[点评]

　　一个普普通通的积翠岩，辛弃疾写来却神乎其神。
一则说这积翠岩是共工当年怒触不周山时折断的天柱，
二则说这积翠岩是女娲补天时扔下的一块石头。光是这
想象就够奇特的了，可辛弃疾还嫌不过瘾，他还笑共工
为何发怒，笑女娲为何忙着补天。两个"笑"字，把远
古的神话人物拉近到眼前，有了亲近感。积翠岩是共工、
女娲时代的遗留物，经历了几千年的风雨，有着深厚悠
久的历史感。故"先生"特来"摩挲试问"，问岩石见证
了历史上几多风雨、几番沉沦、几次兴亡。"摩挲"，显
示出词人对岩石的惊奇与喜爱。"先生"，可以理解为词
人自己，也可以理解为积翠岩的主人赵晋臣。上片一气
贯注，写积翠岩的稀奇，暗写主人不寻常的发现自然美
的眼光。主人在"野烟荒草"中发现了这块奇石奇岩。

过片写积翠岩长期被弃置山野之间，无人爱怜它、欣赏它，以至于常常被儿童敲下来做打火石，被牛羊用来磨角，岩石的原生态被破坏。幸得被主人赵晋臣发现，不然积翠岩就会长期闲置山间而不被人所知了。

上下片之间的写景，略有扞格矛盾。上片说"野烟荒草路"，表明积翠岩长期无人光顾，荒凉得很。可下片又说"长被儿童敲火苦，时有牛羊磨角去"。既然常常有儿童来放牛羊，表明这个地方不是人迹罕至，不是荒草遮路。可谓智者千虑，总有一失。即使是大手笔，也难免有败笔呢。"结亭三四五"，是建议赵晋臣可在积翠岩下建几个亭子，常常带着美人来听歌看舞，别有情趣。虽然有与友人开玩笑的意思，但与前面"千古几风雨"的历史追思体现出的庄重感不太协调。

武陵春

走去走来三百里，五日以为期[1]。六日归时已是疑，应是望多时。

鞭个马儿归去也，心急马行迟[2]。不免相烦喜鹊儿，先报那人知。

[注释]

[1]五日以为期：《诗经·小雅·采绿》："五日为期，六日不

詹。"詹，至。　[2]马行迟：杜荀鹤《马上行》："五里复五里，去时无住时。日将家渐远，犹恨马行迟。"

[点评]

这首词似是捎给夫人的短信。来回三百里，五日以为期。原来跟夫人约定，这次外出，五天就回来，第六天没到家，夫人已生疑，何况过了六天呢！五日、六日，看似明白如话，实有所本，原是《诗经》中的经句。五日为期，六日不至，见出家中人在掰着指头数日子，天天盼着行人归家。原来数字也含情呢。上片写家人盼归，下片写行人报信。行人何尝不期待早日归家，只是人心急而马行迟。其实不是马儿迟缓，而是心儿太急，觉得马儿走得太慢。因怕等不及，于是央求喜鹊儿先去报个喜讯。口语化的白描，也能写出深情至情，韵味十足，足见辛弃疾笔法的多变，表达功力的深厚。

玉蝴蝶

杜仲高书来戒酒用韵[1]

贵贱偶然[2]，浑似随风帘幕，篱落飞花。空使儿曹，马上羞面频遮[3]。向空江、谁捐玉佩[4]，寄离恨、应折疏麻。暮云多[5]，佳人何处，数尽归鸦。

侬家^[6]。生涯蜡屐^[7]，功名破甑^[8]，交友抟沙^[9]。往日曾论，渊明似胜卧龙些^[10]。算从来、人生行乐，休更说、日饮亡何^[11]。快斟呵，裁诗未稳，得酒良佳。

上片写友人来书劝戒酒，下片写自己不能戒酒的理由。

［注释］

[1] 杜仲高：名旃。淳熙十六年曾至上饶访稼轩，稼轩有《贺新郎·用前韵赠金华杜仲高》。庆元六年（1200），仲高又来拜访，别后来书劝稼轩戒酒，稼轩因赋是词。用韵：指稍前作的同调词《追别杜仲高》："古道行人来去，香红满树，风雨残花。望断青山，高处都被云遮。客重来风流觞咏，春已去光景桑麻。苦无多，一条垂柳，两个啼鸦。 人家。疏疏翠竹，阴阴绿树，浅浅寒沙。醉兀篮舆，夜来豪饮太狂些。到如今、都齐醒却，只依旧、无奈愁何。试听呵，寒食近也，且住为佳。" [2] "贵贱偶然"以下三句：谓人的贵贱都是偶然，就像随风而堕的花，有的沾在富贵人家的帘幔上，有的坠落在粪坑里。语出《南史·范缜传》：竟陵王子良笃信佛，而缜盛称无佛，"子良问曰：'君不信因果，何得富贵贫贱？'缜答曰：'人生如树花同发，随风而堕，自有拂帘幌坠于茵席之上，自有关篱墙落于粪溷之中。坠茵席者，殿下是也；落粪溷者，下官是也。贵贱虽复殊途，因果竟在何处？'子良不能屈。"浑似，很像。 [3] 羞面频遮（zhā）：典出《南史·刘祥传》："司徒褚彦回入朝，以腰扇障日，祥从侧过，曰：'作如此举止，羞面见人，扇障何益？'彦回曰：'寒士不逊。'祥曰：'不能杀袁、刘，安得免寒士！'" [4] "向

空江、谁捐玉佩"二句：写仲高来书信，自己回信以寄离恨。捐玉佩，指友人来信，化用屈原《九歌·湘君》"捐余玦兮江中，遗余佩兮醴浦"句意。折疏麻，指回信，化用屈原《九歌·大司命》"折疏麻兮瑶华，将以遗兮离居"句意。　[5]"暮云多"二句：化用江淹《拟休上人怨别》"日暮碧云合，佳人殊未来"句意。佳人，代指杜仲高。　[6]侬家：自称。犹言我。家，后缀。　[7]生涯蜡屐：指一生奔波费了许多鞋。活用《世说新语·雅量》典：阮遥集好屐，有客见阮"自吹火蜡屐，因叹曰：未知一生当着几量（两）屐"。　[8]功名破甑：意谓功名如破甑，已弃之不顾。《后汉书·郭太传》："（孟敏）荷甑堕地，不顾而去。林宗见而问其意。对曰：'甑以破矣，视之何益。'林宗以此异之。"苏轼《游径山》："功名一破甑，弃置何用顾。"　[9]交友抟沙：指朋友难聚，如捏沙成团，放手即散。苏轼《二公再和亦再答之》："亲友如抟沙，放手还复散。"　[10]渊明似胜卧龙：陶渊明似乎强于诸葛亮。这是从人生的进退角度而言。诸葛亮知进而不知退，不像陶渊明能退隐南山安享清闲。这是人生失意时的愤激语。些（shā）：语气词。　[11]日饮亡（wú）何：终日无余事，只管饮酒。典出《汉书·爰盎传》："南方卑湿，丝能日饮，亡何（没有别的事）。"

[点评]

友人杜仲高来信，劝稼轩戒酒。稼轩不但不听劝，反而变本加厉，高呼："快斟呵，裁诗未稳，得酒良佳。"何故如此？只因对人生已彻底失望。功名如破甑，碎而不顾；友人如抟沙，聚而复散。没有了功名的成就感，没有了朋友的归属感，只好遁入醉乡，借酒消愁。由此词可以想见稼轩心中郁结之气难平。只是用酒来麻醉，以健康为代价自我折磨，终究不是解忧消愁的良方。

玉楼春

效白乐天体 [1]

少年才把笙歌盏，夏日非长秋夜短。因他老病不相饶，把好心情都做懒。

故人别后书来劝 [2]，乍可停杯强吃饭 [3]。云何相见酒边时 [4]，却道达人须引满 [5]。

[**注释**]

[1]白乐天：唐代诗人白居易。白居易今传词中没有《玉楼春》，所谓"白乐天体"，当指白居易诗中的一种旷达情调。　[2]故人别后书来劝：指杜仲高别后来书劝戒酒。　[3]乍可：宁可。　[4]云何：为何。　[5]引满：斟满酒杯而饮。

[**点评**]

这首词作于《玉蝴蝶·杜仲高书来戒酒用韵》之后。首二句写时光流逝之快。少年把盏高歌，不觉转眼已是晚年，又因老病长期困扰，简直没有一天好心情。老友来信，劝告宁可停杯不饮，也要勉强多吃些饭。言之有理啊，可身不由己呢，一到酒边，就控制不住呀，古来达人饮酒都要斟满的。我这达人，能例外么？稼轩翁很可爱是不？自我调侃，很是幽默。

玉楼春

用韵答叶仲洽[1]

狂歌击碎村醪盏[2]，欲舞还怜衫袖短[3]。心如溪上钓矶闲，身似道旁官堠懒[4]。

山中有酒提壶劝[5]，好语怜君堪鲊饭[6]。至今有句落人间[7]，渭水秋风黄叶满。

首句"狂歌击碎村醪盏"，见出英雄内心痛苦、外表狂放的姿态。动作感极强。

[注释]

[1]用韵：即用前首《玉楼春·效白乐天体》词韵。同作于庆元六年（1200）。　[2]村醪（láo）：乡村酿的酒。　[3]欲舞还怜衫袖短：俗谚说长袖善舞（见《韩非子·五蠹》），此时因衫袖短而不宜舞。怜，可惜之意。　[4]官堠（hòu）：记里程的土墩。词人原注："谚云：馋如鹆子，懒如堠子。"白居易《社日关路作》："愁立驿楼上，厌行官堠前。"　[5]提壶：即杜鹃鸟。　[6]鲊饭：一种腌鱼。此句日常语序应是"怜君好语堪鲊饭"。　[7]"至今有句落人间"二句：谓叶仲洽多有名句散落人间，如贾岛"秋风生渭水，落叶满长安"（《江上忆吴处士》）被人传诵一样。

[点评]

　　叶仲洽收到稼轩前首《玉楼春·效白乐天体》词后，即和作一首，大约是婉谢不能前来同酌共饮，稼轩读后再作此词以回应，还是劝他再来。词谓自己身闲心懒，独自喝酒，无聊之极，以致狂歌时把酒盏都击碎了，由此可以想见稼轩心情之落寞。急需友人来陪伴之意昭然若揭。下片写山中提壶鸟都在劝你来饮酒，咱俩又十分投缘，你说话特别中听，堪作下酒菜。我还等待你酒后再写妙句传播人间呢。稼轩简直是软磨硬泡，非要叶仲洽来不可了。稼轩之真性情，于斯可见。"心如"二句的比喻，也新颖别致，让人回味无穷。

浣溪沙

寿内子 [1]

　　寿酒同斟喜有余 [2]，朱颜却对白髭须 [3]。两人百岁恰乘除 [4]。

　　婚嫁剩添儿女拜 [5]，平安频拆外家书 [6]。年年堂上寿星图。

[注释]

[1] 内子：妻子。丈夫对他人称自己的妻子为内子或内人。妻子对他人称自己的丈夫为外子。　[2] 寿酒同斟：夫妻二人同时

　　下片三层祝福，都富动作感、画面感。儿女罗拜，以贺儿孙满堂；频拆外家书，表明亲家诸事安顺；堂上挂寿星图，乃是摆寿宴祝福。三层意思，写法各不相同。于此可悟写词之法。不是直说，而是用细节画面来呈现。

过生日，故说"寿酒同斟"。辛弃疾生日在五月，其夫人生日当在同时。　[3]朱颜：指妻子容颜尚好。白髭须：胡须皆白。此词约作于庆元六年（1200），其时辛弃疾六十一岁，林夫人四十岁左右。故说夫人红颜健美，而自己则垂垂老矣。　[4]两人百岁恰乘除：夫妻两人正好一百岁。百岁恰乘除，有两种理解，一种是一百岁除二为五十，五十乘二为一百。这意味着夫妻二人都是五十岁。但与上句所写两人年岁相悬、一少一老不合。另一种是，两人截长补短，合起来一百岁。辛更儒《辛弃疾集编年笺注》认为，辛弃疾平生三娶，此词是贺三娶之夫人林氏。其时辛弃疾六十一岁，林夫人四十岁左右，两人合起来一百岁。结合上句理解，辛说似更近情实。　[5]婚嫁剩添儿女拜：意谓娶了媳妇嫁了女儿，只待多添孙儿孙女来拜寿。剩添，多添，屡添。辛更儒《辛弃疾集编年笺注》考证，辛弃疾生有九子二女，长子系南归前赵氏所生，至庆元间已四十岁左右，此时当已生孙。而两个女儿都已二十出头，早已出嫁，也应生子。　[6]外家：妻子的娘家。可指夫人林氏的娘家，也可指儿媳妇的娘家。

［点评］

这是六十多岁的稼轩为夫人祝寿的词。虽然没有年轻情侣那样的浓情蜜爱，却充满着亲情喜庆。稼轩会逗夫人开心，说咱俩合起来一百岁了，我是胡须头发都白，可你依然是面色红润，青春永驻。更开心的是，儿女婚嫁大事都已完成，没有了特别的牵挂，就享清福吧。古人认为，人老了，只要儿女"婚嫁已毕，生平无憾矣"。下片三句三层意思，一是期待早添儿孙。二是祝福内外平安。外家平安，自家也就心安。三是双双高寿，年年在堂上挂寿星图喝寿酒。没有英雄的豪情壮语，只是平凡人的平凡心愿，读来自然而亲切。

贺新郎

韩仲止判院山中见访[1]，席上用前韵[2]

听我三章约[3]。有谈功、谈名者舞，谈经深酌。作赋相如亲涤器[4]，识字子云投阁[5]。算枉把、精神费却。此会不如公荣者[6]，莫呼来、政尔妨人乐[7]。医俗士[8]，苦无药。

当年众鸟看孤鹗[9]。意飘然、横空直把，曹吞刘攫[10]。老我山中谁来伴，须信穷愁有脚[11]。似剪尽、还生僧发[12]。自断此生天休问[13]，倩何人、说与乘轩鹤[14]。吾有志，在沟壑[15]。

[注释]

[1]韩仲止：韩淲字仲止，号涧泉。韩元吉之子。能诗词，名高当世，与章泉赵蕃并称"信上二泉"。刘克庄《赵逢原诗序》："上饶郡为过江文献所聚，南涧、方斋之文，稼轩之词，皆名世。至章泉、涧泉，又各以其诗号为大家数。然世之所以共尊翊二公，帖然无异论者，岂直以其诗哉！其人皆唾涕荣利，老死闲退，槁而不可荣，贫而不可贿，有陶长官、刘遗民之风。虽无诗亦传，

况其诗自妙绝一世乎！"判院：官名。时人多称韩淲为"韩判院"。《东南纪闻》："韩淲字仲止，上饶人，南涧尚书之子。以荫补官，清苦自持。史相当国，罗致之，不少屈，一为京局。终身不出，人但以韩判院称。南涧晚年有宅一区，伏腊粗给，至仲止贫益甚，客至不能具胡床，只木机子而已。"　[2] 前韵：指《贺新郎·题傅君用山园》词。　[3] 听我三章约：典出《世说新语·排调》："魏长齐雅有体量，而才学非所经。初宦，当出，虞存嘲之曰：'与卿约法三章：谈者死，文笔者刑，商略抵罪。'魏怡然而笑，无忤于色。"《史记·高祖本纪》："与父老约，法三章耳：杀人者死，伤人及盗抵罪。"　[4] 相如：西汉大赋作家司马相如。《史记·司马相如列传》载司马相如在"临邛，尽卖其车骑，买一酒舍酤酒，而令文君当垆。相如身自着犊鼻裈，与保庸杂作，涤器于市中"。　[5] 子云：即东汉扬雄。《汉书·扬雄传》："时雄校书天禄阁上，治狱使者来，欲收雄，雄恐不能自免，乃从阁上自投下，几死。莽闻之，曰：'雄素不与事，何故在此？'间请问其故，乃刘棻尝从雄学作奇字，雄不知情。有诏勿问。然京师为之语曰：'惟寂寞，自投阁；爰清静，作符命。'"杜甫《醉时歌》："相如逸才亲涤器，子云识字终投阁。"　[6] 公荣：即刘公荣。典出《世说新语·任诞》："刘公荣与人饮酒，杂秽非类，人或讥之，答曰：'胜公荣者，不可不与饮；不如公荣者，亦不可不与饮；是公荣辈者，又不可不与饮。故终日共饮而醉。'"《世说新语·简傲》又载："王戎弱冠诣阮籍，时刘公荣在坐。阮谓王曰：'偶有二斗美酒，当与君共饮，彼公荣者无预焉。'二人交觞酬酢，公荣遂不得一杯，而言语谈戏，三人无异。或有问之者，阮答曰：'胜公荣者，不得不与饮酒；不如公荣者，不可不与饮酒；唯公荣可不与饮酒。'"　[7] 政尔：正是。妨人乐：典出《晋书·向秀传》："秀欲注（《庄子》），嵇康曰：'此书讵复须注？正是妨人作乐耳。'"语本黄庭坚《和答登封王晦之登楼见寄》："举目尽妨人作乐。"　[8]医俗士：语本苏轼《於潜僧绿筠轩》："人瘦尚可肥，俗士不可医。"　[9]众鸟看孤鹗：用祢衡故事。《后汉书·祢衡传》载祢衡与孔融相善，孔融上书荐之曰："鸷鸟累伯，不如一鹗。使衡立朝，必有可观。飞辩骋辞，溢气坌涌，解疑释结，临敌有余。"鹗，大雕。　[10]曹吞刘攫：吞曹操、攫刘表，祢衡曾羞辱曹操和刘表（事详《后汉书·祢衡传》），故有此语。　[11]穷愁有脚：意谓穷困和愁苦像有脚一样紧紧跟随不离开。　[12]似剪尽、还生僧发：此句意为"似僧发剪尽还生"。　[13]自断：自料此生。语本杜甫《曲江》："自断此生休问天，杜曲幸有桑麻田。"　[14]乘轩鹤：指受宠得意者。典出《左传·闵公二年》："冬十二月，狄人伐卫。卫懿公好鹤。鹤有乘轩者。将战，国人受甲者皆曰：'使鹤，鹤实有禄位，余焉能战？'"　[15]"吾有志"二句：意谓我心中料定，这辈子就老死在乡间沟壑了。"在沟壑"，诸本作"在丘壑"，此从四卷本《稼轩词》。语出《汉书·汲黯传》："臣自以为填沟壑，不复见陛下。"《汉书·东方朔传》亦有"一日卒（猝）有不胜洒扫之职，先狗马填沟壑，窃有所恨，不胜大愿"的说法。

［点评］

　　韩淲是名士高人，淡泊名利，有陶渊明的遗风。庆元六年（1200），他到稼轩所居山中造访探望，席上稼轩作此词以资谑乐，但骨子里却满是愤激。词说，今日与大家约法三章：谈功、谈名、谈经者罚。谈功、谈名者罚跳舞，谈经者罚喝酒。才华横溢有何用？一代逸才司马相如落魄时不也是开个小酒馆自己洗碗？满腹经纶有何用？识得许多奇字的扬雄不也寂寞得投阁自杀？谈经论文，都是枉费精神。今天的高会，全是高人雅士，凡是不如刘公荣通达的人物一概不请，免得看了让人心烦。那些成天把功名挂在嘴上的俗客，无药可治，咱们不理他。对俗客厌恶的另一面，是对高士的礼赞与欣赏。正面写俗客，侧面写出对韩淲的欢迎与亲近。如果直接说韩淲如何清高，反倒近乎奉承。这样侧面写来，用笔迂回巧妙，又避免了直接赞许友人的尴尬。过片写自己。想当年，像那一飞冲天的神雕，那些燕雀小鸟都看得发呆！又像那祢衡，虐曹操，戏刘表，傲然独立，何等意气风发。如今老了，困居山中，没有朋友相伴，只有穷鬼愁鬼像长了脚一样老是跟着缠着不离身。难得老朋友来山中看望。自料此生也就如此了，难得再有出头之日，也就老死乡间沟壑了。此词以调侃诙谐的语气开头，说着说着就真的来气了，想到年轻时候的心高气傲、如今的落寞处境，情绪就跳荡起伏，忧愤难平。稼轩词的比喻，丰富多彩，常常奇思妙想，历来写穷写愁的比喻很多，但很少有人说过贫穷和忧愁像长了脚似的老是跟着，又像是和尚的头发，剪了还生。喻体本是日常生活中常见的现象，稼轩却熟中生新，既贴切又生动！

词寓讽刺于戏说中，结拍尤妙。妙在有动作，有对话，有表情。表面不愠不怒，心中早已厌烦到极点，所以没等俗客说完，就起身告辞去洗耳了。

夜游宫

苦俗客

几个相知可喜，才厮见、说山说水[1]。颠倒烂熟只这是。怎奈向[2]，一回说，一回美。

　　有个尖新底^[3]，说底话、非名即利。说得口干罪过你^[4]。且不罪^[5]，俺略起，去洗耳^[6]。

［注释］

[1]才厮见：刚见面。　[2]怎奈向：怎奈何。陈匪石《宋词举》谓秦观《八六子》"怎奈向"之"向"读hèng，宋时方言，即晋人语之"宁馨"，今吴谚之"那亨"。　[3]尖新底：特别的。　[4]罪过你：烦死你之意。　[5]不罪：不怪罪。　[6]洗耳：典出《高士传》：许由字武仲，阳城槐里人。为人据义履方，邪席不坐，邪膳不食。后隐于沛泽之中。尧让天下于许由，许由不受而逃去。尧又召为九州长，由不欲闻之，洗耳于颍水滨。时其友巢父牵犊欲饮之，见由洗耳，问其故，对曰："尧欲召我为九州长，恶闻其声，是故洗耳。"巢父曰："子若处高岸深谷，人道不通，谁能见子？子故浮游欲闻，求其名誉，污吾犊口。"牵犊上流饮之。

［点评］

　　这是一首纪实性的词，像是素描，给俗客画像。所谓"苦俗客"，就是烦透了几个俗气的客人。人生时常会遇到一些无趣无奈之事。这不，见到几个相熟的客人，可话不投机，听了就烦。"可喜"，是反语，其实是反感、倒胃口。刚见面，就说些陈芝麻烂谷子之类的事情，颠来倒去，总离不开老话题，而且越说越带劲，越说越激动，唾沫横飞，自个儿美得不行。可苦了不爱听的稼轩。不爱听吧，为了照顾客人的面子，又不好打断，不好离开，徒唤奈何！下片写俗客中更有个特别的，说的全是怎样求名求利，自个儿还得意得了不得，说得口干舌燥也不停。稼轩实在忍不住了，就起身离去，对那"尖新"的客人说：实在对不住了，我要起身离开一会，去洗洗耳朵。那"尖新"的客人要是个读书的，自然知道"洗耳"这典故说的是什么意思：说的话污染了别人耳朵，别人要去洗干净。他自讨没趣，也许就不再说了。要不明白洗耳的故事，还以为稼轩的耳朵里真有什么脏东西要去洗干净呢。此词如漫画，几笔勾勒，便写出了俗客的尘俗无聊。

行香子

博山戏呈赵昌父、韩仲止 [1]

少日尝闻：富不如贫 [2]。贵不如贱者长存。由来至乐，总属闲人。且饮瓢泉 [3]，弄秋水 [4]，看停云。

岁晚情亲 [5]，老语弥真 [6]。记前时劝我殷勤 [7]。都休殢酒 [8]，也莫论文。把相牛经 [9]，种鱼法 [10]，教儿孙。

"把相牛经，种鱼法，教儿孙"，与"都将万字平戎策，换得东家种树书"，同一悲慨。

[**注释**]

[1]博山：在今江西上饶广丰区。《大清一统志》卷二四二："博山，在广丰县西南三十余里，南临溪流，远望如庐山之香炉峰。"赵昌父：即赵蕃，字昌父，号章泉，其先郑州（今属河南）

人，徙居信州玉山（今属江西）。韩仲止：即韩淲，字仲止，号
涧泉，上饶（今属江西）人。韩元吉之子。与赵蕃并有诗名，时
称"上饶二泉"。　[2]"富不如贫"以下二句：《后汉书·向长传》
谓向长"潜隐于家，读《易》至《损》《益》卦，喟然叹曰：'吾
已知富不如贫，贵不如贱，但未知死何如生耳！'"　[3]瓢泉：
稼轩在铅山的居所。　[4]秋水：与下文的"停云"是稼轩瓢泉的
两处堂名。　[5]岁晚情亲：年纪大了，情感更亲密。杜甫《奉简
高三十五使君》："行色秋将晚，交情老更亲。"　[6]老语弥真：年
老了，话语越发真诚。苏轼《和犹子迟赠孙志举》："诗词各璀璨，
老语徒周谆。"　[7]劝我殷勤：即"殷勤劝我"。　[8]嚟（tì）酒：
醉酒，沉湎于酒。　[9]相牛经：相牛宝典。《郡斋读书志》后志
卷二："《相牛经》一卷，右序曰宁戚传之百里奚。汉世河西薛公
得其书以相牛，千百不失其一。至魏世高堂生又传晋宣帝，其后
秘之。细字，薛公注也。"是南宋时犹传其书。　[10]种鱼法：养
鱼的方法。宋裴若讷《江阴绝句》曰："何必陶公种鱼法，雨汀烟
渚尽生涯。"宋时似流传有《陶公种鱼法》。

[**点评**]

这首词是稼轩在博山戏以词为书信寄赵蕃和韩淲，
相当于当下的短信。词说，小时候我就听说，富人不如
穷人、贵人不如贱人活得长。言下之意是，现在而今眼
目下，咱们都是穷人、贱人，会活得很长的，用不着感
叹、埋怨贫贱。人生最大的快乐，从来都只是闲人拥有，
你看我，今日个在瓢泉饮酒，明日个去秋水亭玩水，后
天又去停云亭看云，多么悠闲自在！瓢泉、秋水、停云，
都是他家所在的地名和家里亭子的名称。稼轩用其字面，

写他饮泉、弄水、看云三种闲适的生活，煞是巧妙！下片写赵、韩二位对自己的劝慰。彼此年纪大了，交情更亲更深了，说话更真诚了。我还记得哥俩之前老是劝我不要过量喝酒，多饮伤身！也不要谈论什么文章，谈论多了伤神。只管把养牛的窍门、养鱼的法宝传给儿孙好了。词写得很好玩，但戏谑中实含无奈。堂堂大英雄，如今只能在家饮泉、弄水、看云，成了养牛、养鱼的高手，真是造化弄人。

鹧鸪天

有客慨然谈功名，因追念少年时事，戏作

壮声英概，真一世之雄。

壮岁旌旗拥万夫[1]，锦襜突骑渡江初[2]。燕兵夜娖银胡䩮[3]，汉箭朝飞金仆姑[4]。

上片写壮岁英豪，下片写晚年落寞。两相映照，更显晚境之悲凉。

追往事[5]，叹今吾[6]。春风不染白髭须[7]。都将万字平戎策[8]，换得东家种树书[9]。

[注释]

[1]壮岁：指南宋高宗绍兴三十一年（1161），时年辛弃疾二十二岁。这年秋天，金主完颜亮大举侵宋，以借民间五年税钱的名义搜刮民脂民膏作军费，进一步激起民间怨愤，于是中原豪杰义士纷纷举兵反抗，其中河北大名的王友直、山东济南的耿京和太行山的陈俊，人马最强盛。辛弃疾也率众二千投奔耿京

部下，任掌书记。耿京部队很快就发展壮大到二十五万人（辛弃疾《美芹十论》）。所谓"壮岁""拥万夫"，是写实，一点都不夸张。　[2]锦襜（chān）：即锦鞯。用锦制作的马鞍下的垫子。突骑：冲锋陷阵的精锐骑兵。渡江：绍兴三十二年（1162）正月，因金主完颜亮被杀、金世宗继位后，金廷对山东义军采取怀柔政策，义军多解甲归田而溃散，耿京所部陷入生存困境，于是辛弃疾献策让耿京率部南下归宋。耿京遂派辛弃疾和贾瑞等十一人渡江到建康与南宋朝廷接洽，巡幸至此的宋高宗接见了辛弃疾一行，并任命了耿京、贾瑞和辛弃疾等人的官职。待辛弃疾回到海州（今江苏连云港）时，忽闻耿京被部将张安国杀害。辛弃疾当即与贾瑞相商，率领五十骑兵北上去金兵军营中捉拿已降金的张安国。辛弃疾南下时只十一人，何来五十骑兵？其来源有三：一是与辛弃疾同行南下的十一人（徐梦莘《三朝北盟会编》卷二载有这十一位勇士的姓名："总辖贾瑞、统制官刘震、右军副总管刘弁、游奕军统制孙肇、左军统领官刘伯达、左军第二副将刘德、左军正将梁宏、右军正将刘威、策应右军副将邢弁、踏白第三副将刘聚、总辖司提辖董昭、贾思成、天平军掌书记辛弃疾。"），二是辛弃疾到达海州后，京东招讨使李宝所派部将王世隆等数十位骑兵护送随行，三是从山东来报信的义军将领马全福等忠义人马。"锦襜突骑"，就是指由这三股人马组成的五十位精骑突击队。辛弃疾率此"突骑"生擒张安国后，再次渡过长江，将张安国送至临安正法。"渡江"指此。　[3]燕兵：指金兵。娖（chuò）：整理。胡騄：箭袋。　[4]汉箭：指义军。"箭"与"兵"对举，互文见义，箭亦指兵。金仆姑：箭名。"燕兵"两句写敌我双方互相用箭攻防。　[5]追：追忆。　[6]今吾：今天的我。　[7]髭（zī）须：嘴边上的胡子。欧阳修《圣无忧》："好酒能消光景，春风不染髭须。"　[8]万字平戎策：辛弃疾南归后，曾向朝廷上奏《美芹十论》

和《九议》等，分析敌我双方形势，极有针对性地提出抗金方略，可惜朝廷不用。　[9]东家：泛指邻家。种树书：有关栽培树木技术的书。《史记·秦始皇本纪》载始皇焚书，"所不去者，医药卜筮种树之书"。此处代指无可奈何当种树的农民、隐士。语本韩愈《送石处士赴河阳幕》："长把种树书，人云避世士。"

［点评］

辛弃疾二十三岁时，率领五十骑兵深入到五万之众的金兵军营中生擒叛徒张安国，这是他一生最辉煌的壮举。这事，一直深藏在英雄辛弃疾的心中，自我品味，自我陶醉，自我追忆！当英雄进入垂暮之年时，一位客人在他面前大谈功名之事，遂激发起他的豪气，一时兴起，便把埋藏在心中的那段"少年时事"挥笔告诉了客人：想当年，协助耿京指挥千军万马，旌旗指处，所向披靡，那是何等快意！最难忘的是，率领五十骑兵潜入五万之众的金兵营垒，生擒叛徒张安国，然后飞身上马，风驰电掣而去。敌兵追赶时，同行骑兵用密集的箭雨掩护。经过艰苦卓绝的奋战，终于安全渡过长江。

词人快意的神情刚刚浮上脸颊，一会儿就变得面色凝重，陷入沉思。回到南宋，本想大展身手，实现恢复中原、统一天下的抱负，谁料想，年华徒然流逝，胡须斑白，而一事无成。一生心血凝结而成的"万字平戎策"，换来的不是"腰佩黄金印"，不是"沙场秋点兵"，而是"东家种树书"，成了山园种树的闲人。是造化弄人，还是朝廷、唯求苟安的社会造成了英雄的失路悲剧？令人深思。

词的上片场面热烈雄壮，与下片的悲凉冷清形成鲜明对照，正映衬出英雄壮年和暮年两种不同的命运、不同的心态。壮年的自豪与自信，晚年的失望与苦涩，全在场面的对比中透出。题中"戏作"之"戏"，透露出几许无奈，也流露出一种乐观和坦然，更含有一种期待和希望。如果完全失望，泯灭了那份"功名心"，他就不会对"壮年"往事那样热烈地留恋和追忆了。辛弃疾是执着的，也是超然的，更是智慧的。他的内心有深深的伤痛，但他不沉沦，不绝望，而是以幽默的态度来面对人生的挫折，化解人生的烦恼。读这首词，我们既为英雄的豪情而感动，也为英雄的失落而感慨，更为英雄的善待人生而有所感悟。

卜算子

千古李将军[1]，夺得胡儿马。李蔡为人在下中[2]，却是封侯者。

芸草去陈根[3]，笕竹添新瓦[4]。万一朝廷举力田[5]，舍我其谁也[6]。

全词妙用对比之法。一是明比，李广与李蔡对比，见出贤能者失意，而平庸者得志。二是暗比，自我命运与李广对比，同为将才，同样的沦落命运。

[注释]

[1]"千古李将军"二句：李将军，即李广。夺马故事，见《史记·李将军列传》："广以卫尉为将军，出雁门，击匈奴。匈奴兵多，破败广军，生得广。单于素闻广贤，令曰：'得李广，必生致

之。'胡骑得广，广时伤病，置广两马间，络而盛卧广。行十余里，广佯死，睨其旁有一胡儿骑善马，广暂腾而上胡儿马，因推堕儿，取其弓，鞭马南驰数十里，复得其余军，因引而入塞。匈奴捕者骑数百追之，广行取胡儿弓，射杀追骑，以故得脱。"　[2]"李蔡为人在下中"二句：《史记·李将军列传》载："初，广之从弟李蔡与广俱事孝文帝。景帝时，蔡积功劳至二千石，孝武帝时，至代相。以元朔五年为轻车将军，从大将军击右贤王，有功中率，封为乐安侯。元狩二年中，代公孙弘为丞相。蔡为人在下中，名声出广下甚远，然广不得爵邑，官不过九卿，而蔡为列侯，位至三公。"者，读 zhǎ。　[3]芸草：除草。　[4]笕（jiǎn）竹添新瓦：剖竹为瓦。笕，对剖竹子连接成引水的管道。　[5]朝廷举力田：朝廷像科举选士那样选种田的能手。《汉书·惠帝纪》："春正月，举民孝弟力田者，复其身。"　[6]舍我其谁也（yà）：语出《孟子·公孙丑下》："如欲平治天下，当今之世，舍我其谁也。"

[点评]

这是一首俳谐词。俳谐词，自北宋神宗朝开始流行，多以滑稽有趣、好玩可笑为旨归。到了辛弃疾，才给俳谐词注入了思想含量，用来书写颠倒错位的人生世态。此词上片借汉代名将李广和李蔡的不同命运，写贤愚错位。李广是千古名将，身手不凡，一次兵败受伤被俘，两名匈奴骑兵并排用网兜着他在两马中间行进。他先是装死，睨眼窥见旁边有少年骑着一匹骏马。走上十里多地，他突然从网里腾空跳起，推下少年骑手，抢来骏马和弓箭，飞驰而去。数百匈奴骑兵追捕他，却被他射杀而逃脱。如此好的身手，又身经百战，杀敌无数，可就是立不了功、封不了侯。而他的堂弟李蔡为人能力只是下中等，却晋爵封侯，官至宰相。社会的不公一至如此。稼轩也是天赋雄才，智勇双全，有非凡的胆略和武功。可跟李广一样，他始终无法建功立业，实现自己的人生理想。如今成了种地除草的老农、剖竹为瓦的工匠。自忖拯救天下、一统江山没有我的份儿，如果朝廷选拔种田的能手高人，那可是舍我之外难有第二人了。全词字面上没有怨愤，甚至没有流露出任何主观的感受，只是平列两种现象，呈现自己的命运和生存状态。英雄沦落为农夫，能不令人感叹唏嘘！作为当事人的稼轩，此时是何等心情，自然不言自明。英雄命运的颠倒，反映出社会的荒唐滑稽！

卜算子

万里笯浮云[1]，一喷空凡马。叹息曹瞒老骥诗[2]，伏枥如公者[3]。

山鸟哢窥檐，野鼠饥翻瓦。老我痴顽合住山[4]，此地菟裘也[5]。

[注释]

[1]"万里笯（niè）浮云"二句：天马腾云，一声嘶鸣，凡马为之一空。语出《汉书·礼乐志·郊祀歌》："太一况，天马下，……笯浮云，晻上驰。"笯，蹑，追踪。　[2]曹瞒老骥诗：即曹操《龟

虽寿》诗:"老骥伏枥,志在千里。"　[3]如公者:跟我一样。　[4]老我:即我老。痴顽:痴呆固执。《新五代史·冯道传》:"无才无德,痴顽老子。"合:应该。住山:隐居。　[5]菟裘:隐居之地。典出《左传》隐公十一年:"使营菟裘,吾将老焉。"杜预注:"菟裘,鲁邑,在泰山梁父县南。不欲复居鲁朝,故别营外邑。"

[点评]

这首词与前首用韵相同,主题相同,也是写英才不得重用而落魄闲居的愤懑与无奈。上片写天马可以腾云驾雾,飞奔万里,一声嘶鸣,足以让凡马为之一空。可如今只能像曹操诗歌中所慨叹的那样,闲伏于马槽旁。这天马,无疑是英雄词人辛弃疾的化身。下片写英雄目前的生活处境。闲住山中,听着山鸟在屋檐下啼鸣,看着饥饿的老鼠在瓦上跑窜。鸟在屋檐下做窝,老鼠饿得拱翻了瓦,可以想象山居环境之荒凉、冷清、贫寒。结拍说,像我这样痴呆顽固的衰老头,活该住在这深山隐居之地。这是自嘲,也是苦笑。天马本应在疆场上飞驰,却闲卧槽畔;英雄本应在战场上拼搏,却闲居荒山,人间竟如此颠倒错位!

卜算子

漫兴

夜雨醉瓜庐[1],春水行秧马[2]。点检田间快活人[3],未有如翁者。

扫秃兔毫锥^[4]，磨透铜台瓦^[5]。谁伴扬雄作《解嘲》^[6]，乌有先生也^[7]。

[**注释**]

[1]瓜庐：形似蜗牛之庐。典出《三国志·魏书·管宁传》裴松之注引《魏略》："焦先及杨沛，并作瓜牛庐，止其中。以为瓜当作蜗。……先等作圜舍，形如蜗牛蔽，故谓之蜗牛庐。"　[2]秧马：水田里扯秧用的农具。小板凳下面安装一块木板，木板两头翘起，以便在秧田泥水里滑移。今日南方多地尚存。苏轼有《秧马歌序》曰："予昔游武昌，见农夫皆骑秧马。以榆枣为腹，欲其滑；以楸桐为背，欲其轻。腹如小舟，昂其首尾，背如覆瓦，以便两髀。雀跃于泥中，系束藁其首以缚秧。日行千畦。"　[3]点检：清点，盘点。　[4]扫秃兔毫锥：把毛笔的毛都写秃了。兔毫锥，指毛笔。李白《醉后赠王历阳》："书秃千兔毫，诗裁两牛腰。"　[5]磨透铜台瓦：谓磨穿砚台。何薳《春渚纪闻》卷九《铜雀台瓦》："相州，魏武故都。所筑铜雀台，其瓦初用铅丹杂胡桃油捣治火之，取其不渗，雨过即干耳。后人于其故基，掘地得之，镌以为研，虽易得墨，而终乏温润。好事者但取其高古也。"　[6]扬雄作《解嘲》：《汉书·扬雄传》："时雄方草《太玄》，有以自守，泊如也。或嘲雄以玄尚白，而雄解之，号曰《解嘲》。"　[7]乌有先生：司马相如《子虚赋》中虚构的人物。乌有，即无有。

[**点评**]

春天雨夜在瓜庐里醉饮，白天坐着秧马在水田里行进。看看田间里劳作的农夫，没有哪个像我这般快活的

呢。空闲时写写字，毛笔不知写秃了多少，砚台也不知
磨穿了几方，满腹诗书，只能像扬雄那样过着淡泊的生
活，自作《解嘲》。表面上好像很满足惬意，实际上是反
讽。"壮岁旌旗拥万夫""沙场秋点兵"的豪杰，如今却
在乡间骑秧马干农活，闲来无事时写点解嘲的文字。人
生理想与现实生活的反差，一至如是！

千年调

开山径得石壁，因名曰苍壁。事出望
外，意天之所赐邪，喜而赋

左手把青霓[1]，右手挟明月。吾使丰隆前
导[2]，叫开阊阖。周游上下[3]，径入寥天一。览
玄圃[4]，万斛泉，千丈石。

钧天广乐[5]，燕我瑶之席[6]。帝饮予觞甚
乐[7]，赐汝苍壁。嶙峋突兀，正在一丘壑[8]。余
马怀[9]，仆夫悲，下恍惚。

李佳："用笔如
龙跳虎卧，不可羁
勒，才情横溢，海
天鼓浪。"（《左庵
词话》卷下）

是词，而似散
文诗，词中别调。
变普通为神奇，化
现实为虚幻，才人
伎俩，不可方物。

[注释]

[1] 青霓：青云。　[2] "吾使丰隆前导"二句：语出屈原《离
骚》："吾令丰隆乘云兮，求宓妃之所在。""吾令帝阍开关兮，倚
阊阖而望予。"丰隆，云师。阊阖（chāng hé），天门。　[3] "周

游上下”二句：游遍太空，直入天之最高处。周游上下，语出《离骚》：“及予饰之方壮兮，周流观乎上下。”寥天一，浑然一体的高天。语本《庄子·大宗师》：“安排而去化，入于寥天一。”　[4]玄圃：神山。又称悬圃。《离骚》：“朝发轫于苍梧兮，夕余至乎县圃。”注：“县（悬）圃神山，在昆仑之上。”　[5]钧天广乐：天上的音乐。《史记·赵世家》载赵简子曰：“我之帝所，甚乐，与百神游于钧天，广乐九奏万舞，不类三代之乐。……帝甚喜，赐我二笥，皆有副。”　[6]瑶之席：瑶池中的宴席。瑶池在昆仑山上，是群仙宴饮处。《九歌·东皇太一》：“瑶席兮玉瑱，盍将把兮琼芳。”瑱，即镇。　[7]饮（yìn）予：即劝我饮。饮，使动用法。　[8]丘壑：即山谷。　[9]“余马怀”以下三句：语本《离骚》：“仆夫悲余马怀兮，蜷局顾而不行。”

[**点评**]

辛弃疾的词，常常有超现实的浪漫幻想。这不，他在期思开山建房，偶然发现山中埋藏着一块石壁露出。这石壁原本很普通，只是事出意外，仿佛是上天所赐，他甚觉开心，于是喜而赋此词。石壁既是上天所赐，他干脆来个太空之旅。瞧他多威风：左手提青云，右手挟明月，让云师丰隆为前导在前面开路，叫开天门，进入太空之后，四处遨游，直达太空最高处。他像屈原一样，游览了昆仑山的玄圃，看到了万斛的喷泉，欣赏了千丈高的巨石。这还不算，天帝特地在瑶池设宴为他接风，并让皇家乐队奏着天上最美的音乐侑觞，一边举杯劝他喝酒，一边说“把苍壁赏赐给你”。游过天空下凡时，他还恋恋不舍，连马也留恋，御夫伤感。辛弃疾这想象，真是太神奇了。一块仿佛天上掉下的石头，竟然把他引向太空神游，看了天上的美景，听了天上的仙乐，喝了天上的美酒。想象之奇，深得屈原《离骚》、李白《梦游天姥吟留别》的遗韵。

临江仙

戏为山园苍壁解嘲[1]

莫笑吾家苍壁小，棱层势欲摩空[2]。相知惟有主人翁。有心雄泰华[3]，无意巧玲珑[4]。

天作高山谁得料[5]，《解嘲》试倩扬雄[6]。君看当日仲尼穷[7]，从人贤子贡，自欲学周公。

苍壁虽小，却气势凌云。观物，不能只看外表，而需看其内在质性。词写岩石，其实是写主人的个性气度。

[注释]

[1] 戏为山园苍壁解嘲：四卷本《稼轩词》题作："苍壁初开，传闻过实，客有来观者，意其如积翠、清风、岩石、玲珑之胜。既见之，乃独为是突兀而止也，大笑而去。主人戏下一转语，为苍壁解嘲。"积翠：指赵晋臣所有之积翠岩，参前《归朝欢·题赵晋臣敷文积翠岩》。清风：即清风峡。《江西通志》卷十一："状元山在铅山县西北六里，其东曰桂林，西曰清风峡。"辛弃疾有《满江红·游清风峡和赵晋臣敷文韵》。张栻有《憩清风峡》："扶疏古木蠹危梯，开始知经几摄提。还有石桥容客坐，仰看兰若与云齐。风生阴壑方鸣籁，日烈尘寰正望霓。从此上山君努力，瘦

藤今日得同携。"岩石、玲珑：山名。为稼轩友人何异所有。陈振孙《直斋书录解题》卷八："《何氏山庄次序本末》一卷，尚书崇仁何异同叔撰。其别墅曰'三山小隐'。三山者，浮石山、岩石山、玲珑山。其实一山也。周回数里。叙其景物次序，为此编。自号月湖，标韵清绝，如神仙中人。膺高寿而终。其山，闻今芜废矣。"[2]棱层：形容山石的高峻。　[3]泰华：指泰山、华山。　[4]玲珑：玲珑山。　[5]天作高山：语出《诗经·周颂·天作》："天作高山，大王荒之。"[6]"《解嘲》试倩扬雄"句：汉扬雄作有《解嘲》。　[7]"君看当日仲尼穷"以下三句：意谓孔子当年穷困，但有贤能的门生子贡，还想学周公。典出《论语·子张》："叔孙武叔语大夫于朝曰：'子贡贤于仲尼。'""陈子禽谓子贡曰：'子为恭也，仲尼岂贤于子乎！'"《论语·述而》："子曰：甚矣吾衰也！久矣不复梦见周公。"从人，门人，门生。

[点评]

　　发现苍壁后，辛弃疾写了前首《千年调》为之做广告宣传。词一传出，人们以为苍壁十分雄奇，应该超过积翠岩、清风峡、岩石山、玲珑山等形胜。有位客人看过之后，大失所望，不觉大笑而去。心想，你辛弃疾也太能吹了，就那么一块石头，也好意思叫苍壁。辛弃疾见状，再写此词，为苍壁辩护。辛弃疾对客人说，莫笑我家苍壁小啊，那嶙峋突兀的气势可直达苍穹。你们不理解它，主人我可是它的知己。我家苍壁有心跟泰山、华山争雄，本无意跟玲珑山斗巧。辛弃疾看重的、追求的，是气魄的宏大、气势的雄伟，而不是小巧精致的柔美。由此词可以看出辛弃疾的审美态度和审美理想，就像李清照《鹧鸪天》写桂花："暗淡轻黄体性柔，情疏迹远只香留。何须浅碧深红色，自是花中第一流。"李清照看重的是内在的气骨美、精神美，而不是外在的色彩美、形式美。"有心雄泰华，无意巧玲珑"，是辛弃疾审美理想的诗意表达。

贺新郎

邑中园亭[1]，仆皆为赋此词[2]。一日，独坐停云[3]，水声山色，竞来相娱，意溪山欲援例者[4]，遂作数语，庶几仿佛渊明"思亲友"之意云[5]

此词语句，多从经史中拈出，自然天成，融化无痕。

甚矣吾衰矣[6]。怅平生、交游零落[7]，只今余几。白发空垂三千丈[8]，一笑人间万事[9]。问何物、能令公喜[10]。我见青山多妩媚[11]，料青山、见我应如是。情与貌，略相似。

一尊搔首东窗里[12]。想渊明、停云诗就，此时风味。江左沈酣求名者[13]，岂识浊醪妙理[14]。回首叫、云飞风起[15]。不恨古人吾不见[16]，恨古人、不见吾狂耳。知我者，二三子[17]。

[**注释**]

[1] 邑：县邑，指词人所居铅山县。　[2] 此词：指《贺新郎》调。　[3] 停云：辛弃疾在瓢泉所筑停云亭。　[4] 意：猜想。援例：依照惯例。即为每个亭子赋词。　[5] 庶几仿佛渊明"思亲友"之意：约略与陶渊明"思亲友"之意相似。思亲友，陶渊明《停云》诗序："停云，思亲友也。"　[6] 甚矣吾衰矣：用《论语·述而》"子曰：甚矣吾衰也"句。　[7] 交游零落：指老友纷纷离世。欧阳修《江邻几文集序》："不独善人君子难得易失，而交游零落如此，反顾身世死生盛衰之际，又可悲夫！"　[8] 白发空垂三千丈：语本李白《秋浦歌》："白发三千丈，缘愁似个长。"　[9] 人间万事：语出寇准《和蒨桃》诗："将相功名终若何，不堪急景似奔梭。人间万事何须问，且向樽前听艳歌。"　[10] 能令公喜：典出《晋书·郗超传》："时王珣为（桓）温主簿，亦为温所重。府中语曰：'髯参军，短主簿。能令公喜，能令公怒。'（郗）超髯，（王）珣短故也。"髯，胡子多。短，身材矮小。身材矮小，古人习惯说"短"而不说"矮"。　[11] 我见青山多妩媚：化用唐太宗语。《新唐书·魏徵传》："帝大笑曰：'人言（魏）徵举动疏慢，我但见其妩媚耳。'"　[12] 搔首：语本陶渊明《停云》："静寄东轩，春醪独抚。良朋悠邈，搔首延伫。"　[13] 江左：江东，此指南朝。苏轼《和陶渊明饮酒二十首》："江左风流人，醉中亦求名。"　[14] 浊醪：浊酒。杜甫《晦日寻崔戢李封》："浊醪有妙理，庶用慰沉浮。"　[15] 云飞风起：汉高帝刘邦《大风歌》："大风起兮云飞扬，威加海内兮归故乡。"　[16] "不恨古人吾不见"二句：《南史·张融传》："融善草书，常自美其能。帝曰：'卿书殊有骨力，但恨无二王法。'答曰：'非恨臣无二王法，亦恨二王无臣法。'"又，"常叹云：'不恨我不见古人，所恨古人又不见我。'"　[17] 二三子：《论语》中的成句，是孔子对其弟子的称呼。如《述而》："子曰：

二三子以我为隐乎？吾无隐乎尔。"此处借指知己，也可理解为青山，因为青山是他的知己。

[点评]

人老了，爱怀旧，想故交。嘉泰元年（1201），时年六十二岁的稼轩翁，坐在自家的停云亭中，看着四周的水声山色，就像老朋友一样友善亲切，好像有所期待。忽然想起本地的园亭都曾用《贺新郎》赋词一首，为之留影存照，这停云亭莫非也想照例为它写上一首？想到这，稼轩拿起笔来，写下这首名作。

"停云"亭名，源自陶渊明的《停云》诗，而《停云》诗主要是"思亲友"，故此词的主旨也是思亲友。稼轩一生，年辈相近而又彼此投缘的朋友原本不是太多，而最要好的朋友如朱熹（1130—1200）、陈亮（1143—1194）等又都已先后去世，想想自己也日渐衰老，不禁想起欧阳修在《江邻几文集序》里所感叹的："不独善人君子难得易失，而交游零落如此，反顾身世死生盛衰之际，又可悲夫！"开篇"甚矣吾衰矣"，虽然是用《论语》的成句，却也准确地表达了此时稼轩的身体状况，古今同感，所以借孔夫子的酒杯来浇自己的块垒了。平生故人多零落过世，如今只剩自己这白发老翁。"笑"，其实是苦笑，一世英雄，到头来一事无成，空垂白发，几多苦涩，几多忧愤。人间社会没有了慰藉，唯有走向大自然的山山水水，从中获得解脱感、轻松感、亲近感。"我见青山多妩媚，料青山、见我应如是"，这种人与自然的和谐观念，八百多年前的辛稼轩有此深刻的感悟，实在是很超前的。

今天我们提倡人与自然的和谐相处，稼轩此词，是最生动的广告词。当然，如果再往前追溯，李白的"相看两不厌，只有敬亭山"，已然表达了同样的生态意识。

上片词情跌宕。先写"怅"人间友人友情的凋零，转写"喜"大自然的妩媚可亲。下片点题"停云"。陶渊明当年写《停云》诗，也是因为良朋不在，只能"静寄东轩，春醪独抚"，独自品味人生真谛。那些热衷名利的小人，永远难以理解陶渊明的意趣。词人以陶渊明自况，而"江左沈酣求名者"，则是对现实中那些但求个人利禄而不顾民族大义的执政者的隐喻与嘲讽。稼轩爱渊明，爱的就是他精神的独立、灵魂的自由，不为五斗米向权贵折腰低头的刚直个性。稼轩宁可自守孤独，也不向那些"沈酣求名者"示好。虽然被人目为狂，但他以此自豪："不恨古人吾不见，恨古人、不见吾狂耳。"

据岳珂《桯史》记载，稼轩"每燕必命侍妓歌其所作，特好歌《贺新郎》一词，自诵其警句曰：'我见青山多妩媚，料青山、见我应如是。'又曰：'不恨古人吾不见，恨古人、不见吾狂耳。'每至此，辄抚髀自笑，顾问坐客何如，皆叹誉如出一口"。可见此词是稼轩的得意之作。

贺新郎

再用前韵

鸟倦飞还矣 [1]。笑渊明、瓶中储粟，有无能

结拍连用两个典故，大有深意，切不可仅停留于字面的理解。

几^[2]。莲社高人留翁语^[3]，我醉宁论许事^[4]。试沽酒、重斟翁喜。一见萧然音韵古^[5]，想东篱、醉卧参差是^[6]。千载下，竟谁似。

元龙百尺高楼里^[7]，把新诗、殷勤问我，停云情味^[8]。北夏门高从拉攊^[9]，何事须人料理^[10]。翁曾道繁华朝起^[11]。尘土人言宁可用^[12]，顾青山与我何如耳^[13]。歌且和^[14]，楚狂子。

[注释]

[1] 鸟倦飞还：陶渊明《归去来兮辞》："云无心而出岫，鸟倦飞而知还。" [2] 瓶中储粟，有无能几：瓶中储粟很少，即使有，也微不足道，有粟和没有粟几乎没有差别。陶渊明《归去来兮辞序》："余家贫，耕植不足以自给。幼稚盈室，瓶无储粟。"苏轼《东坡志林》卷三："予偶读渊明《归去来兮辞》云：'幼稚盈室，瓶无储粟。'乃知俗传信而有征。使瓶有储粟，亦甚微矣。" [3] 莲社：东晋时，慧远法师曾在庐山东林寺结社。因寺中多白莲，故称莲社。《莲社高贤传》："时远法师与诸贤结莲社，以书招渊明。渊明曰：'若许饮，则往。'许之，遂造焉。" [4] 我醉宁论许事：我醉了，哪能管别的事。许事，此事，这等事。 [5] 萧然：潇洒，悠闲。苏轼《游惠山诗序》："爱其语清简，萧然有出尘之姿。"音韵古：气度韵味有古人之风。 [6] 东篱醉卧：指陶渊明东篱下醉卧。陶渊明《饮酒》诗："采菊东篱下，悠然见南山。"参差是：差不多是这样。白居易《长恨歌》："中有一人字太真，雪肤花貌参差是。" [7] 元龙：陈登。百尺高楼：典出《三国志·魏书·陈

登传》：友人许汜对刘备说："昔遭乱过下邳，见元龙。元龙无客主之意，久不相与语，自上大床卧，使客卧下床。"刘备说："君有国士之名，今天下大乱，帝主失所，望君忧国忘家，有救世之意。而君求田问舍，言无可采，是元龙所讳也。何缘当与君语？如小人，欲卧百尺楼上，卧君于地，何但上下床之间邪？"卧百尺高楼，本是刘备说的话，宋人写诗词用典，常把百尺楼附会到陈登身上，说"元龙百尺楼"。不仅辛弃疾如此用，苏轼《次韵答邦直子由四首》也有"懒卧元龙百尺楼"之句。南宋邵博《邵氏闻见后录》卷十九已指出其误，明顾起元《说略》卷十四也指出此错误。　[8]停云情味：有陶渊明《停云》诗的情韵风味。　[9]北夏门高从拉攞（luǒ）：北夏门高，已经朽败，必然坍塌，扶持也没用。喻朝廷之事难以收拾。典出《世说新语·任诞》："任恺既失权势，不复自检括。或谓和峤曰：'卿何以坐视元裒败而不救？'和曰：'元裒如北夏门，拉攞自欲坏，非一木所能支。'"按，北夏门，指洛阳北的大夏门。《洛阳伽蓝记》："北面有二门：西头曰'大夏门'，汉曰'夏门'，魏、晋曰'大夏门'。……尝造三层楼，去地二十丈。"从，随即，就要。拉攞，坍塌，崩溃。　[10]须人料理：《晋书·王徽之传》："冲尝谓徽之曰：'卿在府日久，比当相料理。'徽之初不酬答，直高视，以手版柱颊云：'西山朝来致有爽气耳。'"料理，照顾，照料。　[11]翁：指陶渊明。曾道：曾说。繁华朝起：陶渊明《荣木》诗："采采荣木，于兹托根。繁华朝起，慨暮不存。"指表面的繁华不可久恃，转瞬即逝，早上出现，黄昏时就没了。　[12]尘土人言：俗人说的话。尘土人，指热衷功名的人。宁可用：有什么好听的，即不可信。　[13]顾：看。与我何如：典出《史记·陈丞相世家》："吕媭常以前陈平为高帝谋执樊哙，数谗曰：'陈平为相非治事，日饮醇酒，戏妇女。'陈平闻，日益甚。吕太后闻之，私独喜。面质吕嫂于陈平曰：'鄙语曰"儿妇人口不可用"，顾君与我何如耳。无畏吕嫂之谗也！'" [14]"歌且和"二句：《论语·微子》："楚狂接舆歌而过孔子，曰：'凤兮凤兮，何德之衰？往者不可谏，来者犹可追。已而已而，今之从政者殆而！'"楚狂子，即楚狂人接舆。

[点评]

写完前首《贺新郎》（甚矣吾衰矣）之后，稼轩意犹未尽，续写此词。上片写陶渊明辞官归隐后，虽然生活清贫，但依然爱酒、醉酒。这个清贫自守、常常醉卧的陶渊明，其实是辛稼轩的化身或影像。歇拍"千载下，竟谁似"，言下之意是，千载下，我与他最相似。英雄辛稼轩之所以变成了隐士陶渊明，是缘于对现实政治的深深失望，所谓"北夏门高从拉攞"，说的就是国事如大厦将倾，朽木难支，任何人来"料理"都无济于事。稼轩为何此时对朝政如此失望？结句所写楚狂子歌，大有深意。《论语》载楚狂接舆歌的末句是"已而已而，今之从政者殆而"。而"今从之政者"，是何许人？当朝宰相谢深甫。词末"与我何如"，是用西汉吕嫂谗害陈平的典故，隐指朝中有人谗害过他。这位谗害者，就是谢深甫。七年前，谢深甫任御史中丞时，弹劾辛稼轩"交结时相，敢为贪酷"，导致稼轩被罢免福建安抚使。如今谢深甫独掌朝纲，有这样的"今之从政者"，辛弃疾对个人前途、国家命运，还能有指望吗？

临江仙

壬戌岁生日书怀[1]

六十三年无限事，从头悔恨难追。已知六十二年非[2]。只应今日是，后日又寻思。

少是多非惟有酒[3]，何须过后方知。从今休似去年时。病中留客饮，醉里和人诗。

[注释]

[1]壬戌岁：宁宗嘉泰二年（1202）。辛弃疾时年六十三，在铅山家居。 [2]六十二年非：活用《淮南子·原道训》之"蘧伯玉年五十，而知四十九年非"典。 [3]少是多非惟有酒：化用韩愈《游城南十六首·遣兴》"断送一生惟有酒，寻思百计不如闲"句意。

[点评]

辛弃疾晚年闲居江西铅山，生活闲适安逸。不是留人饮酒，就是与人唱和诗词，风雅得很。可心中还是有遗憾。六十二年光阴匆匆而过，已悔恨没有抓住时间，来日还可能一样后悔，不如抓住眼前，珍惜现在的每一寸光阴。

临江仙

醉帽吟鞭花不住[1]，却招花共商量。人生何必醉为乡[2]。从教斟酒浅[3]，休更和诗忙。

一斗百篇风月地[4]，饶他老子当行[5]。从今三万六千场[6]。青青头上发，还作柳丝长。

[注释]

[1]醉帽：指醉中帽子歪着戴。语出司马光《和明叔九日》诗："雨冷敝裘薄，风高醉帽倾。"吟鞭：诗人行吟的马鞭。秦观《木兰花慢》："吟鞭醉帽，时度疏林。"　[2]醉为乡：即醉乡。王绩《醉乡记》："醉之乡，去中国不知其几千里也。其土旷然无涯，无丘陵阪险。其气和平一揆，无晦明寒暑。其俗大同，无邑居聚落。其人甚精，无爱憎喜怒，吸风饮露，不食五谷。"　[3]从教：任凭，随便。　[4]一斗百篇：杜甫《饮中八仙歌》："李白一斗诗百篇，长安市上酒家眠。"　[5]饶他：让他，任他。当行：内行。　[6]三万六千场：一年三百六十日天天醉酒，百年就醉三万六千场。李白《襄阳歌》："百年三万六千日，一日须倾三百杯。"苏轼《满庭芳》词："百年里浑教是醉，三万六千场。"

[点评]

诗人都爱酒，辛弃疾尤其爱。上首词说"病中留客饮，醉里和人诗"，这首词先是说不必多饮酒，不必沉醉酒乡，别人把酒杯斟浅点没有关系，也不必忙着和人诗，任性就好。李白斗酒诗百篇，何必羡慕，随他去当诗坛老大好了。乍看上去，辛老爷子是不喝酒了。其实这是他逗你玩呢。他的本意是说，诗可以不和，酒不能不喝，酒杯深浅无所谓，只要天天能醉就行。喝醉了，头上的青青黑发就比柳丝还长了。问题是，醒来后怎么办？青青头上发，只是酒醉时的幻象。白头依旧在，酒醉难消愁。此词苦涩中有幽默，俏皮中含无奈。

贺新郎

别茂嘉十二弟 [1]

绿树听鹈鴂 [2]。更那堪、鹧鸪声住 [3]，杜鹃声切。啼到春归无寻处，苦恨芳菲都歇 [4]。算未抵、人间离别 [5]。马上琵琶关塞黑 [6]，更长门翠辇辞金阙 [7]。看燕燕 [8]，送归妾。

将军百战身名裂 [9]。向河梁回头万里 [10]，故人长绝。易水萧萧西风冷 [11]，满座衣冠似雪。正壮士、悲歌未彻。啼鸟还知如许恨 [12]，料不啼清泪长啼血。谁共我，醉明月。

[注释]

[1]茂嘉十二弟：辛弃疾族弟，排行十二。名不详。　[2]鹈

陈模《怀古录》卷中："此词尽集许多怨事，全与太白《拟恨赋》手段相似。"

陈廷焯《白雨斋词话》卷一："稼轩词，自以《贺新郎·别茂嘉十二弟》一篇为冠。沉郁苍凉，跳跃动荡，古今无此笔力。"

王国维："章法绝妙，且语语有境界。此能品而几于神者。"（《人间词话》）

梁启超："此词用语无伦次之堆垒法，于极倔强中显出极妩媚。"（梁启勋《词学》下编引）

鸠：鸟名。一说即杜鹃鸟。词人原注："鹈鸠、杜鹃实两种，见《离骚补注》。"洪兴祖《楚辞补注》说鹈鸠、杜鹃，实为两种不同的鸟。屈原《离骚》："恐鹈鸠之先鸣兮，使夫百草为之不芳。"[3]更那堪：更难忍受的是。鹈鸠与杜鹃两种鸟的叫声都让人感伤。鹈鸠的叫声类似"行不得也哥哥"，杜鹃的叫声则像"不如归"。[4]芳菲都歇：百花都凋零。晁补之《满江红·寄内》："归去来莫教子规啼，芳菲歇。"[5]算未抵：料想不如，比不上。[6]马上琵琶关塞黑：指王昭君出塞。杜甫《咏怀古迹》："千载琵琶作胡语，分明怨恨曲中论。"李商隐《王昭君》："马上琵琶行万里，汉宫长有隔生春。"杜甫《梦李白》："魂来枫叶青，魂返关塞黑。"[7]更长门翠辇辞金阙：用陈阿娇失宠被打入冷宫事。长门，即长门宫，汉武帝皇后陈阿娇失宠后居此。司马相如《长门赋序》："孝武皇帝陈皇后时得幸，颇妒，别在长门宫，愁闷悲思。"翠辇，用翠绿羽毛装饰的宫车，指阿娇所乘宫车。金阙，帝王后妃住的宫殿。[8]"看燕燕"二句：用卫庄姜送归妾故事。《诗经·邶风·燕燕》："燕燕于飞，差池其羽。之子于归，远送于野。"毛传谓此诗是"卫庄姜送归妾也"。[9]将军：指西汉李陵。李陵身经百战，最后被俘，投降匈奴，身败名裂。司马迁《报任安书》："李陵既降，隤其家声。"[10]"向河梁回头万里"二句：用李陵与苏武离别典故。《汉书·苏武传》载李陵送苏武时痛苦地说："异域之人，一别长绝！"河梁，河上的桥梁。故人，指苏武。[11]"易水萧萧西风冷"以下三句：用荆轲刺秦王故事。《史记·刺客列传》："太子及宾客知其事者，皆白衣冠以送之。至易水之上，既祖，取道，高渐离击筑，荆轲和而歌，为变徵之声，士皆垂泪涕泣。又前而歌曰：'风萧萧兮易水寒，壮士一去兮不复还。'复为羽声忼慨，士皆瞋目，发尽上指冠。于是荆轲就车而去，终已不顾。"[12]还知如许恨：如果知道这些愁恨。还，表假设，意为如其、假使。

[点评]

这是一首精心结撰的送别词。结构上层层递进，大开大合，又首尾呼应。开篇说鹈鴂的叫声已经很悲惨了，更悲惨的是鹧鸪和杜鹃的叫声。鹧鸪和杜鹃的叫声，啼得春天匆匆归去都无处可寻，啼得百草千花都凋零殆尽。这鹧鸪和杜鹃的叫声够悲惨了吧，可还比不上人间的离别。下面连用五个人间离别的故事：王昭君弹着琵琶辞亲出塞，陈阿娇被赶出皇后住的金殿移居冷宫长门宫，卫庄姜送归妾，李陵将军兵败被俘后在河梁与苏武诀别，太子丹易水送荆轲。这五个送别故事，五个送别情景，个个悲恨彻骨，场场痛彻心扉。然后说，鹈鴂、鹧鸪和杜鹃，如果知道人间还有这样的恨事、伤心事，就啼的不是眼泪而是鲜血了，至此把离别的感伤推向高潮。离别是如此的痛苦，可茂嘉弟还是要离别远行，结拍点明题旨。"谁与我，醉明月"，意味深长。茂嘉弟离开之后，我只能在明月下沉醉，以淡化这离别的伤痛。"醉明月"，好似李白"举杯邀明月"但"独酌无相亲"的孤独。

五个离别的故事，都注意形象性、场面感和动作化。昭君马上弹琵琶，阿娇翠辇辞金阙，燕燕于飞送归妾，李陵河梁深情回头与苏武诀别，满座衣冠悲歌送荆轲，每件事着墨不多，却都刻画出人物、场面、动作。写来又各具面目，或隐括前人诗句，或提炼原始故事的关键情节和典型场景，笔法变化多姿。就构思之新奇、笔法之灵活、结构之缜密、技巧之难度而言，此词堪称辛弃疾"第一离别词"。

永遇乐

戏赋辛字，送茂嘉十二弟赴调[1]

送别之作，用被送者同姓人物的故事来比拟，词中常见。但就姓字本身着笔，写人的品格，词中罕见。亦庄亦谐。

烈日秋霜[2]，忠肝义胆，千载家谱。得姓何年，细参辛字[3]，一笑君听取。艰辛做就，悲辛滋味，总是辛酸辛苦。更十分，向人辛辣，椒桂捣残堪吐[4]。

世间应有，芳甘浓美，不到吾家门户。比着儿曹[5]，累累却有[6]，金印光垂组[7]。付君此事，从今直上，休忆对床风雨[8]。但赢得，靴纹绉面[9]，记余戏语。

［注释］

[1]十二弟：即茂嘉弟。赴调：调官赴任。刘过有《沁园春·送辛幼安弟赴桂林官》词："天下稼轩，文章有弟，看来未迟。正三齐盗起，两河民散，势倾似土，国泛如杯。猛士云飞，狂胡灰灭，机会之来人共知。何为者，望桂林西去，一骑星驰。 离筵不用多悲。唤红袖佳人分藕丝。种黄柑千户，梅花万里，等闲游戏，毕竟男儿。入幕来南，筹边如北，翻覆手高来去棋。公余且，画玉簪珠履，倩米元晖。"茂嘉或是赴桂林任职。 [2]烈日秋霜：谓辛家世代刚烈正直，有如烈日秋霜。《新唐书·颜真卿传》："英烈言言，如严霜烈日。" [3]细参：仔细品味。 [4]椒桂捣残：把胡椒和桂皮放在一起捣烂，更加辛辣。语出苏轼《再和二首》

其一诗："最后数篇君莫厌，捣残椒桂有余辛。"王十朋注："当时有问先生句义何如？先生曰：言其辣也。"　[5] 比着：比不上。儿曹：骂人语。犹言那些小子。　[6] 累累：接连不断。　[7] 金印光垂组：发光的金印用丝绸挂在身上。语出《汉书·石显传》："显与中书仆射牢梁、少府五鹿充宗结为党友，诸附倚者皆得宠位。民歌之曰：'牢邪石邪，五鹿客邪！印何累累，绶若若邪。'"言其兼官据势也。　[8] 对床风雨：指兄弟情深。语本韦应物《示全真元常》诗："宁知风雨夜，复此对床眠。"　[9] 靴纹绉面：即绉面如靴纹，意思是衰老后脸上的皱纹如靴纹。欧阳修《归田录》卷二："京师诸司库务，皆由三司举官监当，而权贵之家子弟亲戚，因缘请托，不可胜数。为三司使者，常以为患。田元均为人宽厚长者，其在三司，深厌干请者，虽不能从，然不欲峻拒之，每温颜强笑以遣之。尝谓人曰：'作三司使数年，强笑多矣，直笑得面似靴皮。'士大夫闻者传以为笑，然皆服其德量也。"

［点评］

　　这首词真个是幽默得很。但调侃戏谑中有真情、正气和骨气。为同是辛姓的兄弟送行，围绕"辛"字来构思运笔，稼轩总是那么有创意。开篇说：姓辛的品性特点何如？那可是"烈日秋霜，忠肝义胆！"这是千载以来家谱上明明写着的家训家风。"辛"字是如何得来的？为何叫做"辛"？原来是辛姓人家充满了"艰辛""悲辛""辛酸辛苦"，还因为姓辛的人天生有些刚烈的骨气——"辛辣"。上片从正面说"辛"，宣示姓辛的人品、人生、个性。下片从反面写，世上的芳香甜美，跟咱们不沾边。这是提醒茂嘉十二弟做官后不要贪图享受，要艰苦奋斗，好为辛家争个金印回来，光大家声。好好做官，也不必思念我这闲居山林的大哥，不必回望对床风雨的兄弟情谊，一心为公，一心为民，我就安心了。

西江月

示儿曹，以家事付之

卓人月："此词意极超脱，其人可想见矣。"(《古今词统》卷六)

叮嘱儿辈要尽早交租纳税，足见辛弃疾平时都是提前交租纳税的。英雄辛弃疾，也是守法的模范呢。

万事云烟忽过[1]，百年蒲柳先衰[2]。而今何事最相宜？宜醉宜游宜睡[3]。

早趁催科了纳[4]，更量出入收支。乃翁依旧管些儿[5]：管竹管山管水。

[注释]

[1]万事云烟忽过：苏轼《宝绘堂记》："譬之烟云之过眼，百鸟之感耳。岂不欣然接之，然去而不复念也。" [2]蒲柳先衰：指身体衰老。《世说新语·言语》："顾悦与简文同年，而发蚤白，简文曰：'卿何以先白？'对曰：'蒲柳之姿，望秋而落；松柏之质，经霜弥茂。'"此词作于嘉泰元年（1201），辛弃疾六十二岁，因长年多病，又过量饮酒，故身体衰弱。 [3]宜醉宜游宜睡：此句句法出自陈与义《菩萨蛮·荷花》："南轩面对芙蓉浦，宜风宜月还宜雨。" [4]催科：催收租税。租税有科条法规，故称。了纳：完纳赋税。 [5]乃翁：你们的父亲，词人自指。乃翁，也称"乃父"。

［点评］

　　稼轩词真是无意不可入，无事不可写。连管家的事儿也写进词里。此前，他一直当家，管理家务开支，而今六十二岁了，身体衰弱，精神不济，不想管了，就想把家事交给儿子来料理。于是写下此词，当作告示。把词当作"管家告示"来写，这绝对是词史上第一回。告示说：世间万事，如云烟飘过，一晃之间，我身板就衰老了，如今我最适宜做什么？喝酒，游玩，睡觉。言下之意，从今以后，管家这类烦心事儿就不适宜我了。他又特地叮嘱接班的儿子：每年要趁早交纳租税，做个守法的公民；月月要量出为入，做到收支平衡。瞧瞧，辛老爷子挺有经济头脑的不是？他平时精于算计，可不是只会舞文弄墨的书呆子。不管家事了，管什么呢，他也不忘公示自己的打算：管看竹，管游山，管玩水。一代老英雄，如今只落得"宜醉宜游宜睡""管竹管山管水"，令人悲怆。

鹊桥仙

赠鹭鸶 [1]

　　溪边白鹭，来吾告汝：溪里鱼儿堪数 [2]。主人怜汝汝怜鱼，要物我、欣然一处。

　　白沙远浦，青泥别渚，剩有虾跳鳅舞 [3]。听

　　人与自然要和谐相处，物种之间也要相互依赖生存。英雄辛弃疾，原来还是环保达人！

君飞去饱时来，看头上、风吹一缕^[4]。

［注释］

[1]鹭鸶：即白鹭。嘴直而尖，颈长。善捕鱼。   [2]堪数：屈指可数，指溪里鱼儿不多。   [3]剩有：多有，更有。   [4]一缕：指鹭鸶头上的羽毛。

［点评］

要说八百年前的辛弃疾已有自觉的生态平衡意识、不同物种之间应和谐生存相处的理念，也许你不信。待读了这首《赠鹭鸶》词，你想不信都不行。辛弃疾像是老朋友，对溪边的白鹭说，白鹭白鹭，来来来，我告诉你啊，溪里鱼儿不多了呢，我疼爱你，你也该疼爱鱼儿哟。少捉些鱼儿吧，要"物我欣然一处"。你把鱼儿捉光了，生态失衡，你从此就没鱼吃了，生物链断了，你也无法生存了。鱼跟你、你和我，就不能"欣然一处"了。辛弃疾又给白鹭支招，说远处的白沙浦、青泥渚，小虾泥鳅多的是，任你飞去，吃饱了再回来。大英雄辛弃疾，原来还是生态专家、环保人士。

词用对话体，语气平等亲切，动之以情，晓之以理。既告诉白鹭不要把溪里小鱼吃光，要休渔放养，还告诉它另谋求生之法。不光是禁，还有导，既保护了溪水的生态平衡，又给白鹭指明了新的出路。考虑周到，双赢策略，两全其美。想来鹭鸶会像酒杯那样欣然答曰：麾之即去，招则须来。辛弃疾真是高人，其生态理念、环保智慧，值得我们珍视！

此词堪称宋代生态文学的代表。既表达了生态理念，又不失文学性。韵味浓郁，语言生动，形式活泼。说别处有虾有鳅，不是陈述，而是呈现，"虾跳鳅舞"，极富动作感，把小虾泥鳅写活了。

浣溪沙

常山道中即事[1]

北陇田高踏水频[2]，西溪禾早已尝新[3]，隔墙沽酒煮纤鳞[4]。

忽有微凉何处雨，更无留影霎时云。卖瓜人过竹边村[5]。

俞陛云："咏乡村景物，潇洒出尘。稼轩于荣利之场，能奉身勇退，其高洁本于天性，故其写野趣弥真也。"（《唐五代两宋词选释》）

一步一景，景随步移。乡村剪影，极富乡土生活气息。

[注释]

[1]常山：今浙江常山县。嘉泰三年（1203）夏间，辛弃疾从江西铅山赴浙江绍兴任绍兴知府兼浙江东路安抚使，途经常山，作此词。　[2]陇：田垄，田埂。踏水：踏水车以引水灌溉。　[3]禾早已尝新：指吃到了新稻米。　[4]纤鳞：指小鱼。　[5]卖瓜：苏轼《浣溪沙》："牛衣古柳卖黄瓜。"

[点评]

辛弃疾有强烈而自觉的记录生活的意识。走到哪，都留意当地的风情风景，并书写为词，如同当下人见了新鲜景致就拍照上传微信朋友圈与大家分享一样。所以，鹅湖寺道中、博山道中、黄沙道中，他都留下了影像记录。嘉泰三年（1203）夏天，他从铅山到浙江绍兴去做知府，途经浙江常山，依旧兴致盎然，途中不时摄下一串串镜头：北边田垅位置较高，池塘里的水流不过去，农民正用水车踏水浇灌稻田，他驻足观看了好一会儿；西边的水稻成熟得早，已被主人收割尝鲜了，田里剩下一堆堆稻草。走过田野，来到村庄，隔墙闻到有人家在煮鲜鱼沽酒，鱼香、酒香，让稼轩不觉停下脚步，莫非是酒店？或许他闻香牵马过去，准备饱餐痛饮一顿再赶路。正午时分，天热汗流，忽然感到一阵微凉，原来是天空下起了阵雨，抬头看天，雨云霎时散开，无影无踪，阵雨自然下过即停。走着走着，村头竹边传来一阵卖瓜人的叫声，或许他循声鞭马过去，准备买一个瓜儿解渴。八百多年前的乡村风情、农民劳作与生活的情景，就这样穿越历史，呈现在我们面前。

南乡子

登京口北固亭有怀 [1]

何处望神州？满眼风光北固楼 [2]。千古兴亡多少事，悠悠，不尽长江滚滚流 [3]。

年少万兜鍪 [4]，坐断东南战未休 [5]。天下英雄谁敌手^[6]？曹刘。生子当如孙仲谋^[7]。

［注释］

[1] 京口：今江苏镇江。北固亭：在城北北固山上，下临长江。　[2] 北固楼：即北固亭。日常语序应是"北固楼（上）满眼风光"。　[3] 不尽长江滚滚流：语出杜甫《登高》："不尽长江滚滚来。"　[4] 年少：指孙权。兜鍪（móu）：头盔。喻士兵。　[5] 坐断东南战未休：《三国志·吴书·吴主传》载，魏文帝曹丕向东吴来使赵咨询问吴王孙权是何等之主，赵咨对曰："聪明仁智，雄略之主也。"文帝问具体表现，赵咨回答说："纳鲁肃于凡品，是其聪也。拔吕蒙于行陈，是其明也。获于禁而不害，是其仁也。取荆州而兵不血刃，是其智也。据三州虎视于天下，是其雄也。屈身于陛下，是其略也。"坐断，占据。　[6] "天下英雄谁敌手"二句：典出《三国志·蜀书·先主传》，曹操曾对刘备说："今天下英雄，唯使君与操耳。"曹刘，即曹操和刘备。此处为偏义复词，着重指曹操。　[7] 生子当如孙仲谋：典出《三国志·吴书·吴主传》裴松之引《吴历》：曹操在濡须见孙权的"舟船、器仗、军伍整肃，喟然叹曰：'生子当如孙仲谋，刘景升儿子若豚犬耳。'"孙权字仲谋。曹操（155–220）年长于孙权（182–252）二十七岁，故说"生子当如孙仲谋"。

［点评］

嘉泰四年（1204），辛弃疾知镇江府期间，登上北固亭，遥望长江北岸的北方中原大地，感慨万千，遂写下这首怀古词。惺惺惜惺惺，英雄爱英雄。六十五岁的老英雄，在北固亭上，不禁怀想起三国时代东吴"思平世难，救济黎庶"，"勤求俊杰，将与戮力，共定海内"的"雄略之主"（《三国志·吴书·吴主传》）孙权。

上片从时间（"千古"）、空间（"长江"）两个角度抒发对历史、社会、"神州"的无限感慨，包容着丰富的现实与历史的内涵。下片从两个层面着力刻画孙权不畏强敌、奋发有为的"英雄"形象。先从正面着笔，写其年少即拥数万雄兵，"坐断东南"而"虎视天下"，这正是稼轩钦仰心仪孙权之处。次从侧面烘托反衬。曹操是天下无敌手的英雄，对年少于自己二十七岁的年轻"敌手"孙权却欣赏赞佩有加，称"生子当如孙仲谋"。能得到英雄"敌手"的尊敬和赞美，则孙权之英雄，不言自明。要注意的是，词中所写"天下英雄谁敌手"的曹、刘，是为反衬孙权英雄形象而设的配角。词人之用心，须细心体会。对前代英雄的向往与追思，体现出对当下怯懦苟安的朝廷的不满。全词三次设问，文情流动自如。表面是怀古，实为伤今，对历史的思考与对民族现实命运的沉思，天衣无缝地融合在一起。

浩荡百川、鲸饮吞海、剑气横秋、天宇迥、英雄老等富有英雄色彩的意象，最能体现辛词雄奇的风格。词情跌宕起伏，意象雄浑，词境阔大，是"稼轩风"的典型体现。

水调歌头

和马叔度游月波楼[1]

客子久不到[2]，好景为君留。西楼著意吟赏[3]，何必问更筹[4]。唤起一天明月，照我满怀冰雪，浩荡百川流。鲸饮未吞海[5]，剑气已横秋[6]。

野光浮[7]，天宇迥，物华幽。中州遗恨，不知今夜几人愁。谁念英雄老矣，不道功名蕞尔[8]，决策尚悠悠[9]。此事费分说，来日且扶头[10]。

[注释]

[1] 马叔度：辛弃疾友人，事迹不详。喻良能《香山集》卷九《贤良马叔度和周内翰送予倅越诗见贻次韵奉酬》曾提及此人。月波楼：湖北黄州有月波楼，祝穆《方舆胜览》卷五十："在（黄州）郡厅后。"北宋王禹偁《黄冈竹楼记》亦提及："因作小楼二间，与月波楼通。"此指浙江嘉兴月波楼。《方舆胜览》卷三："月波楼，在（嘉兴）州西北城上，下瞰金鱼池。"《至元嘉禾志》卷九亦载："月波楼，在郡治西北二里城上，下瞰金鱼池。考证：宋元祐甲午知州令狐挺立，又一甲午，知州毛滂修。楼成，置酒其上，乃为之记云：'望而见月，其大不过如盘盂，然无有远近，容光必照。而秀，泽国也，水滨之人，起居饮食与水波接。令狐君乃为此楼之名月波，意将揽取二者于一楼之上也。'建炎兵火废圮，乾道己丑知州李孟坚重修，未及落成，李解绶去。知州徐葳踵成之。规模湫隘，不及旧日。"一般认为此词作于淳熙四年（1177）辛弃疾任湖北安抚使时。依据是词中所写月波楼，为黄州月波楼，而辛弃疾任湖北安抚使时往来黄州甚便，故定此词作于淳熙四年。然则淳熙四年辛弃疾只有三十八岁，与词中"谁念英雄老矣"的年龄身份和心境显然不符。词中的月波楼实指嘉兴的月波楼。过片化用北宋郑獬咏月波楼诗句，而郑诗正是写嘉兴月波楼。辛词是歌咏嘉兴月波楼，故自然联想到咏叹此楼的郑诗。至于创作时间，当是嘉泰四年（1204）辛弃疾在镇江任知府时，理由有二：一是"谁念英雄老矣"，与《永遇乐·京口北固

亭怀古》的"凭谁问廉颇老矣，尚能饭否"，是同一口吻，同一
心境，应是同时所作；二是"决策尚悠悠"，乃指韩侂胄决策北伐
之事。韩侂胄定议北伐，时在嘉泰四年春。故此词应是嘉泰四年
在京口与《永遇乐·京口北固亭怀古》约略同时作。又，词的歇
拍谓"剑气横秋"，或当作于秋天。辛弃疾嘉泰四年春天到京口
任镇江知府，次年六月即遭言者弹劾落职而离开镇江。故此词只
能作于嘉泰四年秋天。　　[2]客子：离乡在外漂泊之人。作者自
指。　　[3]西楼：指月波楼。楼在嘉兴府城西北，故称西楼。　　[4]更
筹：古代计时工具。此指时间。　　[5]鲸饮：豪饮，如鲸鱼一样饮。
杜甫《饮中八仙歌》："饮如长鲸吸百川。"　　[6]横秋：充满秋日的
天空。极言有气势。　　[7]"野光浮"二句：化用北宋郑獬《月波
楼》诗："野色更无山隔断，天光直与水相通。"（见《郧溪集》卷
二七。周紫芝《竹坡诗话》引作滕元发诗，误）按，郑诗所写月
波楼，为秀州月波楼。因其诗末联云："谁把金鱼破清暑，晚云深
处待归风。"金鱼，即月波楼下金鱼池。此亦证稼轩所咏为秀州
之月波楼。　　[8]蕞（zuì）尔：微小。　　[9]决策：指朝廷的北伐
大计。悠悠：遥远，飘忽不定。　　[10]扶头：酒名。此指醉酒。

[点评]

　　这首词是和友人马叔度游月波楼而作。故开篇表达
自己未能重游月波楼的遗憾和对友人独游月波楼好景的
羡慕。次写虽未亲游月波楼，但读罢友人的词作，唤起
自己对月波楼美景的记忆，"一天明月，照我满怀冰雪，
浩荡百川流"，境界宏阔，气势宏大，也显出词人胸襟的
不凡。此句既写风景，又写心境。"满怀冰雪"喻自己胸
怀磊落，心地光明，一如王昌龄《芙蓉楼送辛渐》的"洛

阳亲友如相问，一片冰心在玉壶"。有意思的是，芙蓉楼，也在镇江。辛弃疾位于芙蓉楼所在的镇江作此词，故创作时自然联想到王昌龄的名作名句。过片之后情绪陡转，由对月波楼的欣赏转而想到沦陷的中原大地，"不知今夜几人愁"。英雄的家国情怀是如此深沉，即使是良辰美景与友人唱和，也难忘中原"遗恨"。辛弃疾自知"英雄老矣"，时日无多，多么期望能在有生之年率兵横扫中原，雪洗中原"遗恨"，却不被朝廷重用。英雄是以天下为己任，哪里是考虑个人的功名呢！英雄之心永远无人能理解，也无法向人诉说，只能用酒来麻醉以求一时的超越了。

永遇乐

京口北固亭怀古

千古江山，英雄无觅[1]，孙仲谋处。舞榭歌台[2]，风流总被[3]，雨打风吹去[4]。斜阳草树[5]，寻常巷陌，人道寄奴曾住[6]。想当年金戈铁马[7]，气吞万里如虎。

元嘉草草[8]，封狼居胥[9]，赢得仓皇北顾[10]。四十三年[11]，望中犹记，烽火扬州路[12]。可堪回首，佛狸祠下[13]，一片神鸦社鼓[14]。凭谁问廉颇老矣[15]，尚能饭否。

杨慎："辛词当以京口北固亭怀古《永遇乐》为第一。"（《词苑萃编》卷五引）

先著、程洪《词洁辑评》："发端便欲涕落，后段一气奔注，笔不得遏。廉颇自拟，慷慨壮怀，如闻其声。谓此词用人名多者，当是不解词味。"

[注释]

[1]"英雄无觅"二句：日常语序是"无觅英雄孙仲谋处"。将"英雄"提到句首，是凸显对"英雄"的敬意。孙仲谋，指孙权。孙权先治京口，建安十六年，迁治秣陵（今南京）。　[2]舞榭：歌舞游乐之所。榭，建在高台上的木屋。　[3]风流：遗风，流风余韵。　[4]雨打风吹：语出杜甫《三绝句》："不如醉里风吹尽，可忍醒时雨打稀。"　[5]"斜阳草树"二句：语出刘禹锡《乌衣巷》："朱雀桥边野草花，乌衣巷口夕阳斜。旧时王谢堂前燕，飞入寻常百姓家。"周邦彦《西河·金陵怀古》："燕子不知何世，向寻常巷陌，人家相对，如说兴亡斜阳里。"　[6]寄奴：南朝宋武帝刘裕小字寄奴。《宋书·武帝本纪》谓刘裕的曾祖"始过江，居晋陵郡丹徒县之京口里"。　[7]"想当年金戈铁马"二句：写刘裕当年率师北伐收复山东、河南、关中失地的气势。《宋书·武帝本纪》说刘裕"龙行虎步，视瞻不凡"。　[8]元嘉：南朝宋文帝刘义隆的年号，时间在公元424-453年。草草：谓草率从事。　[9]封狼居胥：典出《南史·王玄谟传》。玄谟"每陈北侵之规，上谓殷景仁曰：'闻王玄谟陈说，使人有封狼居胥意。'"按，《史记》和《汉书》都载，汉大将霍去病曾击败匈奴，封狼居胥山（在今内蒙古河套北）。故宋文帝听到王玄谟北伐的谋划后，便飘飘然，以为可以像霍去病那样到狼居胥山封禅庆功了。　[10]仓皇北顾：《宋书·索虏传》载，元嘉八年（431）滑台战守弥时，遂至陷没，文帝作诗曰："惆怅惧迁逝，北顾涕交流。"　[11]四十三年：辛弃疾于绍兴三十二年（1162）奉表南归，至开禧元年（1205）作此词时，整整四十三年。　[12]扬州路：指当年奉表南归时从北方过淮河，经扬州到达建康之路。《三朝北盟会编》卷二四九载，绍兴三十二年正月，贾瑞、辛弃疾等"十一人同行到楚州，见淮南转运副使杨抗，发赴行在。是时，上巡幸在建康。乙酉，瑞

等入门，即日引见，上大喜，皆命以官"。按，楚州当时属扬州路。自楚州（今江苏淮安）到建康（今江苏南京），途中需经扬州。 [13]佛（bì）狸：北魏太武帝拓跋焘字佛狸。其庙在瓜步山顶。陆游《入蜀记》卷一："过瓜步山，山蜿蜒蟠伏，临江起小峰，颇巉峻。绝顶有元魏太武庙。庙前大木，可三百年。……宋文帝元嘉二十七年，（太武帝）南侵至瓜步，建康戒严，太武凿瓜步山为蟠道，于其上设毡庐，大会群臣，疑即此地。王文公诗所谓'丛祠瓜步认前朝'是也。"此处以佛狸隐喻金人。 [14]神鸦社鼓：谓佛狸祠香火很旺，成群的乌鸦常来争抢祭品。意谓时人忘了当年北人南侵的耻辱，不时前来祭祀烧香。社鼓，祭祀时鸣奏的鼓乐。后来刘克庄有《魏太武庙》诗："荒凉瓜步市，尚有佛狸祠。俚俗传来久，行人信复疑。乱鸦争祭处，万马饮江时。意气今安在，城笳暮更悲。"可参。 [15]廉颇老矣：典出《史记·廉颇蔺相如列传》。廉颇为赵上将，以谗奔魏，赵王思复用之，派使者探视廉颇尚可用否，廉颇为之一饭斗米、肉十斤，被甲上马，以示可用。使者被仇家收买，还报赵王曰："廉将军虽老，尚善饭，然与臣坐，顷之三遗矢（屎）矣。"赵王以为老，遂不召用。韩愈《秋怀》诗："犀首空好饮，廉颇尚能饭。"

[点评]

　　嘉泰四年（1204），辛弃疾知镇江府，遇时相韩侂胄准备北伐，深忧于朝廷轻敌冒进，写下这首怀古词。此词跟前首《南乡子》不同，前词单怀孙权一人，而此词中却写了五个"古"人、五件"古"事。五人五事，用意各有不同。写孙权的"英雄"，刘裕的"气吞万里如虎"，是对前代英雄之主的追慕和对本朝无此"英雄"之主的含蓄讽刺。写"草草"北伐而招致大败的刘义隆，是影射韩侂胄的"草草"出兵，隐含对北伐的忧虑。写北魏太武帝佛狸，是写南北分裂已久，南宋民众似乎忘了国耻，令人痛心。结句回到自身，以廉颇自况，抒发英雄已老、不得重用的忧愤。全词怀古，实处处针对现实，极富历史感和现实感。

面对京口这"千古江山"，本有无数文士武将、风流人物可供怀想，但老英雄辛弃疾此时此际最怀念的是英雄孙仲谋。唐宋词史上，没有第二个人像英雄辛弃疾这样爱英雄、想英雄、唱英雄。成就英雄伟业是辛弃疾一辈子的追求与念想。所以，来到这英雄辈出的江山，他要寻觅英雄的踪迹，追念英雄的霸业。"金戈铁马，气吞万里如虎"，是赞美刘裕，也是此时辛弃疾心境与愿想的写照。用以移评稼轩词的风格，也很贴切。"金戈铁马"，是辛词富有典型意义的意象；而"气吞万里如虎"，则是辛词气势的写照。

当年的英雄怀揣着一腔热血来到南宋，寻觅实现救国的理想。四十三年过去，英雄已老，一事无成，怎不叫英雄黯然神伤！结拍自比廉颇，既体现出一种英雄的自信，又有英雄老去的感伤。廉颇老矣，尚能得到赵王的顾念而派人来看望，而辛老英雄，却未能得到当今圣上的关怀与顾念，年华老大的感伤之外又多了一层失落、失望。"凭谁问"的追问，道出了英雄世无知音的悲愤！当然也包含有生之年能得到重用的企盼。结拍十个字可谓千回百折，饱含英雄自信、英雄垂暮、失落失望、世无知音的孤独和对获得重用的期待等五层复杂的心理。

洞仙歌

丁卯八月病中作[1]

贤愚相去，算其间能几？差以毫厘缪千里[2]。细思量义利[3]，舜跖之分，孳孳者，等是鸡鸣而起。

味甘终易坏[4]，岁晚还知，君子之交淡如水。一饷聚飞蚊[5]，其响如雷，深自觉、昨非今是[6]。羡安乐窝中泰和汤[7]，更剧饮无过，半醺而已。

绝笔词，留下人生思考与疑问。已无少壮时的豪情，却有暮年老境的沉静。

[**注释**]

[1]丁卯：宁宗开禧三年（1207）。辛弃疾六十八岁，卒于此年九月十日，此首为八月病中作，乃其绝笔。 [2]差以毫厘缪千里：《大戴礼记》："《易》曰：'正其本，万物理。失之毫厘，差之千里。'故君子慎始也。"《礼记·经解》："《易》曰：'君子慎始，差若豪氂，谬以千里。'" [3]"细思量义利"以下四句：语出《孟子·尽心上》：孟子曰："鸡鸣而起，孳孳为善者，舜之徒也。鸡鸣而起，孳孳为利者，跖之徒也。欲知舜与跖之分，无他，利与善之间也。" [4]"味甘终易坏"以下三句：《庄子·山木》："君子之交淡若水，小人之交甘若醴；君子淡以亲，小人甘以绝。彼无故以合者，则无故以离。"又《礼记·表记》："君子之接如水，小人之接如醴。君子淡以成，小人甘以坏。" [5]"一饷聚飞蚊"二句：化用韩愈《醉赠张秘书》"虽得一饷乐，有如聚飞蚊"和《汉书·中山靖王传》"众煦漂山，聚蚊成雷"句意。 [6]昨非今是：

语本陶渊明《归去来兮辞》："觉今是而昨非。" [7] "羡安乐窝中泰和汤"三句：用邵雍故事。《宋史·邵雍传》："雍岁时耕稼，仅给衣食，名其居曰安乐窝，因自号安乐先生。旦则焚香燕坐，晡时酌酒三四瓯，微醺即止。常不及醉也。"邵雍《无名君传》："性喜饮酒，尝命之曰太和。所饮不多，微醺而罢，不喜过醉。"邵雍《林下五吟》："安乐窝深初起后，太和汤酽半醺时。"辛弃疾平生喜邵雍诗，有《读邵尧夫诗》说："饮酒已输陶靖节，作诗犹爱邵尧夫。若论老子胸中事，除却溪山一事无。"

［点评］

据《［康熙］济南府志·辛弃疾传》记载，辛弃疾临终前大呼"杀贼"数声。清代人的记载，带有想象的成分，但也合乎英雄辛稼轩的个性。他一辈子期待能上战场杀敌立功，统一中国。夙愿未了，弥留之际喊出遗愿，也符合他的心理逻辑。据此猜想，稼轩辞世前的绝笔之作，该是什么样子？他会表达什么样的心声？是像岳飞《满江红》那样高声慨叹"靖康耻，犹未雪。臣子恨，何时灭"？还是有别样的思考与感叹？人的思维并不总是朝着一个方向思考。这是老英雄病逝前一月写的绝笔词。他此时思考的不是民族大业、社会关怀，而是个体人生的问题：人的贤与愚，事的义与利，尧舜与盗跖，区别究竟有多大？能否换个角度、换个眼光来评价人的贤愚、事的义利？贤愚、义利是绝对的还是相对的，能否互为转换？人为什么一定要厚此薄彼，是彼非此？能否通达地平等对待？稼轩没给出答案，他留下千古之问给后人去思考作答。日常生活中，人们都追求美味和刺激，到老方知，君子之交淡如水，平平淡淡才是真。即使喝酒，也是微醉半醺为佳。这可是肺腑之言。耽酒剧饮一辈子的稼轩，临终前能悟到饮酒能像邵雍那样微醺而罢是最好，给后来嗜酒剧饮者一个提醒，也挺有意义的！人之将死，其言也善。何况这是大英雄辛稼轩的临终感悟呢！

主要参考文献

稼轩长短句十二卷　元大德三年（1299）广信书院刊本

稼轩长短句十二卷　《四印斋所刻词》本

稼轩长短句十二卷　《景刊宋金元明本词》本

稼轩词三卷　《景刊宋金元明本词》本

辛弃疾词选　朱德才选注　人民文学出版社 1988 年

稼轩词编年笺注　邓广铭笺注　上海古籍出版社 1993 年

辛弃疾词　刘扬忠选注　人民文学出版社 2005 年

辛弃疾词选　辛更儒选注　中华书局 2005 年

辛弃疾全集校注　徐汉明校注　华中科技大学出版社 2012 年

稼轩词校注　郑骞校注　林玫仪整理　台湾大学出版中心 2013 年

辛弃疾集编年笺注　辛更儒笺注　中华书局 2015 年

辛弃疾词选　王兆鹏选注　商务印书馆 2017 年

辛弃疾词校笺　吴企明校笺　上海古籍出版社 2018 年

辛稼轩年谱　邓广铭著　上海古籍出版社 1979 年

辛弃疾论丛　刘乃昌著　齐鲁书社 1979 年

辛弃疾词心探微　刘扬忠著　齐鲁书社 1990 年

辛弃疾评传　巩本栋著　南京大学出版社 1998 年

唐宋词汇评·两宋卷　吴熊和主编　浙江教育出版社 2004 年

辛弃疾研究　辛更儒著　人民出版社 2008 年

辛弃疾研究丛稿　辛更儒著　研究出版社 2009 年

《中华传统文化百部经典》已出版图书

书　名	解读人	出版时间
周易	余敦康	2017 年 9 月
尚书	钱宗武	2017 年 9 月
诗经（节选）	李　山	2017 年 9 月
论语	钱　逊	2017 年 9 月
孟子	梁　涛	2017 年 9 月
老子	王中江	2017 年 9 月
庄子	陈鼓应	2017 年 9 月
管子（节选）	孙中原	2017 年 9 月
孙子兵法	黄朴民	2017 年 9 月
史记（节选）	张大可	2017 年 9 月
传习录	吴　震	2018 年 11 月
墨子（节选）	姜宝昌	2018 年 12 月
韩非子（节选）	张　觉	2018 年 12 月
左传（节选）	郭　丹	2018 年 12 月
吕氏春秋（节选）	张双棣	2018 年 12 月
荀子（节选）	廖名春	2019 年 6 月
楚辞	赵逵夫	2019 年 6 月
论衡（节选）	邵毅平	2019 年 6 月
史通（节选）	王嘉川	2019 年 6 月
贞观政要	谢保成	2019 年 6 月
战国策（节选）	何　晋	2019 年 12 月
黄帝内经（节选）	柳长华	2019 年 12 月
春秋繁露（节选）	周桂钿	2019 年 12 月
九章算术	郭书春	2019 年 12 月
齐民要术（节选）	惠富平	2019 年 12 月
杜甫集（节选）	张忠纲	2019 年 12 月
韩愈集（节选）	孙昌武	2019 年 12 月
王安石集（节选）	刘成国	2019 年 12 月
西厢记	张燕瑾	2019 年 12 月

书　名	解读人	出版时间
聊斋志异（节选）	马瑞芳	2019 年 12 月
礼记（节选）	郭齐勇	2020 年 12 月
国语（节选）	沈长云	2020 年 12 月
抱朴子（节选）	张松辉	2020 年 12 月
陶渊明集	袁行霈	2020 年 12 月
坛经	洪修平	2020 年 12 月
李白集（节选）	郁贤皓	2020 年 12 月
柳宗元集（节选）	尹占华	2020 年 12 月
辛弃疾集（节选）	王兆鹏	2020 年 12 月
本草纲目（节选）	张瑞贤	2020 年 12 月
曲律	叶长海	2020 年 12 月
孝经	汪受宽	2021 年 6 月
淮南子（节选）	陈　静	2021 年 6 月
太平经（节选）	罗　炽	2021 年 6 月
曹操集	刘运好	2021 年 6 月
世说新语（节选）	王能宪	2021 年 6 月
欧阳修集（节选）	洪本健	2021 年 6 月
梦溪笔谈（节选）	张富祥	2021 年 6 月
牡丹亭	周育德	2021 年 6 月
日知录（节选）	黄　珅	2021 年 6 月
儒林外史（节选）	李汉秋	2021 年 6 月
商君书	蒋重跃	2022 年 6 月
新书	方向东	2022 年 6 月
伤寒论	刘力红	2022 年 6 月
水经注（节选）	李晓杰	2022 年 6 月
王维集（节选）	陈铁民	2022 年 6 月
元好问集（节选）	狄宝心	2022 年 6 月
赵氏孤儿	董上德	2022 年 6 月
王祯农书（节选）	孙显斌	2022 年 6 月
三国演义（节选）	关四平	2022 年 6 月
文史通义（节选）	陈其泰	2022 年 6 月

书　名	解读人	出版时间
汉书（节选）	许殿才	2022 年 12 月
周易略例	王锦民	2022 年 12 月
后汉书（节选）	王承略	2022 年 12 月
通典（节选）	杜文玉	2022 年 12 月
资治通鉴（节选）	张国刚	2022 年 12 月
张载集（节选）	林乐昌	2022 年 12 月
苏轼集（节选）	周裕锴	2022 年 12 月
陆游集（节选）	欧明俊	2022 年 12 月
徐霞客游记（节选）	赵伯陶	2022 年 12 月
桃花扇	谢雍君	2022 年 12 月
法言	韩敬、梁涛	2023 年 12 月
颜氏家训	杨世文	2023 年 12 月
大唐西域记（节选）	王邦维	2023 年 12 月
法书要录（节选）　历代名画记	祝　帅	2023 年 12 月
耶律楚材集（节选）	刘　晓	2023 年 12 月
水浒传（节选）	黄　霖	2023 年 12 月
西游记（节选）	刘勇强	2023 年 12 月
乐律全书（节选）	李　玫	2023 年 12 月
读通鉴论（节选）	向燕南	2023 年 12 月
孟子字义疏证	徐道彬	2023 年 12 月
嵇康集	崔富章	2024 年 12 月
白居易集（节选）	陈才智	2024 年 12 月
李清照集（节选）	诸葛忆兵	2024 年 12 月
近思录	查洪德	2024 年 12 月
林则徐集	杨国桢	2024 年 12 月